KB132283

굴드의 물고기 책

GOULD'S BOOK OF FISH
by Richard Flanagan

Copyright ⓒ 2001, Richard Flanagan
Korean Translation Copyright ⓒ Munhakdongne Publishing Corp., 2018.
All rights reserved.

This Korean edition was published by arrangement with
Richard Flanagan c/o The Wylie Agency (UK) Ltd.

The images in this book are reproduced from 'William Buelow Gould's Sketchbook of
Fishes in Macquarie Harbour', which is held in the Allport Library and Museum of Fine Arts,
Tasmanian Archive and Heritage Office. In April 2001 the 'Sketchbook of Fishes in Macquarie
Harbour' was inscribed on the UNESCO Australian Memory of the World Register.

이 책의 한국어판 저작권은 The Wylie Agency(UK)와
독점 계약한 (주)문학동네에 있습니다.
저작권법에 의해 한국 내에서 보호를 받는 저작물이므로
무단 전재와 무단 복제를 금합니다.

이 도서의 국립중앙도서관 출판예정도서목록(CIP)은
서지정보유통지원시스템 홈페이지(http://seoji.nl.go.kr)와
국가자료공동목록시스템(http://www.nl.go.kr/kolisnet)에서 이용하실 수 있습니다.
(CIP제어번호: CIP2017034000)

굴드의 물고기 책

열두 마리 물고기에 얽힌 소설

Gould's Book of Fish

a Novel in Twelve Fish

리처드 플래너건 장편소설

유나영 옮김

문학동네

일러두기

1. 이 책은 아래의 원서를 옮겼다.
   Richard Flanagan, *Gould's Book of Fish*, Atlantic Books, 2001.
2. 본문 주는 모두 옮긴이 주다.
3. 외래어 표기는 국립국어원 외래어 표기 원칙을 따랐다.
4. 원서에서 대문자로 강조한 부분은 고딕체로, 대문자와 밑줄로 강조한 부분은 고딕체로, 이탤릭체로 강조한 부분은 방점으로, 대문자 이탤릭체로 강조한 부분은 고딕체로 표시했다.

점점 더 퍼지는 경이의 파문 속을 헤엄치는

로지, 진, 일라이자에게

나의 어머니는 물고기다.

월리엄 포크너

Gould's Book of Fish
a Novel in Twelve Fish

차례

The Pot-Bellied Seahorse

빅벨리해마

1

『물고기 책』을 발견했을 때의 놀라움이 아직 생생하다. 그 기이했던 아침, 인광을 발하며 내 눈을 사로잡은 대리석 무늬와 빛을 번쩍이며 마음을 물들이고 영혼을 앗아간 음산한 소용돌이들. 책은 곧장 내 심장을, 그것도 모자라 내 삶을 초라하고 앙상한 실타래로 풀어 헤쳤다. 그 실타래가 바로 지금부터 여러분이 읽게 될 이 이야기다.

그 은은한 광채는 무엇이었을까? 내게 와서 나 자신이 마치 윤회의 수레바퀴에 영원히 매인 힌두 신비가처럼 똑같은 삶을 무수히 살아온 듯한 느낌을 준 그것, 내 운명이 된 그것, 내 인격을 박탈한 그것, 내 과거와 미래를 나눌 수 없는 일체로 만든 그것은?

해마와 해룡과 별바라기가 진작 헤엄쳐나가며 뿜어낸, 갓 돋은 음울한 아침을 휘황하게 밝힌, 그 휘갈긴 필적의 황홀한 일렁임이었을까?

만인과 만어萬魚와 만물이 내 안에 담겼다고 믿게 만든 딱한 허영이었을까? 아니면 나쁜 친구와 고약한 술처럼 좀더 속된 무언가가 지금 이 괴상망측한 여정으로 나를 이끈 것일까?

성격과 운명은 하나의 개념에 붙은 두 개의 이름이라고 윌리엄 뷜로 굴드는 썼지만, 으레 그랬듯이 그는 이 점에서도 보기 좋게 틀렸다.

사랑스럽고도 상냥하고 미련한 빌리 굴드와 그의 어리석은 사랑 이야기, 너무나 커서 지금은 불가능하며 그때도 감당할 수 없었던 사랑. 하지만 벌써 딴 길로 새는 것 같다.

그의 비릿한 물고기들을 만나면서 나는 우리가―우리의 역사와 우리의 영혼이―끝없는 부패와 재창조 과정 속에 있다고 믿게 되었으며, 이 책이 내 심장의 퇴비 더미 얘기임을 깨닫게 되었다.

이 들뜬 펜으로도 그때의 황홀함, 그 경이로움에는 다가갈 수 없다. 『물고기 책』을 펼친 순간 그 강렬함에 압도되어 나머지 세계―세계!―가 암흑으로 곤두박질하고, 낡은 책갈피에서 뿜어져나온 빛만이 놀란 두 눈으로 들어와 우주 전체에 존재하는 유일한 빛처럼 느껴졌으니 말이다.

나는 실직중이었다. 그때도 태즈메이니아에는 일자리가 드물었고 지금은 더욱 그렇다. 어쩌면 일 없이 놀았기 때문에 더 기적에 민감했던 것인지도 모른다. 특별히 보고자 하는 것이 없었기에 성모의 발현을 목격했던 포르투갈의 가난한 시골 소녀처럼, 나 또한 주변 세상을 외면하고 싶은 마음이 간절했다. 만약 태즈메이니아가 평범한 장소였다면, 그러니까 제대로 된 직장을 구할 수 있고, 오랫동안 교통 체증에 시달린 다음 더 오랫동안 평범한 불안 장애에 시달리며 다시 평범하게 틀어박히기만을 기다리고, 아무도 해마가 된다면 어떠할지를 꿈꾸지 않는 그런 장소였다면, 물고기가 되는 것 같은 비정상적인 일은 아마 일어나지 않았으리라.

방금 '아마'라고 했지만, 솔직히 장담은 못하겠다.

어쩌면 베를린이니 부에노스아이레스니 하는 데서도 이런 식의 일이 늘 벌어지는데, 사람들이 그저 부끄러워서 털어놓지 못하는 것인지도 모른다. 어쩌면 성모는 뉴욕의 공영주택단지와 베를린의 음산한 고층 아파트와 시드니 서쪽 교외를 매번 찾아오는데, 모두가 못 본 체하면서 더 창피주지 말고 썩 꺼져주기만을 바라는 것인지도 모른다. 어쩌면 새로운 파티마의 성모는 '레베스비 워커스 클럽'*의 광대한 살풍경 어딘가에서 '블랙잭피버'라는 글자가 깜빡이는 슬롯머신 화면에 후광을 드리우고 있는지도 모른다.

모두가 등을 돌린 채 슬롯머신 화면에 얼굴을 처박고 있느라 나이 지긋한 여인이 키노 게임 용지에 숫자를 채우며 공중 부양하는 순간을 아무도 목격하지 못할 수도 있지 않은가? 어쩌면 우리는 기적을 본다든지 환상을 본다든지 하는, 우리 자신이 여태껏 알고 있는 바와는 다르게 더 큰 존재라는 걸 이해하는 능력을, 그 육감을 상실했는지도 모른다. 어쩌면 진화는 생각보다 더 오랫동안 역행해왔으며, 이미 우리는 애처롭고 멍청한 물고기인 건지도 모른다. 앞에서도 말했듯이, 장담은 못하겠다. 내가 유일하게 신뢰하는 홍 선생이나 콩가 같은 사람들도 잘 모르기는 마찬가지다.

---

* 시드니에 있는 대규모 유흥 클럽.

솔직히 말하면 나는 이 삶엔 확신할 수 있는 것이 별로 없다는 결론에 도달했다. 여러분에게는 터무니없는 소리로 들릴지 몰라도 나는 진실을 소중히 여긴다. 하지만—죽고 나서야 윌리엄 빌로 굴드의 끝없는 무익한 질문으로부터 벗어난 물고기들에게 그가 그뒤로도 끈질기게 물었던 대로 물어보자면—어디서 진실을 찾을 것인가?

이제 나는 그 책을 비롯해 모든 것을 빼앗겨버렸다. 그리고 어차피 책이란 믿지 못할 우화 아니겠는가?

옛날 옛적에 시드 해밋이라는 사람이 있었는데, 그는 자신이 여태껏 알아온 사람이 아니었음을 깨달았다.

옛날 옛적에 기적이 일어났는데, 방금 말한 시드 해밋은 자신이 그 기적에 휩쓸렸다고 믿었다. 그때까지 그는 하루하루를 임시변통으로 살았는데, 이는 그의 삶이 환멸의 연속이었음을 순화해서 말한 것이다. 그날 이후 그는 믿음이라는 잔인한 병증에 시달리게 된다.

옛날 옛적에 시드 해밋이라는 사람이 기이한 물고기 책의 광채에 자신의 이야기가 비친 것을 보았는데, 그 이야기는 우화로 시작해 '목마를 타고 밴버리크로스로 가자'는 구전동요로 끝났다.

옛날 옛적에 끔찍한 일이 일어났는데, 누구나 알다시피 그것은 지금 여기 우리에게 일어난 일이 아니라 아득히 오래전, 까마득히 멀리 떨어진 곳에서 일어난 일이었다.

2

그때까지 나는 썩어가는 고가구를 사들여 거기에 상상할 수 있는 온갖 모욕을 추가하는 일에 매진하고 있었다. 가엾은 찬장을 망치로 후려쳐 애처로운 고색古色을 더하면서, 금속 골동품에 소변을 보아 부패한 녹을 덧입히면서, 온갖 더러운 욕지거리를 지껄이며 기분을 풀었고, 이 가구들이 그 고정 구매층이라고, 타락한 현재의 증거물이라는 본모습이 아니라 낭만적인 과거의 표류물로 착각하고 물건을 사들이는 관광객들이라고 상상하곤 했다.

메이지 이모할머니는 내가 일자리를 구한 것 자체가 기적이라고 했는데, 내 생각에는 그 양반이 뭘 좀 알고 하신 말인 것 같다. 일곱 살이었던 나를 늦겨울 찬란한 붉은 햇빛에 잠긴 노스호바트 풋볼팀 홈경기에 데려갔던 분, 노스호바트의 준결승 승리에 기적을 부어 기여했던 분이 바로 이모할머니 아니었던가. 할머니는 조그만 병에 담긴 루르드 성수를 진흙투성이 운동장 잔디에 뿌렸다. 감독은 위대한 존 데버러였고, 나는 데몬스*의 붉고 푸른 목도리에 이집트 미라 고양이처럼 꽁꽁 싸인 채 호기심 어린 두 눈만 빼꼼 내놓고 있었다. 세번째 쿼터가 끝났을 때, 나는 응원석 밖으로 뛰쳐나가 딥히트† 냄새를 풍기는 선수들의 건장한 허벅지 밀림을 엿보며 위대한 존 데버러가 토해내는 사자후를 들었다.

노스호바트가 열두 점 뒤지고 있던 터라 나는 그가 선수들에게 뭔가

---

* 오스트레일리안 풋볼 리그 팀인 노스호바트의 별명.
† 근육 진통제 브랜드.

굉장한 말을 할 거라고 확신했고, 위대한 존 데버러는 팬들을 실망시킬 인물이 아니었다. "여자에 신경 꺼라. 너 말이야, 로니, 조디는 잊어. 너, 노비, 메리를 머리에서 몰아내. 최대한 빨리 몰아낼수록 좋아." 이런 식의 충고가 줄줄이 이어졌다. 그 많은 여자 이름을 들으며, 그 이름들이 세번째 쿼터 때 저 엄청난 거인들에게 그토록 소중했다는 사실을 깨닫고 얼마나 놀랐는지. 이후 그들이 바람을 가르고 슛을 날리며 승리했을 때 깨달았다. 사랑과 물은 진정 무적의 조합이라는 것을.

하지만 다시 가구 일로 돌아와서 이야기하자면, 당시 나의 보호관찰관이었던 레니 콩가(그녀의 가족 몇 명이 이 글을 읽고 행여 불쾌해할까봐 서둘러 덧붙이는데, 이 이름은 본명이 아니거니와 어차피 그녀의 이탈리아 성을 제대로 기억하는 사람도 없을 터, 다만 나는 이 이름이 그녀의 유연한 몸과 그 뱀 같은 체형을 딱 맞게 감싼 검은 옷에 왠지 잘 어울린다고 생각했다)의 표현을 빌리면 가구 위조는 전망이 좋은 직업이었다. 특히 유람선이 늙고 비만한 미국인을 가득 채우고 정박할 때는 더더욱 그랬다. 쑥 내민 배에 반바지와 기묘하게 가느다란 다리를 달고 더 기묘하게 큰 흰 신발을 거구 끄트머리에 점처럼 붙인 미국인들은 인간의 형태를 띤 사랑스러운 물음표였다.

방금 사랑스럽다고 했지만, 내가 정말 하려던 말은 그들에게 돈이 있었다는 것이다.

그들에게는 나름의 취향도 있었다. 유별난 취향이었지만, 장사와 관계되는 한 나는 그것에 충분히 호의적이었고—그들 또한 내게 호의적이었다. 한동안 콩가와 나는 괜찮은 골동품 의자들을 취급했는데, 태즈메이니아 정부 부처 또 한 군데가 문을 닫았을 때 그녀가 경매장에 가서 구입한 것들이었다. 나는 여기에 몇 가지 밝은색 에나멜페인트를 칠하고, 사포로 문지르고, 채소용 강판으로 갈아서 살짝 흠집을 내고, 그 위에 소변을 본 뒤, 지난 세기에 낸터킷섬 포경선원들이 들여온 세이커 가구로 둔갑시켜 팔았다. 그들은 거대한 바다괴수를 잡기 위해 남극해를 찾아 끝없이 헤매던 중이었다고, 우리는 물음표들에게 대답했다.

사실 관광객들이 사들이는 것은 그런 사연이었다. 그들은 미국적인 사연, '우리가 그들을 산 채로 발견해서 무사히 집으로 데려왔다'는 식의 행복하고 감동적인 사연만을 사들였다. 한동안은 근사한 사연이었다. 너무 근사해서 재고가 바닥날 정도가 되자, 콩가는 막 도착한 한 베트남인 가족과 계약을 맺고 우리 사업에 제조 부문을 추가했다. 한편 나는 보기 좋게 타이핑한 사연에 우리끼리 '밴디먼스랜드* 골동품협회'라고 명명한 유령 단체의 인증서를 붙이는 일을 했다.

그 베트남인(그의 이름은 라이 푸 홍이었는데, 존경심을 중시했던 콩가는 항상 그를 홍 선생이라고 부르도록 종용했다)의 사연은 옛 고래잡이 이야기만큼 흥미진진했고, 가족이 베트남에서 감행한 탈출은 그보다 더 위태로웠으며, 콩나물시루 같은 고기잡이 폐정크선을 타고 오스트레일리아로 항해해온 여정은 그보다 더 절박했다. 게다가 그들은 고래뼈 공예―덧붙이자면 이것도 벌이가 괜찮은 부업이었다―에도 우리보다 능숙했다. 홍 선생은 옛 모던라이브러리판 『모비 딕』의 목판화 삽화를 자기 고래뼈 조각품의 밑그림으로 활용했다.

---

* 밴디먼스랜드는 태즈메이니아의 옛 이름으로, 1856년에 변경되었다.

그러나 그와 그의 가족에게는 멜빌도, 뒷갑판을 지키고 선 이스마엘이나 퀴케그나 에이허브도, 낭만적인 과거도 없었고, 그저 우리와 비슷한 곤궁과 꿈이 있었을 뿐이며, 그것들은 너무 지저분하고 구제할 길 없이 인간적인지라 탐욕스러운 물음표들에게는 아무런 가치가 없었다. 공정을 기해 말하자면, 저들이 추구한 것은 과거며 뭇사람과 담을 쌓는 무언가일 뿐, 고통스럽거나 인간적인 연결을 제시하는 무언가는 아니었다.

그들은 자기가 아는 이야기 속에 갇혀 있기를 원했지, 이야기꾼과 더불어 탈주를 공모하기를 원치 않았다. 그들은 "포경선"이라는 말을 듣고 싶어했다. 그러면 "모비 딕"이라고 받아넘기며 동명의 미니시리즈 장면들을 떠올릴 수 있을 테니까. 그런 다음 우리가 "골동품"이라고 말하면, 그들은 "얼마예요?" 하고 받아넘길 수 있을 터였다.

그런 식의 이야기.

돈이 되는 종류 말이다.

그 어떤 물음표도 듣고 싶어하지 않는 홍 선생의 이야기 같은 것 말고. 놀랍게도 홍 선생은 이를 선선히 받아들이는 듯했는데, 그도 그럴 것이 그의 진짜 야심은 하이퐁에서 그의 직업이었던 증기기중기 기사가 아닌, 시인이 되는 것이었기 때문이다. 이 꿈 덕분에 그는 냉담한 세상의 무관심을 낭만주의적으로 감수할 수 있었다.

문학은 말뜻 그대로 홍 선생의 종교였다. 그는 빅토르 위고를 모시는 불교 종파 까오다이교 신자였다. 홍 선생은 신이 쓴 소설을 숭배함은 물론이고, 내가 그저 이름밖에 모르는—때로는 이름조차 모르는—19세기 프랑스 문학의 다른 몇몇 거장에 대해서도 해박한 (또 그들과 모종의 영적인 교분이 있는) 것 같았다.

하이퐁이 아닌 호바트에 온 관광객들은 홍 선생 같은 인물에게 손톱만큼도 관심이 없었고, 그의 증기기중기나 그의 아버지가 키웠던 물고기잡이 학이나 그의 시에 대한 이야기, 혹은 시 이야기와 관련하여 신과 프랑스 문학의 관계에 대한 그의 생각을 듣자고 돈을 지불할 턱이 없었다. 그래서 그 대신에 홍 선생은 한때 아연 제련소 노동자들의 사택이었던 루타나의 자기 집 지하에 조그만 작업장을 마련해, 가짜 골동품 의자를 만들거나 우리의 한층 불순한 거짓말을 그럴듯하게 꾸며줄 모조 고래뼈를 조각했다.

애초에 홍 선생이나 그의 가족이나 콩가나 내가 왜 그런 데 관심을 쏟았느냐고?

관광객들은 돈이 있었고 우리는 그것이 필요했다. 그 대가로 그들이 요구한 것은 그저 거짓말을 들려달라, 자기를 속여달라는 것이었다. 가장 중요하게는 자신들이 안전하며, 이—국가적, 개인적, 영적으로—안전하다는 기분이 권태에 지친 변덕스러운 운명의 허튼 농담이 아니라고 말해달라는 것이었다. 과거와 현재 사이에는 아무런 연관이 없다고, 자신들은 권력과 부를 지녔고 나머지 사람들은 그렇지 못하다는 사실에 양심의 가책을 느끼거나 검은 완장*을 두를 필요가 없다고, 몇몇 사람의 부가 숱한 사람의 비참에 그토록 기묘하게 의존하고 있는 이유를 아무도 설명할 수 없는, 혹은 설명하지 않는 일에 대해 찜찜한 기분을 느낄 필요가 없다고 말해달라는 것이었다. 친절하게도 우리는

---

* 추모의 뜻으로 팔에 착용하는 표장. 토착민 탄압 등 오스트레일리아 역사의 어두운 면을 직면하는 시각을 상징하는 말이기도 하다.

이런 거래가 어디까지나 의자를 사고파는 일인 척, 그들이 가격과 유래를 물으면 그에 맞장구쳐 응대해주는 일인 척 행동했다.

하지만 그것은 가격과 유래에 관한 일이 아니었다. 전혀 아니었다.

관광객들은 무언의 질문을 집요하게 품고 있었고, 우리는 위조한 가구를 가지고 가능한 한 최선의 답을 내놓아야 했다. 사실 그들은 '우리는 안전한가요?'라고 묻고 있었으며, 사실 우리는 '아뇨, 하지만 쓸모없는 상품들로 바리케이드를 치면 시야를 가리는 데는 도움이 될지도 모르지요'라고 답하고 있었다. 그리고 오만hubris은 그저 고대 그리스어에서 유래한 단어이기만 한 것이 아니라 틀림없는 본능으로 보는 편이 나을 만큼 인간에게 뿌리깊은 감각인 까닭에 그들은 '이것이 우리의 잘못이라면 고통을 겪게 될지'까지 알고 싶어했는데, 과연 우리는 '네, 서서히요. 하지만 가짜 골동품 의자가 당신과 우리 둘 다 기분을 좀 가볍게 해줄지도 모르지요'라고 응수하는 셈이었다. 생계가 걸려 있었고, 이러는 게 썩 좋지는 않았지만 그렇다고 썩 나쁘지도 않았고, 내다팔 의자야 힘닿는 데까지 많이 들어 옮길지언정 세상의 무게를 들어 옮길 생각은 없었으니까.

여러분은 이런 사업이 대단한 호응을 얻으리라고, 필연적으로 진척을 이루거나 다각화되어 세계적 규모와 국가적 가치를 띤 구원 사업으로 성장하리라고 생각할지도 모르겠다. 심지어 수출상을 수상할지도 모르고. 그 교활함에 값하는 도시―이를테면 시드니―에서라면 이런 꿈같은 사기 행각은 확실히 두둑한 보상을 받을 것이다. 그러나 여기는 어쨌든 호바트였고, 이곳에서 꿈은 사적인 영역을 벗어나는 법이 결코 없었다.

지역 골동품상들로부터 소송하겠다는 위협이 담긴 변호사 명의의 편지 몇 통을 받은 뒤, 우리는 노쇠한 제국의 은퇴한 호민관들에게 위안을 제공하는 숭고한 사업에서 발을 빼야 했다. 콩가는 부득이하게 베트남인 가구 위조범과 함께 생태 관광 자문업에 뛰어들었고, 나도 다른 장삿거리를 찾아나섰다.

3

그리하여 운명적인, 하지만 당시에는 그저 매우 춥게만 느껴졌던 겨울 아침이 밝았고, 나는 살라망카 부두 근처에 와 있었다. 사암으로 된 오래된 창고 건물에 그때까지만 해도 고물상이었던 한 가게가 있었다. 나중에는 그곳도 관광객에게 점령되어 세심하게 온갖 치장을 한 야외 레스토랑으로 바뀌었지만 말이다.

어떤 관광객도, 설령 죄사함의 대가로라도 받고 싶어하지 않을 유행에 뒤떨어진 1940년대 흑목 옷장들이 있었고, 그 뒤편의 아늑한 공간으로 들어가자 낡은 함석 고기 찬장이 눈에 들어왔다. 나는 닫힌 문 안쪽이라면 모조리 들여다보려 드는 어린아이의 욕망으로 문을 열어보았다.

눈에 띄는 것이라곤 해묵은 여성지 무더기뿐이었다. 먼지투성이의 실망스러운 발굴이었다. 막 문을 닫는 찰나, 눈앞에 빛바랜 열애 루머와 파멸한 비련의 공주들에 대한 값싼 이야기들 밑으로 말라비틀어진 무명실 가닥이, 마치 메이지 이모할머니의 수염처럼 부끄러움도 없이,

모종의 원시적인 힘을 띠고 기운차게 삐져나와 있었다.

더 자세히 들여다보려고 문을 다시 당기자, 문이 둔탁하게 긁히는 소리를 내면서 열렸다. 실 가닥은 책등의 일부가 떨어져 약간 너덜너덜해진 표지 바깥으로 뻗어나와 있었다. 나는 그것이 속수무책으로 내 그물에 걸린 월척이라도 되는 듯, 손을 조심스럽게 집어넣어 잡지들을 들어내고 다 해어진 책처럼 보이는 물건을 건져올렸다.

그리고 눈앞까지 들어올렸다.

가까이 코를 갖다대었다.

기이하게도 그 물건에서는 오래된 책의 들큼한 곰팡내가 아니라, 태즈먼해에서 불어오는 소금기 섞인 바람 냄새가 났다. 나는 집게손가락으로 표지를 살짝 쓸어보았다. 곱고 검은 더께가 앉아 더러웠지만 감촉은 비단처럼 부드러웠다. 그후로 일어난 여러 놀라운 일들 가운데 수 세기 동안 쌓인 먼지를 닦아내던 그 순간의 일이 말하자면 최초의 사건이었다.

그것이 평범한 책이 아님을, 확실히 나 같은 낙오자가 엮여 들어갈 물건은 아님을 깨달았어야 했다. 범죄자로서 제 한계를 알기에―적어도 안다고 생각하기에―신변의 위험이 따르는 멍청한 짓에는 손대지 않는 법을 터득했다고 믿던 터였다.

그러나 너무 늦었다. 나는―언젠가 사법절차에 회부되었을 때처럼―이미 연루되었다. 그 곱디고운 검은 먼지 밑에서 굉장히 비상한 일이 벌어지는 중이었다. 책표지가 희미하게, 그러나 서서히 밝아지며 보랏빛 광채를 발하고 있었던 것이다.

4

바깥은 음울한 겨울날이었다.

시내를 굽어보는 산에는 눈이 내려앉아 있었다. 골짜기마다 드넓은 강을 따라 피어오른 안개가 누비이불이 천천히 내려앉듯 덮였고, 그 아래 호바트의 조용하고 텅 비다시피 한 거리들이 누워 있었다. 아침의 냉랭한 아름다움을 헤치고 가지각색의 방한복을 껴입은 사람 몇 명이 종종걸음치며 나타났다가 사라졌다. 산은 흰색에서 회색으로 변했다가 검은 구름에 잠겨 모습을 감추었다. 시내는 잠 속으로 서서히 가라앉았다. 눈이 잃어버린 꿈처럼 그 숨죽인 세계에서 왈츠를 추기 시작했다.

이 모든 것은 논점과 전면 무관하지 않다. 나는 그날이 무덤 속처럼 추웠고 무덤 속보다 열 배는 더 고요했기에 앞으로 일어날 일에 대해 어떠한 경고도 감지할 수 없었다고 말하려는 것이기 때문이다. 또 바로 그런 날이었기에, 어두컴컴하고 난방도 되지 않는 살라망카의 고물상 안으로 구태여 들어가려는 사람은 확실히 나 말고 전혀 없었다. 가게 주인조차 내게 등을 돌린 채 자기 가게 한 귀퉁이 조그만 라디에이터 곁에서 몸을 웅크리고는, 현대 소매업의 타락한 송가인 비발디의 〈사계〉의 느긋하고 나지막한 루바토 진행부를, 저 매끄러운 금빛 선율을 슬그머니 틀어둔 참이었다.

세계가 그 낡은 고물상의 음울한 귀퉁이로, 영원이 그 기이한 책표지의 먼지를 처음 쓸어낸 순간으로 수축되었을 때, 그 자리에서 나와 더불어 그 기적을 알아채거나 목격한 사람은 아무도 없었다.

표지는 이제 밤중에 잡아올린 취청이 비늘처럼 고동치는 보라색 반점들로 어지럽게 덮였다. 반점은 손으로 쓸어낼수록 점점 더 넓게 퍼져 나중에는 표지 전체가 밝은 빛을 냈다. 밤중에 취청이를 만지는 어부가 그러하듯 얼룩덜룩한 인광은 책에서 손으로 옮아갔고, 나중에는 손도 보랏빛 반점으로 뒤덮여 마치 비행기에서 내려다본 이름 모를 이국 도시의 불빛처럼 어지러울 만큼 눈부시게 반짝였다. 빛을 발하는 두 손—너무나 익숙하지만 동시에 너무나 생경한 두 손—을 눈앞에 들어올리고 신기해하며 천천히 돌려보던 순간, 이미 내게는 두려운 변신이 시작된 것만 같았다.

나는 찬장 옆에 있는 합판 탁자에 책을 내려놓은 뒤, 반짝이는 엄지손가락을 연약하고 흐트러진 책장 사이의 부드러운 아랫배에 집어넣어 표지를 넘겼다. 놀랍게도 책이 펼쳐진 면에는 빅벨리해마 그림이 그려져 있었다. 해마 주변에는 마치 해안으로 떠내려온 다시마와 해초처럼 헝클어진 글자들이 한데 모여 있었다. 다른 물고기 수채화들도 군데군데 흩어져 있었다.

정말이지 책은 끔찍할 정도로 뒤죽박죽이었다. 어느 부분에서는 잉크로 쓴 이야기 위에 연필로 쓴 이야기가, 어느 부분에서는 그 반대 순서로 마구 겹쳐 있었다. 책장 끄트머리에 이르러 여백이 부족해지면 필자는 거꾸로 돌려서 기존의 글줄 사이사이에—뒤집어서, 반대 방향으로—자기 이야기를 계속 써내려간 것 같았다. 그 정도로도 충분히 혼란스럽지 않다 싶었는지—충분하고도 남았지만—부록과 주석 더미를 여백에, 때로는 낱장을 끼워, 한번은 말린 생선 껍질 비슷한 지면 위에까지 빼곡히 쑤셔넣었다. 온갖 재료—낡은 돛천, 도저히 정체를 알 길 없는 다른 책에서 찢어낸 귀퉁이, 심지어 포대 쪼가리—를 막무가내로 징발하여, 그 표면을 색색의 깨알 같은 글씨로 뒤덮어 그나마 무난해 보이는 부분마저도 해독하기 힘들게 만들었다.

이 혼돈은 요컨대 사실상 시작도 끝도 없는 책을 읽는 느낌이었다. 장면이 계속 바뀌는 매혹적인 만화경을 들여다보고 있는 것 같았다. 이상야릇한, 답답하기도 하고 황홀하기도 한, 그러나 양질의 책이라면 마땅히 갖추어야 할 단순 명쾌함이라곤 눈 씻고도 찾아볼 수 없는 그런 경험이었다.

그러나 미처 알아차리기도 전에 나는 이 물고기들을 동반한 이야기에 저 멀리까지 휩쓸려가고 말았다. 이렇게 표현해도 괜찮을지 모르겠지만, 이 책은 형식으로 보면 일지나 일기에 가까웠다. 때로는 속세의 진흙탕에 매몰된 실제 사건을, 때로는 내가 처음엔 꿈이나 악몽의 기록이라고 확신했을 정도로 정신나간 사건들을 다루고 있었다.

이 괴상한 기록은 윌리엄 뷀로 굴드라는 기결수가 남긴 것이었다. 1828년에 그는 세라섬 유형지의 외과의사로부터, 아마도 과학 연구가 목적이었을 텐데, 이곳에서 잡히는 모든 어류를 그림으로 묘사하라는 지시를 받았다. 그러나 그림 작업은 의무였던 반면, 필자가 자의로 떠안은 추가적인 부담, 즉 집필은 의무 사항이 아니었다. 죄수가 이런 일지를 기록하는 것은 금지되어 있었고, 따라서 위험한 일이었다. 이 죄수 필경사의 기록에 따르면, 각각의 이야기는 손 닿는 온갖 재료들을 가지고 갖가지 기발한 편법으로—붉은 잉크는 캥거루 피로, 파란 잉크는 훔친 보석을 으스러뜨려서—만든 색색의 잉크로 적었다고 한다.

필자는 총천연색으로 써나갔다. 더 정확히 말하면, 그 자신이 총천
연색으로 느꼈을 것이다. 그가 짙은 와인 빛깔 석양이나 고요한 담청
색 바다의 장관을 찬미했을 것이라는 얘기가 아니다. 우주가 색의 결
과지 그 역이 아니듯, 그의 세계가 그 자신을 압도하는 색조를 띠고 있
었으리라는 뜻이다. 나는 곰곰이 생각했다. 색의 경이가 그가 속한 세
계의 참상을 상쇄해주었을까?

그 조악한 양식, 수없는 부조화, 해독의 어려움, 기이한 아름다움,
게다가 한층 터무니없고 정말이지 받아들이기 힘든 대목들에도 불구
하고—사실은 아마도 바로 그런 것들 때문에—이 비밀스러운 이야기
의 무지개에 어찌나 강렬히 사로잡혔는지, 못해도 그 절반을 읽어치우
고 나서야 비로소 정신이 들었다.

나는 바닥에서 넝마 조각을 주워들어 손이 거의 벗겨지도록 문질러
서 빛나는 보라색 반점들을 지워냈다. 그러고는 책을 찬장에 다시 넣
은 다음, 약간의 흥정을 거쳐 녹슨 함석 찬장에 합당한 적당히 낮은 가
격에—다른 고물들처럼 그것도 유행이 되어버리기 전에—물건을 구
입했다.

그 크고 무거운 찬장을 질질 끌고 눈보라 속으로 걸어나왔을 때 대
체 어쩔 생각이었는지 지금도 모르겠다. 물론 나는 찬장에 스프레이로
고풍스러운 색을 입히고 골동품 오디오 장식장으로 꾸며서 구입한 값
의 갑절을 받고 팔아치울 수 있다는 걸 알았지만, 그리고 조만간 오래
된 여성지들을 치과 대기실에 넣어주고 그 대가로 의사를 구슬려서 공
짜로 이를 때워볼 요량이었지만, 『물고기 책』으로 뭘 할지에 대해서는
아무 생각도 없었다.

부끄럽게도 처음에는 물고기 그림을 여러 장 찢어내 액자에 표구한 다음 고서화 복제품 판매상에게 팔아넘기고 싶은 저열한 충동을 느꼈음을 인정해야겠다. 그러나 그날의 추운 밤과 그다음날 밤과 그 이후의 여러 밤에 걸쳐 『물고기 책』을 읽고 또 읽을수록, 그 책으로 이득을 취하겠다는 생각은 점점 사그라들었다.

나는 그 이야기에 매혹되었고, 책이 무슨 강한 부적이라도 되는 듯, 근본적인 무엇을 전하거나 설명할 무슨 마법이 들어 있기라도 한 듯, 어딜 가든 그 책을 품고 다니는 습관이 붙었다. 그러나 그 근본적인 것이 무엇인지, 그게 왜 그토록 중요하게 느껴지는지를 설명할라치면 말문이 막혔고―이는 지금도 그렇다.

확실히 말할 수 있는 건, 역사학자들과 장서가들과 출판업자들도 이 발견에 기뻐하리라 여겨 그들에게 책을 가져가 견해를 구했을 때 슬프게도 그 황홀감은 나만의 것임을 깨달았다는 사실뿐이다.

『물고기 책』이 오래되었다는 것만큼은 모두가 동의했다. 이 책의 상당 부분―책이 사실이라고 주장하는 이야기, 책이 재현했다는 물고기, 책이 묘사하려 애쓴 죄수와 간수와 행형관료 들―도 주지의 사실과 일치하는 듯 보였다. 적어도 그들과 언쟁이 붙기 전까지는 말이다. 이 적의에 찬 책은 먼 옛날의 특별히 착란한 정신이 낳은 다소 기이한 산물일 뿐이며 무가치하다는 것이 그들의 말이었다.

박물관측을 가까스로 설득해 종이와 잉크와 물감을 분석하고 방사성탄소로 연대를 측정하고 심지어 낱장 단위로 CT 촬영까지 하고 나서야 그들은 모든 재료와 기술이 정말로 그 시대의 것임을 인정했다. 그러나 이야기 자체의 신뢰성이 너무나 떨어졌던 탓에, 박물관의 전문가들은 이 책이 역사적으로 크게 흥미로운 진품임을 입증하기를 거부하고 오히려 위조 기술의 우수성을 치하하며 내 관광사업이 계속 번창하길 기원해주었다.

5

마지막 기대는 식민지 시대를 연구하는 역사학자 로만 드실바 교수에게 걸었다. 내 희망은 그에게 『물고기 책』을 부친 직후 며칠간 부풀어올랐다가, 회신을 기다리는 몇 주 동안 서서히 꺼져내렸다. 가랑비가 내리는 어느 목요일 오후, 마침내 그의 비서가 내게 전화를 걸어 교수님이 당일 연구실에서 이십 분간 시간을 내줄 수 있다고 알려왔다.

연구실에서 목격한 것은 명성이 외모와 어울리지 않는 정도가 아니라 정면으로 대립하는 인물이었다. 로만 드실바 교수의 경련하는 듯한 몸짓, 배가 볼록 튀어나온 자그마한 체형, 못대가리 같은 머리통에 새까맣게 물들인 머리카락을 테디보이 스타일*로 희한하게 매만져 얹은 모습은 엘비스 미니어처 인형과 신경질적인 레그혼 수탉의 실패한 교배종을 연상시켰다.

『물고기 책』이 피고석에 있음은 명백했고, 교수는 검찰측 진술을 고압적으로 전개해나갔다. 우리의 면담이 대화로 변질되는 것은 허용치 않겠다는 결의가 역력했다.

---

* 1950~60년대 영국에서 유행했던 헤어스타일로, 앞머리를 길게 길러 볼륨을 주고 뒷머리는 머릿기름을 잔뜩 발라 빗어넘긴 모양이다.

그는 등을 돌려 서랍을 뒤지더니—극적인 효과를 의도했지만 그저 어색하게 마무리된 갑작스러운 몸짓으로—쇠뭉치가 달린 족쇄를 책상에 쿵 내려놓았다. 나무가 쪼개지는 듯한 파열음이 났지만 드실바 교수는 이미 행동에 돌입해 있었다. 그 깨질 듯한 소리는 물론, 다른 무엇도 진정한 프로인 그를 감히 방해할 수 없었다.

"자, 보이지요, 해밋 씨." 그가 말했다.

나는 아무 말도 하지 않았다.

"무엇이 보입니까, 해밋 씨?"

나는 아무 말도 하지 않았다.

"쇠뭉치 달린 족쇄가 보이지요, 해밋 씨? 죄수들이 차는 족쇄요, 그렇죠?"

나는 붙임성 있게 보이고 싶어서 고개를 끄덕였다.

"아니요, 해밋 씨, 그런 건 여기 없습니다. 당신이 보고 있는 건요, 해밋 씨, 가짜입니다. 19세기 후반에 전과자들이 포트아더 유형지라는 고딕 호러랜드를 찾는 관광객들에게 팔려고 만들었던 족쇄거든요. 그게 당신이 보고 있는 물건입니다. 조잡하고 사기성 짙은, 관광지 기념품 같은 가짜란 말입니다, 해밋 씨. 역사와는 전연 무관한 키치 쪼가리라고요."

그는 말을 잠시 멈추고는 땅딸막한 집게손가락 아랫마디를 오므려 털투성이 콧구멍에 밀어넣었다. 그 안에는 축축한 검은 코털이 나방이 걸릴 정도로 무성했다. 다시 말이 이어졌다.

"역사는요, 해밋 씨, 눈에 보이지 않는 겁니다. 역사에는 힘이 있습니다. 그러나 가짜에는 아무것도 없지요."

나는 감탄했다. 나와 같은 출신인 저 물건은 마치 나 자신이 연마해 온 숭고한 기예의 과거처럼 보였다. 게다가 팔릴 만한 물건 같았다. 내가 홍 선생의 야금 기술과 대장 기술이 어느 정도일지 가늠하며, 콩가에게 전화를 걸어 우연히 발견한 이 수익 잠재력 있는 신규 상품군을 제안해야 될지, 우리 미국 친구들이 이런 물건에서 필시 추구할 에로틱한 자극을 어떻게 에둘러 전달하면 좋을지 (언젠가 콩가가 "저 사람들한테 섹스를 의미하지 않는 건 전혀 없나요?"라고 물었을 때 홍 선생은 대답했다. "사람들이란.") 궁리하며 서 있을 때, 로만 드실바 교수는 굴드의 『물고기 책』을—존중이라고는 전혀 느껴지지 않는 태도로—족쇄 옆에 툭 내던졌다.

"그리고 이것, 이것도 똑같습니다. 오래된 가짜지요, 아마도요, 해밋씨." 이 지점에서 그는 다 안다는 듯한 서글픈 눈빛으로 나를 응시했다. "내가 형용사를 제대로 골랐는지조차 잘 모르겠지만."

그는 뒤돌아서 양손을 주머니에 넣고 창밖으로 몇 층 아래에 있는 주차장을 내려다보다가 시간이 한참 흘렀다 싶었을 즈음 다시 입을 열었다.

"어쨌든 가짜임에는 변함이 없죠."

그러고는 등을 돌린 채, 다년간 학생들을 들볶으며 갈고닦은 듯한 말투로 계속해서 지껄였다. 그는 창문과 주차장에 대고, 『물고기 책』에 묘사된 유형지가 가장 질 나쁜 죄수들이 추방되었던 실제 섬 유형지와 적어도 표면상으로는 동일해 보인다고 말했다. 그 위치 역시 당시 지도에는 불길한 공백으로만 표시되어 있었고 식민지 지도 제작자들이 트란실바니아라고 명명한 미답의 땅인 밴디먼스랜드의 서쪽 절반, 그

침투 불허의 원시림에 포위된 커다란 항구 안에 고립되어 있었다는 점으로 볼 때 알려진 사실과 일치한다고도 했다.

이어서 그는 비듬이 흩뿌려진 앞머리를 백번째로 쓸어넘기며 뒤를 돌아 나를 마주보았다.

"그렇지만 말이죠, 사료상 1820년부터 1832년까지 세라섬이 대영제국을 통틀어 가장 무시무시한 유형지였다는 것은 사실이지만,『물고기 책』에는 우리에게 알려진 그 지옥의 섬의 역사와 일치하는 내용이 전무하다시피 합니다. 당신의 괴악한 연대기에 언급된 이름들 중 보존된 당시 공문서에서 찾아볼 수 있는 것은 거의 없고, 그나마 확인되는 인물들의 신원과 이력도 이…… 이 한심한 짜깁기에 묘사된 것과는 완전히 상충됩니다."

"게다가 사료를 검토해보면," 교수는 계속 말을 이었지만 그때쯤 나는 그가『물고기 책』을 혐오한다는 것을, 이야기가 아닌 사실 속에서 진실을 추구한다는 것을, 그에게 역사란 현재에 대한 침울한 체념의 구실에 불과함을, 그런 머리 모양을 한 남자는 얄팍한 향수에 젖는 경향이 있으며 이런 경향은 삶이 자기 자신처럼 따분하다는 감각으로 변질될 수밖에 없음을 알아차린 터였다. "우리가 밝혀낸 건 세라섬이 폭군의 약탈에 시달리지도 않았고, 별개의 무역국으로 독립할 정도로 대단한 명성과 독자적 발판을 지닌 무역항으로 거듭난 적도 없으며, 당신의『물고기 책』이라는 격변의 연대기에 기록된 것처럼 묵시록적 대화재로 철저히 파괴된 적도 없다는 사실입니다." 그는 자기가 우위에 있다고 느끼는 유일한 것으로 도피했다. 끝없이 지껄여댔다는 말이다.

그는『물고기 책』이 오스트레일리아의 불명예스러운, 그러나 결코 빈약하지는 않은 문학적 사기 행각의 역사에서 언젠가 한자리를 차지할 수도 있으리라고 말했다. 그의 말마따나 이는 "오스트레일리아가 그 세계적 탁월성을 자랑해야 마땅한 국민문학의 한 분야"였다.

"덧붙일 필요도 없겠지만," 그는 이렇게 덧붙이며 음흉한 미소를 지었으나 그 미소는 막 토하려는 주정뱅이처럼 앞머리가 얼굴 쪽으로 힘없이 쏠려 거의 보이지 않았다. "만약 당신이 이것을 소설로 발표한다면 필연적인 일이 일어날 겁니다. 문학상을 타겠지요."

『물고기 책』에 나름의 결점이 있다 해도—그조차 인정하고 싶지 않았지만—그 책이 국민문학으로 오인될 정도로 아둔하고 젠체한다는 인상은 전혀 받지 못했다. 나는 교수의 말이 나를 제물 삼은 무례한 농담인 것 같아 퉁명스럽게 인사를 건네며 만남을 정리한 뒤, 『물고기 책』을 도로 집어들고 연구실을 나왔다.

6

처음에는 나도 교수의 주장들을 일부분 납득했고, 그 책이 모종의 정교하고 미친 속임수임이 틀림없다는 데 동의했다. 그러나 사기 수법에 대해 어느 정도 아는 사람으로서, 모름지기 야바위를 치려면 거짓말을 최소화하고 상대의 선입관에 맞추어야 함을 아는 사람으로서 볼때, 그 책이 위작이라는 건 앞뒤가 맞지 않았다. 과거가 이러했으리라는 짐작에 하나라도 부합하는 구석이 있어야 말이다.

그 책은 점점 자라나 퍼즐이 되었고, 나는 그 퍼즐을 당장 풀어야겠다고 결심했다. 일단 태즈메이니아 기록물 보관소를 샅샅이 뒤졌다. 산뜻하고 평범하고 도시적인 보관소 건물 외관은 한 전체주의 국가의 모든 기록을 보관하고 있음을 교묘히 은폐하고 있었다. 그곳에서 참고가 될 만한 것을 거의 발견하진 못했지만 지혜롭고 덕망 있는 기록연구관 킴 피어스 씨를 알게 된 건 큰 수확이었고, 그와 어울려 마시는 데 재미를 붙였다.

드실바 교수가 이야기한 『물고기 책』의 "간파할 수 없는 괴이한 요소들"은 그렇다 쳐도 더 큰 문제는 이 연대기를 기록한 저자 본인의 신원을 특정할 수 없다는 것이었다. 드실바 교수 말로는 이 문제가 "결함 중의 결함"이었지만, 그런 말은 윌리엄 뷜로 굴드가 그에게 무의미한 존재인 만큼이나 내게 무의미했다.

킴 피어스 씨는 수형자 사망 기록을 뒤져 윌리엄 굴드를 몇 명 찾아냈고, 선술집 '희망과 닻'에서는 윌리 골드라는 살아 있는 사람을, '바다 아이들'에서는 구개열이 있는, 새를 그리는 알코올의존증 수채화가를(새가 아니라 화가한테 구개열이 있다는 뜻이다), 호텔 '초승달'의 주점―아담하고 편안한 바―에서는 지배인 피트를 소개해주었다.

역사 속 (즉 사망한) 윌리엄 굴드 가운데 『물고기 책』 저자와 어느 정도 일치하는 듯한 삶을 산 사람, 범죄 기록이 유사하고 왼쪽 가슴에 저자와 동일한―파란 날개가 달린 붉은 닻 그림이 'Love & Liberty'라는 명문銘文으로 둘러싸인―문신이 있는 사람은 딱 한 명뿐이었다. 그가 바로 1828년 세라섬 유형지에 도착해 외과의사의 지시로 물고기를 그리는 특별한 임무를 부여받은 상습범 죄수 화가 윌리엄 뷜로 굴드였다.

이러한 세부 사실이 『물고기 책』에 묘사된 삶과 일치하긴 했지만, 과거에 존재했던 굴드의 수감 기록에 암시된 나머지 삶은 나를 그토록 사로잡은 내용과는 전연 딴판이었다. 마치 『물고기 책』의 저자 윌리엄 뷜로 굴드라는 이야기꾼이 기억은 지녔으되 그 기억을 뒷받침하는 경험과 이력은 전혀 지니지 못한 채로 태어났으며, 언젠가 자신의 상상이 경험으로 바뀌어 달랠 길 없는 기억의 문제를 해명하고 치유해줄지도 모른다는 기이한 믿음으로 존재하지 않는 것을 만드는 데 온 세월을 다 보낸 것 같았다.

이러한 곤혹스러움과 씨름한 끝이니, 죄수 화가 윌리엄 뷜로 굴드가 그렸다는 또다른 『물고기 책』을 올포트 도서관의 적막 가운데서 발견했을 때 내가 얼마나 놀랐을지 상상해보라. 이 책에는 한 가지만 제외하면 살라망카의 『물고기 책』과 모든 면에서 동일한 경탄스러운 그림들이 들어 있었는데, 그 유사한 정도가 너무 놀라워 숨이 막힐 지경이었다.

나는 그동안 큰 힘이 되어준 친절한 피어스 씨를 불러서 내가 왜 그렇게 큰 소리로 헉 숨을 들이켰는지 설명해주었다.

나는 그에게 물고기 책이 한 권이 아니라 두 권 존재한다는 사실을 발견했다고, 서로를 거울처럼 정확히 반영한 것 같은 이 두 권의 책은 똑같으면서도 근본적으로 다르다고 말했다. 한 책(올포트 도서관의 『물고기 책』)에는 글이 한 줄도 쓰여 있지 않은 반면 다른 책(살라망카의 『물고기 책』)은 마치 대양 그득한 물고기처럼 단어로 넘실거렸으며, 이 단어떼는 그림의 기이한 창조 내력을 설명하는 연대기를 이루고 있었다. 한 책은 말의 권위로, 다른 한 책은 침묵의 권위로 발언하는바, 둘 중 어느 쪽이 더 신비로운지를 구분하기란 불가능했다.

"바로." 킴 피어스 씨가 이렇다 할 설명 없이 미란타* 한 알을 내밀며 말했다. "두 권의 책이 서로의 일그러진 반영이라는 사실이 그 신비로움을 더욱 고조시키는 것이죠."

나는 집으로 부리나케 돌아와 욕실 거울 뒤에 숨겨둔 찬장 판본을 집어들고는, 또다시 인근 호텔에 틀어박혀 술과 물고기에 빠져들었다.

여기서 이야기를 이어가기 전에, 자체 발광하는 표지 말고도 『물고기 책』이 지닌 또다른 비범한 특징, 삶을 반영한 듯한 놀라운 특성을 언급해두어야겠다. 앞서 나는 이 책이 절대 끝나지 않는 듯 보인다고 말한 바 있다. 그러나 이는 진실의 전부가 아니다. 이 특징이 믿기지 않을 정도로 기이한 까닭에 지금까지도 적을까 말까 망설여진다. 그것은—책이 이야기를 끝맺지 않으려고 완강히 버텼다는 사실이다.

책장을 열 때마다, 그때까지 읽어본 적 없는 종잇조각이 모종의 계시처럼 떨어져나온다든지, 전에 읽을 때는 어쩐 일인지 놓치고 지나갔던 주석과 마주친다든지, 어딘가 두 면이 붙어 있는 것을 알아차리지 못했다가 문득 발견해 조심조심 떼어보면 그 속에 새로운 이야기가 들어 있어서 책 전체를 전혀 다른 각도에서 재고해야 하는 일들이 벌어졌다. 『물고기 책』을 펼칠 때마다 이런 식으로 완전히 새로운 장이 기적적으로 모습을 드러냈다. (한때는 '제국'이었던) 술집 '공화국'의 카운터에 혼자 앉아 있던 그날 저녁도 별다르지 않았다. 다만 한 가지 예외가 있다면, 읽어가면서 두려움이 점점 엄습해온 가운데 그 부분이

---

* 소화제 브랜드.

내용의 성격으로 보아 아마도 내가 읽게 될 마지막 장임을, 어리석은 열정으로 기력이 쇠한 와중에도 깨달았다는 점이다.

결말로 다가감에 따라 처음에는 손가락을 대고 있던 책장이 눅눅해 지더니 이내 축축해졌고, 끝내 숨이 가빠와서 두근거리는 심장을 부여 잡고 헐떡였다. 나는 대양 밑바닥에서 쓰인 글을 읽고 있는 듯한 설명할 수 없는 느낌에 휩싸였다.

내 눈을 도저히 믿을 수 없는 상태에서 결말임을 직감한 부분에 다다랐다. 형형색색의 장들이 그처럼 기적적으로 나타나는 일이 이제 다시 없을 것임을 깨달았다. 나는 윌리엄 뷜로 굴드와 물고기의 끔찍스러운 이야기를 경악에 찬 눈으로 응시한 채, 손 떨림을 가라앉히기 위해 우조*를 주문해 후들거리며 한입에 털어넣은 뒤 캐스케이드 맥주[†] 타월 위에 잔을 내려놓고는 여전히 멍한 상태에서 화장실로 휘적휘적 걸어들어갔다.

화장실에서 돌아와보니 탁자는 깨끗이 치워져 있었다.

갑자기 목구멍이 죄어들어 숨쉬기가 힘들었다.

7

캐스케이드 맥주 타월이 없었다.

우조 술잔도 없었다.

---

* 아니스 열매로 담근 그리스 술.

[†] 태즈메이니아의 대표 맥주 브랜드.

그리고 또……『물고기 책』이 없었다!

침을 삼키려 했지만 입안이 바짝 말라 있었다. 똑바로 서려 했지만 아찔한 공포에 휩쓸려 몸이 휘청거렸다. 공황에 빠지지 않으려 했지만 귀가 멍멍해질 정도로 심장이 쿵쾅거렸고, 어마어마한 파도가 내 영혼의 해저로 끝없이 밀려와 부서졌다. 내가 굴드의 『물고기 책』을 놓았던 자리에는 이제 아무것도 없었고, 소금기를 머금은 큼지막한 웅덩이—바텐더가 스펀지로 탁자를 훔쳐다가 개수대에 대고 물을 짜냈다—뿐이었다.

지금에야 깨달은 사실이지만 『물고기 책』은 자기가 왔던 곳으로 되돌아가는 중이었으며, 내게서 끝이 났으니만큼 역설적으로 다른 이들에게서 시작되고 있었다.

하지만 그때는 아무것도 알 수 없었다. 설상가상으로 그날밤 그 호텔에 있던 누구 한 사람, 바텐더도 얼마 안 되는 손님들도 그 책이 거기에 있었다는 것을 전혀 기억하지 못했다. 홀로 버려지기라도 한 듯 거대하고 극심하고 황량한 공포가 나를 사로잡았다.

비참하고 우울한 몇 주가 흘렀다. 그동안 이 명백한 도난 사건을 철저히 수사해달라고 경찰을 닦달했지만 허사였다. 어떤 기이하고 일시적인 삼투현상이 일어나 그 책이 자신의 과거로 재흡수되었을지도 모른다는 희망적이고도 절망적인 망상에 이끌려 살라망카 고물상에도 다시 가보았다. 나는 '공화국'으로 돌아오고 또 돌아왔다. 몇 시간에 걸쳐 탁자 밑을 샅샅이 살피고, 쓰레기통을 뒤집어엎고, 가게 뒤편의 쓰레기 컨테이너 근처에서 스케이트보드를 들고 꾸벅꾸벅 조는 길거리 아이들을 수색에 방해된다면서 모조리 쫓아내고, 손님들이며 직원들과 수없이 충돌한 끝에, 결국에는 두 번 다시 오지 말라는 엄포와 함께 강제로 쫓겨나고 말았다. 악취나는 하수관 배출구를 들여다보며 책이 그곳에서 변신해 나타날지도 모른다는 망상에 빠져 오랜 시간을 보내기도 했다.

그러나 몇 개월이 흐르자 나는 끔찍한 진실을 대면해야 했다.

한없이 경이롭고 무시무시한 이야기가 끝없이 증식하며 펼쳐지는 『물고기 책』은 사라졌다. 나는 근본적인 무엇을 잃었고 그 대신 기이한 전염병에, 지독한 짝사랑에 감염되었다.

8

"여행은 어때요? 취미는요?" 진료실에 처음 들어서고 불과 오 분 만에 박사의 다른 모든 것과 더불어 싫어하게 된 솜뭉치 같은 목소리로 번디 박사가 물었다. 내가 다시 일어나 앉아 셔츠를 입자 그는 건강에는 아무 이상도 없다고, 내게 필요한 것은 어떤 새로운—뭔가 다른—흥밋거리인 것 같다고 말했다. 그러고는 계속 이야기를 늘어놓았다—스포츠 동호회에 가입해볼 생각은 없는지? 남성을 위한 자조 모임은 어떤지?

나는 올포트 도서관에서, 그리고 『물고기 책』이 사라진 그 운명의 저녁 선술집에서 사로잡혔던 숨막히는 기분이 몰려와 황급히 진료실을 빠져나왔다. 내가 병에 걸렸다는 사실을 박사가 인정하지 않으니 내가 그의 처방을 인정하지 않는 것도 합리적인 일 같았다. 어차피 내겐 여행 갈 돈도, 취미를 갖고 싶은 욕구도 없었고, 트라이애슬론에 도전했다가 사람들 앞에서 망신을 당하거나 토착민 천막 같은 곳에서 깃털로 서로를 짐짓 위엄 있게 쓸어주며 자기는 아버지를 모르고 자랐다며 울먹이는 뉴에이지 치과의사들과 포옹하는 것도 끔찍이 싫었다.

그후로 뭘 먹기만 하면 계속 구역질이 났다. 밤이면 내가 절대로 들어갈 수 없는 암흑의 대해를 응시하며 지새웠고, 깨어 있는 시간은 무한히 계속되며 해양생물들이 나오는 악몽으로 채워졌다. 오랫동안 그렇게 설명할 수 없는 병을 앓았다.

으레 그러하듯 다른 비극들이 줄줄이 일어났다. 메이지 이모할머니가 살모넬라식중독으로 돌아가셨다. 그분의 묘지 곁에서 오랜 시간을 보내는 동안, 나에겐 그 책이 생전에 이모할머니가 냉동고에서 꺼내 아주 맛있게 만들어주셨던―유통기한이 이미 이십 년이나 경과한 채 전자레인지의 기적으로 부활하기만 기다리고 있던―냉동 키슈와 다르지 않다는 생각이 들었다. 그 책은 루르드 성수 몇 방울과 가버린 연인의 기억을 기다리는 노스호바트 풋볼 경기장이었다. 그 책이 나를 기다리고 있는 게 아닐까, 하는 생각이 고개를 들었다.

어쩌면 그런 연유로 내 질병이 사명의 형태를 취하게 되었는지도 모른다. 아니, 세간의 흥미를 끌 부분도, 학문적으로 정당화할 구석도, 금전적 보상도 없는, 어리석으리만치 딱한 열정을 제외하면 아무것도 없는 이『물고기 책』을 다시 쓰겠다는 나중의 결심은, 오로지 굴드가 쓰고 그린 모든 것의 장려한 경이로부터 얻은 기쁨으로만 설명할 수 있을 것이다.

선명한 것과 애매한 것, 확실한 것과 불확실한 것을 망라해 모든 기억을 샅샅이 뒤져서, 일부분은 단락을 통으로 필사하고 나머지 부분은 장황한 지면을 간단히 줄여 기록해둔 허술한 메모를 동원해서, 또 올 포트 도서관 소장본인 글 없는 『물고기 책』을 빌려다 그림을 복사하는 편리한 방책을 활용해서, 나는 가망 없는 임무에 착수했다.

어쩌면 빅토르 위고를 모시는 홍 선생이 옳을지도 모른다. 책을 만든다는 것은, 설령 그것이 지금 여러분이 읽는 이 형편없는 책처럼 불완전한 것이라 할지라도, 그 책장 속에 살아 있는 이들을 향해 우리가 느껴야 할 적절한 감정은 사랑뿐임을 깨닫는 일과도 같다. 어쩌면 책을 읽고 쓰는 행위는 인간 존엄성에 남은 최후의 방어선 가운데 하나일지도 모른다. 결국 이 행위가, 이 가차없는 굴욕의 시대에 신마저 증발되어버리기 이전, 신이 우리에게 깨우쳐주었던 것을 다시금 일깨우기 때문이다―우리가 우리보다 더 큰 존재임을, 우리에게 영혼이 있음을, 그보다 더 큰 것도 있음을.

아니, 아닐 것이다.

사람들에게 각자가 굶주린 먼지 이상의 존재임을 깨우쳐주는 일은 신에게도 확실히 너무 버거우니까. 단 한 가지 놀라운 사실은 신이 마침내 포기하기까지 그토록 오랫동안 버텼다는 점이다. 신에게 공감 못 하는 바는 아니지만―나도 나 자신의 조악한 창조물에 대해 똑같이 지긋지긋한 혐오감을 자주 느낀 까닭이다―신이 이루지 못한 일을 이책이 해내리라고는 기대하지도 희망하지도 않는다. 내 소망은 굴드의 물고기 전부를 바다로 돌려보낼 수 있는 배를―그게 아무리 조악하더라도―만드는 것, 그뿐이었다.

하지만 내면의 고통이 심해지고 있음을 고백해야겠다. 요즘 들어서는 무엇이 기억이고 무엇이 계시인지 더이상 확신할 수 없다. 여러분이 읽게 될 이야기가 원본에 얼마나 충실한지에 대해서는, 내 허락을 받고 『물고기 책』 원본을 읽어본 몇 안 되는 사람들 사이에서도 논쟁이 분분하다. 콩가는—하기는, 신뢰할 수 없는 인물이다—둘 사이에 차이가 없다고, 적어도 중요한 차이는 없다고 주장한다. 확실히 여러분이 읽게 될 책은 내 기억 속의 책과 동일하며, 나는 그 독서의 경이와 굴드의 이상한 세계 모두에 충실하려고 노력했다.

홍 선생이라면 알지도 모른다고 기대했지만, 그 역시 모르는 건 마찬가지였다. 우리가 '희망과 닻' 안 장작불 앞에 앉아 있던 눅눅한 오후에, 나는 선생—내 지인들 가운데 책에 대해 조금이라도 아는 유일한 인물—이 이 날뛰는 가슴을 진정시킬 뭔가를 말해주리라 믿고 이 골치 아픈 질문을 던졌다. 이에 홍 선생은 책과 그 저자가 불가분의 관계라는 학설을 과감히 제시하더니 이에 대해 나로서는 다소 애매하게 여겨지는 설명으로, 보바리 부인의 모델이 누구인지 밝혀달라는 질문에 시달린 플로베르가 결국에는—홍 선생의 주장에 따르면 노기와 패기를 동시에 담아서—"마담 보바리, 세 무아C'est moi!"라고 외쳤다는 이야기를 (프랑스의 또다른 기묘한 유산인 페르노를 홀짝이며) 들려주었다.

홍 선생을 우쭐하게 만들고—프랑스어에도 문학에도 무지하며 홍 선생이 저 말을 번역해준 ("보바리 부인은 바로 나요!") 뒤에도 무지하기는 마찬가지였던—나와 콩가를 약간은 유식하게 만들어준 이 영문 모를 일화가 끝난 뒤, 콩가는 자기도 모르겠다고 선언했다.

"어쩌면," 내가 조심스럽게 입을 연다. "드실바가 옳은지도 몰라. 그냥 가짜였는지도 모르지."

"실바 따위 좆 까라고 해," 콩가가 말한다. 그녀의 얼굴은 술과 분노로 상기되어 있다. "다 좆 까라고 해!"

"맞아," 내가 말한다. "맞아."

하지만 사실은 잘 모르겠다.

나는 책이 신성한 지혜의 말이라는 훈훈한 결론으로 시작했다가, 결국 책이란 모두 영원히 오해되도록 운명 지워진 거대한 바보짓이라는 희미한 직감에 도달한 터였다.

홍 선생이 말한다. 한 권의 책이란 최초에는 삶을 이해하는 새로운 길―독창적인 우주―일 수도 있지만, 머잖아 아첨꾼들의 과찬과 동시대인의 경멸을 받으며 두 편 중 누구에게도 읽히지 않는, 저술사著述史의 각주로 전락한다고. 책의 운명은 가혹하며 책의 숙명은 부조리하다. 독자들에게 무시당하면 사멸하고, 후대의 승인을 받으면 영원히 곡해될 운명에 처하는 것이다. 또 그 저자들은 처음에는 신이 되고, 그다음에는 필연적으로, 그들이 빅토르 위고가 아니라면, 악마가 된다.

그 말과 함께 홍 선생은 남은 페르노 잔을 비우고 자리를 뜬다.

곧이어 콩가가 갑자기 욕정을 드러내며 내게 바짝 붙어 몸을 기대어와 우리 몸은 사나운 바다의 조각배처럼 요동쳤고, 그녀는 내 사타구니 밑으로 손을 슬그머니 들이밀더니 마치 경적에 연결된 끈이라도 되는 것처럼 불알을 잡아당긴다.

뿌―뿌―!

결국 우리는 그녀의 침대에 함께 골인했고, 우리의 얼굴과 몸 위로는 빅토르 위고가 신이며 엠마 보바리가 귀스타브 플로베르라고 믿는 한 베트남 난민의 작품인 세이커 가구 더미의 그림자가 어지럽게 드리우는데, 일순 그녀의 욕정이 증발한다.

그녀의 눈이 번들거린다.

그녀의 입술이 떨린다.

"당신 누구야?" 그녀가 별안간 소리지른다. "누구야?"

그녀는 겁을 집어먹고 새파랗게 질려 다른 누군가를 보고 있지만 그게 누구인지 나는 알 길이 없다. 그녀의 몸이 돌연 죽은 듯이 굳어 더없이 무시무시하게 예속된 상태로만 존재하는 가운데, 나는 비열하게도 잠깐 동안 움직임을 이어가다가 압도적인 동물적 욕망이 나 자신의 공포로 제압된 뒤에야 물러난다.

"왜 가?" 콩가가 외친다. 이제 그녀의 목소리는 달라져 있다. 나는 그녀가 어딘지 몰라도 아까 있던 곳에서 되돌아왔음을 눈치챈다.

"가지 마, 이리 돌아와." 콩가가 이렇게 말하고 두 팔을 벌려 보이자 나는 안도하고 다시 올라탄다. 그런데 다시금 눈이 번들거리고 몸이 굳더니 소리소리 지른다. "당신 누구야? 누구야? 누구야?" 이번에는 울먹인다. 나는 이 이상한 악순환에서 그저 벗어나고만 싶다. 내가 황급히 일어나 주섬주섬 옷을 입는 내내 콩가는 어찌된 영문인지 아주 상냥하게, 정말로 속이 상한 듯이 말한다. "왜 그래? 왜 가려고?" 나는 가버린다. 그녀에게 위안을 줄 가구가, 죄의식 깃든 그녀의 슬픔과 맞바꿀 가짜 의자나 탁자가 내게는 없기 때문에, 그녀에게도 나 자신에게도 『물고기 책』이 무엇인지는 고사하고 내가 누구고 그녀가 누구인지조차 대답할 수 없기 때문에.

어떻게 그녀에게 말할 수 있을까? 우울이 밤이슬과 함께 내리는 듯한 한밤중이면 윌리엄 뷜로 굴드가 오직 나만을 위해 태어났다는, 그가 나를 위해 자기 인생을 만들었고 나는 그를 위해 이 『물고기 책』을 만들었다는, 우리의 운명이 시종일관 하나였다는, 그런 강렬한 환상에 사로잡힌다는 사실을.

알다시피 이 책은 겹겹의 베일처럼 영 종잡을 수 없을 때가 있어 한 겹 한 겹 걷어내고 분리하면 또 그와 비슷한 것이 드러나는데, 그렇게 하여 마침내 도달하는 공백, 말의 부재, 바다의 소리, 광활한 인도양의 소리를 통해 나는 마음의 눈으로 굴드가 세라섬 가까이 갔다가 멀어졌다 하는 모습을 바라본다. 그 소리와 광경은 천천히 안팎으로 안팎으로 고동친다.

삶의 수치스러운 몰락에 기진한 나는 콩가의 어두컴컴한 거실에 있는 오래된 적갈색 안락의자에 털썩 주저앉았고, 어느덧 깊이 잠들었다. 마음 깊은 곳에서는 한 가지 끈질긴 의문이 무한 루프처럼 재생되고 있었다.

나는 누구냐……? 그 질문은 묻고 있었다. 나는 누구냐……?

9

점점 더 종잡을 수 없는 이 수수께끼의 답을 구하기 위해 내가 의탁한 곳은 둔하고 시대에 뒤처진 이들, 병들고 늙고 누구도 원치 않는 이들에게 남은 유일한 곳—깜빡이는 새 슬롯머신과, 내면에서 길을 잃고 죽음이 드리운 어느 외계우주로 빙글빙글 돌며 멀어져가는 이들 특유의 흐릿한 웅얼거림으로 가득찬 낡은 술집들―이었다.

이 깜빡이는 명계를 여행하는 동안, 나는 잠시나마 도박에 매달려 있지 않거나 나처럼 엄청난 문제를 짊어진 듯 보이지 않는 이들을 상대로 같이 술을 마시고, 내 이야기와 이야기에 곁들이고자 테이블에 펼쳐놓은 그림들―올포트 도서관 『물고기 책』 그림의 다 해진 복사본―에 대한 생각을 들려달라고 청했다. 그리고 그들에게 질문을 던졌다.

다듬어지지 않은 그림이긴 하지만 못 그린 것은 아니라고, 하지만 이야기는―간단히 말하면―완전히 미쳤다고 대꾸해준 이들이 약간은 있었다. 조사 과정에서 만난 학자들 덕에 무의미한 논쟁을 하는 버릇이 든 나는, 어쩌면 광기 안에 진실이 있거나 진실 안에 광기가 있을지도 모른다며 바의 동료들을 설득하려고 애썼다.

"당신 어머니는 누구였지? 어머니는 갓난아기인 당신의 귀에 어떤 비밀을 속삭였지?" 나는 그들에게 물었다. "어머니는 물고기였나?" 나는 소리를 지르기 시작했다. "그랬나?"

"세상은 애초부터 바보 같았지." 누군가가 대답이 아닌 조롱조로 말했다. "그뒤로 더 바보 같아지기만 했고."

그 말에 나는 고함으로 응수하곤 했다. "나와 함께 시간 속으로 여행하자! 너희, 흐리멍덩한 숭어 눈깔을 한 남자들과 성대 비늘을 두른 여자들아! 나와 함께 이 축축한 맥주잔 깔개와 기억을 잃은 유희의 땅으로부터 멀리 떠나 너희 심장을 찾을 곳으로 가자! 너희의 영혼이 횡단하길 소망하는 머나먼 대지는 어디에 있느냐? 너희 뱃속에서 쿵쿵대고 너희 꿈을 어지럽히는 게 무엇이냐? 어떤 과거의 그림자가 너희를 그토록 괴롭히느냐? 너희는 어떤 종류의 바다생물이냐?"

하지만 사실을 말하자면 그들은 전혀 도움이 되지 않았다. 그들은 내가 쏟아놓는 백만하고도 한 가지 질문 가운데 어느 것에도 대답해주지 않았다. 급기야 내가 입을 열기도 전부터 나를 슬슬 피했고, 남은 퇴직금과 장애연금과 실업수당을 슬롯머신에 몽땅 쏟아부으려고 바꾼 동전을 폴리스티렌 콜라컵에 가득 담은 채 황급히 지나갔다. 그러고는 스크린 앞에 가서, 저 회전하는 수레바퀴의 완벽한 이미지에 자신의 불운이 더할 나위 없이 정확히 구현되어 있는 사실에 넋이 나간 채 앉아 있었다.

약간이나마 흥미를 보인 몇 안 되는 이들은 악담을 퍼붓고 굴드의 『물고기 책』의 의미가 무한하다는 내 견해를 비웃었으며, 나를 아는 사람들은 스스로를 속이는 짓은 그만하고 다시 가서 미국인들이나 속여먹으라고 타이르곤 했다. 어느 낯선 사람한테는 의자에서 굴러떨어질 정도로 낯짝을 세게 얻어맞았는데, 그가 내 맥주를 내게 부으며 '헤엄치렴, 꼬마 물고기야! 헤엄쳐서 바다로 돌아가렴!' 하고 노래를 부르는 동안 주변 사람들은 낄낄대기만 했다. 모두가―때마침 걸어들어온 홍 선생만 빼고―그 애처로운 머리들이 떨어져나가도록 웃어젖혔다.

홍 선생은 내 겨드랑이에 양손을 끼워 밖으로 질질 끌고 나갔다. 내가 젖은 아스팔트 보도에 드러누워 신음하는 사이 내 외투 속을 더듬어 지갑을 꺼내 현금을 전부 털었다. 그러더니 일어나서, 위조 회화 밀매업을―그것이 빅토르 위고의 뜻이라면―시작하기에 충분한 상금을 따가지고 다시 오겠노라 약속하고는 점멸하는 네온 속으로 표표히 사라졌다.

엎어진 몸뚱이 옆을 지나쳐 도박 주점으로 줄줄이 헤엄쳐 들어간 이들에게 나의 은달고기와 별바라기 그림은 아무 쓸모도 없음을—화면 속에서 한 줄로 늘어선 레몬 두 개와 파인애플 한 개만큼이나 무가치하며, 잘하면 플러시가 될 뻔했던 패만큼이나 실망스러운 것임을—깨달았다. 그들의 눈에 비치지 않은 모든 물고기는, 화면에 비친 그들의 형상 너머 글자를 깜빡이며 우리 공통의 운명을 알려오는 신호에 다름 아니었다.

'게임 오버'

10

내 돈을 몽땅 잃고 밖으로 나온 홍 선생은 곧 갚겠노라 약속하고는 루타나의 옛 아연 제련소 사택에 마련한 자기 집으로 나를 데려갔다. 그의 아내와 아이들이 잠들어 있어서 우리는 숨을 죽이고 집에 들어섰다. 그는 작은 거실 겸 식당에 나를 내버려두고 같이 먹을 수프를 끓이기 위해 부엌으로 사라졌다.

방 한구석에는 빅토르 위고를 모신 제단이 있었다. 이 위대한 인간의 석판 초상화 복사본을 끼운 플라스틱 빨간 액자가 초록색 벨벳 천 위에 기대 놓여 있고, 그 주변에는 불을 붙이지 않은 양초 두 개, 타다 남은 향 네 대, 페이퍼백 소설 몇 권, 쭈글쭈글한 살구 몇 알이 진열되어 있었다.

제단 옆에는 어항이 있었다. 홍 선생은 그 안에 커다란 빅벨리해마한 마리와 30센티미터는 족히 되는 몸길이에 나뭇잎을 닮은 섬세한 지느러미로 덮인 해마 비슷한 생물 한 마리를 키우고 있었다. 나중에 그는 이것이 풀잎해룡이라고 일러주었는데, 두 마리 모두 『물고기 책』에서 보았던 그림과 비슷했다. 나는 너무나 평화롭게 떠다니는 듯 보이는 이 생경한 존재들을 빤히 들여다보았다.

뼈고리로 둘러싸인 몸통과 길쭉한 관 모양의 코를 지닌 빅벨리해마의 작은 지느러미는 마치 뺨을 붉힌 채 사교계에 첫발을 디딘 이의 부채처럼 부지런히 나부꼈다. 녀석은 뺨에 달린 가슴지느러미로 방향을 조정했는데 구레나룻과 핸들의 조합인 셈이었다. 홍 선생이 김이 모락모락 나는 수프 두 그릇을 들고 나타났다. 그는 그릇을 식탁에 내려놓더니, 해마의 변신 능력에 대해, 수컷이 육아낭에 알을 품었다가 수백 마리의 새끼 해마를 출산하는 과정에 대해 설명해주었다.

그때 마치 신호라도 떨어진 것처럼 해마가 출산을 시작했다. 넋을 잃고 지켜보는 내 앞에서 녀석은 몸통을 앞뒤로 세차게 흔들며 배 안에 있는 것을 열심히 짜냈고, 고통스럽게 몸을 푸는 내내 부풀어오른 배 중앙의 구멍으로 검은 새끼 해마가 거의 일 분마다 한두 마리씩 튀어나왔다. 이 조그맣고 가느다란 검은 막대기들은 곧바로 헤엄치기 시작했는데, 오르락내리락하는 소용돌이 속에서 그나마 알아볼 수 있는 거라곤 그들의 커다란 눈과 기다란 관 같은 코뿐이었다. 새끼들은 마치 굴드의 소실된 말(言)들 같았고, 얼마간 나 자신이 장시간의 출산을 마친 불쌍한 해마가 된 기분이었다. 아까까지 잔뜩 부풀어올라 있던 배는 그동안의 힘든 움직임에 지쳐 이제 축 늘어져 있었다.

내 시선은 풀잎해룡 쪽으로 향했다. 장려한 피조물이라는 홍 선생의 말에 동의할 수밖에 없었다. 풀잎해룡은 해마처럼 수직이 아니라 물고기처럼 수평으로 헤엄쳤지만, 그 움직임은 해마처럼 아름다웠다. 마치 헬리콥터와 교배한 호버크라프트처럼, 호화롭게 치장한 수직 이착륙 제트기처럼 그것은 위아래로, 앞으로, 옆으로 떠다녔다. 그 영롱한 색채는 수려하기 그지없었다—핑크빛을 띤 빨강, 보랏빛을 띤 검정, 은빛을 띤 파란색 몸체에는 노란 점들이 흩어져 있고, 그 주위로 연보라색 잎사귀들이 물결쳤다. 그러나 그 주위에는 고요한 품위와 더불어 아주 기이한 우수가 감돌았다. 거기에는 경이뿐만 아니라 슬픔도 어른거렸다.

그때 나는 풀잎해룡이 아니었으므로 저 생물이 처한 끝없고 가혹한 감금 상태를 인식하지 못했다. 그때 나는 풀잎해룡의 무시무시한 평정을 이해할 수 있다고 상상했지만, 한 일생을 거친 뒤에야 비로소 그 평정의 이유, 즉 일체의 선도 일체의 악도 똑같이 불가피한 것이라는 인식을 진정으로 이해할 수 있었다. 그러나 모든 것을 이해하는 풀잎해룡은 자신이 이해받지 못한다는 사실에 괘념치 않는 듯 보였다.

나는 유리에 얼굴을 갖다대고 더 가까이 들여다보며 그 하강하는 신비를 헤아리고자 애썼다. 그러고는 풀잎해룡의 아름다움이 어떤 진화적 필요 때문에, 아마도 짝을 유혹하거나 색색의 산호 속에 몸을 숨기기 위해서 생겨났으리라고 상상했다. 이제 나는 아름다움이란 생명에 대한 생명의 반란임을, 풀잎해룡이 만물 가운데 가장 완벽한 존재이자 그 자신의 노래였음을 안다.

그리고 갑작스러운 변신의 순간이 왔다. 각성이란 말은 그때 느낀 충격을 묘사하기에 너무 부드러운 표현이다. 그것은 꿈이었지만, 한참 뒤에야 나는 깨어남이 없으리라는 것을 깨달았다. 해룡이 그 기다란 코로 내 얼굴이 닿은 유리의 뒷면을 건드리고 있었다. 경탄스러운 두 눈은 각각 제멋대로 돌아가면서도 서로 다른 각도에서 나를 향하고 있었다. 저것이 내게 무슨 말을 하려는 건가? 아무것도? 무언가를? 비난받는 듯한 기분이, 죄의식이 느껴졌다. 나는 유리에 대고 성내다시피 한 어조로 나지막하게 속삭이기 시작했다. 저것이 내가 답할 수 없는 질문을 하고 있는 것인가? 아니면 언어를 초월한 어떤 투명한 소통 수단으로써 내게 이렇게 말하는 것인가? 나는 네가 될 것이다, 라고.

내가, 네가 된다고?

이렇게 중얼거리는 동안, 해룡은 그 잎사귀 같은 지느러미의 아주 희미한 움직임만 빼고는 미동도 없이, 그 제멋대로 돌아간 눈깔로 마치 뭔가를 아는 듯이, 지독하고 끔찍하리만치 시선을 고정한 채 나를 꿰뚫어볼 뿐이었다.

나는 입을 다물었다.

내가 너무 오랫동안 들여다보고 있었는지도 몰라.

어쨌든, 구역질나는 현기증이면서 격렬한 해방감이기도 한 순간적인 감각이 엄습하면서, 나를 지탱하던 무게와 지주와 구조가 사라졌다. 내가 추락하고 곤두박질해서 유리와 물속을 통과하여 해룡의 눈 속으로 들어감과 동시에 해룡도 내 속으로 들어왔고, 다음 순간 나는 밖에서 나를 들여다보는 한 초라한 남자를, 그가 드디어 내 이야기를 들려주리라는 헛된 기대를 품은 채 내다보고 있었다.

굴드의 공책에서 앞의 쉰네 쪽은 유실되어 있었다.

그의 일기는 55쪽부터 시작된다.

The Kelpy

켈피*

오스트레일리아 침공—불운한 오해—흑인들의 머리가 담긴 통
—왕과 나—장바뵈프 오듀본의 실책—부르주아 새—핀치벡 선장과 프랑스혁명
—검은 전쟁†—도적 클루커스—그의 배신—왕풍뎅이
—기계 파괴범의 비극적 죽음—단어들의 모닥불

1

당시에는 밴디먼스랜드로 알려진─이곳 출신들은 내가 하려는 종류의 이야기를 수치스럽게 여겨서 이제는 태즈메이니아라고 부르는 편을 선호하는─땅을 대대적으로 침공했을 때 내가 수행했던 하찮은 역할은 지금까지 기록되지 않았지만, 나는 그 역할을 기록하고 되돌아볼 가치가 있다고 믿는다.

때는 1803년, 행여 내 결심이 흔들릴까 뱅크스 씨가 뒤에서 권총으로 등을 찔러대는 가운데, 아직 애송이였던 내가 포경보트에서 뛰어내려 리스던 후미의 일렁이는 물속으로 거꾸러지며 얼굴을 처박았던 그 순간 이후 나와 이 땅은 줄곧 곤경에 처해 있는 듯하다.

나는 반쯤 헤엄치고 반쯤 휘적휘적 걸어서 뭍에 다다라 영국 상선기라고 생각한 것을 해안에 깊숙이 꽂고는, 이 깃발이 상징하는 영광스러운 영국의 이름으로 눈앞에 펼쳐진 광활한 대지의 소유권을 선포했다. 그러나 경례를 거두고 자랑스럽게 위를 올려다보았을 때 거기에는 침대 시트가, 보언 대위가 사모아의 랄라루크 공주*와 보낸 나른한 오후들의 산물인 누르께한 얼룩이 기다랗게 번진 채 나부끼고 있었다.

이로써 나는 사유재산 절취죄로 칠 년, 명령 불복종으로 추가 십사 년, 거기다 왕실 모독죄로 추가 이십팔 년형을 선고받았다. 무기징역 선고는 아니니 자비로운 일이라 할 수 있겠지만, 사실상 죽을 때까지 수감되는 것이나 다름없었다.

그리고 결국에는 그 비슷하게 흘러갔다. 나는 이듬해 가까스로 탈옥해서 포경선을 타고 미국으로 도주했다가 마침내 영국으로 되돌아갔고, 그곳에서 이십 년간 이름을 바꿔가면서 밑바닥을 전전하다가 결국 다시 체포되어 도로 이곳으로 유배되었다. 내가 아직 싸움을 멈추지 않는 것은 언젠가는 여기서 풀려나리라는 희망 때문이 아니라, 결국에는 그들이 나를 죽임으로써—벌써 오래전에 했어야 할 일이다—친절을 베풀어주리라는 희망 때문이다.

화가 머리끝까지 난 보언 대위는 얼마 뒤 흑인 가족 수백 명이 캥거루를 사냥하다가 우리가 있는 곳에 다다랐을 때 이를 선전포고로 받아들이고, 해변에 모여드는 사람들에게 즉시 대포를 발사하라고 명령했다. 마흔다섯 구에 이르는 남자와 여자와 아이들의 시신이 모래 위에 버려졌고, 부상을 입은 채 동족의 손에 이끌려 멀리 떨어진 그들의 야

---

* 존 보언은 태즈메이니아섬으로 영국인들을 이끌고 왔던 첫 영국 해군 장교이자 식민지 관리다. 랄라루크는 토머스 모어가 아시아 지역을 배경으로 쓴 동명의 이야기시 주인공이다. 참고로 이 책에서 역사상 실존 인물을 모델로 삼은 인물들은 대부분 그 이름이나 전기적 사실이 의도적으로 변조되어 있다.

영지로 옮겨져서 숨을 거둔 이들이 얼마나 되는지는 알 길이 없다.

뱅크스 씨는 흑인들의 주검이 대부분 온전한 상태인데다 창이며 정교하게 엮어 만든 조개 목걸이, 갈대 바구니, 가죽 같은 물건들도 고스란히 남은 것에 기뻐했다. 내가 쇠사슬로 나무에 묶인 채 선고를 기다리는 동안, 동료 죄수들은 흑인들의 머리를 잘라 방부액에 담갔다. 마침내 그들이 끄덕거리는 머리가 담긴 큰 통 여섯 개를 갖다 바치자, 뱅크스 씨는 흡족해하며 이것이 인류의 비천한 사생아들에 대한 우리의 이해를 크게 증진하리라 기대한다고 말했다.

곪아터진 발목에 바닷물이 다시금 밀려와 찰싹일 때마다, 방부액 속을 뒹굴던 저 흑인 머리들과 믿을 수 없다는 표정으로 굳어버린 희부연 눈들이 생각난다. 그 머리들이 훗날 나를 어떤 곤경에 빠뜨리게 될지, 그때는 나도 그들도 알 길이 없었다. 발목에 찬 쇠족쇄 아래로 굴처럼 다닥다닥 딱지진 상처가 다시 심하게 쓰라려오면 물때가 바뀐 것이다. 그러면 사암절벽 기슭, 만조 수위를 따라 그 아래 지은 이 감방―여러분이 산적 맷 브레이디의 끔찍한 옥살이와 그후의 악랄한 행적을 다룬 길거리의 허무맹랑한 소책자에서 읽어보았을 게 분명한 저 악명 높은 물고기 감방―은 내 머리 위까지 잠기게 될 것이다.

그렇다고 익사하는 것은 아니다. 이전의 다른 수감자들이 그랬듯이 나도 머리 위 대들보에 매달려, 만조 때도 공기가 통하는 감방 맨 꼭대기 공간으로 머리를 간신히 내놓고 몇 시간을 버티니까. 때로는 그냥 손을 놓아버리고 이대로 죽기를 바라면서 내 조그만 왕국을 떠다니곤 한다. 때로는 이렇게 떠다니면서 감사해야 할 일을 꼽아보기도 한다. 하루 두 번씩 받는 이 목욕물 덕분에 요즘 몸에서 이가 없어진 것 같다. 또 늘 축축하고 툭하면 소금기 밴 해초 냄새가 나긴 해도, 감방이라면 풍기기 마련인 지독한 똥냄새와 고약한 숫염소 냄새에는 시달리지 않는다.

감사할 일 두 가지, 이 정도로도 내 암산 능력을 시험하기엔 충분하다. 그러면서 나를 기다리는 교수대에서 추락할 때 선보일 가련한 발버둥을 벌써부터 연습이라도 하듯이 덜덜 떨며 차가운 물속을 떠다니다보면 가끔은 다 벗어났다는 마음이 들어, 흡족한 기분으로 다시 물고기를 그린다.

내 이름은 내키는 대로 부르시라. 다른 이들도 그렇게 부르고 있고 나는 아무래도 상관없다. 이 모습은 내가 아니다. 이 삶에서 한 남자의 사연은 별 대수가 아니다. 삶이란 등에 지고 다니며 그 안에서 살다 죽는 무의미한 등딱지에 불과할 뿐이니. 이건 가시복이 한 말이다. 그런가 하면 그는 여느 때처럼 그 부풀어오른 머리를 이미 달갑잖은 곳에 들이밀고 있다. 지금부터 이야기할 내용은 나의 진짜 이야기일 수도 있고 아닐 수도 있지만, 어느 쪽이든 그리 중요치 않다. 그래도 가시복은 죽었고 늙은 덴마크인도 이제 하직했으므로, 나 또한 그들과 합류하기 전에 내 시시한 그림 이야기를 하고자 한다.

이는 미래가 이 어둡고 습한 감방을 둘러싼 축축한 사암벽과 같으니 방금 빠진 썰물처럼 나 또한 쓸려가버리기 전에 거기 수없이 새겨진 다른 이름들 옆에 내 이름을 새기겠다는 의지 때문이 아니다. 이러한 말들이 적어도 증거이자 산산이 부서진 자유의 한 조각 표류물로 남아 후대가 내 기억을 소중히 보듬어줄지도 모른다는 헛된 믿음 때문이 아니다. 그런 도박에 희망을 걸기에는 아무래도 이미 너무 멀리 와버렸다. 솔직히 처음에는 뭔가를 고백하고 싶은 기묘한 욕망이 있었는데, 이것이 나중에는 그냥 악취미로, 마치 이가 들끓는 불알을 북북 긁는 행동처럼 끊기 힘든 애처로운 악습으로 자리잡았을 뿐이다.

내가 제대로 된 대접을 받지 못한다고 여기지 말았으면 한다. 오히려 그 반대다. 때때로 그들은 멀건 죽 약간이나 산패한 염장 돼지고기 비계를 컵이나 사발에 담아 가져와서 던져준다. 나는 미소로 답례할 때도 있고, 특별히 기운이 넘칠 때면 이런 경우를 위해 특별히 아껴둔 똥덩어리를 공중으로 내던지기도 한다. 그런 유쾌한 교류가 오간 뒤에 그들은 때때로 나를 흠씬 두들겨주는데, 이는 그들이 아직 약간은 관심을 쏟는다는 뜻이기에 나는 그에 대해서도 역시 사의를 표한다. 대단히 감사합니다. 나는 말한다. 감사합니다 감사합니다 감사합니다. 그러면 그들은 다시금 낄낄 웃는다. 구타와 똥을 던지고 받으며 우리는 정말 멋들어지게 잘 어울려 지낸다고 말할 수 있다. "섬 유형지의 좋은 점은," 나는 감방 문짝에 대고 속삭인다. "우리 모두가 이 똥구덩이에서 함께 구른다는 것이지요. 간수님과 군인 양반과 심지어 사령관 나리까지요. 안 그렇습니까? 안 그렇습니까?"

"닥쳐!" 간수 팝조이가 문 건너편에서 빗장을 지르며 고함치지만, 그는 아직 이 이야기에 입장 허가를 받지 못했으므로 내게는 그 목소리가 들리지 않는다. 그리고 일단 나처럼 이야기 속에 들어오면 그 또한 탈출하지 못할 것이라고 장담할 수 있다.

어쩌다 내가 물고기를 그리게 되었는지, 왜 물고기 그림이 내게 그처럼 중요해졌는지를 처음부터 확실히 밝혀야 한다는 건 안다. 하지만 정말이지 내게는 더이상 그 무엇도 확실치 않을뿐더러, 모든 일이 설명은커녕 이해의 범위까지 넘어선 듯하다. 말하건대 이 유형지에는 죄수를 묘사한 그림이 단 한 점도 없으며, 그런 그림을 그리는 일 자체가 매우 가혹한 처벌 대상으로 금지되어 있다.

얼핏 생각해봐도, 이 시대와 장소에 대한 시각적인 기록이 전혀—장애를 입은 자, 망가진 자, 심지어 사령관의 그림조차—남지 않으리라는 것은 기묘한 일이다. 물론 유형지에 대한 기록 문서는 이곳의 거대한 등기소—죄수들이 자기 기록에 손대지 못하게끔 위치가 비밀에 부쳐진 신비의 문서고—에 보관되어 있다. 소문에 따르면 미궁과도 같은 그 보관소에 모든 죄수와 과거 이 섬에서 일어난 모든 사건이 지극히 사소한 사항 하나까지 누락되지 않은 채 목록과 연대기로 세세히 기록되어 있다고 한다.

그렇다고 내 물고기가 어떤 대안적이며 전복적인 등기소라고 내세울 생각은 없다. 원대한 포부가 있다거나 모든 것을 아우르겠다는 야심이 있진 않다.

한 장의 그림, 한 권의 책은 기껏해야 한 채의 빈집으로 여러분을 초대하는 열린 문에 불과할 뿐, 일단 그 안에 들어가면 나머지 부분은 여러분 스스로가 최대한 만들어서 채워넣어야 한다. 내가 조금이라도 확신을 가지고 여러분에게 보여줄 수 있는 것이라곤 여기서 일어난 일의 극히 일부에 불과하다. 왜, 무슨 이유로, 이런 것은 분 바른 가발과 검은 법모를 쓴 판사들, 엉터리 비평가 부류에게는 그야말로 장황한 헛소리에 지나지 않는다. 죄의식, 죄, 동기, 영감, 선악 따위를 누가 알며, 누가 신경이나 쓰겠는가? 내가 말할 수 있는 것이라곤, 구타와 만조를 번갈아 겪는 와중에 간수 팝조이가 등기소에서 빼돌린 싸구려 종이 몇

장을 가져다주고는 컨스터블*풍의 목가적이고 행복한 풍경화―유쾌한 건초 작업, 팝조이 자신과 똑같은 시골 바보들, 햇빛이 아른거리는 잉글랜드 시내를 건너는 우마차 따위가 등장하는, 판매하거나 다른 물건과 교환할 수 있는 회화―를 그리라고 시켰다는 것뿐이다.

멀대 같은 팝조이는 인간과 기린의 경계에 있다. 키가 얼마나 큰지 감방에 들어올 때면 몸을 반으로 접다시피 해야 하기 때문에 마치 내 앞에 엎드리는 것처럼 보인다―물론 우리가 처한 상황에서는 그 반대여야 마땅할 테지만 말이다. 나는 팝조이보다 몸을 낮추기 위해 허리를 너무 깊숙이 굽히는 나머지, 우리 발밑에 고인 미끈거리는 웅덩이에 대고 숨을 내쉬다가 보글보글 거품을 내버려서 본의 아니게 그 어둠 속에 옹기종기 모인 친구들, 이 음지에서 나와 동거중인 게와 총알고둥과 홍합의 안식을 방해하고 만다.

"감사합니다 감사합니다 감사합니다." 나는 나처럼 바다 개흙 속에 거주하는 모든 이를 향해 이렇게 말하고는 밀물이 올라오기 전에 서둘러 일에 착수한다. 매일매일 하나가 아닌 세 가지 임무를 완수해야 하기 때문이다. 첫째는 팝조이에게 건네줄 경건한 전원 풍경화고, 둘째는 나를 위한 물고기 그림이며, 셋째는―이 작업을 할 때는 항상 시간에 쫓기는 바람에 꼭 해야 하거나 하고 싶은 말을 다 쓴 적이 한 번도 없지만―그 물고기에 곁들일 이 수기다.

---

* 18세기 말부터 19세기 초까지 활동한 영국의 풍경화가.

2

　죄수가 이 섬에 대해 사적인 기록을 남기는 일은 그림을 그리는 것보다 더 가혹한 처벌이 따르는 범죄이므로 신중하게 추진해야만 한다. 매일 팝조이는 새로 완성된 컨스터블 위작과 함께 물감과 종이를 회수해가면서 물감이 너무 많이 줄지는 않았는지, 남은 종이 매수가 내가 밑그림에 낭비하거나 궁둥이를 닦는 데 썼다고 말한 것에 부합하는지 확인한다. 이 여분의 종이는 팝조이가 예술가인 나의 섬세한 구멍이 모욕적인 취급에 익숙지 않다는 근거하에 나처럼 궁둥이가 거칠거칠한 죄수에게 이따금 베푸는 무한한 아량이다.

　나는 주의깊게 숨겨둔 물고기 책을 이어서 써나가기 위해 매일 종이 몇 장씩을 따로 빼돌린다. 특히 강렬한 녹색과 갈색을 예술적으로 죽죽 긋고 구긴 종잇조각 한 장을 특별 용도로 보관해놓았다가 감방 문이 열릴 때마다 눈에 띄도록 빛이 닿는 한쪽 구석에 재배치해둔다. 그 촉촉한 색채는 개인위생에 대해 내가 꾸며낸 이야기의 보강증거물 구실을 하며, 식생활 현황이나 팝조이에게 호소하곤 하는 심한 복통 증세와도 합치할 터다. 고맙게도 팝조이는 아직 이 문제를 더 자세히 파헤치려 들지 않았다.

　물감은 있지만 잉크가 없으므로 글씨를 쓰려면 손에 닿는 것은 무엇이든 활용해야 한다. 일례로 오늘은 여러분이 지금 읽고 있는 글을 쓰기 위해 팔꿈치에서 딱지를 몇 군데 뜯어내고 그 자리에서 서서히 배어나오는 핏물을 상어 갈빗대를 깎아 만든 펜에 묻혔다. 피는 물보다 진하다고들 하지만 그건 귀리죽도 마찬가지며, 나는 내가 하는 일에

으깬 귀리 이상의 상징적인 의미를 부여하지 않는다. 좋은 먹물 한 병이 있었다면 훨씬 더 행복했을 것이고 고통도 다소 덜했을 것이다. 하지만 다른 한편으로 보면 나의 이야기는 흑백과는 거리가 멀기에, 이를 새빨간 빛깔로 적는 일도 그리 부적절하지는 않으리라. 부디 질겁하지 마시길. 요즈음 내 몸에서 주로 나오는 불쾌한 분비물, 이끼 같은 점액과 누런 고름과 설사에 비하면 피는 실로 대단히 순수하고 아름다우며, 딱지와 상처 안쪽을 들여다볼 때마다 순수하고 아름다운 무엇이 있음을 깨닫게 된다.

그러나저러나 색채란 심각하게 받아들여서는 안 되는 비극이다. "뉴턴이 증명하니, 하느님은 색채이시라"라고 아커만의 흐리멍덩한 친구인 빌리 블레이크*는 썼다. 빌리 블레이크는 그의 아내조차 씻는 것을 본 적이 없는 인간이며, 그의 견해는 때로 그의 존재만큼이나 악취를 풍겼다. 내 생각에는 뉴턴이 백색광을 프리즘에 통과시켜 다채로운 색으로 쪼갠 이래, 분리된 무지갯빛이란 그저 이 우스꽝스럽고 타락한 세계에 불과하다.

물이 배꼽까지 올라오면 나는 물고기와 피로 물든 생각들을 접어두고 팝조이가 죄수 컨스터블 작품을 수거하러 올 때까지 문을 향해 고함친다. 물고기 책을 감추기 위해 찾아낸 장소는 또 얼마나 안성맞춤인지! 나는 책을 감방 천장 부근의 움푹 팬 곳에 숨긴다. 사암벽돌 맨 윗줄 뒤편에 가느다란 틈새가 있는데, 이 틈새가 빵 세 덩이가 들어갈 만한 너비의 빈 공간으로 이어져 있는 것이다. 만조가 들어 감방 안을 떠

---

* 영국의 시인이자 화가인 윌리엄 블레이크.

다니다가 뾰족한 콧날이 천장 대들보에 부딪칠락 말락 할 때면, 이따금 내가 물고기 책과 함께 그 움푹 팬 공간에 들어앉아 있다고 상상해본다. 세상으로부터 차단된, 피신해 들어온 집이라고. 내 생각에 팝조이는 이를 알면서도 모르는 체하고 있다. 그가 매일 내게서 가져가는 죄수 컨스터블 작품에 대한 보상인 셈이다. 아니면 그저 안을 들여다보려고 고개를 쳐들다가 머리를 부딪칠까봐 걱정이 되어서인지도 모른다.

하여간 팝조이는 내가 물고기를 그리고 있다는 걸 안다. 그건 확실하다.

3

나와 감방을 같이 쓰는 '킹'은 팝조이에게 아무것도 누설하지 않는다. 사실 킹은 무엇에 대해서든 누설하는 법이 거의 없고, 말도 없고, 옆에 없는 것이나 다름없고, 천사들과의 고요한 교감에 모든 시간을 할애한다. 나로서는 고마울 따름이다.

킹은 참으로 비범한 사람이다. 거대한 그 존재는 도무지 피할 길이 없어, 마치 온몸으로 덮쳐오는 듯한 느낌을 준다. 때때로 그는 벽을 기어오르는 끈적끈적한 생물인 것만 같다. 또 어떤 때는 묘한 호감이 느껴지기도 하는데, 내가 그의 상당한 성취를 존경하는 것만큼은 의문의 여지가 없다. 내 평가는 물론, 확실히 그의 존재 자체도 하루가 다르게 자라나며 비대해지고 있다. 그럼에도 그의 움직임은 변함없이 부드럽고 시적이다. 킹은 뒹군다, 킹은 오르락내리락한다, 킹은 물결치듯 움직인다. 어떻게 그가 이럴 수 있는지, 어떻게 그렇게 커지면서 그런 품위를 유지하는지 알 길이 없다. 우리 나머지들은 바구미가 그나마 찔끔 배급되는 낟알을 파먹고 남긴 껍질처럼 쭈그러들어 초췌한데, 킹은 부풀어오르기만 한다. 동료로서 그는 현자 같으며 속을 헤아릴 수 없는 사람이다. 그의 부력이 점점 더 커지는 것으로 보아, 어쩌면 그에게는 내가 짐작해온 것보다 더 서방의 신에 가까운 무엇이 있을지 모른다는 생각이 들기도 한다.

논쟁을 할 때 킹은 범위를 매우 폭넓게 펼쳐서, 상대편—나—이 자기 논리를 따라 지나치게 멀리 나간 나머지 결국 갈피를 못 잡고 그 자체의 불가능성과 모순에 걸려 넘어지게끔 유도한다. 그의 말에 새로운 것이라곤 전혀 없다고 반박할 수도 있지만, 그가 이를 대단히 훌륭하게 전달한다는 것은 인정할 수밖에 없다.

일례로 하루는 내가 그에게, 고백하자면 그의 신경을 건드리기 위해, 스코틀랜드 장로교회에서 그동안 신학적 가치가 큰 수많은 저작을 펴냈다고 말했다. 그는 언제나 그랬듯이 대답에 다소 뜸을 들였지만, 그가 국교회를 따르지 않고 귀리나 처먹는 놈들의 신학 저작 중에는 거론할 만한 것이 하나도 없다고 생각한다는 것을 잘 알고 있었다. 나 자신은 이에 대해 아무 생각도 없었지만, 마침 우연히 의사선생이 런던의 책방으로부터 받은 도서목록 책자에서 '애버딘, 수메르인을 말하다'라는 책 제목을 본 적이 있는 터였다. 이 알맹이 없고 아마도 주제와 무관한 지식으로 무장한 나는 칼을 깊숙이 찔러넣었다. "당신도 수메르인에 대한 애버딘의 탁월한 논고를 읽어보았겠지?"

그는 아무 말도 하지 않았고 아무것도 인정하지 않았다. 입 밖에 내지 않았기에 비난은 더더욱 강력했다. 내 얼굴은 점점 벌겋게 달아올라 급기야 홍당무가 되었고, 우리 둘 다 승부가 끝났음을 알았다. 내가 사기꾼이라는 걸 알고서도 여느 때처럼 그는 이 주제에 대해 단 한 마디도 더 보태지 않았고 그후로도 전혀 입에 올리지 않았다.

그에게는 위대한 왕권의 품격을 자아내는 엄청난 무언가가 있다. 심지어 나는 팝조이가 킹의 존재를 느낀 것만으로 넋을 놓은 광경을 본 적도 있다. 내가 보는 것을 팝조이는 당연히 보지 못하는데 말이다. 그런데도 그는 자기 코를 틀어쥐고 얼굴을 찡그리며, 똥구멍을 움츠리는 게 분명하다. 이런 반응이 나오는 것은 딱 두 가지 경우, 엄청난 권력 앞에 섰을 때와 지독한 악취를 맡았을 때뿐이다.

물론 킹이 좀더 외향적이고 남들을 좀더 허물없이 대했다면 나는 그를 더 좋아했을 것이다. 그는 팝조이와 잘 지내려고 애쓰지 않는다. 내가 사교 생활의 명백한 이점을 들어가며 독려해도, 그에게는 나의 똥 던지기나 팝조이의 구타에 참여하고자 하는 욕망이 없다. 이것이 그의 선택이며, 나름의 이유가 있음을 안다. 참나무가 버드나무처럼 휘어질 수는 없는 노릇이다. 킹을 돋보이게 만드는 것은 "어이 친구 잘 만났어!" 따위의 입에 발린 말이 아닌 다른 무엇이다.

또 한 가지 예가 있으니 바로 그의 피부색이다. 이런 감방 안에서 살다보면 대부분은 의사선생의 백연보다 창백해진다. 그러나 어느 왕가의 유전 질환, 아마도 합스부르크가 특유의 무슨 색소가 발현된 듯한 킹의 피부는 하루가 다르게 어두워져서 점점 검어지다 최근 들어서는 보기 불편할 정도로 초록빛을 띠어가고 있다. 그러나 그는 고통스러워하지 않는다. 그의 입에서 불평이나 괴로움을 호소하는 말은 전혀 새어나오는 법이 없다.

우리의 비참한 감방 안을 떠다니다보면 처음 이곳에 도착했을 때의 삶을 선망하며—그래, 그렇다는 걸 그냥 인정하자—되돌아볼 때도 있다. 지금은 궤적이야말로 이 삶의 전부라고 믿게 되었고, 비록 당시에는 전혀 유망하게 느껴지지 않았어도 내 삶의 궤적은 하수구 속으로 발사된 포탄의 그것이었기 때문이다—비록 똥 사이로 돌진하긴 했지만 어쨌든 돌진한 것은 사실이다.

팝조이의 개같이 흐릿한 눈에서 드러난다. 그는 이것이 나의 또다른 물고기 책임을 알고 있다. 그는 자신이 내게서 그토록 잔인하게 빼앗아간 첫번째 책의 기억을 더듬어가며 내가 그림을 그리고 있음을 알아차렸다. 그러나 내가 왜 이것을 그리는지 팝조이는 알지 못한다. 내가 무엇을 여기에 쓰려는지 팝조이는 알지 못한다. 이것은 피로 새긴 한 삶의 기록이다.

4

집필을 시작하기 전에 킹에게 물어봤다.

"이런 장대한 연대기를 어디서부터 시작해야 하지? 새로운 창세기를 노래해야 하나? 물고기와 인간을 노래해야 하나? 추방자의 운명을 짊어지고 오래전에 영국 땅을 떠나 밴디먼스랜드로, 이 섬의 감옥으로 온 인간을? 그의 범죄에 응분의 징벌이 따라왔고, 그래서 그가 육지와 바다에서 오래전에 죽은 줄 알았던 신들의 손에 얼마나 지독히 시달렸는가를?"

천만에. 킹은 그런 잠꼬대를 적느니 차라리 바지에 똥을 싸서 책장에 뭉개는 편이 낫다고 생각하는 게 분명했다. 대체 누가 이 나라를 다시 새롭게 노래하고 싶어하겠는가?

킹도 나처럼―사실 나보다 더―잘 안다. 내가 브리스틀 순회재판에서 형을 선고받은 이래 줄곧 들어온 한결같이 지겨운 소리―너는 유죄다, 너는 비난받아 마땅하다, 너는 열등하다―를 내뱉는 구세계의 한결같이 지겨운 노래와 그림으로 끝없이 소비되는 편이 이곳과 이곳의 비참한 이들에게는 훨씬 더 행복하리라는 걸, 우리가 새로운 가수와 새로운 화가 모두 검은 가발을 쓴 판사처럼 헛소리를 뇌까리는 꼴을 보게 되리라는 걸 말이다. 그들은 이 쇠창살이 사라진 뒤에도 오랫동안 새롭게 쇠창살을 노래하고 그릴 것이다. 우리와 우리 것을 이후로 영원히 감옥에 가두고, 흥겹게 노래하며 그릴 것이다. 열등한 것들! 열등하다! 열등하다! 하고.

"화가들! 하! 심장의 간수들!" 나는 킹에게 울부짖는다. "시인들! 하! 영혼의 밀고자들!―여기 내가 쓰는 것, 여기 내가 그리는 것은 '실험과 예언'이야―이를 소위 '문학과 예술'이라는 짧은 잣대로, 그 병들고 부서진 나침반으로 평가하지 말라고."

요지를 좀더 분명히 드러내기 위해, 나는 팝조이에게서 탁월한 효과를 본 방식으로 킹을 위협했다. 그가 비판을 한마디라도 하면 그 즉시 던질 태세로 물건을 들고 있자니 그는 훈수를 보태는 어리석은 짓을 감행하지 않았다. 그래도 언제나 그랬듯이 그의 견해는 일리가 있기에, 나는 새로운 나라와 고귀한 인종을 노래로 창조해내는 대신에 다음과 같은 더러운 진실로 서두를 열었다.

나는 윌리엄 뷜로 굴드―살인범이자 화가이자 기타 무수한 하찮은 것들이다. 나는 미덕을 갖추지 못한 인간이라 이렇게 말하는 게 내키지는 않지만, 이제 여러분이 신뢰를 걸 인물들 가운데 가장 미덥지 못한 안내자며, 때 이른 죽음을 맞은 자며, 1825년 7월 10일 후텁지근한 오후 브리스틀 순회재판소 음침한 구석에서 유죄를 선고받은 위조범이다. 판사는 다른 건 차치하고 내 이름이 다른 모든 중죄수와 더불어 『뉴게이트 캘린더』*에 등재될 만하다고 지적했다. 그러고는 검은 법모를 벗고 내게 교수형을 언도했다.

그 재판정에는 진지해 보이려고 안간힘을 쓰는 짙은색 나무들이 아주 많았다. 그 모든 안쓰러운 목재들을 밝게 만들어주기 위해서라도 그것들에게 지금 내가 여러분에게 하는 이야기, 즉 모든 천국과 모든 지옥이 지극히 하찮은 것들―얼룩진 시트, 캥거루 사냥, 물고기 눈알―안에 깃들어 있음을 깨닫고 나면 삶을 하나의 농담으로 인식하는 것이 제일이라는 걸 말해주었어야 했다. 그러나 침묵의 힘을 지나치게 과대평가했던 나는 아무 말도 하지 않았다. 판사는 내가 뉘우치는 중이라고 믿고 형을 줄여 밴디먼스랜드로 유배시켰다.

언뜻 총기가 보이지만 반쯤 구제불능이고 번듯한 악당이 되기에는 모자란 빌리 굴드는, 한때―의사선생이 엉터리 라틴어로 내게 버릇처럼 일러준 바에 따르면―그 어떤 수중 피조물의 모습으로도 기적적으로 변신할 수 있다는 위대한 해신 프로테우스를 그려달라는 주문을 호

---

* 런던 뉴게이트 감옥 수감자들 중 가장 악명 높은 범죄자들을 기록한 연보로, 1774년부터 1826년까지 발행되었다.

기롭게 수락한 적도 있다. 나는 물고기, 그러니까 상어, 게, 문어, 오징어, 펭귄 같은 온갖 종류의 바다 생물을 그리기로 되어 있었다. 그러나 이 필생의 작업을 마치고 한 발 물러섰을 때 눈앞에 나타난 것은 공포스럽게도 이 모든 이미지가 나 자신의 얼굴 윤곽을 따라 한데 어우러져 있는 모습이었다.

내가 프로테우스였던 것일까, 아니면 프로테우스가 나 같은 얼간이에 불과했던 것일까? 나는 불멸의 존재였던 것일까, 아니면 그저 무능했던 것일까?

이제 여러분도 보겠지만 나는 악인으로 태어난 게 아니라, 그저 어느 맑은 날의 욕정, 어리석은 불장난, 마치 길거리에서 지금 내가 쓰는 이름 세 단어 같은 골무 세 개를 엎어놓고 벌이는 사기 행각으로 생겨난 사생아였을 뿐이다. 세 골무 중 어느 것을 들어올려도 그 밑에는…… 아무것도 없다!

기이하게도 운명은 한 프랑스 유대인 방직공을 아일랜드의 장터로 이끌었는데, 그래놓고 운명의 여신은 헛간에서 하루종일 황홀경을 맛보리라 기대한 그 방직공—내 생각에 그를 '아버지'로 부르는 건 너무 후한 표현 같다—이 추잡한 욕정으로 절정에 다다른 순간 중풍을 맞아 쓰러지는 광경을 구경했다. 그렇게 그는 복상사하여 저세상으로 건너갔고 이 이야기에 등장하자마자 퇴장해버렸다. 겨우 반시간 전 그와 처음 만났을 때만 해도 우유 밀죽을 파는 천막에서 럼주 탄 죽을 듬뿍 퍼먹으며 웃음을 터뜨렸던 여자는 이제 소스라친 나머지 비명도 욕설도 울음도 내뱉지 못했다. 여자는 그저 남자를 밀쳐내고, 처음 봤을 때부터 매우 인상 깊었던 그의 질 좋은 능직 무명 조끼로 몸을 닦았다.

이런 옷차림에 길고 도발적인 속눈썹을 달고 프랑스 악센트로 말하는 그는 대단한 멋쟁이처럼 보였었다. 그녀는 밖으로 뛰쳐나가 침울하게 떠돌아다니다가 들판에서 대규모 군중과 마주쳤다.

키가 감자처럼 작달막했던(또 누구 말마따나 입은 제니 방적기 같았던) 여자의 눈에는 군중의 주의를 사로잡은 것이 무엇인지 잘 보이지 않았다. 갑자기 호기심이 든―아마도 방금 겪은 일을 잠시나마 잊고 싶었을―여자는 사람들을 밀치고 안으로 들어갔다. 무리를 뚫고 나가자 나무로 된 한 가설무대의 전면이 눈에 들어왔다.

군중의 웅성거림이 갑작스레 잦아들자, 그녀는 무엇 때문에 그처럼 조용해졌는지―혹시 자기 때문인지―확인하려고 주위를 둘러보았다. 하지만 뒤에 있는 사람들의 시선은 그녀가 아니라 그 너머 훨씬 위쪽에 집중되어 있었다. 다시 몸을 돌려 사람들의 시선을 따라 올려다보니, 그 무대는 다름아닌 임시 교수대였다.

바로 그 순간 뚜껑문이 끼익 열리는 소리가 들렸다. 길고 더러운 덧옷을 걸치고 목에 올가미를 감은 채 양손으로 축 늘어진 고환을 감싼 깡마른 남자가 바로 눈앞 하늘에서 뚝 떨어졌다. 그의 몸이 바닥에 닿으려는 찰나 팽팽히 당겨진 밧줄이 갑작스럽게 떨어지는 몸의 하중과 맞물리며 목을 부러뜨렸고, 여자는 뚝하고 뼈가 부러지는 작지만 부인할 수 없는 소리를 들었다. 나중에 여자는 그 깡마른 남자가 추락하면서 입이 벌어지는 꿈을 꾸었는데, 거기서 흘러나온 것은 외침이 아니라 푸르스름하게 일렁이는 빛줄기였다. 그 푸르스름한 빛은 들판을 가로질러, 놀라서 딱 벌어진 그녀의 입안으로 쏟아져들어왔다.

가엾은 여자는 자신이 사형수의 악령에 들렸다고 확신하여 스스로 삶을 포기했다. 여자는 나를 낳아—내가 온몸에 푸르스름한 기를 띠고 태어났기 때문에 그 악령의 화신임에 틀림없다고 믿고—구빈원으로 보낼 때까지만 겨우 목숨을 부지했다.

나는 나이든 여인들로 가득찬 구빈원에서 자랐다. 일부는 미쳤고 일부는 다정했으며 일부는 이도 저도 아니었지만, 침구가 이로 가득한 것처럼 그들 모두가 죽은 자와 산 자의 이야기를 가득 품고 있었다. 이와 이야기—이 두 가지가 그 음습한 구빈원이 지닌 것 전부였다. 그 두 가지는 내게 딱지와 근질근질한 갈망을 남겼고 작고 지저분한 흉터들로 변했다. 나는 (그들이 가장 즐겨 말하던 레퍼토리인 복상사한 방직공, 교수형당한 남자와 축 늘어진 고환과 푸르스름한 빛, 그리고 나 자신에 대한 사연을 비롯한) 이야기들과 더불어 자랐고, 그것이 내게 주어진 거의 유일한 자양분이었다.

구빈원 늙은 사제는 한동안 나를 모범생으로 오인했다. 그 양반은 내게 성인 달력 이야기를 읽어주곤 했는데, 그 달력에 하루 한 명씩 실린 성인의 일생이란 고난과 고문과 독창적 형벌로 점철된 교훈적인 이야기였다. 이 믿기지 않는 일력에는 음탕한 로마 장관들의 손에 관능적이고도 영원히 순결한 젖가슴이 떨어져나간 동정녀 순교자들, 시도 때도 없이 공중으로 부양해서 식사 시간을 방해하는 바람에 동료 형제들이 묶어놓은 중세 수도승들, 그저 방귀를 뀌었다는 이유로 사십 일간 밤낮없이 자신을 채찍질해서 명성을 얻은 은자들이 망라되어 있었다. 실로 밴디먼스랜드의 현실에 적응하기 위한 마음의 준비로서 내게 이보다 더 훌륭한 교재는 없었다.

사제는 사형수를 지탱한 교수대 밧줄처럼 가르침으로 나를 지탱해주었다. 그는 내게 알파벳 스물여섯 글자를 가르쳐주고, 성경과 기도서를 낭독하라고 시켜놓고는 내 발바닥과 깡마른 종아리를 씻겨주면서 "혹시 씨물이 나올 것 같으면 말해라, 꼭 말해줘야 한다"라고 속삭였다.

나는 그냥 "A-B-C-D-E-" 하는 식으로 대답하면서 하느님의 모든 말씀이 이 글자 안에 들어 있다고, 내가 매일 그분께 이 스물여섯 글자를 이렇게 "A-B-C-D-E-" 하는 식으로 올려보낼 수 있다면 그분은 그 글자들을 당신이 원하는 아무 기도서나 성서에 마음대로 욱여넣을 수 있겠다고 상상했지만, 바로 그때 사제가 부러진 분필처럼 뻐덕뻐덕 갈라진 손을 내 허벅지 안쪽으로 쑤셔넣는 바람에 이가 다 빠진 그의 주둥이를 막 씻은 발로 냅다 걷어차고 말았다.

늙은 사제는 아파서 꽥 비명을 지르더니 "네 문자는 하느님의 것인지 모르겠지만 네 혀는 악마의 것이로구나―네놈은 모범생은커녕 바알제붑 그 자체다!"라며 씩씩거렸고, 그후로는 절대 나나 내 발 근처에 얼씬하지 않았다.

사제를 몹시 미워했던 한 늙은 여인이 이 광경을 보고 감명을 받아, 그녀가 특별히 허락받아 지니고 있던 여섯 페니짜리 소책자 여남은 권으로 꾸민 책꽂이를 구경시켜주었고, 나중에는 한 권씩 빌려주었다.

나는 매일 밤 잠들 때마다, 그 싸구려 책자에 든 글자들이 파란 표지 위에서 저절로 재배열되어 새로운 형태와 의미를 띠게 되지 않을지 걱정하기 시작했다. 책을 보면서 하느님이 정말로 그 스물여섯 글자를 뒤섞어 당신이 바라는 온갖 의미를 띠게끔 만들었으며 그러므로 모든 책은 신성하다는 사실을 깨달았기 때문이다. 만약 하느님이 사제의 주장대로 정녕 신비를 계시하신다면, 아마도 그 신비는 이 모든 이야기가 발하는 끝없이 근질근질한 갈망에 깃들어 있었으리라.

그런 싸구려 책자는 어느 시장 노점에서나 구할 수 있지만, 만인의 것이라는 이유로 사랑이 식지는 않았다. 오히려 더 커졌다. 『늙은 과부 히커스리프트의 전래 동요』에서 『이솝 우화』에 이르기까지 책이라면 다 즐거웠고, 에이번의 시인*과 포프와 프랑스 계몽사상을 알기 한참 전까지 그들은 내게 문학의 전부이자 예술의 전부였다. 심지어 지금도 내게 목마를 타고 밴버리크로스로 가는 오렌지와 레몬과 세인트클레멘츠의 종들†은 벗어날 수 없는 마법을 건 진정한 시다.

그뒤 사제는 교구 직원과 작당하여 나를 한 석공에게 팔아넘겼다. 그러나 허약한 이 몸은 석공의 중노동에 맞지 않았고, 결국 바다 건너 도망쳤을 때 석공은 그런 쥐좆같은 녀석을 치워버려서 시원하다고 여겼던 게 분명하다. 나를 다시 잡아오려는 시도조차 하지 않았으니 말이다.

처음 런던에 갔을 때, 나는 내 발을 씻겨주려면 돈을 내야 마땅하다고 판단한 이들에게 나를 팔고, 측은해 보이는 이들에게는 그냥 내주면서 하루하루를 살았다. 누구한테 돈을 받고 누구한테 안 받을지 결정하니까 무슨 권력이라도 쥔 기분이었지만, 사실 내게는 쥐뿔도 없었고 가진 거라곤 달랠 길 없는 지독히 근질근질한 갈망뿐이었다. 갈망은 심장을 작고 지저분한 흉터로 차츰차츰 뒤덮었으며, 흉터는 계속

---

* 셰익스피어를 가리킨다.
† "목마를 타고 밴버리크로스로 가자"와 "오렌지와 레몬이라고, 세인트클레멘츠의 종들이 말하네"는 각각 영국 전래 동요의 첫 구절이다.

증식하여 내 이름 모를 수치심을 뒤덮었다.

한동안은 방황하며 도둑질을 일삼았다. 이런 모험을 감행할수록 작고 지저분한 흉터들이 더 큰 흥분과 공포와 쾌감으로 뒤덮이는 듯한 느낌이 들었다. 나는 '악한', 그러니까 진짜로 뻔뻔하고 자부심 넘치는 '나쁜 놈'이 되었다. 처음에는 돈과 영화를 찾아서, 다음에는 설명을 찾아서 이곳저곳을 헤집고 다녔다. 나는 온갖 것을 탐했지만 이는 어디까지나 내가 살아 있음을, 이름 모를 마을에서 이름 모를 여자에게서 나온 이름 모를 인간이 아님을, 이 빠진 노친네들이 뱃밥에서 뽑아낸 근질근질한 이야기와 싸구려 소책자를 뒤져 하느님에게서 훔친 딱지투성이 옛 노래만이 나를 키운 자양분 전부가 아님을 입증하려면 무슨 힘이든 움켜쥐어야 했기 때문이다.

나는 이런저런 것 전부와 그러고도 많은 것을 인생의 아침나절에 보았고, 충격적이고 거의 믿기지 않는 것도 많이 보았지만, 저녁나절에 이르러 새로 발 들인―술꾼과 비렁뱅이와 포주와 매춘부와 그들을 상대로 소매치기하는 건달 들의―세계에는 나의 집요한 왜?에 답할 수 있는 자가 한 명도 없었으며, 나는 그것이 지극히 어리석고 무의미하고 파괴적인 질문임을 깨닫게 되었다. 스스로의 세속적인 노력 이외에는 아무것도 쓸모없다고 판단한 나는 말이 안 되는 질문의 답을 찾으려는 정처 없는 탐색을 포기했다. 구세계에 점점 염증이 나던 차, 어느 날 밤늦게 싸구려 술집에서 스피탈필즈 여자들을 상대로 싸구려 소책자의 미덕을 상찬하다가―귀 언저리를 몇 대 세게 얻어맞고, 잉글랜드 국가의 정수인 강제 징집대 일원에게 그보다 더 심한 부상도 입을 수 있다는 그럴싸한 위협을 받은 뒤에―실은 내가 밴디먼스랜드의 문명개화에 이바지하기 위해 보언 대위의 파견대에 갑판원으로서 합류하기만을 지금껏 염원해왔다는 데 동의하고 있음을 깨달았다. 이렇게 해서 나는 '진보'와 '미래'가 존재한다는 신세계로 과감히 떠나라는 설득에 넘어가고 만 것이다.

5

    그림 작업은 우연히 시작한 일이었건만 나중에 가서는 그나마 잘할 수 있는 유일한 일이 되었다. 나는 그림 그리는 게 쉬운 일이라고 생각했는데, 그렇지 않음을 깨달았을 때쯤에는 다른 일을 배우기에 너무 늦어버린 뒤였다. 신세계에서 돌아왔을 때, 그러니까 다소 오해를 빚긴 했지만 성공적으로 오스트레일리아를 침공했다가 은밀히 귀환했을 때 나는 루이지애나 주의 늪지대에서 한 크리오요를 만났다. 내가 물고기에 열정을 품게 된 것에는 그에게도 나름의 방식으로 책임이 있다. 그의 이름은 장바뵈프 오듀본으로 평범한 외모에 키 작은 남자였는데, 어딜 가든 고집스레 달고 다닌 탓에 너덜너덜하고 쬐쬐해진 큼직한 소맷부리 레이스가 가장 두드러진 특징이라 할 만했다.

    장바뵈프 오듀본은 내가 이십대고 확실히 인생의 절정기에 있는 만큼 험난한 미래에 대비해 발판을 마련해두고 싶지 않으냐고 나를 부추겼다. 그러니까 그가 조지 키츠라는 영국인과 벌인 벤처 사업—켄터키 주의 한 조그만 시골에서 증기선을 운항하는 일—에 내가 가져온 소액 자본을 투자함으로써 말이다. 그는 내게서 돈을 건네받기가 무섭게 최고급 프록코트를 구입했지만, 그래도 이 구중중한 메추리 같은 남자의 꿈에 대한 내 신뢰는 꺾이지 않았다. 진정한 악당이 다 그렇듯이, 나 또한 빤한 도둑질을 넘어서는 규모의 발상 앞에서는 그만 깜빡 속아넘어갔던 것이다.

우리 셋 다 자본가가 되기를 원했지만, 나에게 그림을 가르쳐준 건 오듀본이었다. 오듀본의 사업은—내 부친과 마찬가지로 프랑스인이라는—그의 부친이 실은 가명으로 포지 계곡에서 워싱턴과 함께 싸운 프랑스 황태자였다는 이야기만큼이나 실효성이 떨어졌기 때문이다. 우리는 실리주의자를 자처했고, 구세계에서 시인이 되길 소망하며 우리와 달리 장래에 아무것도 이루지 못할 키츠의 몽상가 형 존을 이야기하며 거침없이 비웃었다. 그러나 증기선의 보일러가 폭발하고, 그 지역 농부들이 오듀본과 키츠의 거창한 흉물보다는 노를 저어 움직이거나 말이 끄는 전통적인 바지선을 더 선호하고, 뜨내기 흑인들과 벽촌 주민들이 우리가 물리는 요금을 지불하다가 파산하느니 차라리 걸어다니는 편을 택했을 땐, 실리주의도 '자본가적 욕망'도 별무소용이었다.

그러나 사람들이 기선에 무관심하고 그래서 배가 운항하지 않은 덕분에 적어도 다른 일을 할 시간이 생겼는데, 우리는 주로 숲으로 나가서 새를 쏘아 잡아왔다. 나는 오듀본이 피투성이 사체들을 철사로 얼기설기 엮어 극적으로 날아오르거나 활강하는 모양으로 매만지고 날개를 이쪽저쪽으로 펼쳐놓은 뒤, 이 구지레하고 뒤틀린 형상을 아름다운 새의 형태로 소묘 또는 채색하는 것을 지켜보았다.

나는 그가 특출한 화가라고 생각했고 그렇게 말하기도 했지만, 그는 칭찬이 무색하게 퉁명스럽게 반응하며 진한 크리오요 악센트로 나를 나무랐다. 그는 예술을 혐오했다. 그것은 이미 도둑맞았거나 팔린 그림에 붙이는 허명이라는 것이었다. 그는 그저 새를 그리는 화가일 따름이었다.

나는 또한 살아가면서 끊임없이 움직이는 표적이 되는 것이 중요하다는 사실을—정확히 말하자면 장바뵈프 오듀본 자신이 아니라 장바뵈프 오듀본이 쏘아맞히지 못한 새들로부터—배웠다. 사람들은 자기와 상반되는 것을 그 무엇보다 사랑하기 때문이다. 그래서 미국에 있을 때 나는 암흑가의 영국인으로 사는 것이 유용하다는 것을 익혔고, 나중에 영국의 암흑가로 돌아갔을 때는 미국인 모험가로 행세했다. 또 이곳 밴디먼스랜드에서는 설령 삼류라 할지라도 '외지에서 온 예술가'—물론 여기서 외지란 유럽을 뜻한다—만큼 환대받는 존재가 없는 듯하다. 만에 하나라도 내가 유럽으로 돌아가는 날에는, 부당하게 학대받은 순진하고 촌티나는 식민지인을 연기해야 하지 않을까 싶다.

오듀본은 새 자체는 물론 새들의 습성과 사회에 빠삭했으며, 그의 새 그림은 애매하거나 흐릿한 구석이 전혀 없이 매우 깔끔하고 명료했다. 오듀본의 새들은 마치 어미의 날갯깃 속에서 나오듯, 그의 더러운 레이스 소맷부리 속에서 온전한 형태를 갖춘 채 아름답고 구슬프고 생생한 모습으로 출현하곤 했다. 나는 오듀본으로부터 그림의 대상이 된 동물에게서 그 본질적인 익살, 긍지나 진실함 내지 야만성, 어리석음이나 광기를 찾아내는 법을 배웠다. 그에게는 그 무엇도 단순한 표본이 아니었다. 온 생명이 그에게 소재의 백과사전이었고, 유일하게 곤란한 과제가 있다면—그것이 쉽지 않을 때가 있음을 그도 인정했다—각각의 소재가 드러내는 진실을 이해하고 그것을 최대한 정직하게 정확히 표현하는 일이었다. 그러기 위해서—한 생명 전체의 영혼을 단 한 장의 이미지로 추출하기 위해서—그에게는 이야기가 필요했는데, 그 이야기를 나무나 숲이나 늪지에서가 아니라 마치 이 일대를 덮친 펠라그라병처럼 속속 들어선 미국의 새로운 읍과 도시에서, 그리고 자기 주변 사람들의 꿈과 희망 속에서 찾았다는 데 그의 천재성이 있었다.

오듀본은 결혼과 구애와 상류사회의 온갖 허식을 그렸고 그 주인공은 모두 새였으며 그 새들은 전부 팔려나갔으니, 그가 한 이 모든 일은 매우 영리한 것으로, 말하자면 신흥 부르주아의 자연사였다. 어쩌면 나도 비슷하게 흉내내어 이곳에서 자유 정착민 군집이 헤엄치는 모습을 물고기에 덧씌워 그릴 수 있을지 모르겠다. 그러나 내게 물고기는 외롭고 두렵고 집도 없고 도망치거나 숨을 곳도 없는, 이 삶의 진정한 조건에 처한 모습으로 와닿는다. 그런데 내가 만약 물고기 두 마리를 같이 놓는다면, 나도 군집을 그리게 되는 걸까? 가재를 잡으러 뛰어드는 토착민 여자들만이 이해하는 파도 아래 대양의 모습을 표현하게 될까?

아니다.

내게는 그저 물고기 두 마리뿐이리라. 그 둘은 제각기 고독과 두려움에 떨며, 오로지 눈에 어린 죽음의 공포로만 결속될 것이다. 오듀본은 신생국가의 꿈을 그렸고, 구매할 사람은 늘 줄을 서 있다. 나의 물고기는 과거의 악몽이며 이런 것을 내다팔 시장은 없다. 내가 그리는 것은 장바퀴프 오듀본의 작품만큼 기발하지 못하고, 인기를 끌 일도 영영 없을 것이다. 내 그림은 시체들의 자연사다.

결국 기선은 불탔다. 우리는 그것이 성난 채권자들의 짓이라고 했고 채권자들은 우리가 한 짓이라고 했다. 어찌됐든 우리는 쫄딱 망했고, 내가 마지막으로 본 장바뷔프 오듀본은 빚에 몰려 감금된 유치장 틈새로 검댕이 묻은 레이스 소맷부리를 내밀어 흔들어대고 있었다. 하지만 이번에는 어떤 새도 그 속에서 마법처럼 출현하지 않았다. 키츠가 유치장 바깥에 앉아 오듀본에게 신세계의 기만적인 약속을 한탄한 자기 형의 시를 읽어주었는데, 그 시가 장바뷔프 오듀본의 기운을 북돋아줄 것 같지는 않았다. 감방 안의 오듀본은 자기를 잡아 가둔 이들을 향해 그 끔찍한 크리오요 악센트로 이렇게 소리치며 항변했다. "나는 영국인 자본가요. 정말이요."

밖에서는 키츠가 그의 주장을 한 귀로 흘리며 이렇게 읊고 있었다. "그들의 흉한 꽃에는 향기가 없고 그들의 새에게는 감미로운 노랫소리가 없으니."

"신의가 있는 사내란 말이요," 오듀본은 억울함에 받쳐 소리질렀다. "갚는다고―저주받는 한이 있어도."

"그리고 위대하며 무오류한 대자연도," 키츠는 계속해서 읊었다. "이번만은 어긋난 듯하구나."

6

이십 년이 흘렀다.

그동안의 내 삶을 시시콜콜 따져보아야 마땅하겠지만, 방금 나는 지금까지 쓴 것을 킹에게 읽어준 참이다. 통렬하고도 냉정하게도 킹은 여태 한마디 의견도 내뱉지 않았다. 그는 몸에 밴 예절 탓에 노골적인 비난을 삼가고 있지만 나는 그의 뿌연 눈에서 뚜렷한 경멸과—언제나 그렇듯이—유익한 지혜를 간파한다.

그는 자신이, 아마도 여러분 또한 전혀 듣고 싶지 않을 내용—그동안 빌리 굴드에게 무슨 일이 일어났는가 하는 것—을 기록하는 바보짓을 면하게끔 나를 돕고 있는 것이리라. 여러분은 빌리 굴드의 인생 순간순간이 동등한 무게를 갖는다고 여길지 몰라도, 킹은 그것이 사실이 아님을 안다. 그 대부분이 굳이 떠올리기에는 너무 무가치하기에 잠에서 깨어남과 동시에 사라지는 비참한 꿈결처럼 흘러갔다. 남은 거라곤 1825년 브리스틀에서 위조죄로 체포되면서 모든 게 끝났다는 사실뿐이다.

나는 위조범이 아니었으므로 그런 죄목으로 기소된 것이 달갑지 않았다. 한때 그림을 그렸던 도주 '악당'인 내가 브리스틀 은행권 위조라는 저열한 짓을 한 혐의로 기소되었다는 데 모욕감을 느꼈다. 그럼에도 수긍이야말로 권력과 싸우는 최선의 방법이라는 입장을 고수해온 만큼, 나는 위조죄로 밴디먼스랜드 유배형을 선고받으면서 위조범이 되었다. 달리 무슨 수가 있었겠는가?

내가 '화가'라는 주장은 판결문에 쓰인 거짓말과도 일치하는 듯 보였고, 사슬에 묶여 하는 중노동보다는 그나마 나은 보직에 배치될 전망을 열어주었고, 내가 흔한 잡범과는 다른 사람인 듯 보이게 해주었다. 나 자신을 '화가'로 새롭게 위조하는 것—이것이 그때까지 내가 실제로 저지른 유일한 위조 행위였다.

하지만 시작은 그리 순조롭지 않았다.

내가 최초로 시도한 그림은, 프랑스 공포정치의 참상을 묘사한 한 팸플릿에서 어쩌다 본 로베스피에르의 석판화를 고백하건대 살짝 베껴 그린, 죄수 수송선 지휘관 핀치벡 선장의 모습이었다. 그가 내 직업을 알고는 자기 초상화를 주문했던 것이다. 선장은 완성된 그림을 보고 엄청나게 격분하여 내게 사슬을 도로 채우더니 오스트레일리아로 항해하는 나머지 여섯 달 내내 묶어놓았다. 다음번에는 그를 좀더 남자다운 당통으로 묘사함으로써 실수를 만회하려고 했지만, 선장의 눈에는 이 모두가 더욱 심한, 그리고 이 경우에는 용서할 수 없는 모욕으로 보일 뿐이었다.

　　뒤늦게, 그러니까 악취가 진동하는 짐칸에서 끌려나올 때야, 선장이 한 프랑스 포경선원에게 오쟁이지는 치욕을 겪은 적이 있음을 동료 죄수로부터 듣게 되었다.

　　나는 핀치벡 선장 앞에서 기둥서방질하는 외국놈들을 규탄하기 시작했지만 그는 내 입을 틀어막고는 프랑스의 참상—특히 그들의 무시무시한 '누아야드'—에 대해 일장 연설을 늘어놓았다. '누아야드'는 공포정치가 극에 달했을 때 벌어진 일로, 낭트항에서 폐선된 노예선에 방데의 반란자들을 가득 태우고 저녁마다 침몰시킨 뒤 매일 아침 기발하게도 다시 띄워 익사한 시체들을 비우고는 또다시 반란자들로 채우기를 거듭했다고 한다. 이 반란자들은 아무리 죽여도 줄지 않았는데, 핀치벡 선장의 말마따나 비가 오면 풀이 자라듯이 폭정은 언제나 반대자들을 양산하기 때문이다.

　　이 길고 끝없는 이야기를 마침내 마친 뒤 그는 나를 이른바 '프티트 누아야드'로 끌고 가라고 부하들에게 지시했는데, 그건 구멍을 뚫은

관 비슷한 상자로, 그 안에 사람을 가두고 배에 매달아 끌고 가는 용도로 고안된 것이었다. 프랑스인이 된다는 게 무엇인지 내가 실감할 수 있도록 하기 위함이었다.

그리하여 미끈거리는 참나무로 만든, 부글부글 거품을 내뿜는 축축한 검은 상자에 담긴 채 태평양 바다에 잠겼던 한참의 시간 동안 '예술'이 내 미래에 진정 어떤 결과를 미칠 것인가에 대해 최초의 암시를 얻었다고 말할 수 있으면 얼마나 좋을까. 그러나 그건 사실이 아니다. 나는 그냥 문제아나 바람둥이 프랑스인 말고 다른 모델을 찾아야겠다고 결심하며, 물 밖으로 나오기 직전까지 숨을 꾹 참고 있었을 따름이다.

선장은 나를 물 밖으로 끌어올린 뒤, 또다시 자신의 그림을 그리면 그때는 손수 나를 바다의 법관들—우리 배를 쫓아오는 상어들—에게 먹이로 던져주겠다고 했다. 프티트 누아야드에서 끌려나오자 한 죄수 경비관*이 선장 앞에서 나를 냅다 걷어찼다. 나는 몸을 똘똘 말아 웅크리며 폭정에 대한 핀치벡 선장의 견해가 틀렸을 수도 있다고 생각했다. 폭군 한 명이 탄생할 때마다 기꺼이 그의 노예가 되려는 인간 천 명 또한 같이 탄생하며, 방데의 반란자들이 누구였든 그들은 인간 본성의 진실을 완전히 잘못 이해한 죄로 익사당해 마땅했다고 말이다.

그렇다고 내가 화가로 변신한 것이 순전히 사기 행각이었다고 여기지는 말아주었으면 한다. 어쨌든 나는 장바뵈프 오듀본의 작업을 지켜보았고, 심지어 그가 빚에 쫓겨서 급히 끝내야 하는 대머리독수리 한 쌍을 마무리해준 적도 있었으니까. 판화가인 셔기 아커만과 함께한 시

---

* 오스트레일리아 유형지에서는 재소자들 가운데 경비관을 선발하여 그들 사이의 치안 유지를 맡겼다.

기도 있었는데, 이는 범죄 혐의가 추가될 가능성만 높여줄 뿐 그다지 쓸데가 없었다. 또 포터리스*에서 보낸 반년간의 경험에 대해 늘어놓을 수도 있겠지만, 지금은 그때 얘기를 꺼내고 싶지 않다. 그때는 '옛 계몽'을 그토록 멋들어지게 춤추었건만 이제 남은 건 '엄지 과부댁과 그 집 네 딸'뿐이라고 생각하면 너무 슬퍼지기 때문이다.

다른 곳에 가면 일거리와 여자 모두를 얻을 다른 수가 있을 것이니, 솔직히 나도 제안이 오기만 했다면 기꺼이 응했으리라. 하지만 주어지는 대로 일을 받아야 하는 처지였던지라 그런 불쾌한 경험을 감수하며 최선을 다해 내 예술의 규칙을 익혀야 했다.

늦여름의 지독한 열기 속에서 사암으로 지은 온갖 흉측한 창고와 세관, 쇠사슬로 엮인 죄수들과 군인들이 득시글한 밴디먼스랜드의 저 추레한 근대 세계에 도착하자, 나는 이 섬 북부의 수도로 취급되는 론서스턴의 마차 제조공 파머 밑으로 배속되었다. 거기서 가문의 반짝이는 문장들을 마차에 그렸고, 구세계의 우스꽝스러운 제복을 차려입고 싶어하는 신세계의 사생아들을 위해 휘장을 고안했다. 뒷발로 일어선 사자, 상록 떡갈나무, 피에 젖은 손, 영원히 우뚝 서 있을 검들이 별다른 이유도 딱히 설명할 필요도 없이 마차 문짝 위에서 어수선하게 뒤섞였다. 수간으로 복역중인 한 아일랜드인 성직자가 작문해준 우스꽝스러운 라틴어 문구들, **과거에 악덕이었던 것이 지금은 예의다, 호바트를 보고 죽으라, 봄이라고 항상 꽃이 피는 건 아니다** 같은 걸 그 아래 달고서 말이다. 이는 내가 최초로 얻은 값진 예술적 교훈이었다. 즉 식민

---

* 영국 스태퍼드셔 주 북부의 도자기 제조업 지역. 오늘날의 스토크온트렌트 시다.

지 예술이란 새것을 낡은 것으로, 미지의 것을 기지旣知의 것으로, 대척지*를 유럽으로, 경멸스러운 것을 존경스러운 것으로 만드는 희극적인 요령이다.

7

반년 뒤 나는 무단이탈해 남쪽으로 향했다. 걸어서 호바트타운으로 돌아간 뒤 스무 해 전에 그랬던 것처럼 배로 탈출할 계획이었다. 야만인들과의 길고 힘겨운 전쟁이 끝나려면 아직 멀었고, 야만인들이 얼마나 교활하게 공격하는지 식민지 이주자 대다수는—광활한 검은 숲의 변두리에 위치한 그들의 거주지에서 공포는 자연스럽게 의심을 불렀다—저들이 주술을 부린다고 믿을 정도였다. 오지는 저들의 땅이었지만 그곳에는 영국군에게 총을 쏘는 탈주자 및 산적, 산적에게 총을 쏘는 영국군 순찰대, 야만인을 쏘거나 그러지 못할 때는 아무나 쏘는 재미로 나다니는 자경단원 또한 우글거렸다.

농장처럼 보이는 무장한 사유지들이 띄엄띄엄 있었는데 그런 곳은 더더욱 무서웠다. 하룻밤 묵을까 하는 생각에 그중 한 곳에 접근하던 나는 거대한 외벽 틈새로 발사된 머스킷총의 경고사격과 사나운 개들의 공격으로부터 도망쳐 간신히 목숨을 건질 수 있었다.

나는 내륙을 관통하는 간선도로를 쭉 끼고 가기보다는 동쪽 해안을

---

* 유럽의 대척지, 즉 오스트레일리아를 가리킨다.

따라가는, 멀지만 훨씬 안전한 길을 택하기로 마음먹었다. 그래서 빛이 부서져 은색 파편으로 빛나는 초록 바다와 새하얀 해변까지 걸어갔고, 그곳을 따라 내려가다가 물개잡이들이 흑인 여자를 노리고 살육한 야만인들의 허옇게 탈색된 뼈며 두개골과 마주치기도 했다. 그런 광경은 기이한 안도감을 주었는데, 야만인들이 이제 외딴 서부를 제외하고는 해안을 가급적 피할 터이므로 이 해변이 안전하다는 뜻이기 때문이었다. 그래도 혹시나 저들이 나를 발견하고 죽일까 두려워, 이른 봄이라 서리가 차고 혹독했는데도 밤에 불을 피우지는 않았다.

론서스턴을 떠난 지 나흘째, 나는 가망 없이 길을 잃고 헤매다 '포효하는 톰 위버'라고 자신을 소개한 남자와 엮이게 되었다. 함께한 첫날밤 그는 나를 건드리려고 했지만, 내가 귀찮게 굴지 말라고 하자 별로 감정 상한 기색도 없이 어차피 나는 자기 취향의 곱상한 스타일도 아니라고 대꾸했다.

다음날 오후 우리는 식수를 구하러 다니는 포경선원 무리에게 총격을 받고서 내륙으로 들어갔다. 어둠이 내려 별빛에 의지해 이동했지만 이윽고 구름이 끼었고, 결국 바위가 험준하게 노출된 어떤 곳에서 멈추어야 했다. 날파리가 자욱했지만 길도 잃었고 너무 피곤해서 더 걸을 수가 없었다. 우리는 시체처럼 잤다. 해가 떠오른 뒤 둘러보니, 그 날파리들의 본거지는 우리가 전날밤 멈춘 장소에서 불과 100미터도 떨어지지 않은 자리에 있는, 허물어져가는 흑인 여자 시신이었다.

그녀는 땅에 말뚝으로 고정된 채 더할 수 없이 끔찍한 방식으로 능욕을 당한 뒤 죽도록 방치되었던 것이다. 꿈틀거리는 구더기 위에 어른거리는 햇빛을 받아 그녀의 몸 일부가 희게 일렁였다. 포효하는 톰

이 통곡하기 시작했다. 그는 야생동물 같았고, 나는 오랜 시간을 달래고 나서야 그의 지독한 곡소리를 틀어막을 수 있었다.

그날밤 우리는 무서워서 제일 가느다란 지푸라기 말고는 집어넣을 엄두조차 못 내 처량하게 끄먹대는 불가에 말없이 앉아 있었다. 다음 날에는 널따란 초지에 다다랐다. 상쾌한 대정원이었다. 청화색 하늘—구세계에서는 한 번도 본 적 없는 하늘—은 너무나 완벽해서 오히려 불안정해 보였고, 금방이라도 부서져 그 찬란한 빛 뒤에 숨은 끔찍한 무엇이 모습을 드러낼 것만 같았다.

어디선가 양치기 오두막이 불타는 듯한 연기 냄새가 났는데, 한참을 가서야 나무껍질과 진흙으로 지은 오두막의 불탄 잔해가 시야에 들어왔다. 검게 탄 오두막 주인 시체를 그의 동료가 기다란 나무껍질 판자 위에 실어 잿더미에서 끌어내며 흐느끼고 있었다. 흐느끼는 남자는 이웃 계곡에서 목장을 운영하는 만기 출소자로, 같은 아일랜드 로스커먼 출신인 목동 친구와는 서로 가끔씩 들여다보는 사이였다. 그가 도착했을 때는 이미 너무 늦어서, 야만인들이 친구를 창으로 찌른 다음 태워 죽이려고 오두막에 불을 지른 뒤였다. 그가 총을 쏘자 야만인들은 흩어졌다. 만기 출소자는 쓰러진 나무 한 그루를 가리켰는데 나무 뒤편으로 그가 총으로 쏘아맞힌 야만인 한 명이 쓰러져 있었다. 그는 그전까지 한 번도 사람을 죽여본 적이 없었고, 친구가 죽은 일과 야만인을 죽인 일 중 무엇에 더 상심했는지는 분명치 않았다.

론서스턴을 떠난 지 이레째 되는 날에 우리는 클루커스를 알게 됐다. 이 상스러운 남자는 뱃먼이라는 자유 정착민 밑에서 야만인을 잡으러 다니던 자로, 물개잡이 시절에 주워들은 덕에 야만인의 말을 할 수 있고 그들의 관습도 좀 안다고 했다. 우리는 무방비 상태에 배도 고픈데다 또다시 길을 잃은 상태였다. 클루커스에게는 휘두를 권총 한 자루와 머스킷총 한 자루가 있었고, 우리에게 나눠줄 의향을 내비친 왈라비 고기와 밀가루도 있었다. 또 그는 호바트로 가는 길도 알았다. 밴디먼스랜드의 수많은 도적처럼, 그도 대충 마름질해서 얼기설기 엮은 캥거루와 주머니늑대 털가죽을 걸치고 장발에 주머니늑대 털모자를 쓰고 있었다. 그는 뱃멀의 지시로 야만인들의 야영지 모닥불을 습격해 열 명 넘게 쏴 죽인 뒤 바로 그 모닥불에 요리했다는 이야기를 흡족해하며 들려주었다. 자기가 배스제도에서 만난 몇몇 물개잡이, 예를 들어 먼로 같은 금수는 아니라고도 했다. 먼로는 잡아두고 있던 점보라는 여자가 도망치려 하자 벌로 여자의 허벅지 일부와 두 귀를 잘라내어 본인에게 억지로 먹였다고 했다. 우리가 말뚝에 묶인 여자에 대해 이야기하자 그는 잠시 생각에 잠기더니 이윽고 껄껄 웃으며 토착민 여자 중에는 진짜 아마존 전사도 있으니 자업자득이라고 대꾸했다.

'흑인 찰리의 틈새'라는 언덕 바로 밑에서 야영하던 중 사나운 천둥을 동반한 폭우가 쏟아졌는데, 무시무시한 벼락 속에서 피트워터 지역의 평원과 그 너머 호바트의 눈 덮인 웰링턴산까지 훤히 내다보였다. 새벽 무렵 우리는 물에 빠진 생쥐 꼴로 길을 나섰다. 해가 뜨고 얼마 안 되어 둥치 지름이 족히 2미터는 될 법한 거대한 유칼립투스 나무의 잔해와 마주쳤다. 낙뢰의 폭격으로 부서진 나무의 나머지 부분─줄기와 가지 전부─은 산산이 흩어져, 희고 검은 조각이 반경 200미터 밖까지 널브러져 있었다. 부러진 줄기, 나뭇조각, 잔가지, 큰 가지, 조그만 부스러기가 사방천지였다. 백만 개의 파편으로 쪼개진 밴디먼스랜

드의 저 나무가 한때는 얼마나 크고 웅장했었는지, 이제 영영 알 길이
없었다.

8

싸늘한 밤을 틈타 호바트에 도착하자, 도적 클루커스는 밀주를 취급
하는 와핑 부둣가의 한 싸구려 술집에 은신처를 마련해주었다. 리버풀
에서 온 도망 노예 '카푸아 데스'가 운영하는 가게였다. 그는 한 달 안
에 출항하는 포경선에 우리 둘이 탈 자리를 잡아주겠다고 약속했다.

이틀 뒤 우리는 클루커스의 밀고로 경찰에 붙잡혔다. 포효하는 톰
위버는 탈주한 남색꾼으로 밝혀져 십사 년형을 선고받고 세라섬에 재
유배되었다. 나는 술집 '그림자들'에서 제법 쌓인 럼주 외상값을 갚느
라 등꽃 화관을 쓴 흰머리독수리 벽화를 그리던 중 체포되었다. 그렇
게 석 달간 강제노역형을 선고받고 브리지워터라는 잘못된 지명이 붙
은 곳으로 끌려가 더원트강에 둑길을 놓기 위해 나무 썰매로 바위를
끌어날랐다. 일을 시작한 지 일주일도 채 지나지 않았을 때, 둑길 건설
책임자인 페리셔 대위가 쇠사슬을 풀어주더니 나를 화가로 채용했다.
그는 내게 장교 아니면 자유 정착민 부인들의 초상화와 갓 잡은 사냥
감—기이한 캥거루와 에뮤, 거기다 기억을 더듬어 곁들인 꿩이 스카
프처럼 탁자에 늘어진 광경—을 그리는 일을 맡겼다.

그 시절 호바트타운의 흙투성이 거리와 냄새나는 빈민굴은 정부 지
원을 받아 일하는 예술가들이 적잖이 있어서 거의 예술인촌 같았다.

낙태 시술사였던 복이라는 자는 한때 겁에 질린 젊은 여성들에게 수은액을 주입했던 손으로 이제 식민지의 만족한 지배자들을 그렸고, 살인범 웨인라이트는 언젠가 아편팅크에 스트리크닌을 타서 아내를 독살했던 손으로 연필을 능숙하게 놀려 순결한 처녀들을 소묘했으며, 위조범 세이버리는 식민지에 대한 어쭙잖은 글을 독자들의 우둔함을 똑같이 모방해 써서 그들을 핥아주었다. 어느 날에는 이런 예술가 한둘이 살라망카 부두에서 다른 죄수들과 함께 쇠사슬에 묶인 채 망치로 바위를 깨고 있는가 하면, 그다음 주에는 매쿼리 거리의 살롱에서 화첩과 물감을 들고 바삐 걸어나오는 광경이 펼쳐졌다. 정말이지 전문적인 예술인처럼 보이려고 안간힘을 쓰지만—낡아빠진 능직 바지와 거칠고 노란 죄수용 겉옷과 쑹덩쑹덩 자른 지저분한 머리와 매독에 감염된 꺼칠한 피부 때문에—여지없이 실패하면서 말이다.

잡일꾼 역할을 맡고 있던 나는 그들과 반대로 모자를 공손히 벗어 인사했고 밴디먼스랜드의 사다리에서 내 위치가 어딘지를—맨 밑바닥임을—절대로 망각하지 않았다. 경쟁은 그리 치열하지 않았고 내 태도도 별로 위협적이지 않았으므로, 시장에는 내가 들어갈 수 있는 빈틈이 몇 개쯤 있었다.

9

나의 용역에 대한 수요가 생기기 시작했다. 희부연 눈을 하고 임종을 앞둔 가장이나 비통에 잠긴 자유 정착민 가정의 갓난아기 주검을 초상화로 그릴 때, 나는 그 파리한 얼굴에서 은은히 미소띤 형상을 찾아내는 지극히 가망 없는 과제를 장의사와 나누어 맡았다. 품평회에서 입상한 종마와 수퇘지도 그렸다. 벌거벗은 여자들을 스케치할 때는 마치 애간장을 녹이는 사랑의 한 장면처럼, 황소처럼 돌진해오는 젊은이를 선정적으로 맞아들이는 모습을 되도록이면 사실적이지 않고 양식화된 스타일로 그렸다.

보수가 아주 후하지는 않았다. 수수료의 구 할을 페리셔 대위가 매번 챙겨갔다. 그래도 사슬에 묶인 채 맨발로 브리지워터의 차디찬 진흙과 서리와 안개를 뚫고 바위를 끌어나르는 것보다는 훨씬 수월하고 몸도 훈훈한 일이었다. 게다가 페리셔 대위의 죄상이야 어떻든, 그는 내가 밤에 외출하는 것을 눈감아주었다.

지금 돌아보건대, 그 이후 호바트타운에서의 삶은 감금과 탈출의 지겨운 반복이었다. 무단이탈이나 무슨무슨 경범죄로 체포될 때도 있었지만, 그보다는 진탕 퍼마시고 밀린 외상값을 그림으로 배상하라며 성내는 술집 주인과 밀줏집 주인에게 붙들리는 일이 더 잦았다. 마시고, 빚지고, 지하실이나 술통 창고에 구금 내지 감금되어 그림을 그리고, 그런 다음 자유를 되찾고, 빚을 청산하고, 만날 가는 곳에서 여자들—예쁘든 아니든 나는 별로 개의치 않았다—과 다시금 놀아날 기회를 얻는 패턴이 대체로 반복되었다. 그리 나쁘지 않았다. 내가 지겹다고 했었나? 뭐, 그렇기도 했다. 하지만 이 반복에는 확실성이 주는 리듬과 쾌감이 있었다. 조만간 쓰러지기 마련인 아이들의 장난감 팽이와도 비슷했다.

예술적 생산을 술 마시는 속도에 맞추어 유지해야 했으므로, 내 그림은 곧 담배와 고래기름 연기에 찌든 벽과 더불어 호바트타운 술집 상당수의 특징적인 요소가 되었다. 일례로 '희망과 닻'에서는 럼주 외상값으로 네덜란드 양식의 무슨 살코기 그림을 완성하고 나서야 장작 창고 밖으로 나갈 수 있었다. 나는 예로부터 사랑받아온 시골풍 소재들—뒷다리를 묶어 매단 죽은 토끼 한 마리, 꿩 몇 마리, 머스킷총 한두 자루, 가정적인 분위기를 살려주는 저장용 갈색 유리병, 그리고 횃대에 앉은 흰머리독수리 등—이 가득 들어찬 독창적인 그림을 구성했다.

다음 한 해가 지나는 사이 내 예술에는 무슨 진보까지는 아니더라도 변화라고 할 만한 것이 서서히 일어났고, 그것은 임기응변으로 완성하는 브리콜라주 기법으로 시작해서 고유의 화풍으로 굳어졌다. '참회와 음주'에서는 주인 아우구스토 트라베르소에게 이른바 위폐를 건넨 것을 변상하느라 포터리스 도자기 그림풍으로 벽에 꽃을 그렸다. 그 꽃은 몇몇 단골들을 휘감은 모양으로, 인정하건대 호바트타운의 추레하고 무분별한 술꾼들에 대한 정확한 묘사라기보다는 혁명공안위원회 위원들—품위 있고 이성적이며 꽃의 여신에 둘러싸인 수많은 마라와 로베스피에르—에게 바치는 목가적 헌사에 더 가까워 보였다. 하지만 전과자들은—그들의 부패한 영혼에 축복 있기를—그러한 미화에 만족했다.

호바트타운에서 쌓은 짧은 경력의 절정은 의심의 여지 없이 '철의 공작'에 그린, 서커스단원들의 타락 일대기를 묘사한 드라마틱한 유화라 할 것이다. 그 사람 좋은 술집 주인의 애인이 시칠리아에서 온 줄타기 곡예사이자 최음제 장수인 '위대한 발레리오'와 눈이 맞아 도망간 뒤의 일이었다. 나는 알몸인 연약한 여자가 흉측하게 생긴 흰머리독수리에게 잡혀 불타는 곡예사들과 공중제비꾼들의 지옥으로 끌려들어가는 무시무시한 벽화를 그리고 그 밑에 라틴어로 **오스트레일리아에서는 언제나 새로운 것이 나온다**라는 문구를 새겼다.

"호바트에서 굴드의 벽화가 없는 술집은," 찬사가 쏟아진 이 역작을 본 밀줏집 주인 카푸아 데스 씨가 평했다. "굴드가 고주망태로 쓰러져 처박힌 술집뿐이지."

그는 진심을 담아 내 등짝을 철썩 후려치고는, 그때만큼은 나를 동등하게 대하며 자기를 위해 한 가지 특별한 일을 해주면 보수를 주겠다고 했다. 휴온소나무로 켠 네모난 판자를 가지고 간판 하나를 만들어내는 데는 오전 반나절밖에 걸리지 않았다. 거기에는 몹시 화가 난 백인 여자(모델: 아서 부인, 이 식민지 섬의 총독 조지 아서 대위의 아내)가 나무 욕조에 앉아 자기에게 미소짓는 흑인 아기를 있는 힘껏 박박 문지르는 그림이 있고, 그 밑에는 이 간판이 광고하는 업소의 로고—'헛수고'—가 적혀 있었다. 올드워프 부근에 있는 카푸아 데스 씨의 업소가 영업 허가를 받았음을 축하하는 간판이었다.

나야 어쨌든 가게 주인의 지시에 따라 행동했을 뿐이라는 인식의 연장선상에서, 요즘 나는 카푸아 데스 씨가 어차피 어떤 식으로든 재앙을 맞을 운명이었다는 생각으로 스스로 위로하곤 한다. 그는 곱상한 남자아이들을 쫓아다니고 매춘과 도박 알선으로 눈먼 돈을 털어먹기나 했고, 그의 악명 높은 '불한당 수프'에 들어가는 알코올—향쑥을 가미한 끔찍하게 독한 펄에일로 가난한 자의 압생트에 다름아니었다—의 맛 또한 의심스럽기는 매한가지였으며, 이런 것들로 얻은 명성은 그야말로 겉만 번지르르했다. 하지만 그 간판이 흡족해하는 카푸아 데스 씨의 머리 위에 매달려 여름철 바닷바람에 퍼덕이고 있을 때만 해도, 운명은 그 바람처럼 산뜻하고 밝은 미래를 약속하는 듯 보였다.

이쯤에서 자화자찬을 좀 해도 된다면, 그 술집 간판은 걸작이었고 앞뒤로 살랑살랑 흔들리는 모양이 매우 경쾌하고도 우스워서 그 아래 바라쿠타 거리를 지나는 행인들의 얼굴에 하나같이 미소를 선사했다. 멍청하게도 우리는 그 간판이 불한당 수프를 광고하고 있다고 생각했지만, 만약 행인들이 그것이 진짜로 가리키는 미래를 보았다면 그들은 아마 필에일 단지를 앞에 두고 배꼽이 빠지도록 웃어댔으리라. 그림 한 장에 그런 힘이 있었다는 것이, 간판이 아니라 마치 우리 머리 위에 걸린 마담 기요틴 그 자체라도 되는 듯 그 그림이 나와 카푸아 데스에게 결정적인 영향을 끼쳤다는 게 믿기지 않는다. 결과적으로 '헛수고'는 우리를 한데 묶어서 파멸시켰다.

물론 우리는 이 모든 걸 까맣게 몰랐다. 리버풀에서 온 도망 노예이자 비백인으로서 카푸아 데스는 그 그림이 재미있고 교훈적이라고 생각했다. 내가 이 섬의 정신을 정확히 포착했다고 말해주기도 했다. 나는 빚을 청산하고 그의 술집 입장을 다시 허락받았다.

다음날 카푸아 데스 씨의 가게는 아서 총독의 직접 지시로 사회 전복을 조장한다는 명목하에 폐쇄되었다. 우리의 멋진 간판은 불태워졌고, 카푸아 데스 씨와 나는 이 주간 쳇바퀴를 굴리는 노역형을 선고받았다. 그는 어떤 배의 외과의사에게 실수로 독을 먹인 죄였고 나는 파머의 마차 제작소에서 무단이탈한 죄였다.

이 정도 처벌로 그쳤다면 견디기는 힘들어도 최소한 생존은 가능했을 것이다. 핀치백 선장이 예기치 않게 호바트타운으로 돌아오지만 않았다면 말이다. 이제 그는 소형 포경선의 선장으로 일하면서 세간의 말로는 저 프랑스인 연적에게 실수로 작살을 날릴 날만을 고대하고 있다고들 했는데, 나는 그의 복수심이 그가 남빙양에서 뒤쫓는 바다괴물보다 더 크다는 사실을 깨닫게 되었다. 그는 어느 날 밤 술을 마시며 흥청거리다 '철의 공작'이며 '참회와 음주'를 비롯한 이곳의 몇몇 업소를 찾아들었다가 그곳의 그림들을 보고, 내가 일련의 그림으로 자기가 프랑스 오입쟁이에게 오쟁이지고 서서히 목 졸려 죽는 과정을 교묘히 암호화하여 묘사함으로써 앙갚음을 꾀하고 있다고 추론하기에 이르렀다. 이는 식민지 예술에 대해 내가 얻은 두번째 교훈이었다. 주제의 진정한 본질은 관객을 만나면서 비로소 발견되지만, 이는 또다른 실망으로 이어진다는 것이다.

공교롭게도 핀치벡 선장은 우리가 '헛수고' 간판으로 법정에 소환된 다음날 저녁에 총독과 아직 분이 안 풀린 그의 부인과 함께 만찬을 들었다. 내가 아는 건 거기까지다―기다란 양초들과 웜뱃 콩소메 너머로 무슨 말들이 오갔을지는 그저 짐작만 할 수 있을 따름이다.

다음날 아침 나는 아서 총독이 직접 서명한 명령문이 방금 도착했다는 소식을 들었다. 공모 근거라고는 쳇바퀴를 타면서 어리석게도 나와 친하게 지냈다는 것뿐인 데스 씨와 나를 세라섬에 칠 년간 유배하라는 명령이었다. 그에게는 몇 가지 추가된 선동죄가, 나―이십 년간 검거를 피해다닌 탈주범―에게는 가명을 쓰고 다님으로써 법집행 교란 음모를 꾸민 죄가 적용되었다.

누군가 이 식민지를 건설했을 때 내가 저질렀던 국기 모독 같은 갖가지 반항적이고 반역적인 행위들이 줄줄이 나왔다. 그 이름은 한때 내가 섬긴 적이 있기에 낯익었지만, 세라섬으로 유배된 지금은 오로지 나 자신만을 섬기겠다는 생각뿐이었다. 선고에 대해 할 말이 있느냐는 질문에 나는 이렇게 대답했다.

"나는 윌리엄 뷜로 굴드고 내 이름은 노래로 불릴 것이오."

불손하다는 이유로, 내 형량은 두 배로 늘어나 십사 년이 되었다.

10

왕풍뎅이*는 경탄스럽고도 잔인한 기계였다. 이 기계를 타고 있으면 온몸이 살점이 아니라 고통으로 이루어진 듯한 느낌이 든다. 이는 순전한 육체적 피로 때문만도, 거친 죄수용 작업복을 입고 불과 몇 시간만 오르내려도 사타구니가 쓸려 시뻘겋게 헌 살덩이가 되는 부작용 때문만도 아니었다. 하루가 끝날 때면 이 잔혹한 노동의 목적이 오로지 저 가공할 쳇바퀴를 돌리는 것뿐이었음을 깨닫게 만드는, 천재적이리만큼 지독한 무용성 때문이었다.

옆으로 길게 늘린 거대한 물방아 형태를 띠고 바닥에서 약간 떨어진 높이에 매달린 왕풍뎅이는 디딤판 구실을 하는 나무 널빤지들로 둘러싸인 기괴한 밀방망이 같았다. 성인 남자 두 명의 키를 합친 높이에 길이가 족히 24미터는 되어, 최대 서른 명이 동시에 올라가 벌을 받을 수 있었다.

---

* '음경이 쏠리는 기계'라는 뜻도 있다.

우리는 어깨 높이까지 뻗은 낮은 사다리를 올라간 뒤, 쳇바퀴 이쪽 끝에서 저쪽 끝까지 팔꿈치 높이에 설치한, 땀과 피로 번들번들해진 유칼리나무 손잡이를 잡고 회전하는 물방아에 올라타 물 역할을 대신해야 했다. 그때부터 열 시간 동안 우리는 다음번 발판에 발을 디디긴 하지만 그 가라앉는 발판 이상의 높이로는 절대 올라가지 못한 채, 다른 죄수의 신음과 우르릉대는 굴대 소리와 철커덕-철커덕-철커덕거리는 쇠사슬 소리를 듣지 않으려 애쓰면서 그 지옥의 바퀴를 기어올랐다. 고통스러운 여름 열기 속에서 비 오듯 흘러내리는 땀 때문에 발판은 끈적끈적하고 미끈미끈해졌고 우리는 갈증으로 미쳐갔다.

둘째 날 저녁이 가까웠을 때, 글래스고에서 기계 파괴에 가담해 유배된 한 죄수가 다리를 들어올릴 때마다 지독한 통증과 심한 경련에 시달리기 시작했다. 경비병들은 그의 호소를 무시하고 내려주지 않았다. 급기야 그는 발판을 더 디디지 못하고 굴러떨어져서 물방아와 사다리 사이에 끼이고 말았다. 널판들이 옴짝달싹못하는 그의 몸을 뭉개고 지나가는데도 거대한 바퀴는 지상의 것이 아닌 다른 법칙을 따르기라도 하듯이, 우리가 경비병을 향해 멈춰달라고 고함치는 와중에도 계속해서 돌아갔다. 내려오라는 명령이 떨어진 뒤에도 엄청난 속도가 붙어 있던 바퀴는 곧바로 멈추지 않았고, 그 불쌍한 남자를 좀더 짓이기고서야 간신히 정지했다.

어떤 사람들은 별로 신경쓰지 않았다. 그의 고통 덕분에 휴식시간이 생긴 것만을 고마워하며, 그가 운이 좋다면 숨이 끊어질 것이라고 말했다. 나머지 사람들은 한동안 미치광이처럼 허우적대며 바퀴를 거꾸로 돌려서 그를 끌어내려고 안간힘을 썼다. 우리가 기계 파괴범에게 말을 걸자 그가 몇 마디 내뱉었다. 그는 입에서 피거품과 음험한 단어들을 흘리며, 자기는 진짜 '악당'이 되고 싶었다고 털어놓았다. 이에 우리는 함성을 질러 호응했고, 참으로 불가해하게도 상처라곤 없는 그의 부서진 몸을 바퀴 앞 집합 장소의 먼지투성이 바닥에 끌어다놓는 데 마침내 성공했다.

"우리 아버지는 방직공이었어." 그는 말을 이었다. "아버지 얼굴에 먹칠을 한 건 유감스럽지만, 이제 방직은 수지맞는 사업이 아냐, 사실 애초에 사업도 아니지." 그러고는 오랫동안 말이 없어서, 우리는 그가 생각하는 중인지 죽어가는 중인지 알 수 없었다.

이윽고 다시금 그의 목소리가 흘러나오긴 했지만, 마치 세상 모든 기계에서 목화솜을 뽑아 그 피투성이 입속에 욱여넣기라도 한 것처럼 어렴풋하고 불분명했다. "우리 아버지는 방직공이었어." 그는 되풀이했다. "하지만 이런 시절에는 차라리 실크를 훔치는 편이 낫지. 면직물 따위를 짜기보다, 증기……" 하지만 그는 "기계"라는 말을 잇지 못한 채 바닥에 피를 더 토했다.

이윽고 그는 켈피가 자기를 데리러 올 거라고 헛소리를 하기 시작했다. 더이상 사용할 일이 없어 기름을 안 친 페달처럼 가냘프고 귀에 거슬리는 소리로 꺽꺽거리면서. 바퀴에 탔던 다른 스코틀랜드인이, 켈피는 말의 형상을 한 물귀신인데 고향에서 너무 멀리 떠나온 나그네들을 물에 빠뜨려 죽인다고 설명해주었다.

바퀴에 다시 올라타라는 명령이 떨어져서 우리는 의사가 불려올 때까지 방직공을 그 자리에 그냥 눕혀두었다. 그의 꺽꺽대는 소리는 마치 그 모든 증기 방적기계를 입으로 토해내려다 실패한 듯 기묘하게 쿨럭거리는 비명으로 잦아들었다.

문득 카푸아 데스가 방직공에게 큰소리로 말을 걸었다. 바퀴에 올라 있는 동안에는 엄격히 금지된 행동이었지만, 그가 말을 하자 방직공이 잠잠해지고 비명을 멈추는 것 같았기 때문에 경비병들은 모르는 척했다. 카푸아 데스는 자기 어머니한테서 들은 이야기들, 그 옛날 노예 상인이 와서 추장들이 어머니를 팔아넘기기 전까지 살았던 땅과 보고 들은 멋진 것들에 대한 이야기를 들려주었다. 왕풍뎅이 위에서 오르락내리락하는 동안 나도 그 이야기에 귀를 기울이며, 어떻게 하면 저 옛날 카푸아 데스의 조상들처럼 하늘을 날 수 있을까, 어떻게 하면 공중으로 떠올라 밴디먼스랜드의 쇠사슬과 왕풍뎅이에서 벗어나 멀리멀리 날아갈 수 있을까 상상해보려고 애썼다. 물고기 눈알을 먹고, 새의 피를 양팔에 문지르고, 어느 마법의 산에서 바닷속으로 뛰어들어 물고기와 하나가 되어 헤엄치다가, 마침내 물고기가 됨으로써 말이다.

카푸아 데스는 이야기를 이어가다가도 한 번씩 몸을 돌려 이제 기계에 파괴된 기계 파괴범을 흘낏 살펴 그가 아직 죽지 않았는지 확인했는데, 기계 파괴범의 눈은 줄곧 또렷하고 석탄 불빛보다 밝았으며 끊임없이 우리를 좇고 있었다. 마치 우리가 우리 자신을 왕풍뎅이 따위에 구속되도록 허용해선 안 되었다는 듯이, 우리에게 재소자 기록에 열거된 시시한 범법 행위보다 훨씬 더 큰 범죄를 저지른 책임이 있다는 듯이.

11

소형 정기선을 타고 밴디먼스랜드의 인적 없는 남쪽 해안을 돌아 매쿼리하버까지 가는 이 주간의 항해중에 우리는 사나워진 파도를 피해 포트데이비의 광활한 만에 임시로 정박했다.

이 배의 선장은 케이프타운에 애인이 있었는데, 애인이라는 사람은 수를 셀 줄도 모르는 어느 신비주의자에게 의지해 미래를 점치는 여자로, 그의 영향을 받아 숫자 3에 진리가 숨어 있다고 믿었다. 이리하여 선장은 부유층 출신 죄수 몇 명의 입에서 급히 뽑아낸 금니로 반지 세 개를 만들어 사랑의 사절 삼아 보냈다. 그다음에는 비록 배송중에 전부 죽어버리긴 했지만 파송 당시만 해도 살아 있던 에뮤 세 마리를 보냈고, 한층 이국적인 분위기를 내보려고 백상아리 세 마리에서 뽑아낸 아가리도 보냈다. 마지막 것은 그녀를 기쁘게 하기 위한 것이라기보다는 그녀가 선사한 쾌락을 기념하는 선물이었지만 말이다. 열여덟 달간 아무 소식도 듣지 못한 선장은 좀더 미묘하고 불가사의한 선물을 해야 하는 것은 아닌지 걱정하기 시작했다. 선장이 호바트타운 술집들을 드나들며 익히 보아온 작품을 그린 화가가 자기 배에 타고 있다는 걸 알고 밴디먼스랜드의 기이한 피조물들을 세폭화로 그려 보내겠다는 발상을 떠올린 것은 바로 그러한 연유였다.

나는 데스 씨와 갑판으로 불려 올라갔다. 선장은 왕년에 그의 업소에서 술을 마시며 그의 여자들을 데리고 논 전력이 있었다. 나는 처음에 흰머리독수리 세 마리를 그리자고 제안했지만 선장은 황급히 거부했고, 등꽃 화관 세 개를 씌우자는 아이디어도 거부했다. 그는 내게 아서 부인과 흑인 아기의 그림과 같은 도발적인 것은 원치 않는다고 경고하면서, 그 자체로는 순수해 보이지만 동시에 완전히 다른 방식으로도 해석될 수 있는 것을 원한다고 말했다. 카푸아 데스가 세폭화에 땅짐승과 새와 물고기를 한 마리씩 넣자고 제안하자 그는 훌륭한 아이디어라고 여긴 듯했다. 이것의 진의가 무엇인지, 책망인지 유혹인지 나로서는 전혀 짐작이 가지 않았지만, 내 작품의 미묘한 메시지를 해독하는 일은 내 몫이 아니라고 판단했다. 카푸아 데스는 내가 묻지도 않은 견해를 제시했다. "너는 물고기지, 그물이 아니라고."

다음날 오후에 선장에게 불려가 수채물감 세트를 지급받고 그가 아침에 육지로 들어가 사냥해온 것들을 그리라는 지시를 받았다. 다 그리고 나자 노랑배도라지앵무는 털이 뽑혀서 선장이 차에 곁들여 먹을 앵무새 파이가 되었고, 밴디먼스랜드 사람들이 왈라비라고 부르는 작은 캥거루 역시 스튜로 요리되었다.

그림이 그다지 사실적으로 표현되지는 않았다. 노랑배도라지앵무는 실물로 보면 작고 다소 귀엽고 고운 빛깔을 띤 새인데 종이에 그려진 모습은 실제보다 몸집이 컸다. 이건 어쩔 수 없었다. 그 불쌍한 피조물의 머리 절반은 선장의 총에 날아가버렸고 몸통의 상당 부분에는 피가 말라 엉겨붙어 있었으니 말이다. 선장이 만든 빈틈을 기억에 의지해 채워 그린 결과 새는 제왕의 위엄을 띠었고, 자세는 음울한 공격성을 띠었으며, 그 부리와—그래, 솔직히—몸 전체가 밴디먼스랜드의 앵무새라기보다 흰머리독수리에 더 가까워지고 말았다. 캥거루는 더했다. 이 준수한 동물은 종이 위에서 본래의 순한 골상이 아닌 수상쩍은 설치류의 면상으로 진화하더니, 몸을 가누기가 굉장히 불편해 보이는 몸통이 여기에 가세했고, 연에 붙이는 것이 더 어울릴 법한 밧줄 같은 긴 꼬리가 이 모든 우스꽝스러움에 정점을 찍었다.

온몸이 따끔거리고 진땀이 솟았다. 핀치벡 선장이 내 작품에 불만을 품었을 때 이 몸이 어떤 무시무시한 일을 당했는가를 생각하면 충분히 그럴 수 있는 일이었다. 혀가 축 늘어진 훈제 대구처럼 입안에서 제멋대로 말려 침을 삼킬 수가 없었다. 나는 그림을 고치려다가 포기하고 몇 번이고 처음부터 다시 시작했지만 결과는 더 나빠지기만 했다―캥거루는 수종으로 부어오르고 해부학적으로 존재할 수 없는 사슴 비슷한 것이 되어갔다. 앵무새는 다시 시도할 때마다 안 어울리는 야한 색 겉옷을 입은 바람의 전사, 호전적인 북아메리카인의 영혼에 점점 더 가까워졌다.

해 지기 직전 선장이 작품을 점검하러 왔을 때, '프티트 누아야드'의 기억이 그 끔찍한 상자 속으로 쏟아져들어온 물벼락처럼 내 머리로 밀려들었다. 말이 나오지 않았고, 침을 꿀꺽 삼키자 벌써 바닷물이 목구멍에 차는 듯했다. 나는 말없이 고분고분하게 갑판 위 그의 눈앞에 그림을 놓았다. 하지만 핀치벡 선장과 달리 이번 선장은 우연히 기어든 이 비현실적 요소에 만족한 듯 보였다. 그는 이 그림이 우리가 사는 세계보다 더 환상적인 동시에 기이하게도 익숙한 세계를 암시한다고 말했다. 그는 두루 감안하건대 이것이 자기 애인의 환심을 샀으면 샀지 못 사진 않으리라고 여겼다.

세폭화의 완성을 위해, 다음날 그는 선원들이 항구의 암초 부근에서 낚싯바늘과 낚싯줄로 잡아 훈연해 먹는 물고기 한 마리를 가져다주었다. 물고기는 큼직하고 색깔도 그만하면 예뻤다. 자기 애인이 이걸 좋

아하리라고 생각한 건 아마 그 색깔 때문이었을 터다. 듣자 하니 이 물
고기는 밴디먼스랜드 인근 바닷속에 무성한 불켈프*를 즐겨 먹기 때문
에 죄수들에게 '켈피'라고 불린다고 했다.

12

그 물고기는 아무리 봐도 말의 형상으로는 보이지 않았다. 배만 충
분히 고프다면 훈연해 먹기에 손색없어 보이는 1킬로그램짜리 예쁜 물
고기였다. 하지만 그렇다고 기분이 나아지지는 않았다. 켈피는 정령이
었을까, 그저 물고기였을까? 물고기는 그저 물고기일 뿐일까? 나는 켈
피란 놈의 눈을 들여다보았다. 그러자 내 바람과는 상관없이 그것은
나를 흑인 친구들의 머릿가죽을 벗기는 뱅크스 씨의 손놀림보다 더 빨
리, 왕풍뎅이와 우리가 기계 파괴범의 죽음을 기다리며 둘러앉아 있던
그날 저녁으로 다시 데려다놓았다. 우리는 그가 과연 오늘밤을 넘길지
궁금해하며 한편으론 요리사를 구슬려서 쓰라린 허벅지에 바를 돼지
기름을 얻어내려 궁리하고 있었는데, 그때 카푸아 데스가 다시 이야기
를 시작했다.

그에게는 신체적 외관과 완전히 모순되는 설명할 수 없는 권위가 감
돌았다. 그의 초상화를 그린다면 약간 빈약한 턱을 지닌 작달막한 흑
인이 화폭 위에 나타날 것이다. 또 뒤틀린 오른쪽 어깨는 그에게 언뜻

---

* 갈조류 미역과의 해초.

위협적이고 수상쩍어 보이는 기이한 성격을 부여했다. 항상 등뒤를 곁눈질하고 있는 듯한 자세에, 상대의 말을 들을라치면 마치 한 대 칠 것처럼 몸을 홱 돌리곤 했기 때문이다.

카푸아 데스는 생도맹그 출신으로, 프룬 같은 주름진 얼굴은 그의 내력만큼 곡절이 많았다. 내가 만난 다른 노예 출신들처럼 그도 항상 술병을 품고 다녔다. 둔탁하고 여기저기 긁힌 그 오지 주전자는 그의 말마따나 스스로 해방된 자인 자신의 불굴의 기억을 한때 알아줬던 예의 불한당 수프 속에 안전하게 밀봉해 품고 있다고 했다. 주인이 그를 팔아넘기려고 자메이카에서 버뮤다로 끌고 갔을 때, 그는 한 병사를 펠라치오로 매수해 자유인 증명서를 위조했다. 그런 뒤 곧바로 영국으로 도주해 처음에는 북대서양의 작살잡이로, 다음에는 리버풀에서 시중꾼으로 일했지만 주인의 은그릇을 훔치다가 잡히는 바람에 일자리와 더불어 자유까지 잃고 말았다.

그의 비뚜름한 입은 쉬지 않고 움직였다. 밤이 되어 막사로 돌아가라는 명령이 떨어질 때까지 의사가 도착하지 않자, 우리는 기계 파괴범도 데려갔다. 낡고 축축한 짚자리에 누웠을 때, 카푸아 데스는 오십만 노예가 현지 백인들은 물론이요, 프랑스 왕의 병사들, 스페인 침략자들, 영국의 육천 원정대, 보나파르트의 매부가 인솔하는 프랑스 이차 원정대를 차례로 격파했던 생도맹그 노예 봉기 이야기를 끝도 없고 두서도 없이 유장하게 들려주었다.

그는 꼭 머스킷총을 발포하고 장전해 재발포하는 보병처럼 말을 멈추지도 강조하지도 안색을 바꾸지도 않고 이야기를 이어나갔다. 그 모든 참혹과 영광과 경이가 쌓이고 쌓이는 세부 사실들 속에 들어 있었다—그가 어려서 목격한 반란의 흉포함, 보나파르트 매부의 진압 시도, 공개적으로 개 먹이로 던져지고 산 채로 불태워진 흑인들, 그들의 지도자이자 백인 나폴레옹에게 배신당한 흑인 나폴레옹 투생 루베르튀르, 또 눈앞에서 처자식이 수장되는 모습을 강제로 눈앞에서 지켜봐야 했던 루베르튀르의 고결한 흑인 장군 모레파, 그동안 그의 벗은 어깨에 나무 견장 한 쌍을 망치로 못박으며 "이제 진짜 보나파르트가 되셨네!"라고 조롱했던 프랑스 병사들까지. 하지만 수장시키라고 할당받은 노예 백오십 명을 죽이지 않고 자메이카로 데려감으로써 데스 씨의 목숨을 구해준 사람 역시 프랑스인인 마자르 함장이었다. 함장은 그곳에서 그들을 영국인 농장주에게 팔아넘겨 백인과 흑인 양쪽으로부터 욕을 먹었다. 백인들은 반란을 일으킨 흑인들을 죽음으로 처벌하기 원했고, 흑인들은 계속 노예로 사느니 차라리 어떤 식으로든 죽는 편이 나았다. 자유인으로서 죽는다는 것은 반란이 아직 끝나지 않았음을 의미하기 때문이었다.

카푸아 데스가 입을 다물었다. 그러자 잠시 우리는 다시 바퀴에 올라탄 기분이었다. 쳇바퀴에 발을 디딜 때처럼 주변으로 온통 쇠사슬이 철커덕–철커덕–철커덕 부딪쳐 올라가고 바퀴가 천천히 돌아가며 우르릉대는 것 같았다. 이야기 말고는 도피처가 없기라도 한 것 같았다. 이윽고 글래스고의 기계 파괴범이 다시 입을 열더니 쉰 목소리로 비참하게 꺽꺽대며 자기를 죽여달라고 애원했다.

처음에 우리는 그의 간청을 무시하고, 조만간 의사가 도착해서 치료해줄 거라며 그를 안심시켰다.

하지만 그는 새로운 쳇바퀴에 갇혀 제자리걸음을 강제로 되풀이하듯이 거듭 헐떡이며 내뱉었다.

"나 죽는다!"

거듭, 거듭, 거듭, 철커덕-철커덕-철커덕.

우리가 그걸 의심하기라도 한다는 듯이.

13

카푸아 데스는 자기 짚자리를 걷어들고 기계 파괴범이 누운 곳으로 걸어갔다. 그는 남자의 시선을 피해서 무릎을 꿇었다. 남자의 무성한 검은 머리카락을 쳐다보는 것 같았다. 그는 부드러운 손길로 머리카락을 쓸어넘겨 옆가르마를 타주었다. 그런 다음 손날로 기계 파괴범의 뺨을 어루만지다가 그대로 댄 채 잠시 가만히 있었다. 그러고는 일어나서 기계 파괴범의 얼굴에 짚자리를 덮은 뒤, 그의 머리 양옆으로 다리를 벌리고 꿇어앉아 양무릎 사이로 짚자리를 팽팽히 잡아당겼다.

그는 기계 파괴범을 단단히 조인 자세 그대로 자기 어머니에게서 배운 노래를 조용히 부르기 시작했다. 질식한 남자의 몸이 발버둥치며 펄떡였지만 그의 몸부림은 너무 빨리 잦아들었고 이윽고 완전히 멈췄다. 카푸아 데스는 그후에도 한참 동안 남자 위에 걸터앉아 있다가, 마침내 노래를 멈추고 몸을 일으킨 뒤 짚자리를 걷어냈다.

아무도 움직이지 않았다. 모두의 눈이 기계 파괴범의 숨이 붙어 있다는 신호를 찾아 그에게 쏠렸다. 신호는 없었다. 카푸아 데스는 그의 주머니를 뒤져서 석류석 반지 반쪽을 찾아내 자기 술병에 넣었다. 그러고는 자기 자리로 돌아가 누워서 눈을 감았고, 나는 죄수선 갑판 위에서 눈을 떴다. 주위로 포트데이비의 황무지가 드러누워 있었다. 나는 이 모든 게 이제 다 지난 일이고 지금 내게 닥친 가장 무서운 일은 선장이 자기 애인에게 줄 세 폭짜리 그림의 세번째 주제로 갖다준 물고기를 그리는 것뿐임을 깨달았다.

그가 갖다준 켈피는 사랑의 사절이 된 자신의 운명을 모르고 있는 것 같았다. 녀석은 바닷물이 담긴 들통 안에서 몸을 움츠린 채로 아직 살아 있었고, 자신의 새로운 역할을 어쩐지 약간 경멸하는 듯 보였다. 나는 켈피를 잠시 들통에서 꺼내어 내 앞의 탁자 위에 놓고 재빨리 스케치한 다음, 죽지 않고 숨쉴 수 있도록 다시 물속에 놓아주었다. 나는 이 마른 탁자가 켈피의 '프티트 누아야드'이며 나는 그의 핀치벡 선장임을 깨달았다. 나와 마찬가지로 켈피도 유죄였다. 나와 마찬가지로 놈도 이유를 몰랐다.

나는 그리 어렵지 않게 상당히 정확한 그림을 그릴 수 있었지만, 켈피의 눈은 마치 우리가 저지른 진짜 범죄의 전모를 알기라도 하듯이, 기계 파괴범의 눈이 죽는 순간까지 그랬던 것처럼 나를 좇았다. 하지만 보이는 그대로 물고기를―죽어가는 몸에 달린, 공포에 질린 채 비난하는 눈을―그린 것은 아니었다. 아니, 고백하자면 선장이 너무나 의외로 괴상망측한 처음 두 그림을 승인해줬다는 사실에 대담해진 나머지, 물고기의 표정을 제멋대로 바꾸기 시작했다. 그것은 모든 걸 아는 듯한 물고기의 눈이자 쳇바퀴 위의 우리를 주시하는 기계 파괴범의 눈에 깃든 공포였고, 그 두 가지인 동시에 수많은 다른 것이었다. 그것은 기계 파괴범이 밑에서 발버둥칠 때 언뜻 비쳤던 카푸아 데스의 눈

빛과 뻐드렁니였고, 어깨 너머로 자신의 과거를 영원히 힐끔거리는, 반쯤 겁에 질리고 반쯤 매혹된 시선이었다. 그것은 그 모든 피—물고기 눈깔의 피, 몸이 찢긴 반란 노예들의 피, 모레파의 못박힌 어깨에서 철철 흐르는 피, 우리가 짚자리를 걷었을 때 기계 파괴범의 눈에 맺혀 있던 피였다. 또 그것은 나와 그들과 모두를 가두어놓은 이 깨진 세상에 대한 나 자신의 공포였다. 우스운 일이었지만, 그때는 이 모두가 잠시 하나로 묶여 죽어가는 한 마리 켈피로서 존재한다는 것이 그리 우습게 느껴지지 않았다.

다 바보 같은 생각이었으므로, 선장이 애인에게 주려고 그림을 거두어가며 선원들에게 켈피를 훈연해 먹으라고 던져주었을 때 나는 안도했다.

14

그때—첫번째 물고기를 그리고 있을 때—무한한 만큼 무모한 모험이 시작되었다는 것을 내가 어떻게 알 수 있었겠는가? 나는 책에서 예술가들의 일생을 읽었다. 성인들의 일생이 그러하듯 그들에게는 시초부터 위대함이 각인되어 있는 것만 같았다. 기록에 의하면 날 때부터 그들의 손가락은 화가다운 유려한 곡선을 만들어냈고, 물감을 머금은 붓과 자신들이 지니고 태어난 수많은 순수한 착상을 채워넣을 캔버스가 완비되기만을 기다렸다고 한다.

그러나 예술은 타고난 권리가 아니라 가혹한 형벌인바, 나로 말하자면 초년기에 예술적 소질은 물론 흥미를 암시하는 요소조차 전무했으며, 소일거리로 삼거나 빠져든 대상은 거의 모두가 그저 사악하게 여겨질 법한—그리고 실제로 그렇게 여겨진—것들이었다. 물론 지금은 내가 이 이야기의 주인공이지만—다른 누군가가 이 자리를 원한다고는 도무지 상상할 수조차 없으니까—내 이야기는 오르페우스 신화의 재탕이 아니며 하수구 시궁쥐의 일대기보다도 조악하기만 하다.

나는 윌리엄 빌로 굴드, 검푸른 영혼과 녹색 눈과 벌어진 치아와 텁수룩한 머리와 보채는 위장을 지녔다. 내 외모보다도 초라할 게 분명한 내 그림에는 거틴의 풍격도 터너의 기량도 없지만, 터무니없고 망그러지고 불쾌한 것 모두를 있는 그대로 보여주려 애쓰겠다는 내 말을 부디 믿어주기 바란다.

내 길에는 내가 이정표를 놓을 것이다. 이걸 못하면 내가 개자식이고, 하면 하는 대로 놀라 자빠질 일이다. 호반시인이나 오비디우스나 저주받은 난쟁이 포프까지는 못 돼도, 이게 내가 할 수 있는 최선이며 누구도 한 적 없는 일이 될 테니까. 영혼이 담긴 조야한 작품은 온갖 비난과 욕설에 항시 열려 있는 반면, 텅 빈 세련된 작품은 일체의 모욕에 닫혀 있으며 돈으로 산 칭찬의 담쟁이덩굴로 쉽게 뒤덮인다. 이야기꾼은 자기 삶의 심지를 이야기 불꽃에 태워버리는 사람이라고들 한다. 그러나 선량한 트리스트럼 샌디처럼 나는 누구의 규칙에도 얽매이지 않을 것이다. 내 그림 곁에 단어들의 모닥불을 지펴, 초라한 그림에 담긴 진실의 하찮은 순간이라도 비추는 말이라면 무엇이든지 할 것이다.

나는 윌리엄 빌로 굴드, 여러분을 위해 최선을 다해 그릴 것이다. 이는 그저 보잘것없는 그림, 막돼먹은 자의 예술, 바위에 듣는 물소리,

단단함이 부드러움에 굴복하리라는 바보의 꿈에 지나지 않는다. 나는 여러분이 반투명한 수채화에서 그 밑의 흰 도화지 조각이 아니라 영혼 그 자체의 불투명함이 비치는 모습을 보길 바란다.

그런데 이것으로는 갑판원이 거친 바다에서 배로 악천고투하며 끌어올리기에 충분치 않단 말인가? 대답해보라—정말 그런지? 아니면 여러분은 숭고함의 흔적을 원하는 것인가? 자신의 힘을 통제하는—그 야말로 절정에 선—예술가의 흔적을?

내게서는 그런 허무맹랑한 소리를 들을 수 없을 것이다. 지금 나는 몹시, 그리고 바라건대 위태로울만치 통제 불능이기 때문이다. 내 붓이 팝조이의 종이를 작게 점묘로—타·다·다·닥—타·다·다·닥—공격하기 시작하면, 자유와 다름아닌 해방을 꾀하는 사격이 시작된다. 내 목표물은 진짜가 아니며, 내 무기는 전당 잡히기조차 부끄러울 정도로 초라한 물감 상자, 질 나쁜 붓 몇 자루, 더 질 나쁜 물감 몇 통, 그리고 기껏해야 모사에나 써먹을 찌부러진 재능뿐이다. 그래도 시력은 멀쩡하니 최대한 활용할 생각이다.

뭐·라·고?

엉터리 비평가들이 묻는 소리가 들린다. 방법론의 섬·세·함은 어디에 있지? 여기에 줄기차게 돈만 추구하는 빈곤하고 촌·스·러·운 정신 말고 무슨 흔적이 있지?

그들은 자기들 잣대로 나를 깎아내리지만 나는 윌리엄 빌로 굴드, 쩨쩨하거나 비열한 자가 아니다. 어떤 사람이 되겠다는 생각 따위에는 얽매여 있지 않다. 나는 머리끝과 발끝 사이에 처박혀 있지 않으며 모래처럼 무한하다.

좀더 가까이 와서 들으라. 내가 왜 땅바닥을 기어다니는지 말해줄 테니. 내가 그러기로 했기 때문이다. 저 높은 곳에 사는 데는 관심이 없기 때문이다. 저들에게는 그것만이 사는 방식이요, 있어야 할 장소이리라. 그래야 우뚝 솟은 성채와 감시탑에서 지상과 우리를 내려다보며 전부 모자란 것들로 싸잡아버릴 수 있을 테니까.

나는 먼 데서 바라봐 세부를 뭉개버리고 삶을 모욕하는 허랑한 그림을 그리는 일에는 관심이 없다. 팝조이 같은 이들이 너무나 사랑하는 저 풍경화, 마치 거리를 두고 보아야만 어떤 장소나 사람을 알 수 있다는 듯이 하늘로 높이높이 치솟으며 진실을 훼손하는 저 풍경화—그것은 땅의 거짓말이다. 진실은 절대로 멀리 있는 게 아니라 가까운 먼지 속에, 불쾌한 점액과 딱지와 오물 찌꺼기 속에, 악마와 더불어 천사와 더불어 존재하며, 이 모두가 지상과 우리 안에 사로잡혀 있고, 이 모두가—나와 여러분과 우리의—한차례 맥박 속에, 또한 내가 물고기 육신을 가지고 구현하고 이루려는 모든 주제 안에 담겨 있다.

엉터리 평론가들은 내가 이렇게 하찮은 놈이라고, 내 그림은 저렇게 무의미한 것이라고 말하리라. 그들은 내 가련한 머리통 안팎의 광란을 통제하려 들 것이고 그러면 나는 내 점묘의 북소리에 장단을 맞출 수가 없다. 그들은 불가결한 꿈 속에 있던 나를 흔들어 비명을 지르며 깨어나게 만들 것이다. 그들은 의사선생이 딱한 생물종들을 정의했듯이 나를 정의할 것이다. 저주받은 린네식 분류법을 영혼에 적용해, 자신들이 고안하고 정의한 무슨 새로운 유類에 나를 옭아매려 할 것이다.

그러나 나는 윌리엄 뷜로 굴드, 단 하나의 개체로 이루어진 무리, 정의할 수 없는 존재다. 물고기가 나를 자유케 할 것이고 나는 그들과 함께 달아나리라.

그럼 여러분은?

—위대한 셸리*가 말하기를—

그대들은 상처 입었다. 기억이란 그런 것이다.

그럼 여러분은 그냥 내가 했던 식으로 물고기 눈을 오랫동안 들여다보면서 시작해야 할 것이다. 지금 내가 기록해야 하는 것이 보일 때까지, 깊고 깊은 바다 밑 세계, 철창 비슷한 것이라곤 내리긋는 빛줄기뿐인 곳으로 기나긴 자맥질을 시작할 때까지.

쉿!

팝조이가 오고 있다. 밀물이 올라온다. 상처는 굳어간다. 그러니 그냥 편히 기대앉아. 삶은 책으로 보는 편이 훨씬 나으며 살기보다 관찰하는 편이 좋다는 한 러시아 죄수의 말을 수긍하도록 하라. 여러분은 운이 좋으니 운좋은 자식들답게 고개를 끄덕이도록 하라. 이른 아침 식민 장관 집무실 이 층에서 아침을 들며 공개 처형을 구경하는 호바트타운의 높으신 서기관들처럼 말이다. 그들은 푹신한 깔개를 덧댄 의자 위에서 살찐 엉덩이를 들썩이며, 아직 아가리 안에 감도는 콩팥 튀김의 진한 오줌맛을 음미하며, 머리 거리 건너편 형무소 입구에 펼쳐진 교수대의 장관을 편안히 즐기고 있다.

교수대의 뚜껑문이 그 탐욕스러운 아가리를 쩍 벌리기 직전 이 짧은 틈을 타서—모든 사형수의 양심 고백을 본받아—나를 이토록 딱한 길로 몰아넣은 직접적인 사건들을 이야기하려 한다.

---

* 19세기 초에 활동한 영국 낭만파 시인 퍼시 비시 셸리.

The Porcupine Fish

가시복

1

그 이상하기 짝이 없는 항해 끝에, 우리는 서서히 새로 수감될 감옥에 다가갔다. 늦은 저녁이었고 초가을 바다는 너무 잔잔해서 배가 툭 하면 멈추었다. 이 혐오스러운 시대, 성스러운 것 일체가 모독당한다고들 아우성치는 이 시대에, 이제 이야기가 펼쳐질 이 섬보다 더 혐오스러운 곳은 없으며 타락의 연대기에서 이보다 더 독보적인 곳도 없으리라. 밴디먼스랜드 서쪽 절반에 해당하는 이 철저한 미지와 미답의 땅에는 야만인들만이 배회했고 백인 거주지는 찾아볼 수 없었다. 감당하기 힘든 죄수들을 수용하는 이 감옥만 제외하면 말이다.

창백한 우윳빛 달빛 아래서 처음 목격한 세라섬은 예상했던 모습과 달랐다. 선장은—나와 카푸아 데스를 포함한—몇몇 죄수들에게 푹푹 찌고 악취가 진동하는 짐칸에서 나와 갑판으로 올라올 수 있도록 특별히 허락해주었다. 아직 저 멀리 우리 배 앞에 어렴풋이 모습을 드러낸 섬의 형체는 무시무시한 머리를 치켜든 우화 속 은빛 바다괴물 같았다.

섬은 거대한 문어가 나무와 풀과 양치류 한 잎까지 식물이란 식물은 모조리 먹어치운 채 드러누운 형국이었고, 높이가 15미터 이상 되는 통나무 울타리는 빨판이 돋은 문어 다리가 유형지 전체를 길게 둘러싼 모양새였다. 그 위로 거대한 건물들이 꿈틀거리는 크라켄 무리의 머리들처럼 솟아 있었다. 사령관의 분홍 대리석 궁전은 또 어땠느냐면, 나중에 우리가 궁전 아래쪽에 다다랐을 때 강풍이 제멋대로 몰아치는 무슨 인공 협곡에 온 것 같았고, 그 그림자는 유형지 전체를 뒤덮었다. 병참부로 쓰는 장려한 석조 건물은 만약 대규모 항구에 있었다면 그렇게 위화감을 주지 않았을 것이다. 형무소의 중심부에 얹힌 키클롭스식 상인방에는 미소띤 가면이 이 유형지의 기묘한 문장으로 새겨져 있었다.

이윽고 나는 섬에서 눈을 돌려 바다를 내려다보았다. 전에는 한 번도 본 적 없는 광경이 눈에 들어왔다. 아주 놀라운 광경이라 이를 묘사할 단어를 찾고 싶었지만 끝내 찾을 수 없었다. 수면에 비친 별들이 하늘에서처럼 밝게 빛났다. 마치 우리가 이 경이로운 장소를 찾아 극남의 천공을 여행해온 것 같았다. 아직 어두운 수면 아래서 촛불 천 개가 타오르며, 우리 오른편으로 작게 떠 있는 사자死者의 섬에 묻힌 죄수의 영혼 하나하나를 위로하고 있는 것 같았다. 그때 불빛 몇 점이 죽은 남자의 머리에, 다음에는 몸통에 가려서 사라졌다. 멈춰 있는 우리 뱃머리 주위를 한없이 천천히 돌면서 뒤집힌 채로 떠내려오는 남자의 모습이 시야에 들어왔을 때, 나는 기계 파괴범이 자유를 얻겠다던 자신의 꿈과 마침내 하나가 되었나 했다.

116

나중에 확인해보니 시체는 문짝으로 뗏목을 만들어 본토까지 가려다가 실패한 탈옥수였다. 선장이 의미한 게 그 죄수의 운명이었는지, 그가 죽어서야 탈출할 수 있었던 저 섬이었는지는 모르겠지만, 갈고리로 끌려올라오는 죄수의 시체를 보면서 그가 내뱉은 말에 등골이 서늘해졌다.

"제국의 끝에 찍힌 마침표로군."

2

그날 저녁 늦게 마침내 바람이 일어 배가 정박지로 들어서자, 섬의 자연적 등고선을 따라가거나 가로질러 뻗은 대로와 대규모 매립지, 미완공된 부두들, 리버풀 부럽지 않은 석조 창고들이 늘어선 해안도로가 뚜렷이 보였다. 모든 것이 전부, 순전히 우리 지도자의 하룻밤 결심으로 출현할 한 국가를 예언하고 있었다. 우리에게 그는 확실히 비범한 인간이었다.

여러분은 이렇게 말할지도 모르겠다. 그런 인물이 있다니 이 식민지에 얼마나 큰 행운인가!

하지만 그의 광대한 조선소―'그의' 조선소―를 보자마자 알게 된 건, 우리가 영국의 영토를 벗어나 훨씬 희한한 또다른 영토로, '장대하신 전하'이자 세라섬의 나폴레옹이며 남태평양의 대총독인 사령관 자신의 영토로 들어왔다는 것이었다. 그때 이미 그의 조선소는 남반구의 식민지에서 가장 분주했고, 식민 당국이 아는 것보다 훨씬 훨씬 더 컸다. 맨발을 쇠사슬로 줄줄이 묶인 중죄수들이 고든강에서 휴온소나무를 벌목해오면 역시 죄수인 조선공들이 외돛배나 쌍돛배를 만들어 호바트타운의 밴디먼스랜드 총독에게 공물조로 보냈지만, 조선소는 그 열 배가 넘는 물량을 날로 장대해지고 있는 이 섬의 무역 선단으로 쓰려고 따로 건조해 비축했던 것이다. 사령관은 이 선단을 매개로 자바 상인들 및 남아메리카의 몇몇 신생독립국가들과 처음에는 상업적인 관계를, 이어서 정치적인 관계를 구축했다.

그는 매독 치료용으로 매일 바르는 수은 연고와 잠을 청하려고 매일 저녁 부정확한 용량을 마시는 아편팅크에 단단히 잠식되어 있었다. 그래서 이 용맹한 남자가 두려워하는 유일한 것은 꿈이었으니, 아편으로 항진된 악몽은 그에게 숨쉴 겨를을 주지 않은 채 매번 화염으로 막을 내렸다. 그는 매일 아침 동트기 직전에 불사조처럼 일어나 이미 재가 되어버린 것들을 다시 쌓아올렸다.

여러분은 의아해할지도 모른다. 그는 도대체 어떻게 그 끝을 예측했을까?

하지만 당시만 해도 그의 야심은 그의 식욕과 색욕만큼 엄청났으니, 무려 자신을 국부로 한 국가를 창건하겠다는 것이었다. 이미 그는 나라의 중심이 될 도시국가의 기초를 건설하는 중이었다.

여러분은 이렇게 물을 것이다. 어떻게 그런 일이 가능했을까?

하지만 그가 자신의 꿈과 전망에 대해 이야기하는 것을 들어보아야 한다. 그의 말을 듣고 있노라면 거칠게 베어내 바닥에 깐 발밑의 널빤지들이 흔들흔들 요동치기 시작하고, 방을 둘러싼 다 떨어지고 갈라진 사암벽이 허물어지며, 이 칙칙하고 절망적인 감옥의 세계가 눈앞에서 다른 것으로 변모하곤 했다. 그 변모를 채 알아차리기도 전에 우리는 남방의 하늘을 지나 머나먼 우화의 땅으로, 아마도 압제의 땅이겠지만 그의 희망과 절망으로 얽힌 이야기 속 땅으로, 그의 말 한마디 한마디와 몸짓 하나하나가 우리에게 점차 현실이 되는 세계로 날아가곤 했다.

배가 정박한 뒤 우리는 옷을 벗으라는 명령을 받았다. 죄수 경비관들은 갑판에서 알몸으로 덜덜 떠는 우리의 항문에 손가락을 찔러넣고 입안을 헤집어가며 담배 뭉치나 귀금속을 찾았다. 옷을 입어도 된다는 허락이 떨어진 뒤에는 사령관이 도착하길 기다렸다.

그는 동트기 직전에 배에 올라 우리에게 연설을 했다. 그는 외모가 남달랐다. 키가 작은 편은 아닌데도 아주 커다란 머리통과 밑으로 갈수록 가늘어지는 작은 체형 때문에 목이 없는 것처럼 보였다. 그나마 제일 괜찮은 건 숱진 검정 곱슬머리였는데 그 화려함은 다른 신체적 결함들을 더욱 강조할 뿐이었다. 다른 사람 같았으면 그 이색적인 옷차림—파란 제복과 황금 가면—이 가장 두드러져 보였을 것이다. 하지만 그 이른 아침에 관심을 끌었던 것은 바로 그의 말투였다. 그는 간결하게 단도직입적으로 말했고 심지어 이따금 '디멘텅', 그러니까 흑인 언어와 죄수 은어가 섞여 생겨난 피진을 썼는데, 그의 말과 열정에는 최면을 거는 듯한 무엇이 있었다.

우리가 모르는 사이에 배는 구름으로 변해 떠갔고, 아침해의 은은한 색조가 부서져 사령관 등뒤의 새벽하늘에 번지기 시작할 때 그는 우리가 날아오를 미래를 가리키고 있었다. 그가 보여준 미래에 이 작은 섬은 무역 세계의 당당한 거인이 되어 있었고, 전 세계가 섬의 부와 힘을, 도시 배치의 아름다움과 장엄함을 숭배하며 두려워했다. 우리는 무역상과 예술가와 그 밖의 온갖 고급 매춘부 들이 자신의 과거와 억양을 일찌감치 버리고 가족과 친구와 연인과 절연한 뒤, 오로지 자기 야심과 허황한 꿈을 새로 떠오른 남쪽 섬의 꿈과 일치시키려는 욕망에 불타 머나먼 지방을 떠나 기나긴 여정에 오르는 광경을 보았다.

사령관—과 우리들—은 그가 고대 로마의 토가를 입은 모습으로 묘사되고, 장편 송시의 소재가 되고, 그에 대한 기억을 놓고 전쟁을 벌이게 될 왕조를 건설하고, 절대자로 숭배받는 모습을 상상했다. 그는 왕조에 대한 전제적인 욕망과, 제국의 유형지를 관할하는 영국인 장교로서 맡은 공식적인 임무와, 피렌체와 베네치아 같은 르네상스 도시국가들에 대한 깊은 경의—이런 도시국가에 대한 그의 다소 그릇된 개념은 이탈리아에 관한 파란 싸구려 소책자들에서 얻은 것이었다—사이에서 아무런 모순도 느끼지 못했다. 이런 책자들은 나중에 우리가 그의 누나 앤 양이라고 알게 된 여성이—낭만주의 수채화가인 앤 양에게 다소나마 특별한 구석이 있다면 예술 작업이 아니라 토머스 드퀸시와의 짧은 연애 사건인데, 이는 그 아편쟁이 작가가 우스터 칼리지의 낡고 칙칙한 회랑 속에 파묻혀 있던 한 학기 동안 벌어진 일이었다—옥스퍼드에서 편지와 함께 보내준 것이었다.

무도병의 이상한 변이형 같은 것을 앓고 있던 사령관은 새 시대의 신기루와 환영에 더듬더듬 경의를 표하며 스스로를 북돋았고, 앞으로 인간의 가장 강렬한 창조적 충동은 공학을 통해서 실현될 것이라고 우리에게 천명했다. 우리는 토건을 향한 그의 거대하고도 끝없는 공상에 휩쓸려들었다. 그중에는 시장을 유리로 둘러싼 웅대한 아케이드로 재건한다는 계획도 있었고, 바다에서 시작해 이어지는 구불구불한 진창

길을 광활하고 곧게 뻗은 '운명의 대로'로 재건한다는 계획도 있었는데, 대로 끝에는 육중한 철제 아치를 세워, 대로 아래쪽에서는 날씨가 쾌적할 때 연인들이 산책을 하고 대로 위쪽에서는 죄수들이 게으름을 피울 때마다 군인들이 달려들게 될 터였다.

하지만 그는 그 도시의 무엇이 우리 모두를 그토록 현혹하는지 알지 못했다. 우리가 현혹된 건 바로 그의 말이었다.

그가 말을 하면 무엇이든 가능해졌다. 우리의 역할이 그 꿈의 수혜자가 아니라 목숨을 바쳐서 그 꿈을 벽돌과 모르타르, 유리판과 철제 레이스로 바꾸는 노역자라는 걸 알면서도, 너무나 쇠미해진 우리는 이 것이 우리에게 어떤 목적을, 의미를, 우리가 죄수가 아님을 뜻하는 무엇을, '요람'과 '튜브 재갈' 이상의 무엇을 제시하는 듯한 기분이 들었으니, 그것이 바로 우리 모두가 갈구하던 바였다. 우리 자신에 대한 어떤 대안, 우리가 자신과 세계를 개조할 수 있게 해주는 어떤 증기기계 말이다. 죄수 상태에서 탈출하기 위해 우리는 지금의 모습으로부터, '유형 체제'가 선고한 우리의 과거와 미래로부터 탈출해야 했으니까.

우리 모두에게 그것은 날조된 이야기를 현실인 척 따라야 하는 세계였다. 위조범의 눈으로 보건대 그 가능성은 순간 무한해 보였다. 그리고 솔직히 말해서 그때 누가 실제로 나의 기막힌 미래와 우리 모두를 집어삼킬 무시무시한 운명을 예측이나 할 수 있었겠는가? 물론 사령관은 결국 바닷물을 빨아올려 바짝 말리고 한껏 오만을 피우다 폭발함으로써 섬과 얼마 안 되는 생존자들을 다시금 절망적인 고립 속에 버려두게 될 터였다. 권위를 상대하는 가장 쉬운 길은 확실히 묵인이다. 그들이 멍청할수록 우리도 멍청해져야 한다. 그러므로 내가 세라섬에서 그전까지는 어디까지나 흉내만 냈던—내 창조물 중 가장 가증스러운 존재인—'예술가'가 된 것도 어쩔 수 없는 일이었으리라.

3

배에서 내려 맞닥뜨린 것은 이런 곳에서 일어날 법한 온갖 불가피한 가혹 행위와 불결한 환경이었다. 하지만 하선하기 전 아직 무엇을 가까이서 보기도 전부터 죽음의 냄새가 우리의 코를 습격했다. 죽음은 지칠 대로 지친 몸들과 하감下疳으로 뒤덮인 영혼들이 내뿜는 강렬한 악취 속에 있었다. 죽음은 괴저가 일어난 팔다리와 폐결핵에 걸려 너덜너덜해진 피투성이 허파의 독기 속에서 올라왔다. 죽음은 구타의 지독한 악취 속에, 사방에 침범해 서서히 퍼지는 습기 탓에 벌써 허물어지는 신축 건물 속에 숨어 있었고, 거듭된 강간으로 썩어가는 괄약근에서 스며나왔다. 죽음은 삭아가는 진흙과 소름 끼치는 원한의 사무친 냄새에서 올라왔고, 젖어서 기우듬해진 벽돌담 속에, 채찍으로 벗겨진 살갗에서 올라오는 김 속에, 아무도 귀기울이지 않는 무수한 비명과 살인이 내뿜는 고약한 날숨, 그와 뒤섞인 말 못할 공포의 눈물 속에 도사리고 있었다. 이런 두려움에 찌든 땀 냄새는 전부 옷에 시큼하게 배고 속속들이 스며들어 시간이 흘러도 지워지지 않는다고들 한다. 아무리 여러 번 세탁을 하고 자백을 해도 흐르는 피의 향기를 내게서 제거할 수 없었던 것과 같다. 좀 변태적이긴 하지만 도처에 죽음이 있어서인지, 처음 세라섬에 왔을 때만큼 삶이 달콤하게 느껴진 적은 일찍이 없었다.

우리가 쇠사슬을 차고 비틀거리며 언덕을 올라 바다와 면한 작은 절벽 위에 위태롭게 자리잡은 형무소로 걸어가면서 온갖 무시무시한 냄새들과 불행하게 결합한 저 추악한 광경들을 목격했을 때, 우리는 이 섬이 처음 상상했던 대로 경이로운 장소, 그 이상인 동시에 어떤 면에서는 그 이하임을 확인할 수 있었다. 섬 스스로가 사령관의 꿈이 될지 아니면 죄수들의 악몽이 될지 아직 마음을 정하지 못한 것 같았다.

완공되었지만 텅 비었거나 아직 반만 지어진 장대한 석조 건물들 옆으로 다 허물어져가는 흙집과 완전히 망가진 통나무 오두막이 빼곡히 들어차 있었는데, 집들이 거의 하나같이 이상한 각도로 기울어 마치 술에 취한 듯 보였다. 부둣가와 그곳으로 통하는 길은 자갈로 포장되었지만 섬의 나머지 주요 도로는 허리까지 빠질 것 같은, 구린내 나는 흙탕길이었다. 온 섬에 사람들이 앉는 곳마다 벼룩떼가 작은 구름을 이루었고 파리떼가 바글거렸으며, 대낮에 건물 사이를 무리지어 달음박질칠 정도로 대담한 쥐들이 우글거렸다.

지금 감방 안에서 뜨고 가라앉기를 되풀이하며 되짚어보건대, 우리는 우리를 향한 뿌리깊은 증오를, 핍박받는 자들로 이루어진 불경한 군대의 악의에 찬 시선을 느끼면서도 놀라지 않았다. 누추하고 보잘것없는 자들과 굶주리고 버려진 자들, 그들의 버짐 피고 딱지진 얼굴에서 미나리아재비처럼 삐져나온 고름투성이 눈, 끝없는 채찍질로 패고 할퀴여 본래 모습을 잃고 흉하게 일그러진 등. 근육이 빠지고 뱃가죽이 쪼그라든 이 인간의 잔해들은 일찍부터 허리가 굽고 몸이 다 망가져, 내가 그중 가장 늙었다고 생각한 자도 겨우 서른두 살이었다.

몰리보이부터 낸시맨*, 심지어 작업복 밑에 꼬질꼬질한 누더기 뭉치를 넣고 다니며 이것이 자기 아기이고 자기 남자친구의 젖을 먹는다고 주장하는 어떤 언니까지—'자연' 전체가 뒤집힌 이 광경을 보고도 우리는 전혀 충격받지 않았다. 또 우리는 이곳에서 '자연' 자체가 두려움의 대상이라는 사실에도 충격받지 않았다. 듣자 하니 항구에는 상어가 우글우글하며 그 너머로 잔인한 야만인이 시글시글한 미답의 원시림이 있다고 했다. 기묘한 방식이긴 했지만, 마침내 그곳을 직접 보고 이 모두를 최대한 잘 견뎌내며 가능하다면 피할 수 있는 방법을 터득하기 시작한 것만으로도 안도감이 들었다.

그러나 사실 이 섬 특유의 여러 가지 고문을 편하게 감수할 방법은 없었다. 대장장이에게 뇌물을 주어 쇠사슬을 좀 가볍게 만들 수 있을지는 몰라도, 살을 찢기 위해 일부러 안쪽 홈을 삐죽삐죽하게 팬 15킬로그램짜리 족쇄를 석 달간 밤낮으로 차고 있으면 그 고통에는 치료제도 없었다.

몇 개월, 심하면 몇 년간 바닷물 감방에 갇혀 밀물이 닥칠 때마다 떴다 가라앉았다 하며 지낼 일이 수월하지 않으리라는 건, 지금처럼 익숙해질 일이 까마득했던 그때도 이미 알 수 있었다. '튜브 재갈'도 견디기 어려운 건 마찬가지였다. 고통을 대가로 침묵을 가르쳐주는 이 천재적인 기구는 말에게 재갈을 물리듯 입안에 쑤셔넣는 단단한 목재 튜브인데, 무지막지하게 쑤셔넣다가 이를 뽑아버리기 일쑤였다. 그런 다음 형리는 양옆에 달린 가죽끈을 머리 뒤쪽에 동여매어 튜브를 고정

---

* 사회에서 여성적인 것으로 여기는 특징을 내보이는 남성 성소수자를 지칭하는 단어들.

시키고는, 경련하듯 낮게 쌕쌕거리는 소리가 들리거나 피거품이 뿜어나와서 재갈이 제구실을 하고 있음을 알려올 때까지 윈치로 팽팽히 감아당겼다. '독수리 펼치기'도 마찬가지였다. 이 고문은 형리가 죄수를 벽과 마주보게 세워놓고 지면에서 180센티미터 높이에 180센티미터 간격으로 고정한 고리못 두 개에 양팔을, 바닥에 고정한 고리못에 양발을 쇠사슬로 결박한 다음 머리와 몸통을 곤봉으로 구타하는 형벌인데, 이때 조금이라도 비명이 터져나오면 '튜브 재갈'을 물리는 것이다.

'비렁뱅이의 딸' '마녀의 빗자루' '정부情婦의 머릿가죽'처럼 도착적 모욕을 연상시키는 명칭의 이국적인 고문들도 있었다. 그중 가장 두렵고도 가장 수동적인 고문은 '요람'이었다. 이는 대개 죄수를 채찍질한 뒤 철제 고문대에 눕히고 옴짝달싹 못하게 묶어 몇 주일간 방치하는 것이다. 그동안 죄수의 찢긴 등은 꿈짝 못하고 썩어가는 몸뚱이 밑에서 문드러져 구더기가 들끓게 되며, 정신은 그보다 더 끔찍한 곤죽으로 해체된다.

이런 형벌 가운데 한 가지 내지 몇 가지를 자초하는 범죄로는 담배나 짐승 비계나 길들인 새를 소지하고 있다가 발각된다든지, 음식을 나누어준다든지, 노래를 부른다든지, 일하러 가면서 빨리 걷지 않는다든지, 말을 한다든지(반항), 말을 안 한다든지(무언의 반항), 웃는다든지, 노려본다든지 하는 경우들이 망라되었는데―사실 진짜 범죄는 딱 하나, 죄수 경비관이나 밀고하는 치와 충돌하는 일이었다. 신분 상승을 위한 '세라섬의 사닥다리'를 올라가느냐 내려가느냐는 죄수의 행동이나 갱생 의지나 악행의 반복 여부에 따라 결정되는 게 아니라, 좋든 나쁘든 오로지 운의 소관이었다.

이 모든 것에 대해 나는 준비가 되어 있었다.

그러나 가시복에 대해서는 어떠한 준비도 되어 있지 않았다.

4

새로운 국가에 대해, 그리고 진보가 유예되어 있던 남반구 하늘 아래 자리잡은 섬에다 유럽을 재현하겠다는 착각에 대해 여태 늘어놓은 이야기는 뒤에 가서 다시 할 것이다. 한편, 상륙 뒤 초라한 신참 죄수용 목골 벽돌 막사에 수용된 바로 다음날 쌀쌀한 아침, 내 앞에는 몸집이 커다랗고 공처럼 둥근 머리에 밀가루와 당밀을 번갈아 뒤집어쓰면서 김을 모락모락 내는 인간 푸딩이 서 있었으니, 그는 곧 내 삶을 영영 바꾸어놓을 참이었다.

"토비어스 아킬레스 렘프리어—미스터," 푸딩이 말했다. "유형지 외과의사—고단하지—내가 바로." 따뜻한 아침식사가 들어간 배에서 숨결이 뿜어나오자 감방 안에 탁한 수증기 구름이 쏟아졌다. 그의 말투는 이해가 거의 불가능했지만 어조만은 거창했으니, 그가 대문자로 말한 것도 아마 그래서 불가피했을 것이다. 그가 연설에 동원한 단어들은 마치 굽다가 망친 버터빵 푸딩에 박힌 건포도—이곳저곳에 뭉쳐 있어 소화를 방해하는 검은 얼룩—같았다.

그의 외모는 첫눈에 몸이 덜덜 떨릴 정도로 끔찍했다. 몸이 너무 통통 불어 있어서 사람 뱃속에서 나왔다기보다는 통 속에서 튀어나온 것만 같았다. 지나치게 작은데다 말쑥하기는커녕 누더기처럼 보이는 검은 연미복이며 꽉 끼는 반바지, 은색 버클이 달린 조그만 구두, 모든 것이 리젠시 시대*의 멋쟁이로 가장했다가 실패한 수종 환자를 시사하고 있었다.

그의 가장 두드러진 특징은 곧 가장 소름 끼치는 특징이기도 했는데—이는 그의 거대한 대머리가 너무나 새하얗다는 것으로, 그 모습이 어찌나 충격적이었는지 처음에는 기계 파괴범의 유령이 나를 홀리려 되돌아온 게 아닌가 싶을 정도였다. 처지고 접힌 지방층 사이로 주름이 요리조리 흐르는 시냇물처럼 거무튀튀하게 잡혀, 얼굴 나머지 부분의 새하얀 사막과 대조를 이루었다. 나는 그의 낯빛이 유령치고는 다소 누르께하며, 그가 밀가루를 막 입힌 모양으로 보이는 건 번들거리는 새하얀 연분을 발랐기 때문이라는 사실을 알아차렸다. 런던의 미친 모자 장수들†과 관련해서 떠도는 말처럼, 이 납이라는 금속과의 지나친 밀착이 어쩌면 그가 나중에 보인 괴상한 행동을 일부나마 설명해줄지도 모른다. 어찌되었든, 그 인간 같지 않은 얼굴의 기괴한 첫인상은 그에 대한 기억 가운데서도 가장 강렬하고도 끈질기게 남았다.

그의 눈은 크고 촉촉했으며, 이런 단어를 써도 될지 모르겠지만, 꿈꾸는 듯했다. 그 눈이 다른 몸에 달려 있었다면 시적이거나 신비로운 성격까지 암시했겠지만, 여기서 드러난 건 타인에 대한 관심이 결여된 냉담함뿐이었다. 그래도 그것이 유령처럼 살풍경한 얼굴에서 생기를

---

* 영국 조지 4세가 황태자 신분으로 정신병을 앓는 부왕을 대신해 섭정하던 1811년부터 1820년까지를 가리킨다. 패션 감각이 뛰어났던 황태자를 선두로 댄디즘이 전성기를 이루었다.
† 19세기 유럽에서는 모자 제조 시 수은을 사용한 탓에 수은중독에 시달린 모자 제조공이나 모자 상인이 많았다고 한다.

암시하는 유일한 것이었기에, 보는 이들을 그 시선으로, 또 나중에 알게 된바 그 눈이 줄기차게 매달린 강박으로 끌어들였다.

나는 토비어스 아킬레스 렘프리어 선생이 외과의사로서, 노예나 다름없는 우리에게 분명 상당한 권력을 휘두르는 위치에 있음을 어렴풋이 파악했다. 어떤 죄수가 쇠사슬을 채워 중노동에 내보낼 수 없을 정도로 진짜 아픈지, 아니면 꾀병을 부려 채찍을 맞아 싼지 판단하는 사람이 바로 토비어스 아킬레스 렘프리어 선생이었다. 채찍질을 중단해야 할지 말지를 판단하는 사람도 토비어스 아킬레스 렘프리어 선생이었고, 채찍이 너무 가볍지 않은지, 더 무겁고 센 것이 필요한지를 말해주는 사람도 토비어스 아킬레스 렘프리어 선생이었다.

나는 파렴치한 흉악범이 아닌 모종의 품위를 갖춘 남자처럼 보이려고 축축한 흙바닥에서 일어났지만, 몸을 일으키자 쇠사슬이 무겁게 딸려 올라왔고 더러운 죄수 작업복의 꺼실하고 따끔한 감촉이 피부에 닿았다. 중압감에 짓눌려 그냥 도로 주저앉고 싶었지만, 그 불결한 상태를 딛고 가능한 한 꼿꼿이 몸을 세워 부동자세로 섰다.

이렇게 상황에 최대한 맞추어 온순하고 얌전하게 가면을 쓰고 비위한번 맞춰보겠다고 만반의 준비를 하고 있는데, 뜻밖에도 토비어스 아킬레스 렘프리어 선생은 등뒤에서 조그만 발받침대를 꺼내어 끈적끈적한 바닥에 놓더니 육중한 몸을 올려놓았다. 꽉 끼는 검은 연미복으로 감싼 그의 모습은 어느 모로 보나 까맣게 탄 롤리폴리*가 휘어진 디너 포크 위에 얹힌 모양새였고, 그 포크는 금방이라도 그의 거대하고

---

* 잼을 바르고 돌돌 말아 구운 롤케이크.

기름진 엉덩이 속으로 모습을 감추어버릴 것만 같았다.

"켈프 물고기 습작—우수한 작품—매우 우수해." 발받침대에 자리잡으며 그가 말했다. "착상—기법—훌륭하고—과학적이고." 보아하니 자기 초상화를 원하는 게 틀림없었다. 그는 살찐 마라와 약간 비슷해서 그럭저럭 통할 만한 그림을 그려낼 수 있을 것 같다는 생각을 하는 와중에, 의사선생이 다시 한번 한숨을 쉬더니 말을 이었다. "응용 가능성이 매우 크고—어제저녁에 식사를—선장 양반이." 그는 약간 짜증을 내고 있었다. 아마도 내가 대답이 없는 것이 좀 저능해서 이해를 못하는 탓이라고 생각하는 듯했다.

"사랑의 세폭화를 봤는데—물고기 대단하고—독수리, 별로, 절름발이 쥐도 아니고—그래도 내 생각엔—다른 건 몰라도 그림 재주 하나는—물고기는—자네—내—운명—내가 과학에 봉사하고자 하는 소망이." 그러더니 그는—내가 느끼기에 다소 겸손하게, 이례적으로 완전한 문장을 써서—물었다. "자넨 경력이 좀 있는 화가인가?"

나는 그가 수긍할 만한 몇 가지 이야기를 황급히 지어냈다. 그 모두가 예술이란 자고로 어떠해야 하며 어떠해서는 안 되는지에 대한 그의 독단에 부합하는 내용이었다. 그러기 위해서는 거만함과 겸손함의 중간을 취하여, 동료 흉악범들보다는 약간 우월하고 그와 같은 지배자들보다는 약간 열등해져야 했다. 이 외줄타기 묘기를 하면서 자칫 떨어질 뻔한 적도 한두 번 있었으나, 그때마다 셔기 아커만을 넌지시 언급하는 방법으로 전화위복을 만들어낼 수 있었다. 물론 의사선생이야 그에 대해 전혀 들은 바가 없었지만 그가 판화가였음은 어쨌든 사실이니까. 나는 그를 놀라운 아커만, 천재 아커만, 런던 판화가들 사이에서 강한 독일 억양으로 군림하는 하노버 황제 아커만이라며 속삭여 찬양했고 영광으로 에워쌌으며, 그 영광이 나 또한 비추고 있음을 푸딩이 알아봐주길 바랐다.

"아커만―그런가? 아닌가? 그래," 마침내 토비어스 아킬레스 렘프리어 선생이 한숨을 쉬며 자기도 잘 안다는 듯 살찐 집게손가락으로 코를 두드리자, 분가루 아래 번들거리는 붉은 피부가 드러났다. "그게 진짜 판화였지."

그러나 나는 아커만 밑에서 귀중한 시간을 보냈다고만 했을 뿐―그건 사실이었다―판화보다는 그의 시시한 사기 및 절도 모의에 더 많은 시간을 들였고, 스피탈필즈의 단골집 '전장의 남자'에서 술이나 퍼마시느라 훨씬 더 많은 시간을 흘려보냈다고는 말하지 않았다.

또 기억 속으로 막 쏟아져들어오는 술집 주인의 불쾌했던 행동 같은 시시콜콜한 사실들로 의사선생을 성가시게 하지도 않았다. 우리 외상값을 놓고 아커만과 나를 에이트웨이즈 같은 동네의 악귀처럼 줄기차게 괴롭혔던 그 인간. 자기 돈은 전부 다 챙겨 묻어두고서!

그후 술집 주인은 목이 베였고 돈은 사라졌다. 딱 그 시기, 그때만큼은 아커만도 제법 번드르르했는데, 그의 새 돼지가죽 재킷의 어깻죽지에는 여전히 비듬이 흩어져 있었고 그리 잘 타고났다고 볼 수 없는 용모도 여전해서, 그가 와핑에서 타이번*까지 닿을 듯 입술이 찢어져라 히죽 웃을 때면 검누런 뻐드렁니가, 그가 가장 좋아하는 통조림 장어의 허연 찌꺼기가 낀 채 드러났다. 곧 자신이 가련한 살인범으로 붙잡

---

* 와핑과 타이번은 런던에서 교수형장으로 유명했던 곳이다.

혀 그 미소가 갔던 길을 되짚어 끌려가 교수대에서 버둥거리는 백스텝을 밟게 되리라고는 생각도 못했다.

그때까지 내게 사실상 존재하지 않았던 과거사들이 이제 머릿속에서 불꽃 폭죽처럼 펑펑 터지고 있었다. 여태 말하지 않은 이런 기억들의 진실이 지금 꾸며내고 있는 온갖 거짓말들을 가라앉힐 바닥짐으로서 필요해진 모양이었다.

의사선생에게 한층 높은 예술적 소명을 좇고자 하는 열정에 대해 늘어놓는 동안, 경찰이 나를 잡겠다고 오랜 은신처들의 잿빛 그늘을 뒤지고 다닐 때 느꼈던 바로 그 공포가 엄습해왔기 때문이다. 어두운 빈민굴 골목의 배럴통 뒤편 냄새나는 먼지와 오물 속에 웅크리고 있는 나를 움켜잡아 내 외부의 벌거벗은 근원으로 내동댕이쳤던 공포, 실은 내가 다른 누구일지도 모른다는, 내 일생은 다른 누군가가 꾸는 꿈에 불과하며 내 주위의 모든 것은 세계의 환영일 뿐인지도 모른다는, 내 주위의 모든 것이 소용돌이치기 시작하는 공포. 나는 어찌할 바를 모르고 울었다. 정말로 나는 다른 어딘가에서 이 모두를 지켜보고 있는 다른 누구였다.

5

하지만 그때쯤 나는 사출된 머스킷 탄환처럼 런던을 벗어나 옛 이름과 그곳에서 시달렸던 끔찍한 공포를 비롯해 모든 것을 등지고 나른지 오래였다. 회오리치며 돌진해오던 모든 것과 황당무계한 망상도 마침내 가라앉았고, 북쪽으로 나아가는 동안 기분도 한결 나아졌다. 나는 이제 진짜 '예술가'이자 유명한 초상화가 빌리 벨로―뭔가 견고한 울림이 느껴지는 이름 아닌가―라고 스스로 되뇌었고, 나중에 더 생각해보니 너무 평범한 것 같아서 빌리 빌로―프랑스 분위기가 나고, 멋있게 들리고, 왠지 아버지와 연결된 듯하고, 내게 의미 있는 조상이 생긴 듯한 느낌을 주는 이름이었다―가 되었다가 그것도 잠시뿐, 아니야, 프랑스풍과 서민은 전혀 안 어울려 하고 생각했지만, 더 나은 이름이 떠오르지 않았기 때문에, 잠시 일한 포터리스에서는 윌리엄 빌로를 부르는 소리에 대답하고 있었다.

나는 그저 '올드 굴드'라고 알려진 한 도기 장인을 운좋게 우연히 만났다. 그 노인의 끝없는 수다에 버금가는 또다른 특징은―그리고 다시 생각해보건대 아마도 그 수다의 원인은―바로 언젠가 지나가는 수레나 마차에 깔려 죽을 것이라는 공포였다. 이 가차없는 잔인한 운명의 예감이 어찌나 강했던지, 그는 길을 건널 때마다 길면 한 시간까지 도로변을 서성이며 용기를 끌어모아야 했다. 우리의 첫 만남은 우연이자 섭리였다. 버밍엄의 '손 안에 든 새'에서 무일푼이 되어 비틀거리며 걸어나오다 그와 정면으로 마주쳤던 것이다. 그는 모퉁이에서 안절부절못하고 있었다. 나는 길을 건네달라며 더듬더듬 부탁하는 그를 선뜻 인정을 베풀어 도와주었다. 또 그를 목적지―하룻밤 머물, 구도심에서 2.5킬로미터쯤 떨어진 여인숙―에 다다를 때까지 계속 도와주어야 함을 깨닫고 마저 데려다주었다. 세번째로 길을 건넜을 때 황새처럼 키가 껑충한 그 인물은 내게 고개 숙여 인사하고 목숨을 구해준 데 진심으로 감사하며, 그 자리에서 자기 공방에서 일해보지 않겠느냐고 제안했다.

이러한 상념중에 의사선생이 끼어들더니, 특유의 부자연스러운 말투로 회화 양식으로서의 정물화에 대해 어떻게 생각하느냐고 물었다.

나는 확신이 없지 않은 말투로 내 작품이—판알스트, 더헤임, 판하위쉼 같은—지난 세기의 위대한 네덜란드 거장들로부터 큰 영향을 받았다고 말했지만, 그들에 대한 내 모든 지식이—내 단골 소재인 등꽃화관 도안과 더불어—포터리스의 올드 굴드 밑에서 일하며 보낸 단 여섯 달 동안 습득한 것이라는 사실은 언급하지 않았다. 당시 나는 고급 도자기에 똑같은 꽃무늬를 지긋지긋하게 반복 또 반복해 그렸고, 밤이면 올드 굴드가 술집에서 네덜란드의 고릿적 이류 화가들을 끝도 없이 지루하게 칭송하는 소리를 들었다—그는 그토록 그들을 경애했다. 그러던 어느 날 밤 그의 외동딸이 내게 말했다. "이리 와." 그녀의 빨간 머리는 길고 아름다웠고 얼굴에는 주근깨가 있었다. "나랑 같이 가자." 우리는 몰래 빠져나와 술을 마셨고, 너무 취해서 하마터면 올드 굴드의 불 꺼진 공방으로 돌아오는 길을 못 찾을 뻔했다. 공방에서 우리는 그가 수집한 온갖 그림 앞에 눕혀둔 캔버스 위로 쓰러졌고, 그 캔버스 위에서 반들반들한 서양배를 굴리고 석류를 터뜨리며 옛 네덜란드 정물화를 춤추었고, 이 모두가 끝난 뒤에 나는 죽어서 축 늘어진 토끼처럼 너부러졌다.

이런 식으로, 또는 다른 식으로도, 올드 굴드는 본인이 자각한 것보다 더 뛰어난 교육자였다. 그의 붓과 도구 사이에는 그로티우스와 콩도르세의 책들이 흩어져 있었다. 또 그는 한 번씩 자기 딸을 공방에 데려와 낭독을 시켰는데, 우리가 정교한 도안을 반복 또 반복해 그리는 동안 그녀는 알 수 없는 미소를 머금은 작은 볼테르 흉상의 받침대 밑에 선 채 이 위대한 인물의 저작을 우리에게 읽어주었다.

캉디드와 팡글로스 박사에게 우리가 어찌나 홀딱 빠졌는지, 나와 내 어여쁜 연인은 네덜란드 정물화를 저버리고 계몽을 춤추기 시작했다. 그녀는 이성이 깃든 볼테르의 미소가 자기 안으로 들어와 부서지기만을 기다리며 그것이 느린 파도처럼 밀려왔다 물러났다 하는 데서 큰 환희를 찾았고, 그러는 내내 이렇게 자기만의 밭을 가꾼다는 건 참으로 멋진 일이라고 생각했다.

여러분도 짐작하겠지만, 그러니 올드 굴드가 시장에서 양파를 사오는 길에 리버풀행 역마차에 짓밟혀 죽은 것은 비극이라 하지 않을 수 없다. 유언집행인들이 공방을 매각하자, 그의 딸은 예기치 않게도 소액의 현금과 그보다 더 큰 허세를 지니게 되었으니, 이 두 가지로 무장한 그녀는 나뿐 아니라 그 자신에게도 그토록 소중했던 이성의 환희를 저버린 채 얼굴은 모루 같고 영혼은 광석 찌꺼기 같은 솔퍼드 출신 철물점 주인과 적당히 수지맞는 결혼을 했다. 그래서 나는 그녀의 주근깨가 희미해지고 적갈색 머리가 윤기를 잃어가는 과정을 영영 보지 못했으며, 우리 사랑이 색채를 잃고 희게 변하는 것도 지켜볼 필요가 없었다.

한편 다시금 바깥세상으로 나가야 했던 나는 이후로 그럭저럭 요긴하게 써먹게 되는 세 가지를 챙겨 나왔다. 그것은 볼테르가 선사한, '이성'으로 알 수 있는 것을 초월하는 환희에 대한 지식, 올드 굴드가 사랑한 네덜란드인들의 정물화가 실린 판화집, 그도 그의 딸도 이제 더는 쓰지 않게 된 그의 성이었다.

하룻밤을 묵기 위해 처음 들른 선술집에서 이름을 물었을 때 나는 시험 삼아 이를 써보기로 하고 큰소리로 외쳤다. "윌리엄 빌로 굴드요!"

정말로 이 이름이 예전 이름보다 훨씬 근사하게 들리는 것 같았다. 당당한 세 단어가 입술을 안으로-밖으로-안으로 끌어당겼다. 나는 이 새로운 자아에 아주 만족하여, 새 중간 이름을 발음하면서 알고 보니 술집 주인의 아내였던 여자에게 윙크를 날렸다. 그런데 이럴 수가─술집 주인의 아내가 미소로 응답하는 것이 아닌가! 그녀가 서방의 이부자리에서 빠져나와 내 이부자리로 들어올 기회만 엿보는 바람둥이라는 건 한마디 나눠보기 전부터도 알 수 있었다. 그날밤 얻은 이부자리는 누추했지만─마구간의 곰팡내 나는 축축한 짚자리였다─우리에게는 넘치도록 안락했다.

"그리고 내 이름은," 나는 그녀의 귀에 대고 속삭였다. "노래로 불리게 될걸."

그날 밤 늦게, 옛 계몽을 춤추기에는 이름이 우스꽝스러운 낯선 사람이 평범한 이름을 지닌 익숙한 사람보다 언제나 더 낫다는 사실을 깨달았다.

"당신 어떤 점이 맘에 드는지 알아?" 그녀가 말했다. "당신은 여기 사람들하고 달라." 그녀는 지난해 바이런 경의 관이 지나가는 걸 보려고 런던까지 걸어갔던 이야기를 해주었고, 이제 모두가 시인이 되어야 하는데도 시인이 된 사람은 거의 없는 터라 내가 그녀의 가슴을 밀랍으로 만든 과일 같다고 말해주자 나를 더더욱 좋아했지만, 사실 그건 전혀 칭찬이 아니라 처음 보자마자 떠오른 생각이었고, 그녀가 "나를 보면 또 뭐가 떠올라?" 하고 물었을 때 내가 "글쎄, 그건 당신이 나한테 또 뭘 보여주고 싶은지에 달렸지" 하고 대답하자 그녀는 "못됐어! 결국 당신도 별다른 게 없는 것 같아" 했고, 나는 "두고보면 되지" 받아쳤고, 그런 식의 대화를 계속하다가 결국 플랑드르 화가의 실상을 파악한 그녀가 사실 거기엔 별다른 게 없고, 나도 마찬가지고, 우리 남자들은 다 똑같다는 걸 수긍하더니, 화를 냈고……

하지만 다시금 의사선생이 끼어드는 바람에 나는 이번에는 '과학'의 역할이 증대됨에 따라 '예술'의 역할이 축소될 것이라는 그의 주장에 다시금 동의해야 했다. 동의 안 할 건 또 뭔가?—어쨌든 의사 선생의 독창적이고 훌륭한 생각이 그러하며, 내 머릿속은 여하튼 예술이 내게 무슨 의미인가 하는 생각으로만 꽉 차 있는데 말이다. 여러분이 알다시피 고상함이나 순수함과는 영 거리가 멀지만 사랑스러운 생각인 건 사실이니, 우리가 옛 계몽을 춤출 때 술집 주인 아내의 희고 눈부신 허벅지와 엉덩이가 오르락내리락 하는 모습은 그야말로 눈부셨는데, 이 모두가 희미하고 영영 잃어버린 일처럼 느껴지고—

"과학—필연적인 진보—예술은—하인—" 그가 또 시작했다. 나 자신은 '과학'과 '예술'의 문제에 대해 아무런 생각도 없고, 그저 좀 집착하는 몇몇 달콤한 추억만이 있을 뿐인데. 나는 억울하게 기소된 위조범에 지나지 않으며, 일이 들어오는 대로 받고, 잘하든지 못하든지 받는 만큼 할 뿐인데. 그런 화제를 입에 올린다는 데 자부심이 컸던 올드 굴드한테 들은—프랑스 철학자 데카르트는 만물이 회오리로 이루어져 있다고 생각했다는—말이 왠지 모르게 떠올랐지만, 어쩐지 의사선생이 태아와 숙취를 거쳐 죽음에 이르는 순환까지 전부 듣고 싶어할 것 같지는 않아서 더이상 말하지 않았다.

마침내 의사선생이 일어서더니 발받침대를 집어들고 뒤돌아서 그걸로 감방 문을 두 번 두드렸다. 간수가 의사선생이 바깥으로 나올 수 있게 문을 열자 일순간 빛과 신선한 공기가 컴컴하고 퀴퀴한 감방 안으로 쏟아져들어왔다.

내가 나설 때였다.

"선생님 같으신," 나는 적절히 공손한 태도로 말을 시작했다. "제가 감히 넘겨짚자면, 사십대이신 분은 확실히 인생의 절정기에 있으신 만큼 험난한 미래에 대비해 발판을 마련해두고자 하는 열망이 있으실 터인데, 과학자로서 선생님께서 쌓으신 훌륭한 업적을 후대가 공유하도록 함으로써……"

"바로 그렇지," 의사선생이 말했다. "다만—나이 짐작이—과한데—사십대?—응?—아닌가?—그렇지—아마도."

"그러하신 분으로서," 나는 말했다. 진부한 말이라는 편리한 궤도 속으로 혀가 미끄러져들어갔다. "선생님께서도 잘 아시다시피, 그러한 것은 값싸게 혹은 손쉽게 얻을 수 있는 게 아니라 동료들의 평가로부터 우러나오는 것이지요."

"그렇지," 의사선생이 말하며 어쩐지 수줍은 듯 침을 꿀꺽 삼켰다. "하지만 과학의 진전이지, 일개인의—열망이 아니라?"

"과학이," 나는 짐짓 이해하고 동의하는 척 말을 이었다. "열망하는 것은 오직 과학뿐이지요." 그러고는 고개를 조아렸다. "그러나 이를 캔버스에 기록하기 위해서는 과학뿐만 아니라 과학자가 필요합니다. 선생님을 선생님의 업적과 더불어 그리도록……" 의사선생은 몇 번 더 침을 꿀꺽 삼켰다. 마치 과학의 불멸이라는 그의 꿈에 내가 제시하는 것 이외의 증거가 더 필요하다는 듯이. 나는 혀가 궤도에서 미끄러져나와 길을 잃은 듯했다. "선생님의 초상화를 그릴 수 있는 영예를 제게 허락해주신다면 저는—"

의사선생은 짙게 돌출한 눈썹을 갑자기 확 치올리면서 내 말을 막았다—그 서늘한 찰나. 나는 감방에 서식하는 수많은 주머니쥐 중 두 마리가 그의 얼굴을 호박으로 착각하고 이마까지 튀어올랐다가 그의 무사마귀투성이 눈 위에 떨어져 달라붙은 줄 알았다.

"물고기, 굴드!—그 물고기—눈알—가장 과학적인," 그때까지 나는 그의 눈썹에 완전히 매료되어 있었던 것 같다. 그는 내가 자기 말을 흘려들었다고 생각했다. "선장의 물고기," 그가 약간 짜증을 내며 말을 이었다. 쥐 두 마리가 강조하듯이 코 위에서 아치형으로 치솟았다. "사람은 자신의 전문분야를 찾아야—내가 보기에 자네의 전문은—자네가 찾은 것—한마디로?—물고기?" 그는 말을 멈추고 천장을 올려다보았다가 다시 내게 시선을 고정했다. "물고기에서, 응?—아닌가? 그렇지—토비어스 아킬레스 렘프리어 선생, 재능을 존중하는 사람, 과학자—자네의 후원자에게서 찾았단 말이지, 그래, 그건 자네도 깨달았겠지—그럼 이만."

그가 이 말과 더불어 가버리자 나는 쇠사슬 노역을 모면할 기회도 같이 사라져버렸다고 생각했다.

6

우리의 두번째 만남은 내가 전혀 예기치 않게 풀려난 직후에 이루어졌다. 나는 감방에서 렘프리어 선생의 사택으로 곧장 호송되었다. 작고 어딘가 곧 주저앉을 듯한, 흙벽에 회칠을 한 시골풍 살림집이었다. 오다보니 죄수 집합장에서는 채찍질이 집행되고 있었다. 형 집행인은 매번 채찍질을 멈추고 채찍 가닥을 손으로 쫙 훑어서 여분의 피를 짜낸 다음 그 끄트머리를 작은 모래 양동이에 담갔다. 한 번 내려칠 때마다 꺼끌꺼끌한 모래로 톱니를 입혀서 고통을 가중시키려는 것이었다.

우리는 금방 조선소 근처에 있는 롤리폴리를 닮은 집에 도착했다. 도착하자마자 어두컴컴하고 냄새나는, 컴컴해서 잘 안 보이지만 지저분한 게 분명한 방으로 다짜고짜 떠밀려 들어갔다. 긴 의자에 바다사자처럼 늘어져 있는 의사선생을 하마터면 못 알아볼 뻔했다.

그의 주변에 위풍당당하게 널린 가재도구들이 눈에 들어오기 시작했다. 너무 구워서 딱딱하고 울퉁불퉁한 감촉에 안쪽은 반죽 같고 물렁물렁해 보이는 것이, 집기들이건 거칠고 벌레 먹은 탁자건 벽으로 스며나온 듯한 초상화들이건 할 것 없이 모두가 "우리도 렘프리어다"라고 외치고 있는 것 같았다. 나는 예의바른 성격이라 그걸 보고 얼마나 큰 슬픔을 느꼈는지 표현하고 싶지 않았다. 가장 인상적인 것은 마치 피라미드에 안치된 이집트 왕을 감싼 태양처럼 그의 주위를 에워싼 수많은 이상한 물체였다. 도살장의 폐기물통에 있는 것보다 더 많은 뼈가 있었고―유대류의 두개골, 늑골, 대퇴골과 다양한 동물들의 전신 골격이 선반 여러 개를 꽉 채웠다―거기에 깃털, 조개껍데기, 말린 꽃, 수집해 분류한 암석, 나비, 나방, 딱정벌레 표본 액자, 새알을 보관한 함까지 있었다.

내가 미처 자리에 앉기도 전에 의사선생은 나로선 전혀 관심도 호기심도 없는 주제로 연설을 시작했다.

"자네도 알다시피—잘 알겠지만—과학에 있어서," 렘프리어 선생이 말했다. "칼 폰 린네보다 드높은 이름은 드물—그래? 아닌가? 그렇지— 스웨덴의 위대한 자연사학자."

나는 당황한 채 잘 안다는 듯 고개를 끄덕였다. 렘프리어 선생은 자기 맞은편 걸상에 앉으라고 손짓하더니, 알아서 따라 마시라는 뜻으로 프랑스 마르티니크산 최고급 럼주(태운 설탕과 젖은 장작불 맛이 나는 밍밍한 벵골산 럼주가 아니었다. 그 맛이야 내게 익숙했다)가 담긴 유리병을 가리켰다. 그런 다음 린네의 동식물 분류 체계가 인간사에 일으키기 시작한 혁명에 대해—그가 선호하는 단어 중 하나를 써서 말하자면—담론을 펼쳤다.

모든 식물은 종에, 모든 종은 속에, 모든 속은 문에 속한다. 금방망이니 밤딱총나무니 여우장갑이니 하는, 옛날 마녀 이야기나 과부들의 치료법에 근거한 민간의 속된 식물 이름들을 일소하고, 모든 생물에 그 물리적 특성의 과학적 연구에 근거한 과학적인 라틴어 명칭을 붙여야 한다. 자연계와 인간계가 뒤얽혀 있다는 사고방식을 타파하고 둘을 분리하는 과학적 근거를 세워야 하며, 이 과학적 차이에 기초한 인류의 진보가 영구히 이어져야 한다.

그는 지식을 색인으로만 배운 것 같았고, 나는 친애하는 팡글로스 박사와 캉디드에 대한 그 프랑스인 노인네의 이야기를 처음부터 끝까지 들어야 했던 나처럼 과연 그가 한 번이라도 책 한 권을 통째로 들어본 적이나 있는지 의심스러웠다. 그는 '술집'을 '기정旗亭'이라고 부르는 등 이런 곳에서 만나본 사람들이 발음하기에는 너무 현학적인 용어를 많이 쓰는데다 기다란 유사 라틴어를 억지로라도 쑤셔넣을 수 있을 것 같으면 일상용어를 절대로 쓰지 않았고. 그래서 그가 내뱉는 문장은 그가 앉아 있는 방과 비슷하게 포화상태가 되어가며 끔찍하리만치 혼란스러워졌다.

그는 외모로는 과거를 상기시켰지만 생각과 야심 면에서는 미래의 인간으로 보이고 싶어했다. 하지만 확실히 그것은 대화가 아니라 선언이었으며—이따금 나는 그가 한 말의 마지막 구절을 반복함으로써 대화로 바꾸려고 해보았다. 마치 그를 똑같이 따라 하면 그가 방 안에 다른 사람이 있음을 의식하기라도 할 것처럼—이러한 선언 가운데 그는 과학적 견해와 집안일에 대한 견해를 전혀 의미 없는 한 문장에 극적으로 엮어넣기도 했다.

"에라스뮈스 다윈—현명한 인간이지만," 어느 시점에서 이렇게 말하는 것이었다. "왜 녹차에 레몬을 넣는지?"

다시금 나는 그가 하는 말을 하나도 이해하지 못하면서 짐짓 사려 깊은 몸짓으로 고개를 끄덕였다. 이따금 살짝 회의적인 "음"이나 무관심한 "오"를 내뱉었고, 럼주로 촉촉해진 입술을 꾹 다물고 코까지 내밀어올리는 식으로 그가 열 올리는 주제를 이해한다는 뜻을 전달했다. 그가 가장 아끼는 소장품인 린네의 저 유명한—그는 정확히 그렇게 말했다—동물을 다룬 『자연의 체계』 제10판을 보여주었을 땐 적극적이고 비평적인 관심을 표하기도 했다.

이제 의사선생은 완전한 고양으로 치닫고 있었다. "실제로," 그가 말을 이으며, 행여 내 흥미가 저하될까 프랑스 마르티니크산 럼주를 한 잔 더 따라주었다. "때가 급속히 다가오고 있—단지 동물만을 제대로 분류하는 것이 아닌—모든 생물을—한마디로?—사람들을—그래? 아닌가?
그렇지."

나는 고개를 끄덕이고 잔을 단숨에 비운 뒤, 이번에는 묻지도 않았
는데 빈 잔을 내밀었다. 의사선생—멋지고 너그러운 렘프리어 선생—
은 또다시 잔을 채워주었다.

"안 믿기지—그렇지?—하지만 믿게 될—그렇고말고—우선 모든 죄수
를 1등급부터 26등급까지 성공적으로 분류한—그리고 이를 기초로 사회를
개조."

"과학인가요?" 내가 물었다.

"응용과학이지." 그가 수긍했다.

이윽고 그는 몇 차례 샛길로 빠져서, 수은연고로 임질 치료에 성공
할 수 있을 거라는 이야기를 했다. "비너스와의 하룻밤," 문득 그는 한
숨을 쉬었다. "머큐리와의 한평생." 절레절레 고개를 흔들었다. "뜨거운
럼주—젊은 여자—늙은 의사—잔인하지—잔인해." 그는 라마르크라는
프랑스 식물학자와 의사선생 말마따나 분류학의 역작이라는 라마르크
의 일곱 권짜리 저작 『무척추동물의 자연사』에 대해, 번식을 통해 무한
히 완벽한 돼지를 만들 가능성에 대해 떠들어댔다.

그 순간 그는 살찐 손가락을 흔들어 밖으로 나가자고 신호했다. 우
선 그는 사택 뒤쪽에 달린 내리닫이 창문이 얼마나 아름다운지 보여주
며, 이런 창문은 이 섬에 이것 하나뿐으로 자기가 새집에 달기 위해 호
바트타운에서 직접 맞춰 가지고 왔다고 말했다. 그런 다음 렘프리어
선생은 돼지를 키우는 집 뒤편으로 나를 안내했다. 그는 이 거대한 수
돼지를 수상의 이름을 따서 캐슬레이라고 불렀는데, 휘그당원인 렘프

리어 선생은 스스로를 얼빠진 토리당원들과는 확실히 다른 진보주의적 인간으로 여겼기 때문이다.

이 모든 것이 어디로 향하는지를 가늠하기란 어려웠으므로 나는 노력을 포기하고 그냥 따라갔다. 품종을 정확히 판별할 수 없는 그 돼지는 사택과 붙어 있는 우리에서 살고 있었다. 이 섬의 열악한 기준으로 보아도 캐슬레이의 집은 불결하고 썩은 내가 진동하는 참혹한 진흙 구덩이였는데, 의사선생은 그 어떤 죄수라도 기꺼이 뒤져 먹을 만한 잔반과 음식물 찌꺼기를 매일 이 안에 던져주었다. 그 결과 이 돼지—검은색과 흰색이 얼룩덜룩한 비육돈—는 이 섬에서 번영을 누리는 듯 보이는 유일한 생명체로서 거대한 몸집과 지독한 악취와 험악한 성질을 띠게 되었다.

돼지는 영리한 동물로 알려져 있으므로 이 돼지가 의사선생을 잘 따랐으리라고 여길 수도 있다. 게다가 의사선생은 남은 음식이 가축한테 고스란히 가지 않고 중간에 하인들 손에 들어갈까봐 손수 먹이 주기를 고집했다. 하지만 의사선생을 따르기는커녕 세상과 세상에 사는 모든 것을 향한 캐슬레이의 분노는 그의 몸집과 더불어 날로 커져만 가는 듯했고, 상대를 가리지 않고 의사선생에게도 능히 덤벼들 것만 같았다.

의사선생이 돼지를 키우는 목적은 언뜻 파악하기 힘들었다. 어떤 때는 시설 장교들의 연회 때 잡을 것이라고 했고, 또는 크리스마스 만찬 때, 신임 도선사가 부임해왔을 때, 때로는 그저 놈의 목에 칼을 긋는 변태적 쾌감을 위해, 돼지의 이름을 딴 가증스러운 인물의 최후를 고스란히 모방하기 위해 잡겠다고도 했다. 어떤 때는 이놈을 구내식당에 팔겠다고도 했고, 어떤 때는 도축한 다음 그 고기로 다른 장교들과 대등하게 물물교환을 하겠다고도 했다. 몇 년간 산패한 염장 돼지고기만을 맛보아온 사람들에게 신선한 고기는 값어치가 컸기 때문이다.

실제로 그는 그렇게 많은 음식을 통제함으로써 막강해진 기분을 맛보았고, 그러니까 누구든 자신을 바라볼 때면 끝나지 않는 돼지고기—콩과햄수프머리고기베이컨족발구이블랙푸딩돼지무릎고기구운고기돼지껍질족발젤리—의 연회를 부러운 눈으로 꿈꾸지 않을 수 없음을 알았기 때문에 그놈을 키웠다는 게 내 생각이다. 따라서 캐슬레이 심판의 날은 계속 연기되었고, 결과적으로 돼지는 계속 자라서 더더욱 거대해지고 성미도 그 입냄새보다 더 지독해졌다.

그러나 당시의 나는 이런 것을 알 수 없었다. 의사선생이 나를 자신의 롤리폴리 집으로 다시 안내하면서 또 말을 늘어놓았기 때문이다. 그는 세계를 분류 가능한 백만 개 요소로 쪼갬으로써 완전히 새로운 사회로 이끄는 일에서 우리가 귀중한 역할을 할 것이라는 이야기를 이어갔다. 나는 그 말을 전혀 이해할 수 없었지만 프랑스 마르티니크산 럼주를 더 마신 덕에 다시금 흥미로운 척 가장할 수 있었다. 처음에도 이 술이 아주 좋다고 생각했지만 이제 끝내주게 좋다는 쪽으로 기울었다.

"내가," 그는 등을 기댄 채 오벨리스크 같은 새하얀 머리통을 치켜들고 바다코끼리 같은 침투성이 입술을 벌리며, 앞으로 나올 몇몇 단어에 밑줄이 그어져 있음을 내가 확실히 알 수 있게끔 말했다. "아주 중요한—코즈모 휠러?—저명한 영국의 자연사학자—그 코즈모 휠러 선생과—연락하고 있네." 분명히 무척 중요한 것이었다. 그 중요한 게 뭔지 내가 알았다면 더 좋았겠지만.

나는 알지 못했다.

하지만 내 무지를 드러낼 만큼 어리석지도, 방금 언급된 코즈모 휠러 선생의 명성이 아직 완전히 보편적이지는 않음을 알릴 정도로 멍청하지는 않았다.

"유명하시지요." 내가 거들었다.

"과연 그렇지." 그가 수긍했다.

누구인지 몰라도 신비에 싸인 휠러 선생은 의사선생으로 하여금 표본을 수집하고 목록을 작성해서 그 모두를 영국에 있는 자신에게로 보내는 작업이 웅대하고 중요하다는 것을 납득시켰다. 휠러 선생은 이 작업을 가리켜 의사선생의 "역사적 운명"이라고 썼다. 밑줄이 있든 없든 행간을 읽어보건대 만약 이 영국 자연사학자가 유명하다면 이는 그가 오랜 기간에 걸쳐 의사선생과 기타 식민지 수집가들이 보내주는 다양한 잡동사니를 가지고 상당한 경력을 쌓아왔기 때문인 것 같았다.

의사선생은 자신이 어떤 용도에 이용되는지 전혀 깨닫지 못한 채, 자기 눈에는 대단한 명사인 코즈모 휠러 선생과 실낱같은 연줄이 있음에 애처롭게도 감사하고 있는 듯했다. 때로 의사선생은 자기가 세계의 신비를 충분히 많은 파편으로 박살내 휠러 선생에게 보냄으로써 세계 전체가 체계화된다면, 신비는 사라지고 만물이 이해 가능해질 것이며, 만물이 이해 가능하므로 만사가 해결 가능, 개선 가능해지고, 린네의 창조 사다리 위에서 모든 선악의 문제가 설명 가능, 교정 가능해지리라고 믿는 것 같았다.

이 가공할 파괴 행위에서 우리가 맡은 역할은, 의사선생이 코즈모 휠러의 말을 끌어다 "매쿼리하버 어류학의 작은 세계"라고 지칭한 것을 최대한 철저하고 분명하게 기록하고, 그 기록을 목록화 및 체계화할 수 있게끔 휠러 선생에게 보내는 것이었다.

쭉 그래온 대로 내가 그의 말을 한마디도 이해하지 못하면서 고개를 끄덕이는 동안 술병이 또다시 다가와 내 잔을 겨누었지만, 술이 부어지지는 않았다. 의사선생은 병을 든 자세 그대로 멈춘 채 물기 어린 눈으로 나를 응시했다. 이는 그의 사고 체계가 바야흐로 더없이 심오한 통찰적 진술을 꺼내놓음으로써 그 천재성을 드러내려 한다는 신호였다.

"내가 말하는 것은 말이지, 굴드," 그가 작고 살찐 손으로 내 무릎을 짚더니 가까이 기대어오며 미소를 지었다―만약 그 순간 프랑스 마르티니크산 럼주가 다시금 흘러나오기 시작하지 않았다면, 나는 신체적으로 역겨움을 유발하는 이 두 가지 몸짓에 당연히 큰 거부반응을 보였을 것이다―"물고기라네."

7

그때 내가 보기에도 의사선생은 완전히 미친 게 분명했다. 우리는 양치류도 새도 캥거루도 오리너구리도 아닌 물고기를, 이를테면 정어리, 강꼬치고기, 아귀, 돔 또는 대척지에 서식하는 그 비슷하거나 딴판인 놈들을 그림으로 기록해야 했다. 물고기는 썩기 쉬우므로 유용한 특징을 지닌 표본들을 보존하기가 쉽지 않을 터였고, 더 중요한 것은 코즈모 휠러 선생이 외과의사에게 쓴 편지에서 강조한 것인데, 과학자의 명성이 단지 '근면'과 '천재성'뿐 아니라, 스웨덴의 위대한 박물학자 겸 수집가 린네 백작이 자신의 모범적 삶을 통해 보여주었듯이, 무엇을 수집하고 수집하지 않을 것인가를 웰링턴 사령관처럼 전략적으로 결정하는 데서 나온다는 사실이었다.

다른 나라에 사는 다른 사람의 명성을 드높여주기 위해 물고기를 그린다는 이런 미친 짓이 어떻게 삶 그 자체가 될 정도로 내 삶을 압도해버렸는지, 그때는 알 길이 없었다. 나는 갖가지 방식으로 물고기를 이용해 물고기 이야기를 하고자 애쓰게 되었으며, 지금도 불과 몇 시간 전 내게 먹물을 뿜은 갑오징어로부터 진짜 세피아 잉크를 얻어 상어뼈로 찍어서 이 글을 쓰고 있다.

그놈은 어젯밤 밀물에 휩쓸려 감방 안으로 흘러들어왔고, 오늘 아침 썰물이 빠져나갈 때 붓으로 찌르는 데 성공했다. 그 불쌍한 생물은 자기보다 훨씬 큰 무언가에게 갑자기 붙들리자 자기가 끌어모을 수 있는 분노를 최대한 매섭게 담아서 내게 짙은 먹물을 토했다. 먹물은 눈에도 들어가고 입안으로도 약간 튀었지만 적어도 삼분의 일을 죽그릇에 받을 수 있었기에, 나는 마르고 나면 이 똥구덩이 유형지처럼 똥색이 되는 이 짙은 먹물로 모든 기억을 적는다.

"체계화와 이해가 절실한 다음 번 대상은 바로 어류입니다." 코즈모 휠러 선생은 의사선생에게 이렇게 썼다. "친애하는 렘프리어 씨, 귀하는 전혀 새로운 '이국의 어류 세계'를 수집하고 기록할 수 있는 특권적 위치에 계신 분입니다!"

잔을 단숨에 비웠지만 입에서도 목구멍에서도 럼주가 느껴지지 않았던 기억이 떠오른다. 의사선생이 코즈모 휠러 선생과 가장 최근에 주고받은 서신의 내용을 시시콜콜 전하는 동안, 내 시선은 그의 희부연 눈깔에 내내 붙박여 있었다.

"그리고" 코즈모 휠러 선생은 수사적 질문을 덧붙였다. "이것이야말로 '장소'(매쿼리하버—트란실바니아—밴디먼스랜드)와 '천재'(토비어스 아킬레스 렘프리어)의 우연하고도 행복한 결합인바, 숱한 역사가 바로 이런 식으로 만들어지는 것 아니겠습니까?"

코즈모 휠러 선생은 계속해서 이 아마추어 수집가 겸 박물학자를 자신이 매우 높이 평가하는 만큼—표본이 충분히 새로운 것으로 입증되고 그림이 적절한 수준에 이른다면—이 물고기들을 '오스트레일리아의 자연 체계'라고 잠정적으로 명명한 그의 차기 저작에 수록할 의향이 있다고 했다.

의사선생의 말이 너무도 장황하고 너무도 열성적이어서, 나는 내가 '예술가'라는 이야기가 거짓임이 탄로날 수도 있는 말을 굳이 꺼내지 않아도 되었다. 그가 나의 가치를 얼마나 굳게 확신했는지, 나조차 내가 최고의 과학적 기준에 부합하는 정확한 물고기 그림을 그릴 수 있으리라는 자만심에 잠시 굴복할 정도였다.

물론 그런 말은커녕 입도 뻥끗 않았지만.

정말 솔직히 말하자면 한마디도 끼어들 수 없었다. 그는 내가 끼어들지 못하는 것을 당연하고도 기특한 복종심으로 해석했다. 이는 이제 새로운 후원자가 된 그에게 내가 응당 지녀야 할 태도이며, 이처럼 우월한 권력을 인정하는 것은 '예술가'에게 스케치 실력만큼이나 필수적인 자질이었기 때문이다. 그가 점점 더 취해갈수록 그의 대화는 더욱 내밀해지고 고백에 가까워졌다.

"날 보게," 어느 순간 그가 털어놓았다. "이 시대의 메디치를—자네는 보티첼리!"

나는 잠깐 웃음지었지만 그의 얼굴에는 웃음기가 없으며 그 흐릿했던 눈이 눈부시게 밝아져 있음을, 전혀 농담이 아니었고 그가 점점 더 기세를 올려 다음과 같이 말하고 있음을 곧 깨달았다.

"그러나 우리의 과업은—더 위대한—장식용으로 자연을 해석하는 것이 아닌—분류를 위해서—자연에 질서를 부여하기 위해서—그러면 오직 신만이 유일한 수수께끼로 남을 것—그러나 인간은?—인간의 영지는 완전히 이해되고 이해 가능해질 것이며, 인간의 지배는 완벽해질 것—인간의 마지막 제국인 자연은—알겠나?—응? 아닌가? 그래—알겠지?"

나는 몰랐다. 그것은 의사선생과 코즈모 휠러 선생이 자연계를 유형 식민지로 재창조하고 죄수인 내게 이제 간수 역할까지 맡기려는 수작만큼이나 수상쩍은 소리로 들렸다. 하지만 나는 이보다 더 심한 제안도 받은 적이 있었다.

"분류 체계인가요?" 내가 넌지시 던져보았다.

"이상향이지." 그가 말했다.

아커만의 친구 빌리 블레이크가 말했듯이, 우리는 서로 반대되는 것을 통해서만 전진한다. 하지만 이는 외과의사가 말하려는 것이 아니었으므로, 나는 '과학의 고귀함'에 대해 다른 할말을 생각해내려고 했다. 의사선생은 프랑스 마르티니크산 럼주 한 잔을 또 따라줌으로써 대답해야 할 수고를 덜어주었다.

그는 유리병을 횃불처럼 쥐고 휘두르며, 우리의 작업은 매쿼리하버 내해에서 찾아낼 모든 물고기, 킹강과 고든강에 독을 풀어 떠오를 온갖 수중생물을 건져와 내가 하나씩 그리면서 시작될 것이라고 말했다. 그는 이미 사령관과 얘기를 끝냈고, 이제 나는 모든 노역에서 풀려나의사선생의 하인이 될 터였다.

하루의 절반은 의사선생의 가내 하인으로 지내며 청소와 세탁을 하고, 나머지 절반은 완전히 자유롭게 오로지 물고기에만, 좀더 정확히 말하자면 물고기 그림에만 관심을 쏟으면서 보내는 것이 내 임무였다.

이제 잔뜩 취한 의사선생은 일어서더니 앞뒤로 휘청거렸다. 위엄을 지켜야 한다는 당위와 내게 선물을 주고 싶다는 소망 사이를 천천히 오가는 땅딸막한 메트로놈 같았다. 그는 대형 시가 상자 크기의 나무 상자를 내게 주려는 듯 들고 오다가 비틀거리더니 내 무릎 위로 쓰러지듯 넘어졌다. 상자 안에는 일부는 사용한 흔적이 있고 몇몇은 새것인—온갖 진부한 무지개 빛깔의—수채물감 단지 여러 통이 가지런히, 그리고 하나같이 낡고 해진 붓 여섯 자루가 들어 있었다.

그는 계속 지껄이면서 바닥으로 미끄러졌고, 나는 다시 새로운 이름과 옛사랑에 대한 백일몽을 꾸기 시작했다. 밤늦은 어느 시점에 나는 그가 바닥에서 잠든 지 최소한 반시간이 되도록 전혀 알아채지 못했음을 문득 깨달았다.

8

의사선생은 자기 침대 아래 넣어둔 해진 짙은색 모로코가죽 여행가방에 자연사 책 몇 권과 더불어 제러미 벤담에게 받은 짧은 서신 한 통을 간직하고 있었다. 이는 벤담의 팬옵티콘—모두를 끊임없이 감시할 수 있는 이상적인 감옥—원리가 어떻게 자연사로 유익하게 확장될 수 있을지를 길게 논한 의사선생의 편지에 이 위대한 인물이 보낸 답장이었다.

이 편지는 그가 가장 아끼는 소장품이자, 장래 왕립학회 회원이 되는 데 유리한 발판을 얻기 위한 부적이었다. 그는 이것이 '신사'이자 '과학자'에게 수여되어 '역사적 인물'로 부각시켜주는 궁극의 인증서라고 장담했다.

뼛속까지 솔직해지자면, 처음에 빌리 굴드는 물고기에 별 흥미가 없었으며 피할 수만 있었다면 그러고도 남았을 것이다. 굴드는 푸딩의 여행가방을 뒤지다 린네의 『자연 체계』와 함께 플리니우스의 『박물지』 요약본을 발견했다. 그것은 의사선생이 무지한 로마인의 미신적 헛소리로 치부했던 책이었다.

하지만 의사선생과 달리 나는 그 책 속에 만티코어와 바실리스크 같은 상상 동물들의 우화집을 뛰어넘는 무엇이 있음을 알게 되었다. 플리니우스의 관찰기 덕분에 인간이 이 세상의 중심이 전혀 아니었음을, 인간의 지식으로는 알 수 없는 위태로운 세계—임신한 여성 앞에서 램프의 심지를 자르면 아기가 유산되는 세계, 인간이 무지하고 하찮은 존재이지만 인간 자신의 상상력만이 유일한 한계인 우주, 그 우주의 신묘하고 비상하고 형언할 수 없는 경이에 둘러싸인 세계—에 살았음을 깨달았다.

한편 가방 맨 밑바닥에 있던 바우들러샤프 박사의 『알의 책』은 팬옵티콘의 정신에 더욱 부합하는 완전히 다른 종류의 것이었다. 여기에는 육백스무 종의 새가 낳은 일만 사천구백열일곱 가지 알이 열거되어 있었다. 바우들러샤프 박사의 방식은 그 명료함이 잔혹할 정도로 경제적이었다.

즉—

오르토닉스 템밍키(오스트레일리아 나무달리기딱새)의 알은 타
원형이고 광택이 적당히 있으며 순백색이다. 알 세 개의 크기는 각
각 1.07×0.76, 1.13×0.8, 1.17×0.8이다.

푸딩의 취향은—내가 아무리 노력해도—절대 내 취향이 될 수 없
음을 깨닫게 되었다. 그는 연구 대상이 딱 하나 빠져서 금이 간 체계,
측정할 알 하나를 더 찾아헤매는 바우들러샤프 박사였다. 그는 어류학
자가 되고 싶어했지만 나는 물고기가 되는 편이 더 좋았다. 그의 꿈은
포획이었고 나의 꿈은 탈출이었다.

나라면 바우들러샤프 박사의 책 같은 객설을 읽느니, 어릴 때처럼
엄동설한에 달팽이를 잡아먹는 개똥지빠귀를 보는 편이 더 좋을 것이
다. 달팽이 껍데기가 여럿 부서져 널브러진 한복판에서 개똥지빠귀가
달팽이를 바위에 대고 내리쳐 그 속살을 빼먹는 광경 말이다. 발톱의
유사성 및 부리의 차이로 정의된 개똥지빠귀 종류 목록을 삽화로 묘사
하는 것보다 그 편이 훨씬 더 낫다. 나이팅게일이 화들짝 놀랐을 때 내
는 애처로운 울음소리를 듣고 어린 새끼가 얼어붙는 모습을 보는 편
이, 유리상자 속의 조류 박제를 그 머리 지름과 펼친 날개의 전체 길이
를 근거로 분석하는 것보다 더 낫다. 이러한 수집과 분류는 파산했으
며, 내 친구인 미치광이 클레어가 말했듯이 칭찬받을 만한 일이 아니
라 명성을 구하려는 야심일 뿐이다.

이 시점에서 당시 나는 의사선생의 물고기를 그리는 임무를 감당할 준비가 전혀 안 되어 있었음을 고백해야겠다. 나는 일순간 다소 무시무시한 공황 상태에 빠졌다. 신경을 안정시키기 위해 과거 판화가로 일했던 경험에 의지할 수 있을 것이라고 스스로 달래기도 했다. 하지만 내가 그 경험에서 얻은 거라곤 내 옛 이름으로 발부된 또 한 장의 체포영장과 오점 없는 또하나의─물론 단기간밖에 써먹지 못했지만─새로운 이름뿐이었다. 식민지 화가─술집 벽화가, 주점 간판 장식가, 이따금 초상화가─로서의 경험도 있긴 했지만 나는 내 한계를 알았다. 내 보잘것없는 스케치 실력은 지폐와 약속어음의 도안을 조잡하게 모사하거나 하층민의 변덕과 자유 정착민의 허영을 만화적으로 과장하는 데 쓰인 게 전부였고, 그것도 일부는 그대로 본뜨고 일부는 모눈을 이용해 그리거나 복제하고 일부는 쉽게 짐작해 그릴 수 있는 평면적 피사체에 한정되어 있었다.

그러나 물고기는 위조하기 쉬운 대상이 아니다.

물고기는 온갖 종류의 곡선으로 존재하는 미끌미끌한 삼차원 괴물로서, 그 색채와 표면과 반투명한 지느러미는 삶의 이유와 수수께끼 자체를 암시한다. 지폐를 위조할 때 나는 장사치의 거짓말을 연장하고 있을 뿐이라고 결론내리면서 양심을 달래곤 했다.

그러나 물고기는 진실이다. 나는 진실을 말하는 법을 모르고 그것을 그리는 법은 더더욱 몰라서, 의사선생의 소위 집이라는 공간 안팎에서 엄청난 노동에 파묻힌 채 그 문제를 며칠 동안 완전히 외면했다. 의사선생 사택의 부패하고 썩어가는 구석구석을 쓸고 닦고 복구하고 그의 다종다양한 수집품을 정리하면서, 나는 호바트타운 사교계─나도 이 표현이 모순임을 안다, 여기 도착하기 전부터 이에 대한 농담을 수도 없이 들었으니까—의 초상화가가 되는 공상에 다시금 잠겼지만, 머릿속에 떠오른 것은 나처럼 재능 없는 화가에게 걸맞은 누군가들, 그들처럼 더러운 과거를 지닌 그들처럼 거친 얼굴들이었다. 왕립미술원이나 프라도나 루브르에 걸릴 작품이 아니라, 자기가 절도와 테러를 저질러 신세계를 지배할 권리가 있다고 믿는 구세계의 사생아들과 멍청이들을 위한 작품이었다.

덧붙여야 할 것 같은데, 그들은 실제로 그렇게 했다.

누가 되었든 그것이 지배권을 쟁취하는 유일한 방법이고, 나로서는 이에 대들 생각은 추호도 없었으며 그저 그 변두리에서 초라한 생계를 도모하고자 했을 뿐이다. 카푸아 데스가 말했듯이 만일 똥이 귀중품이 되는 날이 온다면 가난한 놈들은 똥구멍 없이 태어날 것이다. 그것이 우리의 운명인바, 나는 그 운명을 바꿀 수 있는 척하지 않고 그저 최대한 무사히 살아남기를 바랐을 뿐이다. 내가 달리 뭘 하겠는가? 나는 벌목꾼이나 양치기나 포경선 갑판원이 되고 싶지 않았다. 그런 일을 하기에 적합한 손이나 허리도 갖추지 못했고, 그런 데 필요한 실제적인 기술은 더 모자랐다.

처음에는 이 모든 썩어빠진 체제에 그럭저럭 묻대고 싶었을 뿐이고, 무엇이 되었든—지폐가 되었든 부르주아의 뚱한 면상이 되었든—하루를 무사히 넘기게 해줄 물건을 지나치게 주목 끌지 않는 식으로 베껴 그려냄으로써 그렇게 묻대 살 수만 있다면 아무래도 괜찮았다.

지금 문제는 내 실력이 젠트리 계급을 왜곡해서 묘사하는 데야 적합했을지 몰라도, 켈피처럼 명백히 기대되는 수준에 부합하는 그림을 그려낼 수 있다고 자신할 만큼 충분하지는 못했다는 것이니, 나는 푸딩이 멋대로 점찍었던 내가 적임자가 아님이 밝혀져 결국 교수대에서 끝을 맞게 될까봐 더럭 겁이 났다. 그리고 실제로 이 일을 해낼 수 있다 하더라도 내가 그 일을 하고 싶은지 확신할 수가 없었다. 나는 유혹적이게도 보티첼리의 지위를 약속받았지만, 다음날 맑은 정신으로 생각하니 이는 바우들러샤프의 과업을 짊어지는 일과 수상할 정도로 비슷해 보였다.

의사선생이 채찍질을 감독하러 또는 쇠사슬에 묶인 모든 병자와 반송장의 휴식 및 입원을 불허하러 나가 확실히 안전하다고 여겨질 때면, 나는 여행가방에서 다양한 책을 꺼내 동식물을 묘사하는 데 사용된 기법과 양식을 면밀히 들여다보곤 했다. 그중 최상의 것들은 확실히 내가 범접할 수 없는 어떤 자연스러움을 보여주었지만, 최악의 것들은 그 대상물이 관찰될 때의 상태만큼이나 납작하고 생기가 없어서 나도 이보다는 더 잘할 수 있다고 자위할 수 있었다.

하지만 방파제 낚시터로 내려가 이따금 퉁퉁 불어버린 탈옥수의 익사체와 함께 그물에 걸려 올라온 물고기를 볼 때면, 이 털썩대고 펄떡이는 지느러미와 비늘 덩어리가 내 역량을 완전히 벗어난 곳에 있는 것처럼 느껴지며 다시금 두려움이 차오르는 것이었다.

저녁 무렵이면 나는 내게 있다고 자부하는 한 가지 재능─사람 얼굴을 만화로 그려서 인물의 특징 비슷한 것을 포착하는 능력─을 형무소의 사암 담벼락에 목탄으로 마음껏 펼쳐 보이곤 했다. 우리 모두는 바로 이곳의 길고 을씨년스러운 막사 안에서 이가 점점이 박힌 해먹을 줄줄이 걸고 잠을 잤다.

그리고 의사선생의 하인이 된 지 이레째 되는 날 저녁, 동료 악당들의 여흥을 위해 벌거벗은 의사선생의 조잡한 캐리커처를 담벼락에 그리고 있을 때, 지극히 놀라운 일이 일어났다.

의사선생의 몸에서 등지느러미가 자라났다.

나는 약간 충격을 받아 손을 잠시 멈추었다.

누군가가 히죽 웃었다.

카푸아 데스가 껄껄 웃었다.

곧 작업을 재개해 그의 눈을 크고 애절한 구체로 다시 스케치하자 그뒤에서 아가미가 돋기 시작했다. 눈 뒤에서 비늘 달린 둥글넓적한 몸통이 바깥쪽으로 부풀어오르자, 나는 심하게 팽창한 온몸에 짧은 사선을 죽죽 그어 작은 가시로 뒤덮었다. 이 가시투성이 축구공 한쪽 끝에는 꼬리가 비죽 삐져나와 있었다.

9

다음날 아침 나는 어부들 덕분에 살아 있는 표본 한 마리를 수집했다. 청소 시간을 어영부영 때운 뒤, 오전의 미미한 햇빛을 최대한 활용하기 위해 작고 둥근 마호가니 탁자를 하나밖에 없는 창문 앞으로 옮겨놓고는 물감 상자를 꺼내어 작업에 착수했다.

그날은 변덕스럽게 흘러갔다. 해가 후딱 돌았고 오후에는 초겨울 비가 후드득 떨어지더니 오락가락하기 시작했지만 나는 몰두한 나머지 다른 데 주의를 기울일 새도 없었다. 종이 한 장에 예비 스케치를 몇 차례 했고, 이어서 그림을 마무리하다 어느 순간 망치는 바람에 종이 두 장을 버렸다. 첫번째 것은 실수로 탁자에 작은 잉크병을 쏟아서, 두 번째 것은 그림을 최대한 실물에 가깝게 그리겠다고 욕심을 내다가 꼬리의 비율을 잘못 잡아서였다.

하지만 세번째 시도는 만족스러웠다―아, 천재의 작품은 아니었다. 나도 인정한다―그러나 두려움과 호전성을 약간씩 띤 채 치켜뜬 커다란 눈동자에서 나는 낚시꾼이 된 듯, 또한 불시에 낚인 그가 된 듯 갑작스러운 흥분을 느꼈다. 그의 자부심의 원천인 과장되게 돌출한 이마(전날 그가 자기 머리 윗부분을 두드리며 내게 고백한 바에 따르면, 이곳은 천재성의 저수지였다)에서 뭔가 탈출하려는 듯 요동치는 무게감이 느껴졌기에 아래로 처진 두툼한 입 언저리에서는 선을 다소 덜 그었는데, 그 입은 숨길 수 없는 어떤 신랄함과 뿌루퉁하고 답답한 물리적 존재로 변질된 관능을 말하고 있었다. 한 발 물러나서 그림을 보았을 때, 오! 오!―오, 나는 그를 낚았음을 알았다. 맞았다, 너무나 틀림없는 그였다. 마침내 물 밖으로 튀어나온 순간 드러난 부풀어오른 저 몸통, 우스꽝스럽게 과시하는 저 가시, 살코기 풍선 끄트머리에 달린 터무니없이 조그마한 저 꼬리. 기쁨이 전류가 되어 내 몸을 타고 흘렀다. 마침내 모두가 볼 수 있게끔 진짜 그를 낚아 포착했으므로.

그날 저녁 의사선생이 돌아왔을 때 나는 그에게 이 첫번째 그림을 보여주었다.

의사선생은 팔을 쭉 뻗어 멀찍이 그림을 들고는 크고 기괴한 암사슴 같은 검은 눈을 납작하고 살찐 코 밑까지 비스듬히 내리뜬 채 바라보더니, 가시복의 방어본능에 대해, 그것이 어떻게 가시를 빳빳이 세우고 원래 몸 크기의 세 배로 부풀어올라 다른 물고기를 위협하는지에 대해 이제 익숙해진 방식으로 기나긴 담론을 풀어놓기 시작했다. 말하는 내내 그는 그림을 만지작거리며, 멀찍이 들었다가 가까이 들었다가, 탁자에 내려놓았다가 들어올렸다가, 다시 팔을 쭉 뻗어 멀찍이 바라보기를 거듭했다.

마침내 그는 그런대로 쓸 만하게 그렸다고 선언했다.

그러고는 나와 가시복 둘만 석양 속에 놔두고 교수형 참관 자리에 불려나갔다.

나는 벽난로 옆에 걸린 칼을 내려서 뾰족한 칼끝을 가시복의 팽팽한 배에 갖다댔다. 그러고선 밀어넣었다.

처음에는 몸체가 아주 조금 줄어들었지만 갑자기 공기가 세차게 밀려 나오면서 피부가 찢어졌고, 물고기는 터진 부레에서 쉭 소리가 나며 쪼그라들었다.

이제 탁자 위에는 내가 그린 가시투성이 괴물과는 완전히 동떨어진 물고기가 놓여 있었다. 그 조그만 피라미의 커다란 눈은 자신의 과시적인 몸뚱이가 왜 필요한지 이해하지 못한 나를 비난하는 듯했고, 큼직한 칼이 그 피라미의 축 늘어진 피부를 뚫고 들어가 있었다.

그것을 다시 그리라는 지시는 없을 것이고, 쇠사슬에 엮인 노역수들도 그런 독 있는 생선을 다른 물건과 바꿔주지는 않을 터였다. 나는 물고기를 불속에 던졌다. 그것은 또하나의 무너진 영혼처럼 서서히 타들어가는 통나무 위로 몸을 축 늘어뜨렸다.

별바라기*

쇠고둥의 체액에 대해—섬새, 귀환하다—파멸의 예감—사령관의 입신
—그의 권력 장악—국가에 대한 질문—앤 양의 미묘한 영향—유럽의 발명
—오스트레일리아 매각—롤로 팔마, 그와 천사들의 대화에 대하여—무샤 퍼그
—그의 남색 혐오—철도 열풍

1

지난번 컨스터블 그림에 매우 만족한 팝조이가 나 먹으라고 성게를 몇 마리 가져왔다. 조그만 보상이고 끼닛거리도 못 되지만, 내게는 팝조이가 상상하는 것보다 훨씬 더 중요한 물건이다. 나는 손가락으로 알을 떠낸다. 사실 성게가 소중한 건 그 짭짤한 별미 때문이 아니라, 현란한 수생 바늘두더지처럼 껍데기에 두른 밝은 자주색 가시 때문이다. 이른 저녁 썰물이 지면 나는 껍데기에서 가시를 떼어낸 뒤, 감방 바닥에 널린 바닷가 조약돌 두 개를 집어 그 사이에 가시를 대고 갈아서 자주색 가루를 낸다.

그런 다음 잉크 단지 구실을 하는, 홈이 죽죽 파인 가리비 껍데기에 가루를 담고 가끔씩 찔끔 배급되는 산패된 염장 돼지고기에서 떼어낸 비계와 침을 섞어 휘젓는다. 이런 식으로 잉크를 만든다. 흰 조개껍데기 안에서 소용돌이치는 자주색을 보며, 지금부터 할 이야기에 —'남양의 카이사르'의 운과 내 운이 어떻게 불가분하게 얽혀 있는지에 대한 이야기에 —황제의 색인 자주색이 얼마나 잘 어울리는지 생각한다. 미래의 그 누구도 시간이 자기 업적을 유린하리라는 예감에 시달렸던 그를 기억하지 못하리라.

킹은 내가 사령관 이야기에 몇 페이지를 할애하려는 것을 이상하게 생각하는 것 같지만, 그의 꿈이 내 운명을 결정했으므로 그의 이야기가 내 이야기이고 내 이야기가 그의 이야기인 셈이다. 어떻게 해서 사령관이 마침내 하나가 아니라 두 개의 교차하는 지옥을 창조했는지를 온전히 알지 못한다면 내 운명의 괴팍성을 이해할 수 없을 것이라고, 나는 킹에게 말한다. 그중 두번째 지옥은 한참 뒤에야 발견했는데— 드러났을 때는 이미 너무 늦었다—그 불멸의 열망을 깨닫고 진정 공포에 떨었다. 그러나 그가 이룬 업적이 얼마나 지독히 괴팍한지는 사령관의 무시무시한 진짜 내력을 온전히 아는 사람만이 이해할 수 있다. 우리의 운명은 우리 둘 다 전혀 원치 않았음에도 이윽고 하나가 되었다.

물론 이 이야기에 사용하고 있는 잉크는 올드 굴드가 침을 튀기며 찬양했을 위풍당당한 티리언 퍼플, 고대인들이 쇠고둥 머리 뒤쪽의 조그만 낭에서 햇빛을 받으면 자주색이 되는 체액을 짜내어 채취했던 그 염료, 너무나 귀해서 가장 부유하고 가장 힘있는 자들만이 걸칠 수 있었던 옷의 염료가 아니라 그냥 성게 퍼플이고, 고귀한 태생과는 거리가 멀며 금방 빛이 바래버리니, 얻어맞고 걷어차이고 죽음을 당하는 사람에게는 이것이 딱 알맞은 듯하다. 이어서 나올 이야기 역시 이와 비슷한 색조를 띠고 있다는 자명하고도 필연적인 사실에 대해 변명할 생각은 없다.

2

그가 살아온 길은 그의 얼굴만큼 묵묵하고 어두웠다. 그는 나중에 이를 황금 가면으로 가리고 다녔지만 수치심 때문이었는지 겸손 때문이었는지 수줍음 때문이었는지는 아무도 몰랐고, 그의 가족이나 군복무 경력에 대해서도 모르기는 마찬가지였다. 그를 매일같이 괴롭혔던 산적 맷 브레이디처럼 그 역시 수수께끼 인물이었지만, 맷 브레이디는 꿈에서든 현실에서든 영구히 보이지도 잡히지도 않았던 반면 사령관은 어디에서나 볼 수 있었으므로 그 종류가 달랐다. 그렇기는 했지만 아무도 그와 친분이 있다거나 그를 안다고 주장하지 않았으니, 그랬다가는 자칫 죽음을 부를 수도 있었기 때문이다.

사령관이 전혀 인기가 없으며 바보 취급을 당한다는 이야기들이 은밀히 오갔고 그가 죽었다고 알려진 뒤에는 큰소리로 떠돌았다. 기름을 발라 가르마를 선명하게 탄 머리카락, 황금 가면의 구멍에서 도저히 설명할 수 없는 이유로 툭 튀어나와 있는 앵무새 부리 모양의 코, 어딘지 양을 연상시키는 눈에, 금테를 둘렀음에도 가냘프고 비뚤어져 보이는 입은 권력을 휘두를 때면 냉담하고 무시무시한 인상을 주었지만 그러지 않을 때는 그냥 히죽거리고 있는 것처럼 보인다는 점을 부인할 수 없었다.

그에 관한 소문을 통틀어 가장 이상하고 가장 끈질긴 것은 그가—우리와 같은—밑바닥 인간에, 입에 담지 못할 흉악한 범죄로 유배되었던 전과자로, 패러매타의 갱단에서 활약하다 재기소되어 노픽섬에 수감되었고, 바로 거기서 하느님은 물론 그 어떤 인간도 두려워하지 않는 교활한 자가 되었다는 이야기였다.

천재적인 고문의 성지였던 그 유형지가 결국 폐쇄되어 그곳의 비참한 죄수들이 밴디먼스랜드로 이송되던 중 그가 탄 배가 큰 폭풍을 만나 배스해협의 한 섬에 난파했다. 유일한 생존자였던 그는 그때부터 호러스 대위를 사칭하기 시작했다. 진짜 호러스 대위의 시신이—그 흰 얼굴은 바닷니가 파먹어 구멍이 수백 군데나 숭숭 뚫린 채로—그와 함께 해변으로 떠밀려온 그날 초저녁, 그가 어두워지는 하늘을 향해 겁먹은 눈을 들었을 때 몰려온 것은 땅거미가 아니라 마치 웅웅대는 강물과도 같은 짧은꼬리섬새 군단이었다.

그런 광경은 살면서 한 번도 본 적이 없었다! 수십만, 어쩌면 수백만 마리 섬새가 내려앉는 태양을 완전히 가린 채, 좀처럼 펄럭이지 않는 긴 날개로 일제히 한 방향을 향해 빠르게 미끄러지듯 날아 사구의 은신처로 귀환하고 있었다. 그에게 이는 언제나 밤이 다가오는 무서운 전조가 되었다.

한편 이 섬은 나무나 피신처나 안락 같은 것과 거리가 멀었다. 그와 섬새들을 빼면 주민은 벼룩, 파리, 쥐, 뱀, 펭귄뿐이었고, 사정없이 끽끽대는 펭귄들의 울음소리는 강한 서풍의 차가운 울부짖음과 뒤섞여 밤마다 그를 끝없는 공포로 몰아넣었다.

그는 양고기 비슷한 기름진 섬새 고기를 먹고 자신과 함께 떠밀려온 유일한 책인 헌팅턴의 『나폴레옹 전쟁사』를 벗삼아 몇 개월간 목숨을 부지하다가 두 퀘이커 선교사에게 구조되었다. 선교사들은 물개잡이들이 토착민 부족으로부터 사들이거나 납치한 여자들을 찾아 해협의 외딴 야생 섬들을 뒤지고 다니던 중이었다. 이 여자들을 다시 사들이거나 납치한 뒤 심문하여, 자기들의 선교를 후원하는 런던 친우회에 학대 현황에 대한 종합 보고서를 써보내기 위해서였다. 두 퀘이커교도가 작은 포경보트를 저어 그가 오랫동안 거처로 삼아온, 바람에 노출된 험준한 바위를 향해 다가왔을 때, 그는 말단 권력의 기름진 냄새를 풍기며 다른 인물로 변신하는 데 용케 성공했고, 얼굴과 옷에 덕지덕지 붙어 나풀대는 섬새의 깃털 밑에서 날조의 불가피성을 심지어 확신하기 시작했다.

그는 퀘이커 선교사들과 흑인 여자 한 명, 그리고 선교사들이 물개잡이에게 도끼와 설탕을 주고 데려온, 사망한 다른 흑인 여자의 세 아이들과 함께 남서쪽으로 향했다. 그렇게 일주일 걸려 해협을 마저 건넌 뒤, 밴디먼스랜드의 서부 해안을 따라 내려가서 마침내 악명 높은 유형 식민지이자 역시 퀘이커교도들의 조사 대상인 세라섬에 닿았다.

여기서 구조한 자와 구조된 자는 헤어져 각자 다른 길로 향했다. 후자는 성실하고 사려 깊은 퀘이커교도들로부터 얻어들은 행형학行刑學의 고매한 수사와, 인간의 수성獸性에 대한 보다 낡고 저급한 자기만의 지식으로 무장했다. 이 두 줄의 현을 그의 자라나는 야심이라는 바이올린 활로 긋자 강렬한 가식적 화음이 생겨났다. 당시 사령관이던 드그루트 소령은 인력이 부족한 유형 식민지의 위병대에 군인 한 명이 합류한 것을 반겼고, 호러스 대위는 날조한 자기 이력에 실제 복무기록을 추가할 기회를 기쁘게 맞아들였다.

　드그루트 소령의 장례가 끝난 뒤, 의사선생과 병참 장교는 누가 더 상급 관료로서 지휘권을 쥐느냐를 가지고 옥신각신했다. 그들이 이 난국을 스스로 타개할 수 없음이 명백해지자 호러스 대위가 끼어들었다. 그는 자신이야말로 군인들의 질서와 죄수들의 규율을 유지할 수 있는 유일한 인물이라고 선언하고 스스로 신임 사령관이 되었다. 그는 자기가 민법 지식은 전무해도 무장한 자들의 법은 알 만큼 안다고 주장하는 특유의 방식으로 자기 한계를 이용했고, 늙고 거만한 덴마크인 서기 요르겐 요르겐센(나는 그가 죽는 순간까지 꼴사나우리만치 과하게 차려입지 않은 꼴을 본 적이 없었는데, 자기가 드레스덴에 체류할 때 스카트 게임으로 블뤼허 장군에게서 따냈다고 주장한 청금석 목걸이도 장신구 중 하나였다)에게 계엄령 선포를 준비시켰다. 내가 나중에 발견한바, 이는 놀라운 생산성을 거둔 두 사람의 기나긴 협력으로부터 태어난 첫번째 서류였다.

　이 추악한 섬의 추악한 기준으로 보아도 요르겐 요르겐센은—그 온갖 치장이 무색하게도—비루하기 짝이 없는 펠리컨 새끼에 다름아니었다. 온통 길게 늘어진 예각으로만 이루어진 몸은 마치 몇 년 전에 떨어져내린 외투를 기억하려고 애쓰는 외투걸이 같았다. 그가 한결같이 차고 다니는 지나치게 길고 녹슨 검은 그가 밟고 지나가는 먼지와 진흙 위에 질질 끌린 흔적을 남겼고, 그의 단짝 동료인 엘시노어라는 다리가 셋인 지저분한 개가 폴짝거리며 그 팬 자국을 졸졸 따라다녔다. 자기 개와 마찬가지로 요르겐 요르겐센도 주인의 장단에 맞추는 재주가 있었다. 어느 시점부터 이 말단 서기는 드그루트 소령이 아닌 호러스 대위를 주인으로 판단했다.

호러스 대위가 지휘권을 잡은 것을 심각하게 받아들이는 사람은 아무도 없었다. 이는 멀리 호바트타운에 있는 아서 총독이 그 자리에 적합하고 제대로 된 사람을 임명할 때까지만 따르면 되는 형식적인 절차로 여겨졌고, 호러스 대위에게 그런 자질이 결여된 것은 명백해 보였다. 그는 자신의 점잖지 못한 기행을 대수롭지 않게 여겼다. 이를테면 그는 퀘이커교도들이 윤리적·영적 계몽을 엄숙히 서약하는 대가로 자신에게 맡기고 떠난 흑인 여자를 계속 데리고 있었다. 죄수들은 그녀를 투페니 살이라고 불렀지만, 사령관—머잖아 그는 자기를 그렇게 부르라고 종용했다—은 처음에는 가정부로 삼고 나중에는 정부로서 총애한 그녀를 고집스럽게 물라토라고 불렀다. 아마도 그의 머리는 명백한 밴디먼스랜드 토착민 여인보다는 혼혈과의 혼교가 좀더 적절하다고 여긴 듯하다. 다른 많은—이 자리에 그가 부적격이라는 사실을 비롯한—문제에서 그러했듯이, 처음에 그는 이 문제에 대해서도 다른 사람들과 함께 웃어넘기며 "나를 만져보세요. 봐요, 나도 당신들과 다름없어요. 만져봐도 됩니다"라고 말하곤 했다. 그러나 이렇게 말하는 와중에도 그의 얼굴에서는 섬새의 깃털이 떨어져나가며 다른 무엇이, 바위와 같은 것이 모습을 드러내고 있었다.

3

최후에도 그랬듯이 최초에도—사령관 자신이 오래전부터 어렴풋이 짐작해왔던 대로—그는 불멸의 존재였다. 이 유형지의 '등기소'가 어디 있는지를 아는 극소수의 사람들은, 그곳에서조차 그가 타고 온 배나 그의 군경력에 대한 정확한 기록을 찾을 수 없다고 했다. 여러 해 전 요르겐 요르겐센이 드그루트 소령의 지시로 모든 선박 등기부를 확인해보았지만 호러스 대위에 대한 언급을 찾지 못했기 때문이다.

소령이 때아닌 죽음을 맞자 독살이라는 소문이 돌았고, 그뒤에 (실은 드그루트 소령의 서신 대장에 낱장으로 끼어들어간 채) 발견된 공식 문서에는 드그루트 소령이 호러스 대위를 자기 후임자로 지명하고 서명했다는 서신들이 언급되어 있었다. 이어서 여백에는, 이 서신들이 공교롭게도 호러스 대위가 유형지의 통제권을 쥔 직후에 등기소를 덮친 소규모 화재로 소실되었다고 적혀 있었다.

처음에, 멀리 떨어진 곳에 있는 자기 상관들을 대하는 신임 사령관의 태도는 아부의 귀감 그 자체였다. 그는 요르겐 요르겐센을 시켜 형벌 관리 체계의 다양한 개선 현황에 대해 장문의 보고서를 만들게 했는데, 그 내용을 보면 식량을 줄이면서도 죄수들의 건강과 활력은 향상시키는 식단 개혁, 죄수들 사이에서 자행되는 입에 담을 수 없는 죄악을 차단하기 위해 사람 키만한 폭에 사람 팔뚝 높이로 딱 맞춰 제작한 일인용 수면 철창, 씨물을 모래 위에 불필요하게 쏟는 소위 오난의 범죄를 원천적으로 방지하기 위해 양손을 써야만 제대로 조작할 수 있도록 바닥을 타원형으로 만든 흔들 요강 등이었다.

아무런 답신도 오지 않았다.

칭찬이나 격려의 말도, 승인이나 질책의 말조차 없었다.

어느덧 사령관이 요르겐 요르겐센을 시켜서 쓰는 서신의 어조가 바꿰었다. 그는 입에 담을 수 없는 범죄를 저지른 최악의 죄수들이 사는 유형지를 거의 그들만큼 질 나쁜 군인들을 데리고 운영하는 일이 얼마나 어려운지 늘어놓았다. 후자를 전자와 구분해주는 것은 색이 바래서 흐릿한 분홍색이 된 붉은 군복뿐이었다. 또 주어진 장비도, 배를 건조하거나 집을 지을 수 있는 숙련노동자도, 현금도, 지나다 들르는 상인들과 물물교환할 여분의 식량도 없이―그가 예상했듯이―운영 경비를 자체적으로 조달하기란 난망한 상태에서 유형지의 존속을 도모한다는 것은 말이 안 된다고 불평했다. 그는 보급을 조금만 더 늘려달라고 애걸했다. 군인도 몇 명 더 필요하다고 했다. 예전처럼 연대 예산을 횡령하거나, 모리셔스에서 부대장 사모와 동침하거나, 더한 경우 케이프타운에서 부대장 본인과 동침하거나 하는 불명예스러운 행동으로 좌천된 자들 말고, 어느 정도 역량을 갖춘 장교들을 보내달라고 했다.

아무런 회신도, 보급도, 증원도 없었다.

그의 편지는 뿌루퉁해지다 노기를 띠더니 결국에는 악담에 가까워졌다. 짧고 무뚝뚝한 답신이 도착했다. 식민 장관의 수하 중 한 명이 서명한 것으로, 그가 장교로서 부여받은 임무 수행 기한을 재차 확인하는 동시에, 총독이 드그루트 소령의 후임자를 임명할 때까지만 그가 맡은 신성한 의무를 다할 것을 주지시키는 내용이었다.

사령관은 확실히 깨닫게 되었다. 결실을 놓고 보면 자신이 보낸 편지는 차라리 바다에 던져져 저 망망대해의 거대한 고래들에게 먹히는 편이 더 나았을 것이다. 고래 무리는 거의 한 시간 간격으로 지나가는 데다, 그때마다 고래가 내뿜는 물에 작은 무지개가 어려 신호도 보내주니까. 이 지경에 이르자 사령관은 절망의 구렁텅이에 빠져서 몇 개월간 면도도 하지 않고 옷도 갈아입지 않았다.

　이 고독한 겨울을 지나 모습을 드러냈을 때 그는 영구히 웃음짓는 황금 가면을 쓰고 있었고, 조난 뒤에 겪은 기나긴 고립이 그의 정신에 끼친 심대한 영향을 드러내는 또다른 증거물—워털루전투에서 네Ney 원수가 입었던 것을 연상시키는 호화로운 파란 제복—을 걸치고 있었다. 이 제복에는 섬새의 펼친 날개와 놀라우리만치 유사한 특대형 깃털 견장이 달려 있었다. 그가 가면을 쓴 것이 단순히 자신의 과거를 숨기고 사기꾼임이 폭로될 가능성을 차단하기 위해서였는지, 호러스 대위도 아니고 조난되기 이전의 자신도 아닌 완전히 새로운 피조물, 즉 '사령관'으로 재탄생하기 위해서였는지 나는 알 길이 없다.

　내가 전할 수 있는 것은 이 웃음띤 가면이 머잖아 섬 곳곳에 생겨났다는 사실뿐이다. 득의만면하게 번쩍거리며 우리 자신의 탐욕과 욕망을 고스란히 반영하는 이 가면은 도무지 없는 곳이 없어서, 그것이 정부 소유물의 상징인 굵은 화살촉 문양을 조용하고도 신속하게 찬탈하여 배럴통과 공구에 찍히고 나중에는 우리 팔뚝에까지 찍혔을 때에도 아무도 알아차리지 못한 듯했다. 이는 국가와 자아, 그리고 이 대단한 남자의 특징인 은폐의 극적인 융합이었다.

　사령관이 요르겐 요르겐센과 나누게 될 수 없는 대화 중 첫번째 대화를 나눈 뒤, 이 덴마크인은 이곳이 극적이진 않지만 꾸준히 성장하고 있다는 내용의 건조한 보고서를 작성하여 식민성에 제출했다. 보고서에 따르면 진보는 피할 수 없는 고립, 나태하고 무능한 죄수 노동자들, 숙련노동과 장비 부족 때문에 한계가 있지만 그렇다고 중단되거나 크게 지장을 받지도 않았다. 그것은 근소하나마 수익을 거두고 땅도 좀

개간하고 범죄자의 영혼도 그럭저럭 교화하며 순조롭게 운영되는 괜찮은 유형지의 현황이었다. 그러나 사령관의 금테 두른 입술 안쪽에서 반짝이는 침이 매독 치료제로 복용중인 수은 때문에 거무스름한 빛을 띠고 있다는 걸 아는 사람은 요르겐 요르겐센뿐이었다.

그런 다음 사령관은 병참부의 창고를 교역용으로 개방하라고 명령했다. 그는 낸터킷에서 온 포경 상인들을 상대로 유형지의 통에 비축된 염장 돼지고기 전량을 낡은 포경선 두 척과 교환한 뒤, 이 포경선에 신규 죄수 선원들을 태워 요나를 집어삼킨 대어를 찾으라고 내보냈다. 그중 한 척은 헬스게이츠*를 나서자마자 침몰하여 승선한 전원이 사망했지만, 다른 한 척은 혹등고래 두 마리를 싣고서 그동안 보급품 밀가루와 생선으로만 연명하며 굶주리던 유형지로 귀환했고, 사령관은 고래기름을 가지고 장사를 시작했다.

그는 여기서 얻은 수익으로 배를 더 구입하고, 자기가 조난당했던 섬으로 사람들을 보내서 섬새 고기와 물개가죽을 사냥해오게 했다. 그리고 자기가 신임하는 죄수들로 친위대를 결성한 뒤 그들을 시켜 휘하 군인의 절반을 쏴 죽이고 식민 당국에 보고하지 않음으로써 죽은 병사들의 봉급을 착복했다. 또 휴온소나무 벌목량을 두 배로 늘리고 본국에 납부하는 양을 반으로 줄였으며, 장사가 잘되자 이번에는 벌목을 네 배로 늘리고 호바트타운에 그저 명목상으로만 상납하던 공물량을 사분의 일로 줄임과 동시에 서신을 띄워 열악한 장비, 미숙한 벌목꾼, 입에 담을 수 없는 죄악의 만연, 연중 육 개월간 강이 얼어붙을 정도로

---

* 매쿼리하버 어귀의 해협.

지독한 날씨 등 극복이 불가능하다시피 한 문제들을 토로했다.

그의 장사는 날로 번창하면서 이국적인 풍취를 띠어 고래기름 스무 통을 농익어 퇴폐적인 향을 풍기는 구아버 열매 하나와, 조선 장비를 이구아나 알과, 포경보트 한 척을 큰 뱃짐 한 개 분량의 푸른 바나나 와, 자부심의 상징인 붉은 영국 군복을 실크 터번과 교환하기에 이르 렀다.

포르투갈 상인들이 말루쿠제도산 앵무새 깃털 뱃짐을 내리는 브라 질 선원들에게 속닥인 이야기나, 맨발의 죄수들이 길도 없는 열대우림 에서 꽁꽁 언 강둑까지 거대한 휴온소나무 목재를 운반하며 그 잔인하 고 끝없는 노역 중간중간 자기들끼리 투덜거린 말들과는 달리, 그의 모든 거래가 완전히 미친 짓은 아니었다.

휴온소나무 기름 같은 경우, 그는 이것을 최음제 겸 임질 치료제로 쓸 수 있다고 선전함으로써, 그 효과가 간절한 이들을 사랑의 급류 속 에서 고양시키는 동시에 보호하는 이중의 효력을 지닌 놀라운 물건으 로 포장한 뒤, 그것을 가지고 인도산 최고급 견직물을 손에 넣었다. 또 큰유황앵무 한 떼를 새끼 사랑앵무와 비슷하게 색칠하고 포프풍의 우 울한 시와 죄수 조련사들의 한층 속된 은어로 이루어진 사랑 노래 몇 편을 낭송하도록 훈련시켜서, 그것으로 브라질 범선 열네 척과 대포 여덟 문을 손에 넣은 뒤, 그 즉시 이것들을 한 레반트 상인이 전설의 세라섬 왕국을 향해 남쪽으로 항해하던 길에 타록 카드놀이로 딴 사라 왁공국의 지배권과 교환했으며, 다시 그것을 팔아서 자기 궁전과 새 부두 건설 비용을 조달했다.

또 그는 무샤 퍼그를 시켜 본토로 배를 저어가 한 버려진 해안에 세라섬공국의 새로운 깃발을 꽂게 함으로써 오스트레일리아 대륙의 통치권을 주장한 뒤, 이것을 팔아 선단 하나를 채울 만한 시암* 여자들의 대부대를 데려왔다. 처음에 시암 여자들은 나무고사리잎이 우거진 수풀에서 영업했지만, 석양이 희미해지고 수풀이 축축해지면 나무고사리잎을 들고 형무소 북쪽 담장 앞으로 모여들곤 했다. 여자들은 그곳에서 호객하면서 폐급들을 불러모아 그들이 진짜 남자임을 확인시켜주었고, 그들의 정액을 삼키며 이것이 자기들 사이의 유행병이 된 결핵을 치료해준다고 믿었다.

그의 명성이 높아지고 이름이 널리 회자되면서 온갖 종류의 무역상, 상인, 거지, 사기꾼을 태운 배들이 나타났다. 사령관은 그들 모두를 환영했고, 처음에는 어느 토요일 오후 남쪽 방책 앞에서 죄수들이 관리하되 통제하지는 않는 밀거래로 시작했던 것이 어느덧 시장으로, 시장이 바자로, 바자가 국가 개념으로 발전하기에 이르렀다. "국가라는 것이," 사령관은 낡은 격언을 되풀이하며, 이상하게 휘어진 높은 목소리로 의사선생에게 물었다. "그저 무역선단을 보유한 사람들 아니오? 언어란 그저 군대를 보유한 방언 아니오? 문학이란 그저 인용 출처로 팔리는 말 아니오?"

---

* 태국의 예전 국가명.

4

사령관이 호러스 대위를 사칭한 것은 한 가지 예상치 못한 큰 결과를 낳았다. 망자의 우편물을 수신하게 된 것이다. 우편물은 대수롭지 않은 것들이었고, 드문드문 왔다. 죽은 대위의 누나인 앤 양이 줄기차게 흘려보낸 편지의 강물만 빼면 말이다. 그녀가 늘어놓는 잡담을 보면서 사령관은 앤 양의 진짜 남동생이 죽어서 바닷니에 시달리기 전에는 앤 양의 편지에 시달렸으리라는 인상을 받았다. 실제 남동생은 답장을 하는 일이 드물었다. 하지만 앤 양의 대리 남동생이 된 사령관은 그와 달리 열심히 답장을 써보냈다. 정기적으로 열성적으로 편지를 썼고, 때로는 한 번에 두 통 세 통의 답장을 보내기도 했다.

아마도 처음에는 이 편지들을 활용해 앤 양의 죽은 남동생을 사칭하는 데 유용한 정보를 얻으려고 했을 것이다. 그는 자신의 편지를—나는 여러 해 뒤에 한 서신 대장에서 사본들을 발견했다—자신에 대한 이야기 대신에 그녀의 가족, 그녀의 세계, 그녀의 관심사와 취미와 열정에 대해 시시콜콜 캐내려는 질문들로 채웠다.

그러나 서신교환은 자체의 생명력을 급속히 띠게 되었다. 그녀가 편지에 직접적으로 암시한 내용 때문인지, 그저 사령관이 읽고 추론한 결과였는지는 몰라도 그는 새로 찾은 누나가 지극히 놀라운 존재라고 믿게 되었다. 남동생이 새롭게 관심을 보이며 자신을 점점 확실히 인정하고 있다는 데 들뜬 앤 양은 더 진심 어린 편지를 더 많이 써보냈다. 앤 양의 어조가 너무 달라져서 사령관이 보기에는 완전히 다른 사람이, 정말로 자기 피붙이가 쓴 것처럼 느껴졌다. 또 그녀의 편지가 달라지자 사령관은 편지 쓰기를 더이상 불가피한 조사 과제가 아닌 열정을 표출할 기회로 여기게 되었다. 섬의 지배자로서 입지가 공고해졌다는 확신이 커질수록 고립감 또한 점점 커졌기 때문이다. 그는 이제 앤 양의 편지에서만 친밀함과 영감의 원천을 찾을 수 있었고, 그에 상응하는 것으로 보답해야 한다는 생각이 점점 강해졌다.

나는 앞서 앤 양의 편지를 묘사하며 줄기차게 흐르는 강물의 이미지를 동원했지만, 사실 이는 부정확한 표현이다. 확실히 그녀는 그 매혹적인 이야기를 줄기차게, 일주일에 두세 차례씩 쓴 듯 보였으나, 편지들은 일 년에 한두 차례만 배달되고 수신되었다. 따라서 그것이 사령관의 정신에 끼친 영향은 강둑을 서서히 침식시키는 유유한 물줄기가 아니라, 단숨에 밀어닥쳐 모든 것을 쓸어버리는 해일에 더 가까웠다.

훗날 편지 내용의 일부를 그림으로 묘사하기 위해 읽어본바, 그 어조는 예상대로 열정적이었고, 형식은 끓어넘쳤고, 문장은 마구 충돌했고, 어구는 생각을 껑충 뛰어넘었고, 그녀는 자기 남동생이라고 믿는 인물에게 이 시대의 온갖 새로운 경이를 알려주기 위해 숨이 턱까지 차 있었고, 그 경이는 모종의 사적 교제를 계기로 한층 배가되었다. 한번은 자신이 오후 티타임 때 기관차를 "비등하는 뇌신"이라고 했더니 조지 스티븐슨의 누이가 표현력이 탁월하다며 높이 평가했다고, 파이브코츠에서 곰 괴롭히기*를 구경한 스릴 넘친 저녁에는 시인 존 키츠를 소개받아 신세계로 떠난 방탕한 형제들에 대해 의견을 주고받았다고 앤 양은 썼다.

---

* 곰을 묶어놓고 개를 풀어 공격하게 하는 쇼.

편지들을 읽으며 사령관은 고뇌에 빠져들었고, 지독한 거리감에 시달리게 되었다. 편지들은 구세계를 보는 그의 시각을 왜곡하여 유럽의 일상성과 진부함과 사기와 범속함을 축소시킨 반면, 배로 반년을 가야 하는 머나먼 세계의 경이로움과 숭고함과 놀라움을 과장했다.

사령관이 보기에 유럽에서 일어나는 사건들은 획기적이었으며 예기치 못한 방식으로 연결되었다. 그렇게 하여 증기기관차와 바이런의 『돈 주안』과 럼퍼드 남작의 과학적으로 놀라운 난로—이 모두가 앤 양과의 즐거운 사적 교제 속에서 탄생한 것이었다—가 하나가 되어 사령관의 상상 속으로 동시에 뛰어들어온 결과, 훗날 그는 연기를 뿜지 않는 낭만주의적 여행과 육신의 쾌락이라는 개념을 모종의 미친 열정을 품고서 추구하게 되었다.

어느 날 밤, 그녀의 경탄스러운 편지를 읽고 또 읽다 마침내 피로해져서 곧 잠들겠다는 나른한 예감으로 황금 가면 아래 눈이 스르르 감겼을 때, 그는 유럽의 새로운 기술적 기적은 전부 앤 양이 발명했거나 그녀의 훌륭한 작업, 현명한 조언, 친절한 개입으로 탄생했음을 깨달았다. 기관차, 증기선, 증기인쇄기, 초자연적 전기력의 시대—이 모두가 앤 양의 창조물이었다!

좀더 시간이 흐르자 그는 기술적인 것은 물론이요, 19세기 현대 유럽의 경이 자체가 확실히 자기 누나의 상상력에서 직접적으로 나온 산물임을 인정할 수밖에 없었다. 누나가 유럽을 발명하고 있음을 심오한 계시의 힘으로 깨달은 그는 크나큰 충격에 사로잡혀 전율했다.

다음날 아침 늙은 덴마크인을 시켜 커다란 주판으로 고래기름 월 매출액을 계산하던 중, 문득 그는 자신도 똑같은 일을 하고 있지 않나 하는 생각이 들기 시작했다. 희고 검은 구슬이 앞뒤로 딸깍딸깍 움직이는 동안 그의 머릿속에서는 다른 무엇이 합산되고 있었고, 그렇게 해서 나온 것은 앤 양이 유럽을 가지고 그리했듯이 그도 세라섬 유형지를 자기 상상력의 산물로 만들 수 있다는 계산이었다.

그가 얼마나 큰소리로 외쳤는지 늙은 덴마크인이 깜짝 놀라 주판을 떨어뜨렸고, 떨어진 주판은 사령관 골방의 판석 바닥에 떨어져 산산이 깨졌다. 늙은 덴마크인이 사방팔방으로 굴러가는 희고 검은 구슬들을 이리저리 쫓아다니는 동안 사령관은 계시에 사로잡혀 머리를 흔들었다. 그는 세라섬에 유럽을 재창조할 것이며, 이는 누나의 그 어떤 묘사보다 대단할 것이었다.

그날 늙은 덴마크인의 계산은 희고 검은 구슬들이 먼지 구덩이 속에 우르르 굴러들어가는 것으로 끝났고, 사령관은 한밤에 귀환하는 섬새에게서 영감을 얻었던 흑백의 꿈이 오색찬란한 욕망의 만화경으로 폭발했음을 깨달았다. 이후 그는 앤 양의 편지를 광란의 자철석 삼아, 그의 주장에 따르면 오로지 자기 신민의 운명을 개척하고자 흘린 죄수들의 피바다를 헤치고 이상한 여정을 항해해나가게 된다. 우리를 자신의 승객으로 강제로 태운 채.

5

그 무렵 나는 비록 즐겁진 않았어도 동료 흉악범 대부분과 비교하면 그럭저럭 편한 일상에 안착해 있었다. 여전히 다른 죄수들과 함께 형무소 건물에서 잠을 잤지만, 아침부터 저녁까지는 마음 내키는 일을 상당히 자유롭게 했으며 섬 여기저기 가고 싶은 곳으로 갈 수도 있었다. 식량과 럼주를 추가로 배급받았고, 캐슬레이의 우리 옆에 조그만 채소밭을 일구어도 된다는 허락도 얻어냈다. 심지어 여자도 생겼는데, 남자들만 우글거리는 유형지에서 이는 사소한 일이 아니었다.

그녀는 사령관의 정부인 투페니 살이었다. 따라서 나와 그녀의 밀회에는 위험이 따랐고, 모두의 눈을 피해야 하는 우리의 은밀한 연애는 대개 아무도 굳이 찾지 않는 장소, 즉 캐슬레이의 우리와 그 뒤편의 비탈진 둑 사이에 있는 작은 덤불숲에서 이루어졌다.

우리는 이곳 빽빽한 차나무 덤불과 스멀스멀 올라오는 돼지 똥냄새의 보호 아래, 훔친 건포도와 설탕을 발효시킨 뒤 카푸아 데스의 불한당 수프를 본떠 사사프라스 잎으로 향을 내고 녹색을 들인 조악한 밀주를 질그릇 단지에 담아서 보관해두었다. 내가 다른 곳에서는 물고기를 그런다고 할 수 있었지만, 차나무 덤불에서만큼은 불가항력적으로 투페니 살의 기쁨을 낚고 있었다.

우리는 세상으로부터 은폐된 이곳에서 매일을 보냈다. 때는 초겨울이었다. 머리 위로 거센 서풍이 섬을 휩쓰는 동안에도 차나무 덕분에 우리는 아늑했고, 따뜻하게 보호받았으며, 밤처럼 친밀하고 거룩했다. 이곳에서 우리는 단어를 주고받았다.

내가 좋아하는 말은 '모이니.'

그녀가 좋아하는 말은 '친구.'

투페니 살은 런던 이야기에 황홀해했다. 어마어마한 캥거루 대군보다 더 어마어마한 군중이며 나무 한 그루 없이 그 자체로 한없이 높고 빽빽하게 늘어서서 계곡과 협곡과 골짜기를 이룬 건물들을 묘사할 때면 겁을 내면서도 신이 난 듯했다. 그러고 나면 그녀는 모이니 신이 땅을 치고 강을 파고 흙을 훅 불어 터뜨려 산을 쌓아 밴디먼스랜드를 창조한 이야기를 들려주었다.

"그럼 모이니가 매쿼리하버는 어떻게 만들었어?" 어느 날 내가 물었다.

"매쿼리하버?" 그녀가 말했다. "모이니의 요강이지—친구."

그녀에게서는 절인 청어 냄새가 났고, 내가 건넨 파이프를 그녀가 잇새에 꽉 물고서 물고기처럼 떨어댈 때면 완전히 다른, 훨씬 좋은 냄새가 났으며, 그러면 우리는 지극히 멋들어지게 박고 헤엄치고 날고 놀아나곤 했다. 작은 가슴과 넓은 허리와 날씬한 정강이를 가진 그녀는 처음에는 사랑을 나누는 일에 게걸스러웠다. 그녀는 밴디먼데빌이 밤에 껑껑 우는 소리와 소떼가 몰려가는 소리의 중간 정도에 해당하는 아주 시끄러운 소리를 냈는데, 그러면 캐슬레이가 울어대며 배경 소음을 깔아주어도 발각될 위험이 있었기 때문에 즐거우면서도 겁이 났다. 정열을 조용히 만끽해달라고 아무리 애원해도 소용없었다. 그녀는 수치심이라곤 거의 몰랐기에, 정열에 사로잡히면—아까도 말했지만 초기에는 자주 그랬다—의사선생이나 사령관이나 쇠사슬에 엮인 죄수 무리가 보는 앞에서도 기꺼이 나를 덮쳤으리라.

하지만 나와 내 일상이 전부 괜찮기만 했다고 한다면 결코 솔직한 고백이 아닐 것이니—그때는 몰랐지만—좋은 시절은 곧 종말을 고하려 하고 있었다. 지금 돌아보면 그때 이미 허물어지는 중이었다. 투페니 살은 시간이 흐르며 필수적인 예의범절을 익혔지만 그 무렵엔 나에 대한 흥미를 거의 잃고 무샤 퍼그와 시간을 보냈다. 그는 동료 죄수들을 밀고한 대가로 병참부의 창고지기를 보조하는 편한 보직을 챙긴 놈으로, 식량과 술과 담배에 있어서는 나보다 훨씬 더 훌륭한 공급원이었다. 나는 그녀를 가볍게 여겼었지만 이렇게 되고 보니 생각보다 훨씬 더 그녀가 그리웠다.

다행스럽게도 내 물고기 그림의 화풍은 향상되어갔고, 더불어 내 생존 전망도 향상되고 있었다. 그림은 군더더기를 벗어던지고 질 좋은 장화처럼 유용해졌으며, 푸딩이 모는 '과학'의 찬란한 범선 후미에 제대로 세운 돛대처럼 견고해졌다.

어쨌든 푸딩은 너무도 흡족한 나머지 때로는 기쁨을 주체하지 못할 정도였다. 그럴 때면 그는 '위대한 박물학자이자 저명한 어류학자 렘프리어가 수도 런던으로 영광스럽게 귀환'하는 장면들로 채워진 백일몽을 꾸며, '과학의 대연회장'에서 '학회의 귀부인들'에게 응대할 말을 입속으로 조용히 작문해보곤 했다. 이 귀부인들이 그의 발밑에 엎드려 어떻게 그가 '야만인과 정글과 굶주린 호텐토트족'으로부터 살아남았는지를 질문할 때, 그는 더없이 겸손하게도 이렇게 대답하는 것이었다.

"마담, 과학을 믿고 그 거룩한 사명에서 저 자신이 담당한 작은 역할을 믿었기 때문입니다."

6

악마는 저마다 다른 방식으로 나타나며 그것을 간략하게 묘사하기란 불가능하다. 내 작업은 갈수록 잘 안 풀렸고, '별바라기'처럼 울림이 좋고 반짝반짝한 이름에서 내가 연상한 모습이 어느 날 아침 어부무리가 내게 그리라고 건네준 물고기와 전혀 달랐던 것도 당연한 일로만 느껴졌다. 나는 마치 사색이라는 덕목이 물고기로 육화한 듯한 어떤 천상의 특질을 지닌 물고기를 상상하고 있었다. 그러한 물고기는, 농도를 맞추기는 힘들지만 빛의 흐름을 표현할 수 있는 수채물감을 쓰면 이상적일 것이라고 생각했다.

그러나 죄수 어부들이 가져다준 별바라기는 그리기 쉬운 물고기가 전혀 아니었다. 왜 그런 생각이 들었는지는 몰라도, 그 존재의 어둠, 험악한 표정, 무시무시한 메기 대가리 끝에 달린 사탄의 뿔, 영구히 찡그린 수직의 입, 끈적거리는 피부, 그리고 머리 양옆이 아니라 꼭대기에 붙은─항상 하늘을 올려다보고 있는 듯하여 그 매혹적인 천상의 이름이 붙은─기이한 눈, 이 모두가 내게 낯설지 않고 친숙한 무언가를 암시하고 있었다. 그러나 그 친숙함의 본질이 무엇인지, 왜 처음에 그것이 나를 그토록 불편하게 했는지는 설명하기가 힘들었다.

별바라기는 상상력을 어떻게 발휘해도 무시무시한 물고기였지만, 나는 자기 세계 속에 있는 그놈을 처음 본 날에야 그 진정한 본성을 이해하게 되었다. 그물질 작업조가 갓 잡아올린 물고기─뱃속에 거대한 구체가 든 거대한 대구─를 보러 방파제 낚시터에 갔던 날이었다. 그 희부연 피부 껍질 밑으로 비치는 공이 다름아닌 두이 프록터의 머리통─염장 돼지고기를 담는 낡은 배럴통에 몸을 묶고 탈출을 기도한 그의 몸에 남은 유일한 것─임을 여전히 알아볼 수 있었다. 그물질 작업조장이자 레반트에서 온 블라크인* 롤로 팔마가 손짓으로 나를 부르더니 자기가 선 방파제 끝으로 와서 바닷속을 들여다보라고 했다.

롤로 팔마의 운명이 타국에 묶여 있는 것은 그의 특징이자 그가 태어난 땅의 결정적 특징이기도 했다. 영국에 도착했지만 영국인의 우정이라는 것이 대개 대화의 부재로서 발현함을 깨달은 롤로 팔마는—그의 영웅인 스베덴보리의 방식대로—그 대신에 천사들과 이야기하기 시작했다. 그는 상상력이 풍부했고 자연계에 관심이 깊었으며—천사의 명령에 따른 행동으로 인해 살인죄 판결을 받고 밴디먼스랜드로 강제이주되지만 않았다면—의사선생이 숭앙하는 것보다 더 정신나간 자연사체계를 고안할 잠재력도 충분히 갖춘 인물이었다. 하지만 그는 밴디먼스랜드 내륙에 미노타우로스와 그리폰 같은 신화적 피조물이 존재한다고 믿거나, 지금 해저 약 1.5미터에 악마의 눈 한 쌍이 튀어나와 있음을 내게 가리켜 보이는 정도로 만족해야 했다. 그 눈의 소유자인 물고기는 거대한 머리와 사탄의 뿔과 끝으로 갈수록 홀쭉해지는 서커스 차력사 같은 몸통을 모래 밑에 파묻고 숨어서 잔뜩 긴장한 채 머리 위로 도다리 새끼가 헤엄쳐 흘러오는 순간을 기다리고 있었다.

그러다가 모래가 폭발하면서 별바라기의 거대한 몸통이, 마치 그것이 일으킨 무질서 자체로부터 형성된 듯 모습을 드러냈다. 거대한 입이 열림과 동시에 완전히 닫혔다. 별바라기의 몸통이 수축했다 튀어올라 세차게 추진하여 아무것도 모르는 도다리 새끼를 집어삼키자, 남은 것이라곤 환호하는 블라크인과 한 생명이 사라졌음을 암시하며 회오리치는 흙탕물뿐이었다.

---

* 중부, 동부, 남부 유럽에 거주하는 라틴계 소수민족을 가리킨다. 역사적으로 슬라브인, 그리스인 등 주변 민족과 뒤섞여 살았으며, 현재도 이 지역의 거의 모든 나라에 산다.

내 첫번째 그림의 가냘픈 선은 그놈의 위협적이고 과시적인 힘을 충실히 묘사하지 못했다. 그 괴물 같은 비율, 지나치게 큰 머리에 종속된 채 끝으로 갈수록 홀쭉해지는 몸통을 표현하지도 못했다. 나의 채색은 물고기의 근육조직에 내재된 긴장을 재현하는 데 적합지 않았고, 특히 별바라기의 경우는 더더욱 그러했다.

그런 때, 물고기가 한심한 과학적 삽화로만 머물러 있을 때면 내 머리에는 코즈모 휠러 선생이 '세계'를 '거대한 증기기관'으로, 기계 파괴범이 때려부수려 했던 것 같은 기계로, 가차없이 맞물려 돌아가는 톱니바퀴로 개조하여 나와 모든 물고기가 분류와 계통의 톱니 사이에서 짓이겨져 곤죽이 되는 섬뜩한 이미지가 초대받지 않은 손님처럼 기어들어오곤 했다.

나는 스케치와 그림이 쓸데없이 종횡으로 죽죽 그은 선과 색채로 넘쳐흐를 때까지 고치고 또 고쳤다. 이 모두가 물고기 한 마리를 잡기 위한 그물이었지만 물고기는 여전히 나를 요리조리 피해다녔다. 결국 나는 여전히 못마땅하지만 외과의사한테는 통할지도 모른다고 생각되는 그림을 만들어냈다. 그때쯤에 물고기는 내 눈앞에서 이미 사라져 수프로 끓여서 먹히는 중이었다. 그물질 작업조는 한번 더 별바라기를 잡아다달라는 내 부탁이 버릇없거나 매한가지라며 별로 달가워하지 않았다.

결국 그들은 내게 물고기를 줄 필요가 없었다. 내 운이 마지막으로 한번 더 트이려는 순간 모든 것이 지옥으로 떨어지고 지옥이 내게로 왔으니 말이다.

7

　나는 책이 이야기의 본줄기에서 벗어나면 안 된다는 생각에 조금도 동의할 수 없다. 하느님도 나와 생각이 다르지 않으리라. 그분은 스물 여섯 글자로 당신이 원하는 것을 다 만들어냈으며, 그분의 이야기는 A·-·B·-·C로도 Q·-·E·-·D로도 문제없이 잘 통하지 않는가.

　곧은길을 믿는 자는 장군들과 우편마차의 마부들뿐이다. 내가 보기에 이 점에서는 킹도 내 편이다. 그가 굽이와 우회와 유람에 온몸으로 동의함을 나는 의심치 않는다. 여행이란 언제나 끝없는 실망의 예술이지만 마땅히 기억할 만한 것이어야 하며, 이것들은 여행을 기억할 만한 일로 만들어준다.

　생각에 열중한 나는 이 길에 대한 질문이야말로 고대 그리스 문명과 로마 문명을 근본적으로 가르는 차이라고 킹에게 역설했다. 로마인들처럼 곧은길을 닦으면 '왔노라, 보았노라, 이겼노라'라는 세 단어를 얻는 행운을 누리게 된다. 반면에 그리스인들처럼 아크로폴리스 곳곳에 염소가 다니는 구불구불한 오솔길을 내면 무엇을 얻는가? 『오디세이』 전권과 『오이디푸스 왕』 전체를 얻는다. 고전학자의 면모를 띤 킹은 천장을 응시하고, 그의 마음은 그리폰과 켄타우로스와 더불어 당연하게도, 플리니우스로 넘실거린다.

　어·떻·게· 내·가· 플·리·니·우·스·를· 잊·을· 수· 있·겠·는·가?

　현명한 킹이 또다시 이겼다. 그는 내게 일반화란 바보짓임을 보여주었다. 플리니우스가 비록 로마인이긴 했지만, 그는 나를 다시금 불가피한 탈선에 끌어들이기 위해 돌아온 카푸아 데스의 얼굴보다도 더 뒤

틀리고 옹이진 책을 짓지 않았는가. 오, 어쩌면 그 흑인 술집 주인은 무한한 희망의 약속을 가지고 일정한 간격으로 내 삶에 모습을 드러냈다가는 내 세계를 완전한 절망 속에 버려두고 떠나는 듯했는가. 그는 '모험'이요 나는 '선망'이었으며, 그는 '말썽'이요 나는 '흥분'이었다. 그는 말하고 있었지만 나는 비로소 탈출할 가능성이 열렸는가를 바라고 꿈꾸고 생각하느라 벌써부터 그의 말이 귀에 들어오지 않았다.

카푸아 데스는 방금 왕풍뎅이에서 풀려난 사람처럼 밝고 명랑했으며, 브레이디가 자신의 절친한 친구라도 되는 듯 미소지었고, 자기가 호바트타운 최고의 명사라도 되는 듯 껄껄 웃었다. 언뜻 광이 나지만 꽤 취했고 혈기 충천한 카푸아 데스는 의사선생의 집 대문으로 유유히 걸어들어오며 "물고기 따위 집어치워, 빌리 보이!" 하고 소리치더니, 내가 미처 입을 열기도 전에 별바라기 그림을 렘프리어의 꺼져가는 벽난로 잿더미 속에 내동댕이치고는 "지금 우리가 이런 거나 하고 있을 때가 아냐"라며 다시금 쾌활하게 지껄이기 시작했다.

죄수 작업복을 입고도 그는 여전히 근사했다. 적어도 내가 보기에는. 또 언제나처럼 그는 '세라섬의 출세 사다리'를 다시 기어올라가는 데 성공했다. 이제 그는 국영 세라섬 철도역의 관리로서 여객 수송 특별 책임자라고 했다.

새로운 증기기관차가 유럽에서 열풍이라는 앤 양의 이야기에서 영향을 받아, 운명을 지배하는 인간으로 보이고 싶은 욕망에 점점 조바심을 내던 사령관이, 맨체스터에서 리버풀까지 철도로 달린다는 '새 시대' 도래의 흥분에 대한 누나의 기나긴 묘사에 도취된 나머지, 마침내 철도역을 건설하여 삼 년 안에 완공하겠다고 선언한 것이다.

이는 멀리 떨어진 해안에서 사암을 채취하여 실어오고, 대규모 철도역 건설을 위한 작업장과 대장간과 공장에 필요한 일체의 기계를 구입해와서 조립해야 하는 거대한 사업이었다. 이름 없는 땅의 해안에서도 멀리 떨어진 원시림 한가운데 있는, 너무 황폐해서 감옥소로만 존재하는 이 외딴섬의 철도역을 종점이나 출발점으로 삼을 여행자는 없으리라는 소심한 의구심을 조용히 표한 사람들이 있었음에도 아랑곳없이 모든 일이 계획되었다. 그러한 주장은 버드나무 뿌리가 호수를 향해 뻗어나가듯이 철도선은 철도역을 향해 뻗어나간다는 사령관의 굳은 확신에 의해 조용히 반박되었다. 따라서 이곳은 머잖아 대척지에서 가장 붐비는 철도역이 될 것이며, 만주와 리버풀의 주민들은 국영 세라섬 철도역에 대해 선망과 탐욕이 어린 어조로 이야기하게 될 터였다. 이런 식으로 우리가 고립의 압제를 상업의 자유와 맞바꿀 것이라고 그는 말했으며, 혹자는 이때 그의 황금 가면이 미소짓는 것처럼 보였다고 주장하기까지 했다.

원형 기관차고까지 약 200미터 길이의 선로가 깔리고 그 주위로 순환선이 놓였다. 그렇게 해서―마침내 증기를 뿜으며 열대우림에서 모습을 드러낸―기관차는 무한궤도로 재충당되는 죄수 스무 명가량이 축을 밀어 돌리는 대형 목재 전차대 위에서 회전하거나 순환선을 돌아 역으로 돌아올 수 있었다. 몇 개월이 흘렀지만 철도 노선은 인접한 원시림을 헤치고 버드나무 덩굴손처럼 구불구불 움직여 우리를 향해 뻗어오지도 않았고, 섬과 육지 사이에 철제 다리가 솟아오르는 낌새도 없었다. 그즈음 사령관은 고든강과 그레이트배리어리프를 팔아 얻은 마지막 황금으로 미국 고래 상인에게 증기차를 주문했다고 발표했다.

8

세라섬에서 빌리 굴드는 나름의 문제들을 겪어왔다. 하지만 카푸아 데스에 비하면 운이 좋은 편이었다. 카푸아 데스는 세라섬에 도착하고 얼마 안 되어 포효하는 톰 위버와 재회했고, 톰 위버는 그의 옛 집주인에게 조개 채취 작업조라는 편한 보직을 수배해주었다. 그곳에서 카푸아 데스는 작업반장이던 죄수 경비관 무샤 퍼그의 극심한 적대감을 샀다. 퍼그는 양과 불미스러운 행위를 하다가 세라섬으로 유배되었는데, 수간으로 재판에 회부된 그는 자기가 계간으로 기소되었다고 잘못 생각했다. 자신을 변호할 말이 있느냐는 판사의 질문에, 그는 적발된 상대가 숫양이 아니라 암양임을 지적할 필요성을 느꼈다. 이후로 남색 혐오는 영구히 그를 이끄는 정념으로 자리잡았고, 다행히도 세라섬에서 이를 표출할 수많은 출구를 찾을 수 있었다.

카푸아 데스는 고사리잎을 든 시암 여자들에게 배로 날라온 비단을 팔았다가 무샤 퍼그에게 밀고당해서 채찍 백 대를 맞고 일주일간 '요람'에 묶인 뒤 고든강으로 보내져 벌목꾼으로 일하게 되었다. 그러던 어느 날 저녁, 머리 위에 드리운 도금양이 모닥불 빛에 얼룩덜룩하게 일렁이는 그림자 밑에서 그는 동료 벌목꾼들에게 글래스고 출신 기계 파괴범의 비극적인 이야기를 들려주었다. 그런데 그 와중에 증기기관의 살인적인 힘을 어찌나 설득력 있는 언어로 이야기했던지, 그가 기계적인 일에 익숙하다는 오해가 빚어지기에 이르렀다.

그다음 달 단조한 철 부품이 들어 있는 거대한 나무상자가 "기관차"라고 찍힌 채 세라섬에 도착했는데, 동봉된 복잡한 조립 설명서는 가장 유능한 조선공들도 해독할 재간이 없었다. 사령관은 극심한 절망에 빠졌다. 그때 무샤 퍼그가 자신의 광범위한 첩보망을 동원하여, 고든 강의 벌목 작업조에서 일하는 한 탈주 노예가 과거에 증기기관을 건조한 적이 있다고 자랑했다는 잘못된 정보를 전달했다.

사령관 앞에 불려갔을 때 카푸아 데스는 자신 있게 그를 안심시키고는, 조지 스티븐슨의 새로운 경이에 대한 길거리 팸플릿을 읽었던 어렴풋한 기억에 의존하여 조선공들에게 변덕스러운 지시를 내렸다. 사령관이 카푸아 데스와 조선공들의 무용한 팔을 땔감으로 삼아 불을 지피고 그들의 불알을 썰어서 그 불에 구운 뒤 그것으로 잔치를 열겠다고 위협한 뒤에야, 카푸아 데스는 이 완전히 뒤죽박죽으로 보이는 것을 조선공들이 이해하게끔 납득시켜서 주철의 혼돈으로부터 기관차를 건조해낼 수 있었다. 이 기관차의 유별난 특징은 작은 돛대로, 여기에 고정된 케이블이 마치 왁스칠한 콧수염처럼 보일러 양쪽에서 수평으로 돌출한 두 개의 굴뚝을 지탱하고 있었다.

마침내 증기기계가 조립되자, 사령관은 매일 저녁 악대가 연주하고 대포가 발사되고 병사들이 행진하는 거창한 기념식과 더불어 시암 여자 두 명을 데리고 섬을 나섰다. 그런 다음 기차를 타고 역에서 원형 기관차고까지 200미터를 주행했다. 거기서부터 기차는 기관사가 토할 때까지, 원심력 때문에 지나치게 무게가 실린 외측 바퀴가 심하게 마모되어 기차가 지친 듯이 바깥쪽으로 기울어질 때까지 밤새도록 순환선을 돌았다. 그 안에서는 우울한 사령관이 시암 여자 한 명 또는 두 명의 무릎을 베고 잠들어 있었다.

다시 일 년이 흘러도 철도망 연결이 임박했다는 조짐이 여전히 보이지 않자, 사령관은 필연적인 새 철도노선이 정확히 어느 방향에서 다가오고 있는지를 알아내기 위해 수색조 네 팀을 내륙으로 파견했다. 아무도 돌아오지 않았다. 사령관은 트란실바니아 어딘가에서 실종된 수색조 전원에게 부재중 약식재판을 거쳐 유죄판결을 내리고, 홀로 귀환한 한 도망자의 배를 인두로 지져가며 일행이 사라진 진상을 확보했다. 그들 전원이 절대로 돌아가지 않겠다고 선언하고는, '프랑스인의 모자' 산괴 인근 길가의―공교롭게도 브레이디와 그가 이끄는 '빛의 군대'가 하차한―한 역에서 잉글랜드 호수 지방의 앰블사이드로 가는 급행열차에 올랐다는 것이었다.

원시림 한복판에 있는 섬의 철도역에 그 엄청난 비용을 상쇄할 수익을 가져다줄 교통이 유입될 가능성은 낮다는 의견이 사령관에게 단호히 그러나 정중히 전달되었을 때, 사령관은 뜻밖에도 차분히 수긍했다. 그는 자기가 지난 몇 개월간 순환 기관차 안에서 실은 전혀 잠을 자지 않았고 그 시간에 마가마사 야마다라는 일본인 무역상과 심도 깊은 논의를 했다고 밝혔다. 그의 본국에 대단히 큰 목재 수요가 있으며, 사령관은 이 해적 상인이 교역차 남미를 여행하다가 입수한 철도차량을 추가로 사들이고 그 대가로 트란실바니아의 원시림 전체를 매각하는 협상에 돌입했다는 것이다. 이 기계 차량에 힘입어 '국가'는 필연적인 호경기를 맞게 될 것이며, 그와 더불어 원시림이 제거되고 식민지를 세울 개간지가 열리게 될 것이었다. 아무도 '황금 가면 전하'에게, 이미 어긋나 있었던 그의 정신적 균형이 객차를 타고 끝없이 빙빙 돌던 끝에 완전한 광기로 빠져버렸다고 말하려 들지 않았다.

이듬해 여름에 일본인 벌목꾼들을 태운 정크선이 도착했을 때 놀라지 않은 사람은 사령관 자신뿐이었다. 그는 일본인들이 약속한 철도차량을 배에서 내리는 광경을 지켜보았다. 객차들은 나무좀이 잔뜩 슬고 썩어 있었지만, 사령관은 언제나 석탄차를 임시 개조하여 '왕실 전용칸'으로 지정한 차량에만 탔으므로 개의치 않는 듯했다.

9

이제 별바라기가 새까맣게 탄 수많은 종잇조각이 되어 굴뚝으로 올라가는 꼴을 멍하니 보고 있을 때, 카푸아 데스는 개똥철학을 주워섬기며 자기가 새로 맡은 직위에 대해 시시콜콜 떠벌이기 시작했다. 기관차 재설계에 성공한 이후, 그는 국영 철도역과 국영 기관차와 부속차량 이용을 촉진하는 방향으로 여행 개념을 쇄신하는 임무를 맡게 되었다고 했다.

나는 들어야 할 때는 말하지 않는 편이 좋다는 걸 알고 있었지만, 그래도 약 2.5제곱킬로미터 면적의 섬에서는 애초에 어디로 갈 데가 없다는 사실을 굳이 언급해야 한다고 느꼈다.

"그렇지." 늙은 술집 주인은—내가 느끼기에는—신비스러운 분위기를 띠려고 애쓰며 대꾸했고, 부끄럽지만 나도 이어지는 그의 말에 흥미가 동했음을 털어놓아야겠다. "하지만 생기게 될 걸."

그는 오늘밤 세라섬 급행차의 출발 시각 전에 내가 철도역에 대령해 있어야 한다고 말했다. 그날 안개 낀 저녁, 출발 준비중인 기차 보일러에 서서히 압력이 가해지며 대기가 재와 끄트러기로 이루어진 불타는 색깔의 장막으로 변한 가운데, 내가 측선 밑 진흙탕에 발목까지 빠진 맨발로 서서 올려다보는 동안, 사령관은 '왕실 전용칸'의 닫힌 검댕투성이 커튼 뒤에서, '상업'―그는 이것이 자신의 기관차가 끝없이 빙빙 도는 속도라고 착각하고 있는 듯했다―이 '무역'에서뿐 아니라 '예술'에서도 새로운 영토로 들어서고 있다는 확신을 장황하게 늘어놓았다. 그런 다음 내가 새로운 움직임의 미학을 더욱 생생히 체험할 수 있도록 나를 기관차 앞에 동여매야 할 절대적 필요성에 대해 설명하기 시작했다.

그는 커튼을 약간 젖혔지만 내가 선 자리에서 보이는 거라곤 황금 가면의 일부와 그 가면의 기분 나쁜 누런 광택을 반사하는 조그만 두 눈뿐이었다. 나는―공손하게―이의를 제기했지만 사령관은―부드럽게―고집을 꺾지 않았고 곧바로 무샤 퍼그를 시켜 나를 붙들었다. 그들은 가타부타 말없이 벨트와 가죽끈 몇 줄로 나를 기관차 전면 난간에 꽁꽁 묶었다.

나는 증기기관의 칙칙대는 포효와 철제 바퀴가 철제 레일에 부딪쳐 규칙적으로 덜커덩거리는 소리에 맞추어 끝없이 빙빙 돌았다. 채 몇 분도 지나지 않아서 나는 토하고 있었고, 그로부터 몇 분 뒤에는 아까의 토사물처럼 옷에 번지는 고약한 초록색 위액 말고는 더 게워낼 것도 없게 되었다. 쉬지 않고 계속해서 돌고 또 도는 동안 잠이나 백일몽에 몸을 맡긴다든지 음식이나 여자 생각에 집중하려는 시도 따위도 전혀 먹히지 않았다. 느낄 수 있는 거라곤 감각기관을 맹렬히 공격하는 구역질, 폐를 가득 채운 매캐한 석탄 연기, 온몸이 침해되고 손상되는 느낌, 내가 철저히 혼자라는 자각뿐이었다. 만약 이것이 미래라면 그 이름에 걸맞은 미래는 못 된다고, 나는 그 기나긴 저녁을 견디며 드물게 제정신을 차렸던 순간마다 생각했다.

기관차가 끼익 소리를 내며 서서히 정차한 뒤에야 결박에서 풀려난 나는 반쯤 인사불성으로 헛구역질을 하면서, 원형 기관차고의 장려한 풍경이 한눈에 들어오는 위치에 특별히 설치된 이젤 앞으로 질질 끌려갔다.

한동안은 그저 똑바로 서 있기도 힘들었다. 온 세상이 내 주위로 물결치며 빙글빙글 돌았다. 원형 기관차고가 불켈프 군락처럼 너울거리고, 시암 여자들이 둥둥 떠서 지나가고, 무샤 퍼그와 그 수하들이 외계의 수중생물 군집처럼 이리저리로 누비고 다녔다. 나는 떨리는 손으로 붓을 집어들었다. 가벼운 몸이 진흙에 파묻혀 휘청했다가 간신히 균형을 되찾았다. 숨막힐 듯한 구역질에 짓눌리면서도, 나는 세계를 '상업'으로 새롭게 개조하는 '계시와 심오한 발견'의 그림을 사령관에게 그려 바치겠다는 굳은 결심으로 작업을 개시했다.

이윽고 그림을 완성했다.

어느 모로 보나 실패작이었다.

빌리 굴드는 할 만한 일이라면 허투루 하는 편이 낫다고 항상 여겨왔다. 너무 잘해야 한다고 걱정하면 야심이 일을 그르치기 마련이라고 믿었다. 다른 건 몰라도 이 점에서 볼 때, 그는 자기가 혹시 성공한 것 아닌가 하는 의구심이 들었다.

내가 그린 것은 훈훈한 것, 행복한 것이 아니라 차가운 것, 추하고 무시무시하고 겁에 질린 것이었기 때문이다. 그들이 내게 원한 것은 위안이었지만 이 그림은 절망이었다. 나는 잠재된 폭력도, 광기에 찬 환상도 포착해내지 못했다. 그들은 희망과 진보를 원했지만, 두렵게도 내가 본 것은 부루퉁하게 마주 응시하는—별바라기였다! 그들은 새로운 신을 원했지만, 나는 엄청난 혼돈 속에서 그들에게 물고기를 주었다!

상황이 좋지 않았다. 핀치벡 선장의 '프티트 누아야드'보다 불쾌하고 아서 총독의 '왕풍뎅이'보다 잔인한, '튜브 재갈'과 '요람'과 '비렁뱅이의 딸'을 한꺼번에 겪으며 가장 끔찍하게 죽어갈 운명이 나를 기다리고 있었다.

전에 없이 메스꺼운 기운이 올라왔다. 나는 침을 꿀꺽 삼키고 약간 휘청거리며 뒤로 물러섰다. 나의 실패가 예고하는 것이 무엇인지 두려웠다. 몸의 균형을 되찾으려 안간힘을 쓰고 있을 때, 두렵게도 내가 모르는 사이에 뒤에서 내내 지켜보고 있던 사령관이 앞으로 나섰다.

그림 한 장을 며칠씩 뜯어보며 결점을 집어내는 의사선생과 달리 사령관은 그림을 살펴보는 데 몇 초밖에 걸리지 않았고, 나는 우리가 도착한 날의 연설 이후 처음으로 그를 자세히 살펴볼 수 있었다. 뒤에서 보니 황금 가면으로 무엇을 가리려 하는지가 명백했다. 대단히 큰 머리통과 그 밑에 불균형할 정도로 조그맣게 달린 몸통, 즉 정신에 종속된 육체였다.

이윽고 그가 돌아보았지만, 내 눈에 들어오는 거라곤 황금 가면의 눈구멍 때문에 더 강조되어 보이는 황달기 있는 눈과, 가면의 웃음띤 틈새 뒤편으로 검은 입구멍이 더 크게 벌어졌다는 암시뿐이었다. 그 검은 공간에서 어울리지 않게도 작게 꽥꽥거리며 흘러나오는 소리는 내가 질겁한 만큼이나 사령관이 만족했음을 표현하고 있었다. 마치 내가 형편없는 물고기 그림이 아니라, 한때 그가 그토록 숭배했던 나폴레옹의 원수들 중 한 명처럼 그를 훌륭하게 묘사한 초상화를 그리기라도 한 것 같았다.

나는 깨달았다. 여기 이 남자는 분명히 자기 인생의 정점에 서 있었다. 나는 미소짓고는 오듀본에게서 배운 과장된 몸짓으로 허리 굽혀 절했다.

쥐치

한 플랑드르 화가가 이성에 눈뜬 경위에 대해
—근대 여행의 숭고한 청사진—마작의 전당—물고기의 식민화 능력에 대해
—유럽을 강조하다—앤 양을 향한 괴테의 연정—파가니니—앵무새들—문화, 새똥밭
—조용한 도시의 꿈—사랑을 폭식하다

1

다음날 나는 사령관의 골방으로 불려갔다. 그야말로 밴디먼스랜드다운 날씨였다. 바람이 사정없이 몰아쳤다. 헐거워진 지붕널들이 뜯겨나와 그대로 맹렬히 공중을 돌진하여 방심한 불운아들을 들이갈겼다. 휴온소나무로 된 거대한 통나무 장벽 틈새며 표면으로 바람이 쉴새없이 불어와 부딪치고 불어치면, 장벽은 버티고 서 있는 것 자체가 고통스러운 나머지 갈라지고 신음했다. 비는 줄기차게 내렸다. 병사용 보조 식당이 토사에 휩쓸렸다. 포말과 안개가 일어 한 번에 50미터 혹은 100미터까지 내달렸다가 한순간 머무른 뒤 다시 바람에 밀려 돌진했다. 그 너머에서는 바다가 새하얀 분노로 화하여 섬을 두들기고 있었다. 신축 부두 일부가 함몰되면서 휩쓸려나갔다. 고든강에서 돌아온 작업대가 부두를 수리하러 항구를 가로지르며 맹진했다가 전원이 사망한 뒤로는 사흘 동안 배 한 척 뜨지 못했다. 잠깐 빗줄기가 약해진 때를 틈타 렘프리어의 사택에서 사령관 관저까지 달려가는데, 마치 탄환 날아가듯 소금기 띤 안개와 티끌과 재가 공중에 빗발치는 통에 눈이 따끔거렸다.

나는 쫄딱 젖어 추위에 떨며 좁고 어두컴컴한 복도에서 나를 데려온 군인과 몇 시간 동안 기다렸다. 초저녁에야 마침내 입실 허락이 떨어져 들어간 골방은 이루 말할 수 없이 좁고 특이한 향기가 났다―폭은 양팔을 펼친 길이에도 못 미쳤고, 길이는 사람 키를 아주 약간 웃돌았다.

벽걸이 촛대에서는 촛불이 바람에 펄럭였고, 이 섬의 여느 곳처럼 크고 대담한 쥐들이 침침한 불빛 사이로 한 번씩 후다닥 들락거렸다. 쥐들의 큰 몸집은 골방의 협소함과 그놈들이 떨구는 기묘한 불그림자 때문에 더욱 두드러져 보였다. 이처럼 제한된 공간에 두 사람이 함께 있으면서 서로를 보지 않는다는 건 불가능할 것 같았지만 여기선 가능했다. 그는 골방을 마치 성당 고해소처럼 커튼으로 갈라놓고 안쪽에서 나오지 않았기 때문이다.

위스키처럼 보이는 호박색 액체가 반쯤 채워진 작은 볼테르 유리 흉상을 제외하면, 골방에는 장식이랄 게 없었다. 재질은 접어두고 형태와 크기로만 볼 때 저 물건은 옛날 굴드의 딸이 계몽의 축복을 알고 어질어질해지도록 춤췄던 그 시절 흉상과 동일해 보였다. 투페니 살의 애정을 되차지하고자 애쓰는 남자가 이것을 어디에 써먹을지 다른 사람은 몰라도 내게는 명백했다.

그때 나는 사령관이 얼마나 열정적으로 냄새를 탐하는 인간인지 몰랐다―어떻게 알 수 있었겠는가? 나는 사령관이 그녀 본연의 냄새를 모조리 음미하겠다고 들며 투페니 살에게 한 달간 몸을 씻지 말아달라고 애원한 적까지 있었다는 걸 알지 못했다. 그가 가장 좋아하는 오드콜로뉴를 나폴리에서 실어 날라오게 한 것도 알지 못했다. 유리병을 들어 그 가벼운 무게를 확인하고 죄수복 앞섶 안에 슬쩍 집어넣었을 때, 미소짓는 볼테르 형상을 한 그 작은 유리병 속에 사령관이 가장 아끼는―나폴레옹의 전속 조향사였던 샤르댕이 사령관을 위해서 특별히 제조한―향수가 들어 있다는 것도 깨닫지 못했다. 이제 내 바지 속으로 내려간 볼테르는 실직한 플랑드르 화가의 딱한 꼴을 빤히 응시하고 있었다.

사령관은 커튼에 가려 묻힌 목소리로, 전날 저녁 내가 훌륭한 '진보' 회화를 완성했으므로 새로운 임무를 맡기겠다고 말했다. 이 임무를―일정한 분별력과 더불어 근면성과 창의성을 발휘해서―수행해낸다면 나의 생활 조건은 크게 개선될 것이며, 어쩌면 내가 최초에 선고받은 가혹한 형벌을 재고해줄 수도 있다고 했다. 내가 외과의사 밑에서 어떤 전문적인 묘사 기술을 요하는 삽화 작업 같은 걸 한다는 걸 알지만, 자신의 제안은 그런 과학적인 작업을 중단하라는 게 아니라 잠시 중지하라는 것이고, 이 과업을 완수하고 나면 본래 임무로 되돌아갈 수 있다고도 말했다.

그 비바람 치는 날 사령관이 내게 새로운 임무를 지시했을 때 얼마나 안도했는지는 이루 헤아릴 수 없다. 소중한 특권은 하나도 잃지 않은 채 물고기의 공포로부터―최소한 당분간은―탈출하게 된 것이다. 사령관은 내 영혼의 가혹한 침식에서, 저녁이 되어 눈을 붙여도 한밤중 바닷속에서 깨어나 도저히 다시 잠들 수 없을 정도로 나를 괴롭히고 있던 지독한 침식에서 벗어날 길을 제안하고 있었다. 나는 휴 한숨 쉬고 웃음지으며 '장대하신 전하'의 어깨에 팔을 두르고 싶은 심정이었다. 하지만 사령관이 꿈쩍도 않고 계속해서 철도 노선의 전망을 개괄하는 내내 아무 말도 하지 않았으며—계속 듣는 것 외에는—아무 일도 하지 않았다.

그가 원하는 것은 카푸아 데스가 고안한 무대 배경막에 다양한 풍경과 숭고한 장면들을 묘사한 연작화로서, 이 스크린은 둥근 외벽이 되어 원형 기관차고의 순환선을 둘러쌀 것이었다. 그는 이것이 여행의 새로운 경향을 예견한다고 믿었다. 사람들은 이국적인 구경거리를 보겠다고 굳이 이동할 필요가 없어질 것이다. 객차에 앉아 끝없이 빙빙 돌면서 이따금 바깥을 내다볼 때마다, 바로 지금 틴턴 수도원이나 윈더미어를, 또는—'산업'에서 '자연'으로, '근대'에서 '전원'으로 이동하는 감각을 위해—시적 필치가 더해져 솔퍼드 공단 주변에 새로 조성된 빈민가를 지나쳐 달리고 있음을 보게 될 것이다. 한때 호반시인들을 읽었던 카푸아 데스가 사령관에게 한 말에 따르면, 바로 이 대조적 감각을 두고두고 아로새겨야 낭만주의적 풍경을 진정으로 음미할 수 있다는 것이었다.

이런 그림들은 물고기같이 불확실하고 골치 아픈 점액덩어리처럼 다가오지 않았다. 반대로 내가 금세 만족스럽게 적응할 만한 괜찮은 종류의 그림일 것 같았고, 어쩌면 그 경치 속에 찬란한 등꽃 화관을 당당히 얹은 흰머리독수리가 들어앉아 있을 수도 있겠다고 넋을 잃은 채 생각했다.

그날 사령관의 골방에서 나와 고래기름으로 불을 밝힌 음습한 석조 회랑을 혼자 걸어가는 동안, 볼테르가 내 음낭에 연신 부딪치고 바깥에서는 여느 때처럼 비의 노랫소리가 들려오는데, 정말이지 오랜만에 평소와 달리 쇠사슬이 돌바닥에 질질 끌리는 소리로 들리지 않았다. 마치 희망과 평온과 안전이 촉촉하게 내리는 소리 같았다. 빌리 굴드의 운이 마침내 트이는 소리 같았다.

사령관이 이 모든 일을 시킨 동기가 무엇이었는지 여러분은 궁금할 것이다. 왜 그런 그림이었을까? 왜 나였을까?

하지만 나는 궁금하지 않았다. 나는 권력자의 기행에 절대로 의문을 제기하지 않았고, 핀치벡 선장이 됐든 사령관이 됐든 저 덩치 큰 얼간이 팝조이가 됐든 그저 복종만을 좇을 뿐이었다. 그들이 "내 궁둥이에 키스해라, 빌리 굴드" 하면 나는 언제나 그저 이렇게 대답할 것이다. "몇 번이나 할까요? 혀도 넣어드리기를 원하시나요?"

2

그렇게 해서 모습을 드러낸 배경막이 알메이다 가헤트*의 장대한 드라마일 리 만무했다. 과장된 온갖 몸부림이 비만 오면 을씨년스럽고 꼴사납게 흘러내렸다. 그러나 카푸아 데스는 이를 우리에게 유리한 구실로 전환하여 배경막을 매주 새로운 세트로 교체하는 스케줄을 고안

---

* 19세기 포르투갈의 극작가이자 정치가.

했다. 한 주는 스위스 알프스, 그다음 주는 광대한 러시아 타이가(산맥이 비에 녹아내려 하늘로 바뀐 알프스), 다음은 웅대한 아프리카 초원(더 큰 재해를 겪은 타이가), 다음은 숭고한 호수 지방(수선화가 핀 초원), 이런 식으로 계속 돌고 돌았다.

사령관이 왕실 전용칸에 앉아 동방 평원의 가슴 시린 공허, 흉악한 요크셔 공장지대의 그을음 덮인 비애, 북극권의 새하얀 유혹을 지나치며 끝없이 돌고 도는 동안, 일본인 벌목꾼들은 리버티포인트의 늪지 가장자리에 야영지를 세웠다. 그들은 주변 삼림을 네모 모양의 여러 구역으로 나눈 다음 철저하고도 체계적인 방식으로 벌목을 시작하더니 몇 달 사이에 주변 청록 원시림을 죄 찍어냈다. 땅은 이제 그루터기만 남은 갈색 구역들과 아직 손대지 않은 초록색 구역이 체스판처럼 조각조각 무늬를 이루었다. 이윽고 일본인들은 겨울을 나러 떠났고 비가 내렸다. 한편 맨해튼섬의 요열세계가 최근 아메리카 로키산맥에서 발견된 미답의 장관으로 바뀐 것을 보며 사령관이 놀란 숨을 들이켜는 사이에 처음에는 흙이, 다음에는 산 몇 봉우리가 씻겨내려갔고, 이듬해 여름에 일본인 벌목꾼들이 돌아왔을 때는 바위 사막이 방향감각을 완전히 상실할 정도로 광활하게 북으로 펼쳐져 있었다.

돌고 또 돌고, 인간이 아는 모든 이국적인 장소 위로 날아가는 흰머리독수리 그림들을 줄줄이 지나쳐 날아가며 자신의 명백한 사명에 대한 확신으로 전진하면 전진할수록 사령관은 상식에서 멀어져갔다. 그는―냄새의 사원을 건설한다든지, 공중 부양 능력으로 형무소 건물을 하늘에 띄워서 열기구 아니고는 탈출이 불가능하게 만든다든지, 최면술을 자기 군대의 공격 무기로 도입하고 심령술사 연대를 조직해서 대규모 전투 때 맨 앞줄에 세운 뒤 상대편을 조종하여 패배시킨다든지 하는—불가능한 일들을 지껄이기에 이르렀다.

그의 국가 건설 사업은 장대하기 그지없었지만, 사령관은 교역이 거의 끊기다시피 한 상황, 전보다 더 급하게 상환을 재촉하는 채권자들의 무례한 태도, 늘어나는 빚에 대한 해결책을 찾지 못하는 자신의 무능으로 인해 점점 더 우울해졌다.

일본인 벌목꾼들이 침착하게도 '프랑스인의 모자'로 아주 옮겨가버린 지 얼마 안 되어, 그러나 바위 사막이 사초밭으로 돌아오고 숲이 다시 우거지려면 아직 멀었을 무렵, 사령관이 어느 대륙에서도 유례가 없는 놀라운 사업을 구상중이라는 이야기가 수면으로 올라왔다. 일본인 벌목꾼들이 불치의 우울증에 걸려 떠나고 있다는 소문이 이후 몇 년 동안 떠돌았지만, 곧 사람들의 모든 대화를 지배하게 된 것은—맷 브레이디에 대한 이야기만 제외하고—바로 '마작의 전당'을 짓는다는 사령관의 지극히 웅대한 구상이었다.

3

국영 세라섬 철도역이 운행 기관차를 한 대도 유치하지 못해 실패한 후, 사령관은 이 건물이야말로 마침내 진정한 강대국으로 거듭나는 데 필요한 돈을 벌 수단이 되어줄 거라고 확신하게 되었다. 이것은 힘들여 얻은 부를 탕진할 도박 장소를 남태평양에서 찾아헤매는 자바인과 중국 무역상, 말루쿠 해적, 덴마크 상인, 영국 선원, 프랑스 과학자 모두를 끌어들이게 될 터였다. 그는 앤 양에게 런던에서 쓰는 도박대의 수많은 형태와 최신 건축 양식이며 실내장식을 묻는 장문의 편지를 썼다.

그러고는 카푸아 데스를 불렀다.

카푸아 데스는 베르사유의 경이와 파이브코츠에 있는 곰 괴롭히기 경기장의 보다 저급한 쾌락을 혼합한 건물을 설계하라는 명을 받았다. 자기가 직접 본 것—조개껍데기, 비단 돛, 시암 여자들과 고사리잎을 덮고 누워서 언뜻 보았던 밤하늘의 반구형 에칭—에서만 영감을 얻을 수 있었던 카푸아 데스였건만, 그는 사령관 주변에 기생하는 전형적인 아첨꾼들에게 겁을 먹었다. 그들 모두는 항상 주군의 비위를 맞추고 경쟁자들에게 위해를 가할 태세를 갖추고 있었으며, 유럽을 다시 건설함으로써 유럽을 능가하겠다는 사령관의 공인된 야심을 신봉한다고 선언했다. 그들은 계획이 채 완료되기도 전부터 도착하기 시작한 키케로의 석고 흉상들을 찬미했고, 오래전에 죽어버린 양식을 모방한 소네트를 썼으며, 이곳을 제외한 모든 곳에서는 이미 매장된 유행의 데스마스크나 다름없는 '예술'을 창조해냈다.

그에 따라 카푸아 데스는 자신의 첫 설계안을 로코코 요소를 가미한 이집트 부흥 양식으로 묘사하기 위해 무진 애를 썼다. 사령관에게 이는 철제 뼈대에 유리 패널을 끼운 돔 여섯 채와 그 위쪽에 금칠한 거대 가리비 껍데기 하나, 그리고 이것을 떠받친 장식 기둥에서 커다란 기움 돛대에 매달린 채 나부끼는 비단 돛과 수상하리만큼 비슷해 보였다.

그러나 사령관이 품었을지 모르는 일체의 의구심은 그의 시종들이 이 계획에 보낸 공손한 박수갈채와, 이처럼 야심차고 커다란 건축물조차 결국 자신의 동상에 비하면 왜소해 보일 것임을 확인한 그 자신의 기쁨에 의해 사그라졌다. 사령관 동상은 너무나 높아서 그 머리는 항상 구름 속에 있을 것이며, 너무나 거대해서―앤 양의 유럽을 향해 영구히 북쪽을 가리킬―그의 손가락 한 개가 무려 10미터 길이에 달하게 될 터였다. 거대 가리비에 대한 조롱의 말은 그에게 한마디도 들리지 않았고, 오로지 자바인과 중국 무역상들이―갖가지 담보가 준비되고 그 수령이 확인되기만 한다면―보내올 필수적 지원과 융자와 찬탄만을 의식할 따름이었다.

사령관은 화려한 장식이 따르는 엄격한 대칭 구조를 선호했지만, 둘 다 건축물에 자기 욕망을 형상화하고자 하는 그의 욕망 때문에 희생되고 말았다. 그의 서명 없이는 어떤 계획도 진행될 수 없었는데, 나중에 카푸아 데스가 돔 여섯 채에 대한 세 가지 설계 시안을 제출했을 때 피곤으로 잠시 주의가 흐트러진 사령관은 세 개의 시안 전부에 서명해버렸고, 그 결과로 형태와 재질이 제각각인 총 열여덟 채의 돔이 겁에 질린 수하들의 손으로 지어지기에 이르렀다.

그러한 건축물의 규모는 어마어마했고, 그 건설은 종사자들 모두에게 고통스러운 악몽이었다. 건설 과정에서 수백 명이 목숨을 잃었으며 철을 주조하고, 목재를 벌목하여 운반하고, 돌을 채석하고, 석재와 목재를 다루는 과정에서 수천 명이 불구가 되었다. 그러나 이 악몽의 크기가 너무나도 엄청났던 만큼, 황야 한가운데 세워지고 있는 그것을 보고 뒤틀린 경탄을 느끼지 않기란 불가능했다.

그것이 왜 자기에게 그토록 중요했는지마저 잊을 만큼 오랜 시간이 흐른 뒤, 앤 양의 서한에 대한 끝없는 믿음에 경도된 사령관은 카푸아 데스를 불렀다.

사령관은 술집 주인 겸 건축가에게 말했다. "나는 상상할 수 있는 한 가장 격조 높은 장식을 염두에 두고 있네. 앤 양의 편지를 '마작의 전당' 벽 전체에 거대한 금박 서체로 필사하는 것일세." 카푸아 데스는 시선이 사령관이 아닌 천장을 향하게끔 머리를 틀었다. "이 '거룩한 말씀'을 그리는 일은," 사령관이 말을 이었다. 중요 단어의 머리글자를 대문자로 발음하려 할 때 그의 목소리는 거의 가청 영역을 벗어날 정도로 높이 올라갔다―"'고귀한 국가적 사명'의 신성함에 대한 종교적 믿음을 요하는, '상상할 수 있는 최고의 영예'인 것이네."

힘이 잔뜩 들어간, 기억에는 남지 않는, 가성이 섞인 사령관의 말을 들으면서 카푸아 데스는 오줌 줄기가 모래에 부딪는 소리를 연상했다. 그는 시선을 낮추어 사령관을 마주보았다. 그러고는 이 일을 할 적임자를 안다고 그에게 장담했다.

4

지금 내 창자가 완전히 맛이 가버려서 대단히 아쉬운 순간에 나를 배신하고 말았다. 한때 내 장은 물을 좍좍 쏟아내는 대신 제대로 비워냈으며, 내 앞에는 '국민 예술가'로서의 창창한 미래가, 내 밑에는 필요할 때 방어 무기로 활용할 수 있는 실한 대변이 있었다. 하지만 지금 내 뱃속은 죽어가던 기계 파괴범의 이빨보다도 더 꽉 악물려 있고, 내가 그리는 허접한 물고기가 두렵기만 하고, 지난 나흘간 바늘구멍으로 똥을 눈데다 오늘은 팝조이가 왔을 때 그에게 내던질 굳은 똥을 한 덩어리도 생산해내지 못했다.

그는 자기가 열중한 새로운 취미인 '예술'에 대해 끝없이 지껄여대는 중이었다. 그 '예술'과 관련해서 그는 나를 무슨 가이드 겸 라이벌 겸 사기꾼 비슷하게 취급하지만 나는 어쩔 도리가 없다. 내 보금자리의 코를 찌르는 악취와 내 신음에도 그는 아랑곳없는 모양이었다. 그를 쫓아내겠다는 헛된 희망으로 내가 온갖 구멍에서 질척질척한 자기주장을 기운차게 토해내도 눈 하나 깜짝하지 않았으니 말이다.

팝조이가 내게 즐겨 지적했듯이, 정의는 정의되는 자가 아니라 정의하는 자의 것이다. 이제 나는 그 생각이 하느님과 대화하는 킹에게 큰 호소력을 가질 것이라 깨닫지만, 내가 이 점을 언급하자 킹은 자기와 다른 견해에 지극한 경멸을 표시하는 그만의 방식으로 몸을 슬쩍 굴릴 뿐이다.

라이셋*을 보라, 팝조이가 계속해서 말했다. 밴디먼스랜드를 묘사한 그의 석판화는 이 섬에 직접 가봐야 한다는 부담감 따위는 가뿐하게 벗어던진 채로 제작되었지만 런던에서 대단한 성공을 거두었다. 이는 '예술'이 현실 세계와 무관할수록 더 크게 성공한다는 것을 보여준다.

나는 어떤 의견도 내놓을 수 없었다―어쨌든 팝조이가 주는 수프만 빼 놓고 보면, 물고기가 내게 무엇을 가져다주었는가? 나는 하던 일을 재개하기 위해서 그저 최대한 빨리 그를 내보내려고 노력했다. 자기주장을 더욱 굳건히 하기 위해 그는 우뚝 솟은 높은 자리에서 밴디먼스랜드 섬의 지도를 꺼내 보이더니, 이 형태를 보면 무엇이 떠오르느냐

---

* 18세기 말과 19세기 초에 활동했던 영국 화가. 위조죄로 오스트레일리아에 유배되었다가 영국으로 돌아와 뉴사우스웨일스와 태즈메이니아를 묘사한 풍경화 연작을 발표했다.

고 물었다.

팝조이는 나무의 옹이 하나를 보고서도 과도한 흥분을 감추지 못하는 인간이라, 그 역삼각 형태가 여인의 경이로운 부분과 닮았다고 말해주길 원하는 게 분명해 보였으므로 나는 그렇게 말해주었다. 그러자 내가 던진 것이 말이 아니라 똥이라는 듯, 팝조이는 내게 달려들더니 마구 두들겨패기 시작했다. 이는 그가 곧 나간다는 뜻이었으므로 나는 이에 대해서도 그에게 감사해했다. "멍청한 자식!" 팝조이가 소리치면서 쇠망치 같은 오른손 주먹으로 나를 바닥에 때려눕혔다. "가면이잖아! 염병할, 밴디먼스랜드는 가면처럼 생겼다고!"

그의 발길질 밑에서 죽어가는 물고기처럼 몸을 만 채, 나는 내가 지극히 충성스러운 종이며 그를 불쾌하게 할 생각은 추호도 없었다는 말을 맺을 수 있을 정도로 오랫동안 그의 매질을 견뎌내는 데 성공했다. 게다가 한걸음 더 나아가, 옳은 일을 하고자 하는 아랫사람의 열망을 윗분들이 과소평가해서는 안 된다고도 덧붙였다. 나는 파머의 마차 제작소에서 일하던 시절의 이야기를 들려주었다. 강한 표현을 구사하는 버릇이 있었던 '파머 영감'은 자기 집안사람들에게 자신은 야만인들과 일절 상대하지 않을 것임을 분명히 했다.

그가 신임하는 한 죄수 하인은 종종 그의 말을 빌려 타고 캥거루 사냥을 나갔다. 파머 영감은 하인이 고작 사냥하는 데 화약과 총알을 너무 많이 쓴다며 불만을 표했다. 하인은 흑인들을 죽이려면 그 정도 양은 필요하다고 반박했다. 파머 영감은 이를 과시욕에 찬 잠꼬대와 허세로 치부해버렸다. 얼마 후, 하인이 사냥을 나갔다가 돌아오자마자 파머 영감이 그 말을 타야 할 일이 생겼다. 그는 개울가에서 잠시 말을 멈추고 물 떠마실 컵을 꺼내려고 안장 가방에 손을 집어넣었지만, 그가 꺼낸 것은 흑인 아이의 머리통 하나와 파리가 쉬를 슨 흑인의 손 세 개였다. 집으로 돌아온 그는 하인을 상대로 자신이 발견한 이 소름 끼치는 것들에 대해 따져 물었다. 하인이 대답했다. "자, 주인님, 이제 아셨죠. 저는 그저 주인님을 기쁘게 해드릴 생각뿐이고 거짓말을 하지 않는다는 걸 말입니다."

팝조이가 구석에 쓰러진 채 완전히 낙담하여 고개를 절레절레 흔드는 모습은 흡사 누군가 방귀 뀌는 소리에 그만 울음을 터뜨리고 기도에서 안식을 구하는 성 알로이시우스* 같았다.

"보시다시피, 그렇기 때문에," 내가 팝조이에게 말했다. "하인이 하는 말의 진실성을 신뢰해야 하는 것입니다." 이 말에 팝조이는 분노에 가득차 일어서더니 내가 오랫동안 경험해보지 못한 종류의 구타를 선사했다. "굴드 너 진짜 바보 천치냐?" 팝조이가 외쳤다. "네, 맞습니다." 내가 대답했지만 이빨 주위로 팝조이의 주먹질과 발길질이 퍼부어지는 상황에서 그 모든 단어를 내뱉는 것이 쉽지는 않았다. "삼가 그렇다고 말씀드려야 할 것 같습니다."

그에게 걷어차인 몸통이 감방 바닥에 미끄러질 때면, 언제나 우리 둘의 안녕을 위해서 그가 듣고 싶어하는 말만 하고자 노력했건만 내가 자기 말을 거슬렀다는 듯 들썩이는 구둣발에 머리통이 앞뒤로 깨질 때면, 내 정신은 착란을 일으켜 그 옛날 '마작의 전당' 벽면에 앤 양의 유럽 이야기를 평화롭게 그리던 시절로 다시 흘러가는 듯한 기분에 젖는다.

---

* 이탈리아 예수회 수도사. 유혹을 떨치고 정결함을 지키고자 가혹한 수련과 고행을 했다.

쥐치 209

5

나는 아직 올리고 있는 건물의 안개 자욱하고 눅눅한 실내에서 페인트칠이 끝난 벽면에 우선 글자의 초벌을 잡았다. 그런 다음 사령관의 부관인 레스보그 대위가—그는 앤 양의 편지에서 신중하게 엄선한 발췌문들을 내게 공급해주었다—절도 행위가 일어나지 않게끔 감시하는 가운데, 글자에 최고급 금박을 입혔다.

이윽고 전당이 재정난에 부딪치기 시작하자, 나는 앤 양의 말—기계로 내뿜는 증기와 형식에 구애받지 않는 시 따위의, 새로운 기적에 대한 온갖 묘사들—을 감시도 받지 않고 금박도 입히지 않은 채로 젖은 석고 위에 직접 그렸다. 사령관은 이러한 경이에 격찬을 보내는 동시에 이들을 '마작의 전당' 안에 포획함으로써, 그 모든 말을 종이 반죽으로 만든 한니발의 코끼리와 파리에서 온 진짜 키케로, 호메로스, 베르길리우스 석고 흉상들 사이에 감금함으로써 자신이 그로부터 탈출했음을 입증하고 싶어하는 것 같았다—예우야말로 가장 잔인하고 미묘한 형태의 조롱이라는 듯이 말이다.

앤 양의 편지들이 자료로서 빈약하다는 사실이 드러나자, 레스보그 대위는 요르겐 요르겐센에게 좀더 거창한 이야기를 날조해내도록 지시했다. 그때 나는 처음으로—그때가 마지막은 아니었다—요르겐센의 날조 능력을 어렴풋이 감지했다. 그는 앤 양과 유럽의 가장 위대한 지성들, 즉 괴테, 미츠키에비치, 푸시킨 사이에 오간 대화를 날조해냈다. 그중 푸시킨은 앤 양의 남동생이 이룩한 업적을 기리는 이런 송시를 썼다고 한다.

자연은 여기서 우리에게

유럽을 향한 창을 뚫고

바닷가에 발판을 얻을 운명을 내렸노라.*

나는 이 시를, 혹시 그 의미를 확실히 이해하지 못하는 사람이 있을 경우에 대비하여 연회장에 큼직한 붉은 글씨로 썼다. 물고기와 달리 이 모든 일은 확실한 강조가 절실해 보였기 때문이다.

들은 말에 따르면, 그다음 날 사령관이 점검차 시찰 나왔다가 이 시를 보고 너무나 감동한 나머지 황금 가면의 눈구멍에서 눈물이 터져나와 그 빛나는 호박색 표면을 타고 흘러내렸다고 한다.

한편 괴테의 시는, 우리 모두가 아는 바로는 그가 런던에서의 짧은 휴가를 보내던 중 앤 양에게 품게 된 열정이 한창 불타오를 때 쓰였다. 물론 우리는 영원히 정숙한 앤 양에 대한 이 연정이 절대 이루어질 수 없으리라는 것 또한 잘 알았다. 나는 이 시를 여자 화장실 안쪽 벽면, 자바 무역상들이 선물로 준 기다란 티크목 화장대 위에 건 거울 표면에 자주색 이탤릭체로 썼다.

일체의 무상한 것들은

한낱 우화에 불과할 뿐,

닿을 수 없는 것이

여기서 실현되고

* 알렉산드르 세르게비치 푸시킨, 「청동 기사」.

형언할 수 없는 일이 여기서 이루어지나니,

영원히 여성적인 것이

우리를 이끌어올린다.

이보다 덜 은밀한 감상과 이야기는 복도에 배치했다. 안개의 힘에 대한 앤 양의 여담이 네이즈미스의 증기해머에 영감을 주었다는 이야기와 더불어, 파가니니가 그녀와 신성한 저녁을 함께한 이후 자신의 운지법을 재고했다든지, 몽골피에 형제와 함께 열기구를 타고 스트라스부르 상공을 비행할 때 지상에 있던 말뤼스가 망원경으로 그녀를 엿보고는 빛의 편광에 대한 위대한 계시를 얻었다든지 하는 유럽에서의 일화들을 적었다.

이는 생각보다 육체적으로 고된 일이었지만, 비린내 나는 물고기들과 보낸 하루하루만큼 길게 느껴지는 않았다. 한 달이 수많은 편지로, 하루가 수많은 단어로 쪼개졌고 빌리 굴드의 정신은 자신에게 흑심을 품은 듯 느껴지는 물고기들과 함께 있을 때와 달리 자유로웠다. 섬에 감금된 채로도 행복해질 수 있다면 그는 분명히 행복했다. 그러나 그의 마음은 자꾸만 투페니 살에게로 돌아갔다.

그는 친구들을 사귀었고 사려 깊은 근면성으로 사람들에게 좋은 인상을 주었다. 그는 마차 제조공 파머 밑에서 문장을 그렸던 짧은 경험과 거창하진 않지만 진정 어린 창의력을 이 문자도안 작업에 발휘했다. 어떤 글에는 규격화된 로만 서체, 어떤 글에는 동글동글한 이탈리아풍 필체를 적용했고, 훌륭한 묘사에는 거의 조각적인 특성을 부여했으며, 번득이는 경구는 그 의미가 자라날 공간을 주기 위해 널찍한 여백으로 둘러쌌다. 그는 앤 양의 글처럼 감명 깊은 재료가 주어지는 경우에는 작업이 수월하다고 말하며 적절한 경의도 표했다. 그러나 실제로 특별히 아름다운 단어나 문장을 적을 때 정작 그가 찬양하는 대상은 앤 양이 아닌 다른 이였다.

더이상 그림 그릴 벽이 없어지자 이 모든 근면과 아첨은 보상을 받았다. 나는 레스보그 대위를 통해, 내 작업에 흡족해한 사령관이 이제 다양한 역사적 포즈를 취한 자신의 초상화 연작을 주문했다는 말을 들었다. 그와 동시에 동판화집을 참조하여 루벤스 복제화 몇 점을 급조해줄 수 있겠느냐는 요청도 받았다.

그 무렵 이 섬의 운은 기울고 있었다. 한때 식민지로 끝없이 쏟아져 들어오던 돈의 강물이 말라붙었다. 사령관은 전당의 건축 자금을 댄 중국 해적과 자바 고리대금업자들에게 전에 없이 불어난 빚을 갚기 위해서 한량없이 귀중한 루벤스 컬렉션을 비롯하여 팔 수 있는 것을 다 내다팔아야 했다.

마침내 '마작의 전당'이 개관했을 때 섬사람들은 기쁨에 들떴지만, 돈을 내고 마작을 하러 오는 사람은 아무도 없었다. 사람들이 이 신세계의 경이 속에서 돈을 잃으러 지구 반 바퀴를 돌아 여행해오고 싶어하지 않는다는 것은 세라섬의 전 주민에게 도무지 이해할 수 없는 일이었으나, 어쨌든 한 사람도 오지 않았다. 천장이 너무 높아서 구름이 낄 정도로 웅장한 접견실과 우아한 방과 화려하게 장식된 도박장에는 스산한 바람만 불어쳤고, 어떻게 이처럼 큰 것이 이처럼 작은 의미를 띨 수 있는지를 우리와 더불어 놀라워할 사람은 아무도 없었다.

'마작의 전당'은 텅 빈 채로 서 있었다. 투페니 살이 돌보는 흑인 아이들이 메아리가 울려퍼지는 무도회장과 연회장을 마음껏 뛰어다니며, 점점 황폐해지는 그곳에서 새들을 쫓고 숨바꼭질 놀이를 했다.

슬금슬금 올라오는 습기와 내려앉는 안개가 실내 곳곳으로 스며들면서 앤 양의 편지들은 후줄근해졌고, 무수한 벽면에 꾸며 그린 유럽의 장관은 얼룩덜룩해졌고, 나중에 건물은 무지갯빛 장미앵무의 배설물과 휑뎅그렁한 공간을 떼지어 날아다니는 노란꼬리검은앵무의 찢어지는 울음소리로 뒤덮였다.

이제 실내로 들이치는 빗속에서, 팰맬 거리의 가스등 조명에 대한 앤 양의 관찰기와 럼퍼드 백작의 무료 급식소 논문에서 그녀가 수행한 획기적 역할이 증기인쇄기와 최면 치료에 대한 묘사 속으로 흘러들어가 섞이더니, 곧 이 모두가 더 많은 새똥으로 이루어진 단단한 껍질 속에 둘러싸였다. 높은 상공에서는 흰꼬리수리들이 맴돌고, 자갈 포장도로에 대한 앤 양의 서정적 보고서 위에 칼새들이 둥지를 틀기 시작했다. 박쥐들은 그녀의 전신기 발명 관찰기를 더럽히고, 큰유황앵무떼는 그녀가 워즈워스 『서곡』의 최근 개작에 끼친 (최상급 그래스미어 블루로 채색된) 영감 위에 올라앉았으며, 이 작은 열대우림 아래 거름 섞인 폐기물이 쌓이기 시작했다. 너무나 비옥한 부패의 재앙 속에서 전부가 뒤죽박죽이 되어, 역겨운 이가 들러붙고 구더기가 기어다니는 똥무더기로 뒤덮였다.

유럽의 독창성과 유럽의 사상과 유럽의 진보적 천재성에 바쳐진 이 모든 명문銘文 밑으로 흰색과 녹색 새똥이 종유석처럼 나날이 자라났다. 이윽고 바닥에 쌓인 똥더미가 카스트라토 합창단의 경이로운 목소리처럼 처마의 정교한 유럽풍 돌림띠 속까지 치솟기 시작했다. 매혹적인 유럽풍 이무깃돌에서 똥덩이가 마치 아우구스티누스의 웅변처럼 굴러떨어졌다. 똥은 거대한 유럽풍 창문 밖으로 베수비오화산처럼 분출하고, 당당한 유럽풍 대문 밖으로 장대한 다뉴브강처럼 흘러나왔다. 결국 사령관은 똥으로 둘러싸인 유럽이라는 이 딱한 쓰레깃더미를 전부 구아노로 쓰라고 페루인들에게 팔아치워야 했다. 페루인들은 저질 피스코―포경선원들에게 인기 있는 달콤하고 조악한 술―몇 상자를 지불하고 새똥을 구입해서 옥수수 비료로 쓰기 위해 본국으로 실어보냈다.

6

사령관은 '대大세라섬 철도' 순환 여행을 중단했다. 궁전에도 거의 가지 않고 이제 낮의 대부분은 물론이요 밤에도 자기 골방에서 나오지 않았다. 가끔씩 그는 측근 고문 한두 명을 골방 옆 감방에 며칠씩 가두어놓곤 했다. 모든 사람이 자기 자신의 충실한 간수 역할을 하며 타인으로부터의 완벽한 고립 속에서 살아가는 도시라는 사령관의 궁극적 목표를 더 확실히 이해시키기 위해서였다.

늙은 덴마크인―이제 사령관은 보고서와 편지와 아마도 신생국가를 운영하는 데 필요한 자잘한 행정 서류로 짐작되는 것들을 구술하며 오랜 시간을 그와 함께 보냈다―이 언젠가 카푸아 데스에게 들려준 이야기에 따르면, 사령관은 기나긴 크리비지 카드게임을 하다 말고 문득 한숨을 쉬며 거대한 도시는 거대한 고독이라고 말했다고 한다. 오랫동안 나는, 먼저 감옥 섬을 도시로 바꾼 다음 그 도시를 더 크고 완벽한 감옥으로 만들고자 하는 그의 진짜 동기가 이 말에 담겨 있었던 게 아닐까 추측했다.

여느 때처럼 사령관의 꿈은 우리의 능력을 초월했다. 그는 도시가 조용해지기를 바랐다. 그는 사람들이 더이상 말을 하지 않고 정교한 서면 메시지 체계를 통해 소통하기를 바랐다. 메시지를 둘둘 말아 작은 나무 원통에 넣은 다음 파이프를 통해 압축공기로 밀어서 어디로든 누구에게든 원하는 대로 쏘아보내는 것이다.

그러한 계획의 순전한 기술적 불가능성과는 별개로, 미래인들이 서로 얼굴을 보거나 만나지도 않고 그런 척박한 수단으로만 소통할 수 있는 세상에 살고 싶어할 것 같지 않다는 의견이 어두워지는 골방의 판석 맨바닥에 혼자 앉은 그에게 정중하게 제기되었다.

"말이란 생각을 은폐하기 위해서 인간에게 주어진 것이지." 사령관은 말했다. 이제 그가 하는 말은 거의 전부가 이런 아포리즘의 끝없는 연속으로 빈곤하게 축소되어 있었다. 혹자는 그의 가면이 골방의 침침한 불빛 속에서 웃음짓는 것처럼 보였고 그가 말할 때 깃털 견장이 펄럭였다고 했다.

계속해서 사령관은 이것이―이 대목에서 그는 골방을 감싸듯 두 팔을 펼쳤다―이것이 우리의 미래라고 주장했다. 이는 너무나 우스꽝스럽고 너무나 사실과 다른 주장이어서 그날은 아무도 그 주장에, 혹은 사령관에게 더이상의 이의를 제기하지 않았다. 그는 자기 골방에서 약한 코감기를 앓으며 홀로 남아서, 또다른 현실성 없는 일들과 그러한 무용함의 과잉을 정당화해줄 날카로운 경구들을 고안해냈다.

7

'마작의 전당'이 무너져내리면서 그 그림자가 서서히 작아질 무렵, 사령관은 또다른 그림자가 자라나 세라섬뿐만 아니라 밴디먼스랜드 전체를 뒤덮는 것을 느낄 수 있었다. 그 그림자에는 명확한 몸체가 붙어 있지 않았지만 그 물리적 실체에 대한 풍문은 사방에서 떠돌았다.

그림자의 이름은 맷 브레이디였다.

'멋 브레이디.' 어느 이름 없는 죄수는 연한 사암으로 된 감옥 벽면 위에 이렇게 새겨놓았다. "─해방자!" 산적 맷 브레이디라는 이름의 빛나는 전설. 동료 죄수 열네 명과 함께 포경보트를 훔쳐 세라섬에서 탈출한 죄수. '키잡이 루카스'와 무장 경비병 하나가 돛을 완전히 펼치고 밴디먼스랜드의 절반을 돌아 호바트타운까지 숨가쁘게 추격했지만, 그들은 거기서 보트를 버리고는 이 땅에서 가장 큰 공포의 대상이자 찬미의 대상인 도적단으로 거듭났다.

산적들은 동부의 미개척 오지를 바닷물고기처럼 헤엄쳐다녔고, 그곳에 거주하는 전과자와 가축몰이 죄수와 양치기와 야만인 들은 가장 막강하고 찬양받는 이 태즈메이니아의 도적들을 재워주고 먹여주고 숨겨주었으며 이들에게 정보를 귀띔해주었다.

밴디먼스랜드 전체가 들끓고 있다는 보고와 소문이 전해졌다. 탈출하여 합류하는 죄수가 늘면서 도적단들의 규모와 흉포성은 점점 더해갔다. 그중 일부는 가망 없을 정도로 무능했고 일부는 무의미한 잔혹성을 드러냈지만, 그들의 모험 전체는 영국 법률의 지배를 무너뜨리고 있었다.

밴디먼스랜드—당국이 영국을 이식하고자 했던 장소—는 거꾸로 뒤집힌 무법자들의 세상으로 변해갔고, 이 혼란한 땅의 죄수와 전과자 주민들은 점점 더 브레이디를 새로운 세계의 지도자로서 바라보게 되었다.

섬은 기다렸다.

최후의 결전을, 심판의 날을.

날로 커지는 브레이디의 힘, 그 결과로 점점 더 조바심을 치는 죄수들의 거친 본성, 끝이 없는 검은 전쟁에 직면한 주민들은 농장을 버리고 더 큰 도시로 피신하기 시작한다.

가차없는 브레이디, 불구대천의 원수 아서 총독만큼 힘을 키운 실력가일 뿐 아니라 대중 선전의 명수이기도 한 브레이디가 그들을 쫓는다.

키 작고 말쑥한 한 남자가 훌륭한 자흘마를 타고 호바트타운의 중심가로 들어와, 아서 총독의 목에 현상금을 내걸고 숲의 왕 맷 브레이디가 서명한 게시물을 붙인다. 멋지게 차려입은 그 키 작은 남자는 고삐를 잡아 말머리를 돌리더니, 마치 급류 주변의 회오리 속에서 끄덕거리는 표류물들처럼 자신의 주위로 달려와 모여드는 이들에게 미소지으며 모자를 벗어 깊숙이 인사한다.

그러고서 급류는 사라져버린다.

더 큰 현상금이 나붙는다. 브레이디 제보에 더 큰 사례금이 걸린다. 브레이디를 배신한 죄수들에게는 자유가 약속된다. 총독의 정보망은 곳곳으로 확대되고, 아서의 수하들은 거두어들인 더 많은 정보를 동원하여 협박하고 공갈하고, 아무도 탈출할 수 없는 그물을 짜기 시작한다. 호바트의 질척질척한 거리에는 '아서 공포정치'의 핏물이 흐른다.

하루에 많을 때는 열네 쌍의 다리가 버둥거리는 백스텝을 밟고, 죽어가는 인간의 똥냄새를 풍기는 열네 벌의 바지가 마침내 잠잠해진 그 주인들과 함께 매일 저녁 무명의 묘지에 묻힌다.

한편 브레이디는 여자를 절대 희롱하지 않음으로써 그들의 마음을 얻고, 그들의 난폭한 남편과 아버지를 농락하여 허세에 찌든 바보로 만들어버리며, 미소와 예절과 멋진 의상—진한 자주색 조끼, 고급 양단 반바지, 에뮤 깃털을 꽂은 모자, 금사슬 목걸이에 달린 다이아몬드 십자가 등—으로 여자들을 자신의 공모자로 만든다. 그는 여자들의 손목을 비단끈으로 어루만지고 인생에서 가장 강렬한 순간을 선사한 뒤 그들이 무덤까지 간직할 은밀한 욕망을 남겨놓고 떠난다. 그가— 모든 자유민이 무장하고, 브레이디를 개처럼 쏘아 넘어뜨리기 위해 서로 명예를 걸고 다투는 사회에서—무기를 전혀 지니지 않았다는 사실은 그에게 어른거리는 불굴과 운명의 오라를 더욱 강화해줄 뿐이다.

우리의 꿈과 우리의 일상 사이에 생겨난 공백을 채우기라도 하듯 소문이 피어오르고 있었다. 겨울 눈보라가 가라앉고 여름이 오면 지도에도 없는 서부의 야생 산악지대와 열대우림 사이로 길을 뚫어 병력을 서쪽으로 진군시키겠다고 맷 브레이디가 맹세했다는 것이었다. 이는 한때 자신의 감옥이었던 세라섬을 해방시키고, 풀려난 중죄수들로 새로운 군대를 조직하기 위해서라고 했다.

너무 현실성 없고 너무 불가능하지만 믿지 않을 수 없는 이야기였다. 이 소문에는 다양한 요소들이 추가되었다. 그가 전쟁중인 이 섬의 야만인들과 손잡고 섬을 비참한 예속으로부터 해방하려 한다는, 심지어 그가 '블랙 마리아'라는 야만인 여자와 동침했고 그녀가 그에게 지도에도 없는 산맥 너머 서쪽으로 가는 길을 알려주었다는, 그가 우리를 주력 삼아 군대를 건설할 계획이며 이것으로써 견고한 모든 것이 허공으로 분해되고 아무도 노예 상태로 남지 않게 될 공화국을 선포하리라는 이야기들이었다.

사령관은 섬의 질서를 유지하고, 집단 폭동을 방지하고, 브레이디의 불가피한 공격을 물리치기 위해 병사를 더 보내달라고 애원하는 편지를 총독에게 써보냈다.

왜냐면 브레이디는 우리의 열띤 상상을 끊임없이 지배하는 만큼이나 분명하게 사령관의 약에 찌든 꿈속 또한 침범하고 있었기 때문이다. 붉은 군복 여남은 명을 한꺼번에 상대하는 브레이디, 총독의 허를 찌르는 브레이디, 우리의 가장 신성한 욕망에 깃든 영묘한 브레이디, 우리의 가장 타락한 생각에 깃든 음탕한 브레이디, 정부 관리와 부자와 밀고자와 낙오자 들을 쓰러뜨린 막강한 불멸의 브레이디―대담무쌍한 브레이디, 위대한 브레이디, 놀라운 브레이디, 남자 열 명을 합친 만큼 기묘하고 약삭빠른 괴짜, 브레이디, 오! 브레이디, 이제 우리는 해방의 날이 다가오고 있음을 알았기에, 그가 위풍당당하게 입성하여 공화국을 선포하기만을 모두가 기다렸다.

이윽고 나는 깨어난다. 하지만 완전히 깨어나기 전, 발동이 걸리기도 전에 나는 물고기 한 마리를 떠올리고 꿈꾸고 기도하고 그리고 있다. 미처 걱정하고 판단하고 바라고 생각하기도 전에, 작은 쥐치 한 마리가 종이 위에 나타나기 시작한다. 가시를 곤두세우지 않은, 그만의 진실로써 사랑스러운, 다른 물고기가 아니라 해초와 켈프를 먹고 사는 물고기, 호기심 어린 눈, 멋스러운 샛노란 지느러미, 아가미 밑에서 자주색으로 빛나는 부드러운 사포 같은 피부를 지닌 쥐치. 온화한 쥐치, 임박한 해방이라는 내 꿈속의 아름다운 쥐치, 한없는 공포 이후에 다 가온 한없는 부드러움의 기운.

8

그림을 끝내고 이제 탁자 위에 죽은 채로 놓인 불쌍한 쥐치를 보았을 때, 나는 물고기 한 마리가 죽을 때마다 그 피조물이 품은 사랑의 양만큼 세상이 줄어드는 게 아닐까 하는 생각이 들었다. 물고기 한 마리가 그물에 끌려올라갈 때마다 세상에 감도는 경이와 아름다움도 그만큼씩 줄어드는 게 아닐까? 우리가 포획과 약탈과 살해를 계속한다면, 그래서 세상에 사랑과 경이와 아름다움이 점점 더 결핍된다면 결국에는 무엇이 남게 될까?

물고기의 말살, 우리가 맹목적으로 야기하는 이 사랑의 소진이 나는 근심스러워졌고, 모두가 너무 많은 물고기를 하나도 남지 않을 때까지 포식해서 척박해지고 단조로워진, '과학'이 일체의 생물 종과 문과 속을 알지만 사랑은 물고기와 더불어 사라졌기에 아무도 사랑을 알지 못하는 미래 세계를 상상했다.

올드 굴드가 또다른 네덜란드 화가를 인용하여 말하곤 했듯이 삶은 신비이며, 사랑은 신비 중의 신비다.

하지만 물고기가 사라지면, 그 어떤 환희에 찬 펄떡임과 첨벙임이 지금 이 파문波紋들의 시발점을 알려줄 것인가?

9

　'마작의 전당' 건물 주변으로 치솟는 수증기와 눅눅한 땅 때문에, 사령관의—고사리잎 사이에서 시암 여자들에게 옮은—폐결핵은 아무리 피를 뽑아도 소용이 없을 정도로 악화되었다.

　사령관과 의사선생은 어떤 치료도 효과를 보지 못한 채 항구 전체가 그의 피로 가득차게 되지나 않을까 두려워하게 되었다. 의사선생이 항상 성공을 거두었던 다른 치료법에도 결핵은 반응하지 않았다—의사선생이 자기 소변을 삭혀 만든 발효액을 매일 밤 마시게도 해보고, 적어도 이 섬에서 가장 구하기 쉬운 약제라는 미덕을 지닌 알붐 니그룸, 즉 쥐의 배설물을 매일 삼키게도 해보고, 마지막 필사의 수단으로 쥐의 배설물과 달리 구하기도 쉽지 않은 담배를 흡입제로 사용하여 사령관이 장을 비울 때마다 그의 직장 내에 담배 연기를 주입해보기도 했지만 전부 소용없었다.

　(담배 연기로 방귀를 뀔 수 있게 된 것 말고) 사령관의 몸에 무슨 조치가 이루어지고 있다는 환상을 주기 위해 의사선생은 영국에서 어느 정도는 확실한 성공을 거두고 있는 새로운 치료법을 떠올렸다. 처음에 사령관은 구역질이 난다는 이유로 하루에 몇 번씩 대량의 버터를 먹는 일에 저항했지만, 이 치료법의 이면에 존재하는 사고는 과학적이고 불가해했으며 바로 그 두 가지 이유 때문에 거부할 수 없었다.

　이제 폐결핵에 영양실조까지 겹쳤다는 사실은 사령관의 기분에 악영향을 끼쳤다. 그는 공상이 나날이 심해졌고 전보다도 더 예측하기 힘들어졌다. 그는 자기가 로마 황제가 아니라 그래스미어* 변두리에서

'숭고'와 '장엄'의 기나긴 몽상에 잠긴 호반시인으로 나오는 악몽에 시달렸는데, 이런 꿈 자체가 그 자신이 시인이라는 생각을 강제로 주입시키는 데 동원된 듯하여 질식할 듯한 심정이었다. 국부란 날 때부터 타고나야지, 그 역할을 쟁취하기 위해 매일 발버둥쳐야 한다는 건 어불성설이기 때문이다.

그는 국부가 되는 일이, 심지어 잔혹해지는 일도 자기에겐 쉽지 않음을 알았고, 기분이 침체되어 남들이 조금이라도 자기를 이해해주었으면 하는 때 너무 많은 사람들이 가혹함을 그의 제2의 천성으로 오해한다는 사실은 그의 화를 더욱 돋울 뿐이었다. 그는 악의를 품는 데도 허덕여야 했기 때문이다.

"너는 나를 이해하나, 오리어든?" 그는 이렇게 외치며 자신의 보병용 침낭에서 뛰쳐나와 부관에게서 머스킷총을 빼앗아 들고는 개머리판으로 그의 얼굴을 마구 찍어댔고, 그러는 내내 대위는 자기 이름이 오리어든이 아니라 레스보그라고 항변했다. 이는 사령관의 적개심을 더욱 증폭시켰을 뿐이니, 그는 자기 병사들 전부가 쓸모없는 겁쟁이 아일랜드 농부임을 알고 있었고, 오리어든이야말로 쓸모없는 겁쟁이에다 거짓말쟁이인 아일랜드 농부이므로 더더욱 악질임이 확실했기 때문이다.

사령관은 그의 불알과 머리통을 걷어차며, 두 남자 모두가 흐느끼고 있지 않았다면 신이 났다고 오해할 수도 있는 거침없는 기세로 "브레이디-브레이디-브레이디"라고 씩씩거렸다. 한 명은 입과 코에서 피

---

* 워즈워스 등 영국 호반시인들의 보금자리가 있던 지명.

가 흘렀고, 또 한 명은 가면이 덮인 눈에서 눈물만 흘렸다. 왜냐면 그
는 사령관이었고 모종의 위엄이 있었으니까, 왜냐면 그의 길은 너무나
힘겨웠으니까, 그런데 왜 그는 라이덜 호숫가에서 『틴턴 수도원』을 쓰
고 있지 않는가?

그의 분노는 너무나 심각하게 오해되었다. 사령관이 대위를 비롯해
대위가 지휘하는 믿지 못할 가톨릭교도 소대를 체포하고 결박하고 재
갈 물린 건 바로 그 때문이었다. 사령관은 오리어든의 상처에서 들려
오는 신음소리를 더이상 참을 수 없었다. 그가 결박하고 재갈 물린 헬
쑥한 배신자 무리를 몽땅 바다에 처넣어 고기밥으로 만들 수밖에 없었
던 건 바로 그 때문이었다.

그의 증상은 날로 악화되고 있네. 의사선생은 함께 수련했던 리버풀
의 저명한 동료 아이제이아 뉴턴 경에게 편지를 썼다. 이제 사령관에
게 무엇을 해주어야 할지, 그는 동료에게 전문적 조언을 청하고 있었
다. 그의 흥분이 심상치 않고 마치 갇힌 나방처럼 퍼덕거린다네. 그들
을 갈라놓은 지구 반대편까지의 머나먼 거리를 고려할 때, 답장이 오
려면 몇 개월, 어쩌면 몇 년이 걸릴 터였고, 그동안 나방은 사령관의
흉곽이라는 찌그러진 다래끼 안에 갇혀 펄떡이는 숭어로 자라났다.

"사령관님도 아시다시피," 의사선생이 더듬거리며 말했다. "이런 일
에는 시간이 걸립니다."

"시간이라니!" 사령관이 포효했다. "선생, 우리 '국가'에 없는 것이
바로 그 시간이오!" 왜냐면 이제 그의 머릿속에서는 '그의 운명'과 '그
의 국가'의 운명이 하나였기 때문이다. 국영 철도와 '마작의 전당'과
백한 가지 다른 기념비적 재앙들이 차례로 실패한 뒤 섬을 에워싼 적

막을 사령관이 무시할 수 없었던 것은 바로 그 때문이었다.

밤마다 그는 국가의 소리가 들리지 않아 잠을 못 이루었다. 그의 귀에 들리는 거라곤, 상품을 교환하고 매매하는 이들의 소리로 가득차야 할 쓸쓸한 시장통 위아래로 울려퍼지며 불길하게 해변을 철썩이는 공허한 파도 소리뿐이었다.

커져가는 공포 속에서 뜬눈으로 밤을 새우며, 그는 그 순간에도 철썩-철썩-철썩 하고 자신을 부르는 것이 바다인지, 자기 폐인지, 자기 운명인지, 브레이디-브레이디-브레이디 하고 헐떡이는 자기의 거친 숨인지, 배신의 소문을 끊임없이 속삭이는 죄수들인지 헷갈리기 시작했다. 아무리 많은 전과자들을 텅 빈 좌판 뒤에 세워놓고 교역을 가장하더라도 브레이디는 그들을 해방시킬 것이고, 사령관과 밤의 환영 사이에 멋진 새 석조 건물을 아무리 많이 세우고 사령관과 적막 사이에 유럽을 아무리 많이 세우더라도 브레이디는 그들의 복수를 하고 말 것이라는 소문을 말이다. 그렇게 항상 똑같은 악몽 속에서 바다가 점점 치솟고, 브레이디가 점점 다가오고, 지옥의 불길이 점점 뜨거워지고……

장어

다른 장들 분량에 못 미치는 장—제어할 수 없는 충동—국가 세우기
—렘프리어 선생의 거세—고통의 기움 돛대—말하는 흑인 머리들이 담긴 통
—코즈모 휠러의 출세와 그 밖의 불운들—렘프리어 선생의 가련한 최후
—살인범 캐슬레이

1

그런데 이 굴드란 놈, 한심한 위조범, '삼각대'와 '요람'에 족쇄로 묶이는 신세로 되돌아가지 않고 단물을 빨고자 안간힘을 쓰는 술주정뱅이, 말하자면 ─ 그의 간절한 소망대로 ─ 죄수 사회의 사닥다리를 기어오르려는 그자는 어떻게 되어가고 있을까?

자기 의지와 상관없이 물고기를 그리다가, 작은 점액과 비늘 덩어리로부터 풀려나 개중에 가장 좋은 보직을 꿰차고, 호화롭게 차려입은 사령관을 백한 가지 역사적 포즈로 그려준 끝에, 지금 우리 눈앞에 있는 자는 ─

사령관에게 영향력을 행사할 수 있는 이 새로운 지위를 출세에 이용할 남자인가?

아니다.

거기에 필수적으로 따라오는 특권을 이용하여 하인에서 조언자로, 내부자로, 친구로 변신하기 시작할 남자인가?

아니다. 그런 일은 없다. 이 굴드가 자기 지위를 유리하게 이용하고 싶어하는 건 사실이나, 그는 '생각'에 시달리고 있다. 이 모든 것을 수월하게 꿰차려는 욕망이 있긴 하지만, 실제로 그는 점점 자라나는 '공상'과 '망상' 속에 더더욱 유폐된 듯한 느낌이 든다.

우리 눈앞에 있는 자는—여기서 이 점을 밝혀야 한다는 것이 두렵다—여기 있는 자는 다시금 물고기를 그리고 싶은 참을 수 없는 욕망을 느끼고 있는 멍청이다.

왜? 열정 때문에?

아니다.

'과학'의 발전에 일익을 담당해야 한다는 생각 때문에?

아니다.

'예술' 때문에?

맙소사, 천만에, 전혀 아니다! 왜냐면 그는, 세상에나, 하고많은 것 중에서도 하필이면, 물고기를 향한 제어할 수 없는 충동을 느끼기 시작했기 때문이다!

하지만 그 이야기를 하기 전에, 상어뼈로 만든 펜을 갈아 다시 이 녹색 아편팅크에 찍고 샛길로 빠질 수밖에 없다. 점점 허약해지는 이 남자의 정신이 당도할 종착지, 이 바닷물 감방이라는 탈출할 수 없는 썩은 운명에 가닿으려면, 우선 방향을 틀어 사령관과 렘프리어 선생이 선생의 사택에서 벌인 한밤의 거나한 술판으로 되돌아가야 한다.

충분히 예상할 수 있듯이, 그 무렵 렘프리어 선생은 '예술'을 단순히

'과학적' 목적보다 '국가적' 목적에 동원해야 한다는 사령관의 요구로 인해 '트란실바니아의 어류를 탐사하는 위대한 과학적 사명'이 일시적으로, 어쩌면 영구적으로 중단된 것에 다소 시무룩해 있었다. 그러니 방향을 틀어서 다시 세라섬으로 급강하하여, 사령관의 말루쿠 경비병들 머리 위를 지나, 렘프리어 선생 집의 그을린 굴뚝 속으로 굴러떨어져, 얼근히 취한 사령관이 자신의 터무니없는 야망을 토로하고 있는 연기 자욱한 거실로 들어가는 것을 허락해주길 바란다.

"국가를 세운다, 바로 그거요. 우리는 국가가 될 수 있고, 또 되어야 한다고." 그는 렘프리어 선생에게 말하고 있다. "아뇨, 선생, 난 부끄럽지 않소. 아니지, 어떻게 그럴 수 있겠소, 운명이 내게 이 역할을 부여했는데? 국가와 그 창건자인 나. 저주받은 감옥섬 찌꺼기가 아닌 '국가' 말이오. 나는 국부가 될 거요. 국민들은 그 국부를 기리고, 숭배하고, 서사시를 써 바치고, 폭풍우 치는 밤을 배경으로 찬란한 백마에 올라탄 초상화를 그려 바칠 거요. 듣고 있으시오, 렘프리어? 아무도 모를 거요. 이 섬을 감옥에서 국가로 격상시킨 건 바로 노동, 우리의 힘든 노동, 우리의 땀과 희생이라는 걸 말이오."

"소변 좀," 술 취한 외과의사가 중얼거렸다. "봐야 해서." 그는 끙 힘을 주어 자기가 자랑해 마지않는 내리닫이 창문을 가까스로 들어올린 뒤, 바깥으로 몸을 내밀고 천천히 한숨을 쉬면서, '한-방-울-씩 한-방-울-씩' 용변을 보기 시작했다.

렘프리어 선생은 삼십 년 전 스타일대로 무릎까지 오는 반바지에 커다란 버클이 달린 구두를 신고 있었다. 한때 그가 나에게 매일 저녁 광을 내게 했던 그 버클은, 그는 은제라고 우겼지만 실은 개숫물보다 더

뿌연 저질 백랍이었다. 이 구두를 신은 채 그는 소변을 창문 밖으로 더 확실히 조준하려고 몸을 앞으로 기울였다.

그가 용변을 보는 순간, 버클 하나가 렘프리어 선생의 비대하고 뒤틀린 몸과의 길고도 불리한 사투를 마침내 포기했다. 버클이 뚝 끊어진 것이다. 렘프리어 선생은 한쪽 발을 획 하고 허공에 헛디뎠다. 이와 동시에 그는 창문을 움켜쥐었던 손을 놓치고 뒤로 휘청, 앞으로 휘청했다. 그러자 요란하고 갑작스러운 와장창 소리와 함께 창문 전체가, 렘프리어 선생의 돌출된 물건이 마치 길 잃은 애벌레처럼 놓인 창틀 위로 무너져내렸다.

지금까지 이야기한 내용으로 미루어 여러분은 이 시점에서 의사선생이 브라만황소처럼 고함을 지르거나 찢어지는 소리로 비명을 터뜨렸으리라고 생각할지도 모르나, 그런 일은 없었다. 그저 연분을 발라서 새하얗고 절묘한 산홋빛으로 상기된 그의 얼굴 너머 방금 벌어진 참혹한 일의 전모가 전혀 드러나지 않는 한순간이 있었다.

아마도 이 고뇌의 순간에 그는 고함이나 비명을 아무리 질러도 자기 성기가 사고로 끔찍하게 훼손되었다는 부인할 수 없는 사실을 바꿀 수는 없음을 알았을 것이다. 고통으로, 또 이것이 자신의 미래에 어떤 의미를 띠는가에 대한 불안으로, 그는 현기증나는 공포를 느꼈다. 두 다리가 꺾이고 무너져내려 그를 지탱할 수 없게 된 순간, 모든 것이 캄캄해졌다.

2

방향염 냄새를 맡고 깨어난 렘프리어 선생은, 성기에서 피를 뽑는 일은 자기 같은 품위 있는 남자에 대한 모욕이라고 주장하며 자신이 모든 병증에 적용해온 이 만능 치료법을 단호히 거부했다. 그는 아이제이아 뉴턴 경의 말을 인용하여 과음으로 인한 발기부전이 그러한 무모하고 비과학적인 처치 이후 영구화되어버린 몇몇 사례를 언급하고는, 자기 물건을 자르는 대신 사령관이 마시려고 구리 용기에 넣어두어 녹색을 띠게 된 다량의 아편팅크를 삼켰다. 하지만 사령관이 발정난 코끼리처럼 보이는 환각이 생긴 것을 제외하면, 아편은 그의 성기가 안쓰러운 빨간 지렁이에서 크고 검은 민달팽이로 몇 주에 걸쳐 서서히 변신하는 것을 막는 데 아무런 기여도 하지 못했다. 그는 휴온소나무로 작은 받침대를 특별히 제작해서 그 위에 이 민달팽이를 받치고 다녔다. 허리 둘레에 낀 비대한 군살의 위쪽 테두리에 청록색 비단끈을 둘둘 감은 뒤 털과 부스럼이 덮인 등판에 크고 요란한 나비매듭을 묶는 임시방편을 써서 매일 이 받침대를 자기 몸에 고정했다.

불쑥 튀어나온 소나무 받침대를 가리기 위해 그는 셔츠 자락을 빼내어 돛처럼 펼치고 섬 곳곳을 어슬렁거렸다. 그리고 혼자 있을 때마다 이 고통의 기움 돛대를 끊임없이 점검하며, 타박상이 화농하고 피부가 썩고 붉은색이 검은색으로, 다시 녹색으로 변신하는 경이를 목격했다. 결국 악취가 참을 수 없는 지경에 이르자 냄새 애호가인 사령관마저 격분하여 렘프리어 선생을 묶어놓고는, 저항하며 지껄이는 그의 아가리에 깔때기를 꽂고 피스코* 몇 파인트를 들이붓게 했다. 후속 조치가

행해지는 동안 사령관은 친한 친구의 머리통을 갓난아기의 그것처럼 감싸안은 채 자기가 이러는 건 어디까지나 친구를 사랑하기 때문이라고 울먹였다. 약 십오 분이 경과하자 사령관의 동정심은 바닥났다. 그는 그늘진 구석에서 생선살을 바르는 기다란 칼을 천천히 강철 숫돌에 갈고 있던 죄수 요리사에게 고개를 끄덕였다. 앞으로 걸어나온 요리사는 화농한 성기를 단칼에, 렘프리어 선생이 프랑스어나 영어로 미처 항의하기도 전에, 베어버렸다.

애석하게 양물을 잃은 렘프리어 선생은 처음 한동안은 전보다도 더욱 공격적이고 불쾌한 행동거지를 보였다. 하지만 그의 욱하는 태도도 서서히 수그러들어, 삶에 대한 일체의 흥미와 수집과 분류에 대한 열정까지 상실한 듯 여겨질 만큼 깊은 우울증으로 바뀌었다.

그는 점점 더 고독에 빠져들었고, 캐슬레이를 말벗 삼아 '냉혹한 운명의 손'이라든지 자기가 지의류나 우산이끼만 전문으로 했다면 어땠을지 등에 대한 슬픈 독백을 줄줄이 읊으며 오랜 시간을 보내는 기이한 습관이 생겼다. 지옥 같은 우리 안을 아무런 방해 없이 혼자서 어슬렁거리는 데 익숙했던 돼지는, 의사선생이 나타날 때마다 울타리를 들이받고 섬 전체가 떨릴 만큼 엄청난 기세로 흔들어대는 등 렘프리어 선생이 하는 말에 점점 더 화를 내는 것 같았다. 의사선생은 자기 말벗의 이러한 적대감을 의식하지 못했고, 자기가 말을 하면 할수록 돼지의 몸집과 사나움이 태양을 가릴 정도로, 월식을 일으킬 정도로, 야간의 천측항법을 방해할 정도로 커지고 있음을 눈치채지 못했다. 때때로

---

* 알코올 농도가 90퍼센트가량 되는 포도 브랜디.

이 성난 동물은 마치 끝없는 말들의 급류에 휩쓸려 죽어가는 듯 꽥꽥 울어댔고 그 소리가 너무 찢어지게 거슬려서 사람들이 귀를 싸매고 멀리 바다로 도망칠 정도였지만, 이렇듯 가련한 의사 표시도 렘프리어 선생의 상실과 실패와 개인적 망각에 얽힌 이야기를 더더욱 부채질할 따름이었다.

망연자실해하고 침울해하고 거세되고, 가장 절친한 벗이라곤 괴물 같은 돼지뿐이었던 그 무렵의 렘프리어 선생이 나를 사령관에게서 데려와 다시 물고기를 그리게 하는 일에 완전히 무관심해졌음은 굳이 덧붙일 필요도 없을 것이다.

나는 사령관이 자기 초상화에 쓰라고 아주 넉넉히 지급해준 유화물감으로 물고기 몇 마리를 그리려고 시도해본 터였다. 하지만 유화는 지상의 매체로 중력이 너무 많이 실려 있고, 물고기에 쓰기에는 너무 불투명했다. 내게는 외과의사의 수채물감이 필요했다.

나는 물고기 화첩 프로젝트에 대한 그의 관심을 되살리려는 희망을 품고 렘프리어 선생을 방문하기로 했다. 그의 수채물감을 빌릴 수 있을지 물어보고, 내게 허용된 짧은 자유 시간을 할애하여 물고기 그림 작업을 재개할 방도를 찾아볼 생각이었다.

이것은 사령관과의 일이 끝난 뒤 다시 쇠사슬 노역조로 돌아가지 않기 위한, 그저 생존을 위해서 하는 일일 뿐이라고 나는 되뇌었다. 이렇게 스스로의 감정을 의식에서 은폐하려 했지만, 사실은 더이상 '과학'에 봉사하는 그림을 그릴 필요가 없게 되자 물고기에 대한 내 감정이 다시 바뀌어 예전에 싫어했던 것을 이제 그리워하고 있었던 것이다. 참으로 묘한 이유로 내겐 물고기가 필요했다.

처음에 물고기는 그저 일거리, 하지만 여기서 나오는 명백한 이득을 계속 누리기 위해서라도 배워서 잘해내야만 하는 일거리였다. 나는 지느러미가 불투명한 피부의 영역에서 투명한 경이의 영역으로 이어지는 방식을, 몸체의 탄력 있는 견고함을, 주둥이가 과도하게 큰 머리에 이어지고 그 머리가 다시 팽창된 몸체에 이어지는 모습을, 비늘과 비늘이 겹쳐 춤추는 광택을 만들어내는 방식을 연구해야만 했다. 어떤 물고기에서는 그 불가해하리만치 감각적인 주둥이를, 어떤 물고기에서는 지느러미의 반투명함을 완벽하게 묘사하고자 노력했다. 이런 그림을 그리고 또다시 그리는 모든 행위가 내게 영향을 끼치기 시작했음을 인정해야 할 것이다.

아마도 내가 그들과 너무 오랜 시간을 보냈기 때문에, 그들의 무언가를 알려고 노력해야 했기 때문에 그들에게 관심이 생겼고, 다음에는 화가 났는데 이건 더 나빴다. 그들이 내 안으로 들어오기 시작하더니 그 옛날 보언 대위가 밴디먼스랜드를 식민화했던 것만큼이나 확실히 나를 식민화하고 있음을 스스로 의식조차 못했기 때문이다.

그들은 나를 조금씩 뚫고, 일종의 끔찍한 삼투압에 의해 내 땀구멍으로 스며들어오고 있었다. 그들이 내 낮시간의 생각과 밤시간의 꿈을 야금야금 차지하고 있다는 예기치 않은, 다소 무시무시한 인식이 뱃속에서 일렁였을 때 나는 점점 겁에 질렸고 흑인들처럼 그들을 격퇴하고 맞서 싸울 수 있기를 소망했다. 하지만 죽어가는 성대 한 마리, 최후의 몸부림을 치는 숭어 한 마리를 상대로 어떻게 공격을 한단 말인가?

그토록 오랜 시간을 물고기와 함께 보내면서 그들의 차가운 눈과 떨리는 피부의 무언가가 공기 중을 거쳐 내 영혼으로 들어오는 것을 막

기란 불가능해 보였다.

나는 심사숙고하여 '거처'라는 단어를 쓴다.

마치 그들의 영이 다른 액상의 매개체를 찾고 있다가 죽음이 임박한 어느 시점에서 자신의 생존을 담보하기 위해, 공기라는 치명적인 매개체를 거쳐 도약한 듯했다. 맨눈으로는 보이지 않을 정도로 갑작스럽고 빠른 도약이었다. 나는 장터 사형수의 입에서 파란 불꽃이 튀어나와 내 어머니의 몸속으로 들어간 것과 같은 식으로, 모든 영이 길 잃은 그림자들의 명계에 처하지 않기 위해서 끔찍한 죽음의 순간에 튀어들어 갈 또다른 눈을 찾아헤매고 있는 게 아닐까 하고 생각했다.

이는 올드 굴드의 딸이 솔퍼드 출신 철물점 주인과의 약혼을 발표한 뒤에 내가 그녀에게로 되돌아간 것과 똑같은 바보짓에 불과했다. 같이 도망치자고 했을 때 그녀는 면전에서 날 비웃었다. 그때처럼 나는 그냥 물고기한테로 돌아갈 수밖에 없었으니, 왜였을까? 처음에는 미친 의사선생 때문에, 그다음에는 더 미친 나 자신 때문에 내 영혼의 이 잔인한 신규 정착민을 그리는 과업에 매달려 있는 동안은 내가 그들의 은밀한 침공에서 벗어날 길도, 그들이 나를 완전히 통제할 작정으로 내 마음과 정신의 미개지를 향해 헤엄치기 시작할 때 이를 잠시나마 유예할 길도 없어 보였기 때문이다.

게다가 렘프리어 선생을 만나러 간 그날, 그의 거대한 머리통 안에서 최후의 저열한 열정이 움트고 있었으며 그것이 물고기와 나를 영구히 하나로 빚어내게 될 줄을 내가 어떻게 알 수 있었겠는가?

3

렘프리어 선생의 사택으로 향하던 고요하고 우울한 겨울 아침, 더러운 작업복을 입은 죄수 두 명이 내 앞을 가로질러갔다. 그들은 땀을 뻘뻘 흘리고 욕을 하면서, 길쭉하고 무거워 보이는 자루들이 이리저리 굴러다니는 썰매를 질질 끌고 있었다.

"또 죽은 검둥이들이야." 그중 한 명이 나도 자루도 돌아보지 않고 내뱉었다.

야만인들은 지난주의 춥고 바람 거센 날 백인 중재자 구스터 로빈슨*과 함께 도착했다. 잡다하고 수척한 무리였다. 더러는 몸에 피부병이 번져 있었고, 많은 이들이 끊임없이 콜록대고 컥컥거리며 병든 가슴과 목을 깨진 병조각이며 날카로운 돌로 그었다. 병세가 심해져서 열이 나기 시작하자 그들은 이와 비슷하게 이마를 찢어서 얼굴에 피가 흘러내리게 했는데 그들 말에 따르면 "고통을 내보내기" 위해서라고 했다. 그들은 도착하자마자 하나둘씩 죽어갔다.

하지만 그런 불운한 야만인들마저 우리 죄수들을 자기들 이하의 노예로 간주했다. 그들의 설명에 따르면 자기들은 자유롭고 고귀한 사람으로서 조국을 포기하고 망명했기에 그 대가로 정부의 보살핌을 받을 것이며, 우리처럼 노동할 필요가 없다는 것이었다. 형무소의 일부 죄수들은 밤마다 바닥 틈새를 통해 우리 아래층에 수용된 야만인들의 머리 위로 오줌을 눔으로써 수감된 백인이 망명한 흑인보다 우월함을 입

---

* 검은 전쟁 시기에 태즈메이니아 토착민과 정착민 사이를 '중재'한 조지 어거스터스 로빈슨을 가리킨다.

증하곤 했다.

　로빈슨은 야만인을 상대로 한 이 무모한 정부 지원 사업에—이를 위해 그는 트란실바니아의 어둡고 거친 삼림을 종횡으로 누비고 다녀야 했다—'중재'라는 거창한 명칭을 부여받았는데, 이는 백인을 상대로 오랫동안 전쟁을 벌여왔으며 아직 잡히지 않은 채 미개지에 남은 야만인을 전부 찾아모아 데려오는 백인의 사명을 가리키는 말이었다.

　내가 호바트타운에 있을 때 봤던 그림들—남반구의 구원자들과 저주받은 자들의 고귀하고도 비극적인 역사를 창조하려다 실패한 대형 캔버스—에서, 구스터 로빈슨은 야만인들이 모인 침침한 배경 속에서 밝게 두드러진 통통한 풍채로 등장하여 손가락으로 어떤 보이지 않는 미래를 거들먹거리며 가리키고 있었다. 그는 리젠시 시대의 잡다한 요소들이 모조리 빛을 받아 흰색과 파란색으로 넘실대는 가운데 무대의 중심을 차지한 르네상스 예언자이자, 존재할 수 없는 남태평양의 멋쟁이 모세로 묘사된 보 브러멀*이었다.

　하지만 내가 불려가 구스터 로빈슨을 만나보니, 그는 전혀 그런 멋쟁이가 아니었다.

　야만인들은 그를 가리켜 자기들 언어로 장어라고 불렀는데, 정확히 무슨 단어였는지는 잘 기억이 나지 않는다. 확실히 그는 자신이 데려온 흑인들보다도 더 수척한, 짤막한 새끼줄 같은 남자였다. 우리 것만큼이나 지저분하고 이가 우글거리는 누더기 작업복을 걸친 그의 구부정한 모습은 마치 자신이 속한 낱말을 찾아헤매다가 길을 잃은 아포스

***

* 18세기 말에서 19세기 초에 남성 패션을 선도한 사교계 인사로, '최초의 댄디'로 불린다.

트로피 부호 같았으며, 그에게서 느껴지는 분위기라곤 스스로 거룩하다고 주장하는 임무를 자임하며 취하는 거들먹거리는 태도뿐이었다.

로빈슨은 야만인들을 자기 수행원으로 취급했고, 야만인들은 그를 지나가다 주운 수많은 떠돌이 개들 중 한 마리로 취급했다. 그들 중 누구도 자신들이 딛고 선 땅이 부서지는 파도처럼 허물어지고 있음을 눈치채지 못하는 듯 보였다.

로빈슨은 죄수들을 인간쓰레기로 여겼다. 그는 자기 밑에 있다고 여겨지는 인간들을 발길질당해 마땅한 개나 오줌 누는 요강 취급하여 그들 앞에서 아무렇지도 않게 벌거벗고 활보할 부류의 인간이었다. 내가 도착했을 때 그는 나를 본 척도 하지 않고 무샤 퍼그—로빈슨은 죄수 경비관인 그가 일반 죄수보다는 사닥다리의 약간 높은 위치에 있다고 여겼음이 틀림없다—와 이야기를 나누던 중이었고, 그를 향해 물개잡이에게 납치되어 섬들로 끌려간 흑인 여자들에 대한 이야기를 이어갔다. 이 여자들의 주장에 따르면 자기들이 물개를 사냥할 때 악마가 들어와서 관계를 가지는데, 악령의 아이를 배는 경우도 많아서 그런 사악한 자식을 낳으면 수풀에서 죽인다고 했다. 또 자기들은 악마를 기쁘게 하기 위해서 노래를 부르며, 악마가 노래를 많이 부르라고 요구한다고도 했다.

그는 사령관의 하녀인 물라토가 이 섬에서 클레오파트라로 알려져 있다고 말했다. 퀘이커교도들의 손에 기독교적 계몽으로 인도되기 전까지 그녀는 악마의 춤을 고안한 장본인으로 악명이 높았다. 이 악마의 춤은 상상도 못할 만큼 외설적인 내용으로, 섬에 사는 물개잡이의 여자들만이 알고 본토에는 전혀 알려지지 않았다고 했다.

그녀는 해협 일대에서 만행으로 악명이 자자한 물개잡이 클루커스의 손에 납치되었다. 클루커스는 다른 물개잡이들과 함께 기습 작전을 벌였다. 그들은 해변에서 흑인 무리를 급습했지만 남자 아기 한 명만 겨우 납치한 뒤 토착민들의 반격을 받아 자기들 배로 쫓겨났다. 물개잡이들은 이제 이 아기가 자기들 소유이며, 만약 친모가 아기를 원한다면 자기들과 함께 가야 한다고 선언했다. 그 친모가 바로 투페니 살이었다.

그녀는 배로 가서 자기를 데려가는 대신 아기를 부족 사람들에게 돌려보내달라고 간청했다. 물개잡이들이 그녀를 붙들었다. 클루커스는 아기의 두 다리를 잡고는 바위에 대고 휘둘러 아기의 뇌수가 빠져나오도록 내리쳤다. 그러고서 투페니 살을 데리고 노 저어 떠났다. 헤엄쳐서 그들을 뒤쫓아온 한 토착민 남자가 배의 선미재를 붙잡는 데 성공했다. 클루커스는 도끼로 그의 두 손을 내리찍어 잘라버렸다. 클루커스의 섬에서 노예로 살아갈 운명을 선고받은 투페니 살은, 소문에 의하면 클루커스의 아이를 두 명 낳았는데 둘 다 입안에 풀을 욱여넣어서 죽였다고 한다.

이야기를 끝낸 로빈슨은 나를 돌아보더니, 내가 '흑인 형제들' 몇 명을 그림으로 그리는 데 사령관이 동의했으며, 그가 로미오라고 부르는 사람부터 시작하게 될 것이라고 통보했다.

어딘지 동방의 하시디즘 유대인을 닮은 용모의 키 크고 품위 있는 남자, 로미오의 이름은 자기네 언어로 '타우타레'였다. 나는 그가 포트데이비 사람들의 추장임을 알게 되었다. 그가 투페니 살의 친부라는 사실도 밝혀졌다. 나는 그들의 재회를 목격했다. 두 사람 모두 하염없이 울었고 다시 만나게 되어 크게 감동한 듯 보였다.

타우타레와 이야기를 나누면서 야만인들에 대한 견해가 바뀌었고, 더는 그들을 예전 같은 식으로 생각할 수 없었다. 타우타레는 재치가 넘치는데다 흑인 언어와 백인 언어를 자유자재로 넘나들며 말장난하기를 즐겼다. 그뿐만 아니라 그는 진정한 애국자로, 조국에 대한 그의 깊은 사랑은 의심의 여지가 없었다. 나는 타우타레를 품위 있는 남자로 그려냈는데, 아주 명백한 한 가지 이유로 이 초상화는 물고기 책에 실릴 수 없었다.

타우타레가 소개해준 흑인들 가운데 '추적꾼 마크스'라고 불리는 멋진 남자가 있었다. 그는 에이트웨이즈의 댄디처럼 차려입어 우리 죄수들과 극명한 대조를 이루었다. 또 청결에 예민하여 이 더러운 유형지에서 옷을 매일 빨아 입을 정도로 깔끔했다. 그는 왕년에 함께 남태평양을 떠돌았던 미국인 포경선원들이 입는 식으로, 긴 옷깃이 달린 흰 셔츠를—안으로 집어넣는 대신—밖으로 내어 입고 페즈와 비니의 중간 어디쯤에 해당하는 빳빳하고 둥근 모자를 썼다. 누가 건드리지만 않으면 그는 조용했지만, 그 사나운 눈과 성난 듯이 꾹 다문 입은 건드리면 재미없을 것임을 암시하고 있었다.

본토 토착민인 추적꾼 마크스는 한동안 밴디먼스랜드 기병대에서 산적을 뒤쫓는 일을 하다가, 백인을 상대로 전쟁중인 부족들을 원시림에서 데려오는 로빈슨의 파견대에 어쩌다 우연히 합류하게 되었다. 그는 자기가 하는 일을 자랑스러워하지 않았지만 그것에 적대적이지도 않았다. 그의 말을 빌리면, 로빈슨 일당은 그가 동행한 무리일 뿐이고, 그가 누비고 다닌 곳은 그의 땅이 아니며, 비록 그가 흑인이긴 해도 그들은 자신의 동족이 아니었다. 뉴사우스웨일스의 또다른 흑인인 배러 버 사람들과 달리 그는 밴디먼스랜드의 야만인들을, 마치 그들을 폄하하면 유럽인의 창조 사다리에서 몇 계단 더 상승할 수 있다는 듯이 '꼬리 없는 원숭이'라고 조롱하지 않았다. 그는 다 알아버린 자의 한없는 권태 말고는 아무에게도 아무 감정도 느끼지 않는 듯 보였다.

한동안 추적꾼 마크스가 카푸아 데스와 함께 있는 모습이 자주 눈에 띄었다. 두 사람은 영어의 영향을 받은 크리오요 말과 애버리지니 말의 영향을 받은 영어가 혼합된, 자기들끼리 개발한 기묘하고도 변화무쌍한 은어로 끊임없이 이야기를 나누었다. 추적꾼 마크스는 카푸아 데스에게 자신의 동족과 그들의 세계와 그들의 땅과 그 땅에서 그들이 있는 곳에 대해 말해주었다. 자기가 아는 유산이라고는 오로지 단절뿐이었던 카푸아 데스는 이 이야기에 열심히 귀를 기울였다. 두 사람은 서로가 지금껏 몰랐던 것을 서로에게서 찾아헤매는 것만 같았다. 데스는 흑인이 어디서 왔고 어디로 갈 것이며 그것이 어떤 의미인지 찾고자 노력했지만, 생도맹그의 플랜테이션에서 주입받은 인식, 백인이 흑인보다 뛰어나진 않지만 백인의 방식만은 흑인의 방식보다 뛰어나다는 인식을 끝내 넘어서지 못했다. 카푸아 데스는 백인을 증오하면서도 그들의 문명은 사랑했기 때문이다.

추적꾼 마크스의 의견은 달랐다. 그는 백인보다 더 백인 같은 면모를 지녔음에도 그들의 방식을 싫어했다. 그의 옷차림과 몸가짐은, 사냥감의 세계 바깥으로 나가는 대신 그 속에 녹아들기 위해 나무그늘 밑에 숨어 바람에 몸을 맡기는 일과도 같았다. 한때 그는 에뮤 춤과 캥거루 춤의 명수였고 나중에는 백인들의 춤에도 재능을 발휘했지만, 이제 모닥불 주위에 서서 웃으며 그의 관찰력과 은근슬쩍 모방하는 재능을 칭찬해줄 사람은 그의 부족에서 한 명도 남아 있지 않았다.

백인에게는 법도 없고 꿈도 없다고 그는 카푸아 데스에게 말했다. 그들이 사는 방식은 전혀 이치에 맞지 않는다고. 그래도 그는 그들을 증오하거나 경멸하지 않았다. 그들은 믿기 힘들 정도로 어리석지만 힘을 지녔고, 추적꾼 마크스가 보기에 그 어리석음과 힘은 서로 긴밀히 연결되어 있었다. 하지만 어떻게? 그는 카푸아 데스에게 물었다. 어떻게 권력과 무지가 동침할 수 있을까? 카푸아 데스는 이 질문에 대답할 수 없었다.

그후 더욱더 많은 흑인이 콜록거리고 컥컥거리며, 코에서는 항구를 다 채울 정도로 많은 콧물을, 칼로 찢은 머리에서는 섬을 분홍색으로 물들일 만큼 많은 피를 흘리기 시작했다. 이틀 사이에 일곱 명이 추가로 숨졌다.

얼마 지나지 않아 추적꾼 마크스는 세라섬에서 종적을 감추었다. 아마도 그는 구스터 로빈슨이 흑인 형제들을 상대로 자주 천명하는 깊은 존경과 사랑을 자신이 얼마나 더 견딜 수 있을지 자신이 없었을 것이다. 그가 도망치기 전에 카푸아 데스에게 남긴 마지막 말은, 자신의 개인적인 내력이 뭔가를 의미하고 설명해준다고 믿으며 그것을 끊임없이 이야기하고 윤색해온 생도맹그의 도망 노예로서는 이해할 수 없는 내용이었다.

"당신의 신상을 철저히 숨기시오." 추적꾼 마크스는 카푸아 데스에게 그렇게 말했다.

그날 아침 램프리어 선생 집으로 가는 길에, 나는 두 죄수가 길 바로 옆에 파인 커다란 구덩이 속에 자루를 비우는 광경을 보았다. 충격적이게도 그 흑인 시체들에는 머리가 없었다. 죄수들은 참수된 시신들 위에 흙을 얇게 한 겹 재빨리 덮은 뒤 구덩이를 다 채우지 않고 남겨두었는데, 짐작건대 더 많은 시신을 묻기 위함인 듯했다.

"그래." 죄수 한 명이 말하는 소리가 들렸지만, 나는 그도 구덩이도 돌아보지 않고 렘프리어의 집을 향해 종종걸음으로 언덕을 내려갔다. "죽은 검둥이들. 하나는 로미오인데, 줄리엣은 안 보이네."

4

렘프리어 선생의 사택은 비어 있었지만, 집 뒤편에서 용을 쓰는 소리와 함께 거대한 유칼립투스의 가지가 떨어질 때 나는 것처럼 나무가 쪼개지는 소리가 이따금 어수선하게 들렸다. 옆으로 난 샛길을 따라 들어가보니, 캐슬레이의 우리와 인접한 진흙투성이 뒷마당의 암갈색을 배경으로 렘프리어 선생의 커다란 혹 같은 머리통 윤곽이 상아색으로 떠올라 있었다.

태양은 진한 달걀노른자색에 하늘은 선명한 군청색이지만 날은 여전히 차가운 것이 밴디먼스랜드 특유의 겨울 날씨였다. 하지만 렘프리어 선생은 육중한 몸을 그리 심하게 움직이지 않고도 폭포수처럼 땀을 흘리는 타입이었고, 그날 아침에는 흰 납가루를 바른 얼굴에 굵은 땀방울이 진주처럼 굴러내려오는 것으로 보아 바쁜 게 틀림없었다. 나무 배럴통 여섯 개가 그의 주위를 빙 둘러싼 가운데, 죄수 통장이가 그중

한 나무통에 뚜껑을 두드려 맞추고 있었다. 렘프리어 선생 자신은 다른 나무통의 옆면을 두 주먹으로 두들기며 내 눈에 보이지 않는 누군가와 싸움이라도 하는 듯 온갖 욕설을 퍼붓고 있었다.

그는 나를 보고 한 손을 치켜들더니, 마치 그 싸움이 자기와는 전혀 상관없다고 말하려는 듯 짓고 있던 표정을 떨어냈다.

"신경쓰지 말게―늘 있는 일이지―" 그는 나를 안심시켰다. "―만!―배럴통을 봉해서―놈들을 조용히 시켰어."

나는 다가가서 렘프리어 선생이 분주히 두들기던 배럴통 속을 좀더 자세히 들여다보았다. 통은 국물로 꽉 차 있었다―이게 정확히 절임용 국물인지는 확실히 알 수 없었지만 말이다. 언뜻 어두운 빛이 감돌기에 처음에는 올해 항구에서 많이 잡힌 장어를 가지고 통조림을 만드는 것인가 했다. 그러다가, 아니, 내 눈이 장난을 치는 건가, 남극광의 영향 때문에 가는 곳마다 사람이 물고기로 보이는 건가 싶어지는 것이었다.

이윽고 그후 며칠 동안이나 속았다는 느낌을 떨치지 못했을 정도로 아주 서서히 아주 끔찍하게, 배럴통 속에서 떴다 가라앉았다 하는, 장터의 사과처럼 나뒹구는, 수많은 양배추처럼 절여져 있는 그것들이 장어가 아님을 깨닫게 되었다. 그것들은 흑인 몇 명의 잘린 머리였다. 배럴통 여섯 개를 곱하면 짐작건대 마흔 개 내지 일흔 개쯤 되는 머리가, 맑은 한겨울 아침에 렘프리어 선생 댁의 구석빼기에서 절여지고 있었다.

렘프리어 선생이, 이 죽은 흑인의 머리들이 고함지르며 자기를 조롱하고 있다고 믿는다는 것 또한 명백해졌다. 그는 그들이 상상 속에서

가하는 조롱을 의식하지 못한다는 태도를 취하려고 애썼지만, 종종 뚜껑이 열리면 맞고함을 치곤 했다. 그러고는 과학자로서 체통을 지킬 의무에 지쳤다는 표정으로, 애정 어린, 거의 요염한 눈빛으로 가장 더러운 진흙탕 구석에 캐슬레이가 잠들어 있는 돼지우리 쪽을 바라보곤 했다. 그가 이 목가적 지복의 정경을 바라보며 희미하고 너그러운 미소를 띨 때면 벌겋게 달아오른 둥그런 얼굴에는 살짝 구부러진 틈새가 벌어졌고, 그는 옆에 놓인 이 빠진 질그릇 피처에서 럼주를 따라 홀짝인 뒤 흰 납가루를 칠한 이마를 얼룩 묻은 지저분한 실크 손수건으로 훔치곤 했다.

렘프리어 선생은 머리들이 도무지 가라앉지 않고 자꾸 방부액의 수면 위로 떠올라 자기에게 말을 걸어서 짜증이 난다고 설명했다. 그는 이 얼굴들이 영국으로의 기나긴 항해 도중에 공기에 노출되어 부패할 것을 우려했다. 그러나 이 흑인 머리들은 살아서 그랬듯이 죽어서도 무시할 수 없는 힘을 지니고 있었으며, 그들의 부릅뜬 눈은 렘프리어 선생에게는 불편하기 짝이 없게도 그가 가는 곳마다 따라다니는 듯했다. 그는 통장이에게 머리를 돌로 눌러서 가라앉힐 수 있느냐고 물었다. 통장이는 한숨을 억누르고 노끈을 찾으러 사라졌다.

렘프리어 선생에게는 많은 자질이 있었지만, 그가 자신의 상식이라고 일컫는 것은 그중 적지 않은 부분을 차지했다. 나는 여전히 몸에 붙어서 살아 있는 것처럼 지껄이는 잘린 머리들을 그가 전혀 비정상적이거나 초자연적인 현상이 아닌 실제적인 골칫거리로 간주한다는 것에 경탄했다. 여기에는 너무나 엄청나고도 단호하게 영국적인 뭔가가 있어서, 나는 이 같은 거인을 배출해낸 친애하는 '구세계'를 향한 그리움에 잠시 사로잡히지 않을 수 없었다. 보름달 같은 얼굴을 한 이 '과학'의 종복은 통장이와 함께 머리통을 가라앉히는 문제의 해결책을 강구하는 와중에도, 잠잠한 머리들을 향해 입을 다물라고 몇 차례나 다그쳤다.

자신과 자신의 일을 비웃는 이 머리들의 고리 가운데 놓인 그는, 마치 오랫동안 실종되었던 친구가 돌아온 것처럼 나를 반가이 맞아주었다. 그러고는 뚜껑을 덮은 배럴통에 기대어, 일반적으로 현자에게나 부여되는 공경을 곁들이지 않고 언급하는 일이 없었던 인물—코즈모 휠러—에 대해 분통 터지는 이야기를 쏟아내기 시작했다.

"처음에는—단순히—꽃—잎사귀 몇 개—물건—수집," 렘프리어 선생이 또다시 지저분한 손수건으로 이마를 훔치며 입을 열었다. 분이 뭉개져 지워진 자리에는 안쓰러운 자주색 피부가 니스처럼 반질반질하게 드러났다. "그런 일을 하면, 휠러가 말하길—학회에, 왕립, 가입시켜주겠다고—그런데—편지 한 통, 그게 전부—고명한 기관의 공식 감사장—물론 감격스러운—내용물이 과학 연구에 적합하게끔—모범적으로 보존 및 포장—선정되었음—그게 전부!—그게! 편지 한 통!

그리고 대척지의 식물상과 관련한 그의 위대한 업적을 인정하여—코즈모 선생은 코즈모 휠러 경이 되고—다음으로 그가 원한 건—한마디로—연체동물의 껍데기—껍데기가 금방 모이나? 천만에! 오랜 시간이, 아주 오래—휴일마다 이 끔찍한 해변을 샅샅이 뒤져서—처할 수 있는 가장 혹독하고 열악한 환경에서—왕립학회로부터의 두번째 공식 서한—첫번째 것보다도 더 열렬히 치하하는—하지만 내 학회 가입에 대한 언급은?"

"없었군요." 내가 말했다.

"그래," 그가 말했다. "없었지."

이 시점에서 그는 잠깐 말을 중단하더니, 배럴통에서 흘러나온 듯 여겨지는 어떤 외설적인 논평에 반박하고는 다시 하던 이야기로 돌아왔다.

"그래서," 렘프리어 선생이 말을 이었다. "이 문제를 제기했—정중하게—코즈모 경에게—남반구 해양의 무척추동물, 특히 대척지의 연체동물을 중심으로 한 그의 선구적인 연구의 결과로 이제 학회의 서기가 된—

코즈모 경이 나를 안심시키려고 별도의 개인적인 서신을 보내어 말하길, 내가 무시당하고—나는 감히 그런 말을 편지에 쓴 적도 없고, 생각한 적은 더더욱!—이용되고 있다는 우려는—완전히 잘못된 것—이 문제가 제대로 합당하게 다루어지고 있다고—장담했—나를 인정한다고—그도, 학회도—여기 소속된 식민지 수집가들 중에서 가장 출중하고 자격 있는—가장 실천적인 과학자로—명성이 너무나 높아서, 이제 의심의 여지 없는 이때까지의 노고 일체를 마무리하는 모종의 위대한, 최후의 업적만 있으면—그러면 나는 의기양양하게 영국으로 돌아갈 수 있다고.

그래서—이번 물고기 일이—나의 위대한 업적이 될 터였—학회로 들어가는 입장권이, 정어리와 오징어, 학회에—그런데 이제 그가 뭐라고 써보냈느냐,

'아뇨, 어류는 후커가 해버렸습니다. 우리끼리 얘기지만 후커의 연구는 형편없습니다. 하지만 어쨌든 어류는 이제 끝났고 더 할 것이 없으므로 수고스럽게 삽화를 보내지 않으셔도 됩니다. 이미 너무 늦었습니다.'

그가 쓰기를—지금 떠오르는 분야—새로운 과학—새로운 사회—새로

운 시대—골상학, 특히 정복된, 열등한 인종과 관련된—과학은 두개골 연구를 통해 인류의 우월하고 열등한 형태를 이해하는 데 있어 큰 진보를 이룩할 준비가 되어 있으나, 훌륭한 표본이 부족한."

그제야 나는—이러한 단편적 구절의 나열을 통해 추측할 수 있는 한도 내에서—이해할 수 있었으니, 범용한 사기꾼이라는 코즈모 휠러 경의 폄하에도 불구하고 과학계에서 그의 주된 라이벌인 듯 보이는 헨리 후커 경은 흑인 머리가 빽빽이 들어찬 배럴통 여섯 개를 우연히 발견했던바, 이는 그의 친구 조지프 뱅크스 경의 것으로서 여러 해 전에 뱅크스가 밴디먼스랜드에서 수집한 것이었다. 그후 후커가 뱅크스의 흑인 머리에 대해 발표한—그들이 백인 문명에 무구하며 흑인 골상학에서 귀중한 자료임을 주장한—학술 논문은 큰 관심을 불러일으켰다.

"루소주의적 잠꼬대로 가득찬," 외과의사가 말을 이었다. "부인들을 기절시키고—하!—하지만 코즈모 경이 보기에 후커의 연구는 근본적인 결함에 기초해 있다고—유행에 편승한 프랑스식 헛소리—지적 자위!

만약 그가, 코즈모 경이, 흑인 머리를 좀더 최근 것으로 입수한다면—최종적으로 증명될 것. 후커의 연구가—과학이 아닌—허영에 들뜬 추태임을.

그래서 이번에는 꽃이나 홍합이나 어류 말고—흑인 머리!—내가 왕립학회 가입을 승인받으려면—흑인 머리!—하지만 이게 그리 쉽지 않—어디서?—또 어떻게?—흑인 머리를 그물로 잡을 수도—해변의 바위를 들어서 떼어올 수도—턱도 없지!—흑인 머리를 야생화처럼 싹둑 잘라올 수도, 눌러서 말릴 수도—저격수처럼 총으로 쏠 수도 없고, 그러는 자들도 있긴 하지만—내가 어쩌겠나?

지극히 불미스러운 거래를 할 수밖에—가장 저열한 부류—죄수 무덤 파는 인부—시체 안치소 직원—시드니의 변호사—결과? 철저히 예상했던 대로, 저축한 돈 대부분을 잃고—끈적끈적하고 악취나는 머리들을 줄줄이 입수—수는 많아도 흑인은 없어—죄수 머리에 흑칠한 것—극빈자의 훼손된 머릿가죽에 타르 얼룩을 문지른 것—기타 지극히 허술하게 흑인 머리로 위장한 갖가지 머리통들—당연하게도 지극히 역겨운 상태로—아무거나 팔아치우는—포경선원 놈은 쪼그라든 마오리족 머리 두 개를 망태기에 담아 허리에 차고 와서는, 밴디먼스랜드 토착민 거라고 속여넘기려 들질 않나—차라리 쪼그라든 사과에 먹물을 찍은 게 더 낫지—바로 그때—"

"구스터 로빈슨요?" 내가 넌지시 말했다.

"그렇지." 그가 대답했다.

"비극이었지요." 내가 말했다.

"한마디로 말하면—그러나 남들이 비극을 본 곳에서—나는 보았—무엇을?—기회를."

그는 자기가 계시적이라고 여기는 지식을 전수하고자 할 때 흔히 취하는, 내게 익숙해진 방식으로 몸을 앞으로 기울였다.

"과학인가요?" 내가 넘겨짚었다.

"흑인 머리지." 그가 엄숙하게 고개를 끄덕였다.

나는 아직 수액을 머금고 있는 배럴통의 목재를 손가락으로 쓸었다.

"사후의 구속," 그가 말을 이었다. "—아니었다면 비기독교적인 비극적 삶이었겠지."

"구원이로군요." 내가 과감히 던졌다.

"그러길 바라네." 렘프리어 선생이 말했다. "비단 그들에게만 구원은 아닐 터."

렘프리어 선생은 또다시 얼굴을 훔치고는, 통장이에게 집으로 가서 차와 럼주를 더 가져오라고 말했다. 우리는 주저앉았다. "저놈들은 무시하게." 렘프리어 선생이, 배럴통 안에서 또다시 숨죽인 아우성이 들려오지만 자신은 개의치 않겠다는 듯 조용히 말했다. "배은망덕한 자들에게는 대답하지 말게." 통장이가 돌아와서 뚜껑을 밀봉한 배럴통 위에 찻주전자와 럼주 주전자를 내려놓았다.

통장이는 머리들이 떠올랐는지 가라앉았는지, 시무룩해 있는지 소리를 지르는지 따위는 안중에도 없이 다시 뚜껑에 못질을 하기 시작했다. 그런 말을 꺼내기에 최적의 시점은 아니었겠지만, 어쨌든 나는 물고기가 여전히 지고한 과학적 의미를 띤 프로젝트이며 만약 코즈모 휠러 경이 무관심해한다면 렘프리어 선생이 호바트타운의 인쇄업자 벤트에게 의뢰해서 직접 출판을 고려해보시는 게 어떠냐는 얘기를 늘어놓기 시작했다.

코즈모 휠러 경의 이름이 붙은 채 런던에서 출판되는 저작―그것은 영광과 인정, 그토록 오랫동안 변두리에 머물러 있었던 렘프리어 선생의 복귀, 렘프리어 선생이 다른 무엇보다도 소망했던 왕립학회의 회원 자격을 얻는 열쇠를 의미했다. 그러나 호바트타운에서 출판되는 책은……

"내가 그 정도로 환자인 줄 알아?" 의사선생이 고함쳤다. "호바트타운에서 책이라니―모순이지, 이 자식!―진정한 모욕, 과학에 대한!―문화에 대한!"

그는 럼주와 차를 좀더 들이켜고 일어서더니 주위를 돌면서 망치로 배럴통을 하나씩 두들겨가며, 냉큼 닥치고 마침내 너희가 '문명'을 위해 실질적으로 쓰이게 되었다는 사실에나 감사하라고 통에 대고 소리를 질렀다.

돌아와 앉은 그는 가장 온화한 기후대가 북위 40도에서 50도 사이에 걸쳐 있으며, 인류의 진정한 피부색과 다양한 아름다움에 대한 올바른 생각은 바로 이 기후에서 도출되어야 마땅하다고 말했다.

"문명국가는 하나도 없었─전부 백인─어떤 독창적인 공장이─어떤 예술이나 과학이─다른 지역에서 생겨났는가?─백인의 고귀한 걸음걸이와 몸놀림!─그리고 유럽인 처녀의 젖가슴 이외에 어디서?─어디서 그러한 한 쌍을 찾을 수 있는가?─그러한!─붉은 꼭지가 달린─풍만하고 눈처럼 흰 반구를?"

내 빈약한 머릿속은 풍만하지 않은 흰 반구, 반구가 되기에는 모자란 반구, 더 짙은 물감에 담가 관능적인 청자색 방아쇠를 지닌 검은 반구 들의 행렬로 포화상태가 되었다. 이런저런 기회에 운좋게도 허물없는 관계를 나누었던 이 행복한 행렬 가운데 내가 매력과 보상을 얻지 못했던 것은 단 한 쌍도 없었다.

이 모든 것─눈처럼 흰 반구의 달갑잖은 우월성, 렘프리어 선생의 확신에 의하면 끊임없이 지껄이며 자기들이 거주하는 반구가 지구상에서 틀려먹은 쪽에 있다는 사실을 아직도 깨닫지 못한 흑인 머리들, 이 세계에 슬프게도 선의가 부재하다는 사실과 그 비참한 결과, 이제 물고기를 그리는 안락한 보직을 유지할 희망이 사라진 듯한 나 자신의 운명─에 대해 느낀 충격을 나는 숨기려고 노력했지만 빤히 들여다보였음이 틀림없었다.

"나는 과학을 할 것이네, 굴드─바보 광대짓이 아니라."

그러고서 렘프리어 선생은 무슨 야유나 조롱의 말을 들은 것처럼 갑자기 휙 돌아서더니, 내게 등을 돌리고 배럴통들을 향해 고함쳤다.

"나는 너희를 애도하지 않는다—나는 조국을 사랑하는 박물학자라고, 나처럼 너희도 희생하는 거야, 과학을 위해—국가를 위해."

배럴통에서 터져나오는 아우성이 그의 머릿속에서 더 시끄러워진 것이 틀림없었다. 그가 장작더미에서 묵직한 각목을 집어들고는, 자기보다 더 너희를 위해줄 수 있는 사람은 없다고 말하면서 통 뚜껑을 계속 후려치고 다녔기 때문이다. 그는 지나간 일은 어쩔 수 없다며, 자기는 미래에 관심이 있다며, 너희는 이처럼 장대한 '과학' 프로젝트에 동참함으로써 마침내 '문명'에 조금이나마 도움이 되는 것에 기뻐해야 마땅하다며 소리소리 질렀다. 이 마지막 말에 소스라치게 놀라 잠에서 깬 돼지 캐슬레이가 꽥꽥대며 잰걸음으로 우리 안을 돌아다니기 시작했다. 이 소음이 합세하면서 전체적인 불협화음의 강도는 한층 높아졌다. 렘프리어 선생이 각목으로 배럴통을 두들기고 가장 험악한 욕설을 외치며 이리저리 날뛰는 가운데 그의 돼지는 꽥꽥 울어댔다.

"나는 너희를 사랑해—이해하겠니?" 이제 그는 흐느끼고 있었다. "사랑하기 때문에, 오직 사랑 때문에—내가 너희한테 이러는 거라고."

마침내 그가 패배하고 말았는지, 렘프리어 선생은 포기한 듯 보였다. 그가 각목을 너무 세게 내던져서 그것은 사령관이 채 완공하지 못한 '운명의 대로' 위로 날아갔다. 그는 푹 한숨을 내쉬고 눈에서 약간의 눈물을 털어낸 뒤 어깨를 축 늘어뜨린 채 돼지우리 앞으로 걸어가서 섰다. 그러고는 꽥꽥거리는 캐슬레이를 대화에 끌어들이려고 애썼다.

"저놈들은," 이 대목에서 그는 돼지가 볼 수 있도록 반항하는 배럴통들을 향해 비난의 손가락질을 던졌다. "저놈들은 인식하지 못해─형태─크기─두개골 각 부분의 관계─모두가 기질과 지능의 확실한 지표─그리고─바로 이 주제에 관한 논문을 쓰고 있─영혼 그 자체─두개골 연구로 그 근본적인 차이가 드러날 것─인간 종에 위계가 존재하는 정확한 이유─그 명확한 본질."

그는 돌아서서 고개를 가로젓더니 다시 내게로 돌아왔다.

"보다시피," 렘프리어 선생이 주전자에 다시 럼주와 홍차를 채우며 말을 이었다. "바로 여기서─그 가장 큰 도전을─과학은 제기하고 있─휠러는 규명하고자 결심─우리의 흑인 형제들은 개처럼─벼룩처럼─아담의 후손이 아니라─하느님이 그들을 창조하셨으나─독립된 그러나 열등한 종으로서, 숭어나 참새를 독립되었으나 열등하게 창조하셨듯이─건전한 영국인으로서 우리는─이 견고한 상식을─파악하고 있─그러나 과학적 분류와 범주화가 없는 한 우리는 이를 과학으로서 인식할 수 없─아직은.

코즈모 휠러 경은 두개학적 보물을 보유하고 있─해부학적 견해의 깊이에 있어 독보적인─그러나─그것은 전부 백인의 두개골."

렘프리어 선생은 몸을 앞으로 숙이더니, 송골송골 땀이 맺힌 거대한 대머리를 낮게 떨구고 마치 꼬치에 꿴 돼지머리처럼 이쪽저쪽으로 휘휘 돌렸다. 그러고는 주위에 듣는 사람이 아무도 없음을 확인한 뒤, 마치 음모를 꾸미는 듯한 목소리로 말을 이었다.

"바로 그 점이 문제─이 모든 것을 과학으로서 증명하는 위대한 작업을 완수하기 위해─휠러에게 있어야만 하는 것─휠러에게 필요한 것은 바로─감정하고 연구할 흑인의 두개골이라는."

렘프리어 선생은 머리통을 자기 어깨 위로 도로 감아올리고는—그의 머리통은 컵 속에 든 삶은 달걀처럼 떨렸다—이렇게 속삭였다.

"그에게는 내가 필요해."

5

끝내 수채물감 세트는 얻지 못한 채 렘프리어 선생과 그의 배럴통들을 뒤로하고 나온 지 며칠 뒤, 나는 외과의사에게 배정된 하인으로서 앞으로의 내 역할을 의논해야 하니 아침에 일어나자마자 그를 만나러 가라는 전언을 받았다. 내 머릿속은 이것으로 물고기도 나도 끝인가 하는 걱정으로 가득찼다. 나는 있는 힘을 다해 이 프로젝트가 계속할 가치가 있음을 주장하기로 결심했고, 그래서 추위를 뚫고 양손을 비벼 녹이며 그의 사택으로 걸어가는 동안 내 머리로 짜낼 수 있는 온갖 과학적인 논거를, 렘프리어 선생에게 먹힐 만한 최적의 주장을 생각해보려고 애썼다.

내가 그를 만났던 그 주에 렘프리어 선생은 흑인 머리들을 처리하느라 분주했다. 그는 머리통을 그대로 술통에 담아 운송하려는 시도를 포기하고, 그 대신에 두개골로 정제하기로 했다. 이 일은 머리의 목록을 작성해서 영국으로 운송하는 작업을 보조하는 한 말 못하는 죄수의 몫이 되었다.

이상하게도 그의 사택은 비어 있었다. 더 이상하게도 돼지우리 쪽에서 마구 흔들리거나 꽥꽥거리는 소리 또한 들려오지 않았다. 나는 의사선생이 캐슬레이와 함께 평소와 달리 고요한 명상을 하고 있을지도 모른다고 생각하며 집을 돌아 뒷마당으로 가보았다. 돼지는 있었다. 이번만은 실컷 포식했는지, 녀석은 옆으로 쓰러져 잠든 채 깊고 만족스러워 보이는 휴식에 빠져 있었다. 하지만 그의 주인이자 친구인 렘프리어 선생의 흔적은 보이지 않았다.

돼지 주둥이 언저리에 노인의 수염자리처럼 번진 희끄무레한 얼룩이 그의 범행을 은연중에 누설하고 있었음을 알아차린 것은 나중에나 가서였다. 하지만 그때는 유난히 거대한―너무나 짙게 피어올라 우리의 상당 부분을 가리고 있던―수증기 구름과, 그 안개에서 너무나 강하게 풍기는 들큼하고 시큼한 향에 압도되어 있었다. 나는 어떻게든 현실을 모면해보려는 어린애 같은 본능으로 눈을 질끈 감았다. 하지만 냄새는 더 강해지기만 하다 급기야 숨을 막아버릴 듯 덮쳐와 머리가 짓눌리는 것 같았고, 너무 축축해서 얼굴에 시큰한 이슬이 맺히는 느낌이었고, 너무 싸해서 콧구멍에 불이 붙은 것 같았다.

마침내 다시 눈을 뜨고 그 매캐한 안개가 극장의 커튼처럼 걷히는 광경을 보았을 때, 그 순간 눈앞에 놓인 진흙 구덩이 무대의 참상 가운데 우뚝 솟은 것의 정체는 도저히 착각할 여지가 없을 정도로 명백했다.

6

그것은 똥이었다.
그것은 거대했다.

그것은 심지어 오늘 아침 지구상에서, 어쩌면 여태껏 존재한 것 중에 가장 큰 돼지똥일지도 모른다고 경외에 떨며 생각했다. 이는 그야말로 확실히 경악스러운 광경이었으므로, 이것이 돼지똥이라는 짐작을 곧바로 받아들이기란 쉽지 않았다. 저 김이 모락모락 나는 분뇨의 오벨리스크가, 저 겨울 이른 아침의 불그스름한 빛을 받아 어쩌나 일렁였는지, 한 차례 수선을 거쳤지만 이제는 묵사발이 된 싸구려 백랍 구두 버클의 다소 변색되었으나 틀림없는 형체가 피라미드의 밑동에서 불쑥 튀어나와 있지만 않았더라면, 저것을 숭고하고도 지극히 귀중한 금덩어리로 착각하는 것도 충분히 가능한 일이었으리라.

나는 울타리를 딛고 올라서서 좀더 자세히 안을 들여다보았다. 무슨 광란의 술판 뒤에 버려진 듯한, 반짝이는 돼지똥 무더기 주변의 마구 파헤쳐진 흙 속에서 (피 묻은) 셔츠 쪼가리, 검은 연미복의 (찢어진) 꼬리, (조각난) 파란 실크 소매, (진흙이 덕지덕지 묻어) 얼룩진 실크 손수건 반쪽이 눈에 들어왔다.

이윽고 불편하게도 사람 허벅지 뼈처럼 보이는 것이 눈에 띄었다. 피와 진흙이 엉겨붙은 다른 뼈들. 갈비뼈. 대퇴골. 그뿐만이 아니었다—정강이뼈. 아래팔뼈. 척추뼈. 그리고 커다란 혹 그 자체인, 피 묻은 거대한 두개골이 마치 어느 태평양 섬의 쓰러진 거석상처럼 모로 누워 있었다.

캐슬레이가 방귀를 뀌며 들큰하고도 매캐하며 충격적으로 강렬한 냄새를 내뿜었을 때, 그 순간 정확히 바람받는 방향에 서 있던 나는 그 익숙한 악취가 다름아닌 렘프리어 선생의 원자화된 실체라는 사실을 깨달았다.

우리 저쪽 끝에 산산이 깨진 질그릇이 눈에 띄었다. 투페니 살과 내가 우리의 불한당 수프를 발효했던 술병들의 잔해였다. 어떻게 했는지 몰라도 캐슬레이는 앞발로 그것들을 슬금슬금 굴려 울타리 밑을 통해 자기 우리 안에 들여놓고는 깨부숴서 그 속의 독한 내용물을 들이켠 것이었다. 나는 돼지를 보았다. 돼지가 눈을 뜨고 나를 쳐다보았다.

그놈이 씩 웃었다고 하느님께 맹세할 수도 있다.

나는 섬뜩해져서 한 손으로 입을 틀어막고 휘청거리며 뒷걸음쳤다.

램프리어 선생이 어떻게 최후를 맞았을지가 흐릿한 백일몽처럼 눈앞에 그려졌다. 그는 울타리에 걸터앉아 술을 마시고 취해서 자신에게 남은 마지막 청중인 사나운 수돼지 캐슬레이를 상대로 '과학', '문명', 카발라 유인물, 또 부패를 유발하는 부패된 기억에 불과한 백설의 반구들에 대해 지껄이고 있었다. 우리의 조악한 럼주를 마시고 더더욱 사나워진 캐슬레이가, 물론 술 취한 돼지에게 능동적인 사고 능력이 있다면, 대체 언제 이 미칠 것 같은 소음이 멈출지를 생각하며 초조하게 왔다갔다 왔다갔다하는 장면이 보였다. 마침내 캐슬레이가 귀가 멍멍해질 정도의 괴성을 터뜨리며 울타리를 전력으로 들이받는 장면도.

그리하여 그나마 남은 약간의 균형마저 상실한 램프리어 선생이 허공으로 추락했다.

거기서 그는 자신이 아주 오랫동안 보기를 회피했던 많은 것을 똑똑히 보았을 것이다. 그는 빠른 걸음으로 다가오며 군침 흘리는 그것의 소리를 확실히 들었을 것이다. 그리고 추측하건대 어느 순간 이제 그 무엇도 피할 길이 없음을 확실히 알았을 것이다.

톱상어

그리스도와 카발라와 돼지똥―남근에 닥친 고난에 대하여―역사의 환각
―구사일생―혹의 분류―요르겐 요르겐센―그가 아이슬란드의 왕이 된 일에 대하여
―워털루에 대한 신문 기사―요르겐센의 새로운 임무―볼테르의 머리를 발견하다
―누명을 쓴 굴드―또다른 『물고기 책』

1

　나는 돼지가 완벽해질 수 있다는 램프리어 선생의 바보 같고 궁극적으로는 치명적이었던 믿음보다는, 물고기에 대한 그의 열정이—비록 오래가진 못했을지언정—너무 강했던 나머지 부적절한 종교적 믿음으로 화해갔다는 사실을 기억하기로 했다. 그가 요르겐 요르겐센에게 빌린 오래된 카발라 유인물에서 '예수 그리스도''하느님의 아들''구세주'를 뜻하는 그리스어 단어들의 앞 글자—ich-th-ys—를 조합하면 물고기를 뜻하는 그리스어 단어—이크티스—가 된다는 사실을 발견한 뒤로 이 망상은 한층 더 굳건해졌다.

　"모든 생명은 신성하지만, 굴드, 물고기야말로 그중에서 가장 신성하다네," 그의 미친 열정이 아직 내 믿음으로 바뀌기 전에 그는 이렇게 말했다. "초기 기독교인들이 물고기를 그리스도의 상징으로 썼던 게 바로 그

때문이지."

유감스럽게도 하느님은 당신의 천국에, 위대한 과학자는 돼지똥의 피라미드와 독한 메탄 구름 속에 머물러 있었고, 물고기는 이제 나와 함께 있었다. 하지만 성부도 성자도 성령도 아닌 나로서는 물고기로 무엇을 할지, 렘프리어 선생의 잔해를 어떻게 할지, 이로 인해 결국 내게 닥칠 일을 어떻게 감당할지 아무런 생각도 없었다.

나는 이 낭패를 축복으로 해석하려고 시도해보았다—어쩌면 이는 고대 이크티스의 신성한 개입인지도 모른다. 이제 『물고기 책』이 코즈모 휠러 경의 주석을 달고 짐짓 그의 저서인 것처럼 발행될 일은 없을 것이다. 마치 의사선생의 죽음이 물고기를 '과학'의 요구나 선생의 사회적 야망으로부터—이 둘은 결국 대동소이한 것이 되었지만—풀어주어 내게로 인도한 것 같았다. 그전에는 극히 한정되어 있던 물고기의 범위가 갑자기 무궁무진해졌다. 이에 나는 당연히 기뻐해야 했겠지만, 공포 이외의 무슨 감정을 느끼기에는 당면한 위기 상황이 너무 급박했다. 오늘 내가 렘프리어 선생을 만나러 갔다는 건 모두가 아는 사실이고, 그가 죽었다는 건 당연히 알려질 터이며, 섬 유형지에서의 죽음이란 예외 없이 살인으로 간주되는 까닭에, 만약 그의 뼈를 처리하지 않으면 내가 처리될 것이 명백했기 때문이다.

그때 내가 취한 행동이 여태껏 한 일 중에 가장 영리했다거나 그러한 상황에서 더할 나위 없이 현명했다고는 할 수 없다. 하지만 최소한 그의 시체 문제는 일단 해결할 수 있었다. 나는 빼돌려두었던 남은 술을 가져와 살인범 캐슬레이가 있는 우리 안으로 던져넣고는, 진수성찬을 포식한 뒤 곯아떨어진 그놈을 잠에서 깨웠다. 돼지는 후루룩 쩝쩝

거리며 어찌나 맹렬한 기세로 게걸스럽게 럼주를 핥아먹었는지 채 십오 분도 안 되어 홀떡홀떡 재주를 넘기 시작했다. 그러고서 벌러덩 자빠져 나뒹굴더니 네발을 빈 술병처럼 허공으로 치켜든 채로 다시 곯아떨어졌다.

돌을 던져서 그놈의 거칠거칠한 가죽에 맞고도 아무 반응 없이 튕겨나오는 것을 보고 돼지가 충분히 깊게 잠들었음을 확인한 뒤, 나는 살며시 우리 안으로 들어가서 똥을 파헤쳐가며 렘프리어 선생의 잔해를 수습하는 끔찍한 작업에 착수했다. 정신없이 그의 옷가지를 집안의 난롯불에 던져넣고, 벨트와 구두 버클은 근처의 땅에 묻고, 그의 뼈는 사택 뒤편에 있는 낡은 물통 속에 던져넣었다. 그런 다음 일어나서 숨을 깊이 들이쉬고는, 이 악취나는 사람뼈가 담긴 통을 어떻게—그리고 이 붐비는 섬의 어디에—숨길지를 놓고 머리를 쥐어뜯었다.

2

뼈를 어떻게 처리할 것인지에 대해서는 투페니 살도 빌리 굴드와 마찬가지로 별다른 수를 생각해내지 못했다. 그는 그녀의 작고 어두운—감방보다 약간 더 나을 뿐 천장은 너무 낮고 벽은 너무 축축하고 초라한 짚자리를 깐 간이침대는 너무 비좁고 그 외에 가구라고는 망가진 고리버들 의자뿐인—방을 자신의 문제로 가득 채웠다. 그가 과거를 은밀히 처리하는 난제로부터 출발해서 결국 '계몽'의 언저리에 종착했을 무렵, 침실 문이 힘겹게 끼익 열렸다.

빌리 굴드가 투페니 살의 간이침대 밑에 알몸을 간신히 숨기자마자 맹렬하게 쌕쌕거리는 숨소리가 들렸고—그것이 누구의 숨소리인지는 명백했다—이어서 사령관이 망가진 고리버들 의자에, 그 순간 공황에 빠진 빌리 굴드의 정신 상태만큼이나 불편하게 삐그덕 앉는 소리가 들려왔다. 그때서야 나는 내 몸의 일부분이 담요 밑으로 삐져나와 있음을 깨달았지만 너무 늦었다.

사령관은 어둠과 혼탁한 의식 탓에 침대 밑에서 둥실 피어오른 엉덩이 한 쌍을 낡은 발받침으로 착각했다. 그는 늙어서 납작해진 볼기를 부풀려 조금이나마 편하게 만들기 위해 발뒤꿈치로 몇 번 툭툭 찬 뒤, 부츠 신은 발을 내 엉덩이의 갈라진 틈새에 끼우고는 위아래로 문댔다. 소중한 남근이 이리저리 치여 덜렁거리는 와중에 벌거벗은 채 네 발로 엎드려 조용히 있기란 결코 쉬운 일이 아니다. 이는 끔찍스러운 고문이었고, 이어서 사령관이 기나긴 독백을 시작했기 때문에 고통은 덜어지지 않았다. 사령관이 그전에 아편팅크 몇 방울을 입에 털어넣었다는 사실은 나중에야 알았다.

섬망 상태로 빠져들면서, 그는 역사란 절대로 과거에 머물러 있지 않으며 영구히 현존한다는 이야기를 늘어놓았다. 그는 지난 수 세기 동안 의도적으로 혹은 우연히 밴디먼스랜드를 발견했던 모든 사람이, 지금, 여기, 투페니 살의 침실 안에 입항했다고 믿고 있었다. 그는 삼각돛을 단 다우선에 오른 12세기 아랍 상인들, 긴 항해로 병들고 야위었으며 머잖아 불가해한 우울증으로 죽어간 14세기 일본 해적들을 보았다. 치아와 머리털이 다 빠진 그들의 시체는 너무 가벼워서 공중으로 떠올랐기 때문에 무덤에서 나오지 못하도록 돌로 눌러두어야 했다.

그는 괴혈병에 시달리는 15세기 포르투갈 탐험가들을 보았다. 범선 세 척에 나누어 타고 황금과 기독교 개종자를 찾아다니던 그들은, 프톨레마이오스 지도 밑바닥에 '테라 인코그니타'—미지의 땅—라고 표시된 막연한 부분을 헐벗고 흑인 토착민이라는 눈앞의 확연한 실재와 조화시키느라 애를 먹고 있었다. 토착민들은 교역에 너무나 무관심해서 포르투갈인들이 제시한 선물 중에 빨간 손수건 하나만 곱슬곱슬한 머리에 두르고 나머지는 전부 도로 내던졌다.

그러한 서글픈 무지에 사령관은 고개를 절레절레 내저었다. 침실을 떠난 포르투갈인들은 범선을 돌려, 그들의 대장인 '무법자 아마도'가 들은 소문에 따르면 움직이는 빙산 위에 상거래에 좀더 호의적인 종족이 살고 있다는 남쪽으로 향했다. 그들은 코가 있어야 할 자리에 뱀처럼 가는 콧구멍만 뚫려 있고 오로지 냄새만을 섭취하며 살아가기 때문에 그것과 교환하여 기꺼이 황금을 내준다고 했다.

그때 벼룩이 사타구니를 무는 바람에 나도 모르게 엉덩이를 씰룩했다. 사령관은 발받침이 넘어지려는 줄 알고 오른편으로 냅다 한번 걸어찬 다음, 이제 매우 붐비게 된 이 역사의 침실 안에 우리와 함께 있다고 여기는 사람들에 대한 이야기를 이어갔다.

그러다가 그는—흥분해서 내 고환에 부츠를 문질러 닦으며—땅딸막한 플라이트선을 타고 교역 상대를 찾아 투페니 살의 간이침대의 높은 파도를 넘어 항해하는 네덜란드인들에게 고함을 쳤다. 뒤이어 길고 홀쭉한 프로아선을 타고 자기네들의 북서부 어장에서 멀리 남쪽까지 표류해온 자바인들, 그리고 용맹한 므시외 페롱의 지휘 아래 박물학자, 천문학자, 화가, 철학자, 백과사전 편찬자, 석학 들로 이루어진 프랑스 원정대가 나타났다. 므시외 페롱이 공화력 6년의 밴디먼스랜드라고 믿은 기나긴 해안—실은 지금 여기—에 상륙하여 한 흑인 여성에게 정중히 허리 굽혀 인사하며 장갑을 벗자, 그녀는 그가 피부 껍질을 벗긴 줄 알고 비명을 질렀다. 그녀의 공포는 그가 〈라 마르세예즈〉를 불러서 그녀를 즐겁게 해주고 그녀가 그의 바지를 벗겨서 진짜 남자임을 확인한 뒤에야 겨우 가라앉았다.

그러고서 사령관은 지극히 끔찍한 공포에 사로잡혔다.

"시간이 전혀 흐르지 않았으면 어쩌지?" 그가 쳇소리를 내질렀다. 마치 아랍인, 일본인, 포르투갈인, 자바인, 프랑스인 모두가 영구히 이곳 투페니 살의 침실에서 밴디먼스랜드를 발견중이며, 독약을 먹고서도 미소면 얼굴로 말을 거는 드그루트 소령과 더불어, 등허리보다 더 심하게 구더기가 들끓는 정신 상태로 '요람'에서 숨진 이들 모두와 더불어, 그 외에도 지금 투페니 살의 방문으로 꾸역꾸역 걸어들어오는 천한 명의 기나긴 행렬과 더불어 다시금 살아 돌아온 것 같았다. 그 행렬의 맨 끝에는 레스보그 대위와 그의 소대가, 통통 불어오른 그들의 황폐한 시체가 마치 군인다운 절도를 유지하려 애쓰는 풍선처럼 둥둥 행진해 들어왔다. 사령관은 갑자기 내 볼기에서 다리를 떼고 벌떡 일어서더니 더이상 한마디 말도 없이 비틀거리며 방을 나갔다.

나중에 카푸아 데스는 사령관의 아편 환각이 언제나 이런 형태를 취했다고 내게 알려주었다. 하지만 사령관이 처음 아편팅크를 복용했던 여러 해 전에는 그 효과가 심오했다고 한다. 이제 투페니 살의 지저분한 방 안에서 그것은, 영적 의미를 띠는 모든 일이 일상적인 반복을 거치며 마모될 때 그러하듯이, 그 범위가 서글프게 축소된 예술로, 심지어는 오락으로 퇴화해 있었다.

이제 그는 자바인들이 사라질 때면 함성을 지르고, 프랑스인들을 향해 씩씩대고, 죽어가는 일본인들을 비웃곤 했다. 하지만 그 이전부터 역사는 사령관이 깨어날 수 없는 악몽이 되어 있었다. 이 모든 것에 대한 걱정으로 그의 황금 가면 밑에서는 궤양이 무리지어 돋아났다. 그는 '과거'가 '현재'와 마찬가지의 '혼돈'이라는, 직선은 없으며 마치 '지금'이라는 물속으로 가라앉은 조약돌로부터 영원히 밖으로 퍼져나가는 둥근 파문처럼 무한한 원만 있을 뿐이라는 불안한 증거를 곳곳에서 보기 시작했다. 그는 녹색 아편팅크 복용량을 점점 더 늘렸다. 또 자신의 육체와 정신을 좀먹는 듯한 임질을 치료하기 위해 수은 투여량을 두 배로 늘렸고, 다시 두 배로 늘렸다. 그는 무엇보다도 자기가 미치는 것이, 자기 상상 속에 갇히는 것이 두려웠다.

죄수들은 언제라도 탈주할 수 있었지만, 그에게는 그러한 해방이, 심지어 황야에서 횡사하는 비참한 해방조차 허락되지 않았다. 한때 그는 자신의 존재를 과시하기 위해, 삶의 감각을 잊기 위해, 날이 갈수록 점점 더 자신을 향해 몰려드는 혼란을 잊기 위해 물라토를 찾았다. 하지만 이는 전혀 효과가 없었다. 물라토는 허리를 굽히고 치마를 등 위로 걷어올려 그를 그토록 흥분시키는 찬란한 엉덩이를 드러내고는, 할 일이 있으니 그저 빨리 끝내달라고만 부탁했다. 사령관은 외로이 제 할일을 한 뒤, 그녀에게 욕설을 퍼붓고는, 그것이 환상에 불과함을 둘 다 알고 있음에도 짐짓 의기양양한 척 물러서곤 했다.

왜, 어떻게 해서 투페니 살이—그리고 말할 것도 없이 빌리 굴드가—사령관을 괴롭히던 임질에 걸리지 않았는지 의아해할 수도 있으리라. 그러나 그의 질병은 아주 오래전부터 그와 함께해왔고 이제 그 혼자만의 것으로서, 그의 생각이 그러하듯이 더이상 전달될 수 없는 성질의 저주였다.

벗어날 수 없는 과거의 공포를 처음으로 목격했던 여러 해 전의 그 날, 사령관은 요르겐 요르겐센을 장시간 심문한 뒤 자기 골방 구석에서 소변을 보며 단호한 명령을 내렸었다.

"이 섬에 대한 모든 기록을 귀관에게 일임한다."

사령관은 농포가 맺힌 음경을 부끄럼도 거리낌도 없이, 그저 심한 통증으로 희미하게 떨면서 도로 반바지춤에 쑤셔넣고는 늙은 덴마크인을 향해 돌아섰다.

"지금 내가 과거를 지배할 수 없다면," 그는 젖은 손가락을 섬새 깃털 견장에 문질러 닦으며 말을 이었다. 그의 가면이 너무 눈부셔서 늙은 덴마크인은 손을 오므려 눈을 가려야 했다. "적어도 앞으로는 내가 그것을 지배하겠다."

시간에 압제를 가하겠다는 그러한 야심에 비하면, 빌리 굴드의 문제는 그야말로 하찮은 것이었다. 의심의 여지 없이, 미래의 사람들은 그가 이후에 취한 행동을 내적 반란이라든지 인간성의 맹렬한 선언으로 해석하고 싶어할 것이다. 그러나 킹과 내가 아는 사실은 이와 다르다. 빌리 굴드는 렘프리어의 백골보다 더 지독한 똥무더기 속에 빠져 있었고, 최대한 빨리 거기서 빠져나와야 했다.

3

나는 옷을 주워입고 투페니 살의 거처를 나왔다. 그녀가 내놓은 유일한 제안은 최선책은 아닐지언정, 마치 죄수의 수프 속에 든 한 점의 고깃조각처럼 내 겁에 질린 머릿속에서 외로이 덜그럭거리는, 잡히고 말리라는 한 조각 공포와는 달리 적어도 생각이라는 미덕을 갖추고 있었다.

나는 다시 뼈가 든 통을 짊어지고 '운명의 대로'를 걸어가며, 사람들과 마주칠 때마다 그것이 의사선생이 퇴짜 놓은 썩은 염장 돼지고기인 척하면서, 그가 수집해온 애버리지니의 두개골이 보관된 병참부의 한 방으로 향했다.

어두컴컴하고 창문도 없는 그 방의 조명이라고는 고래기름 램프 세 개의 불안정한 불빛뿐이었고, 죽어가는 고래의 애절한 비명 냄새가 났다. 렘프리어 선생은 벙어리 죄수 헤슬로프를 상대로 인내심과 더불어 이따금 폭력을 동원해가며 영국의 코즈모 휠러 경에게 보낼 두개골의 세척과 정리와 올바른 포장법을 훈련시킨 터였다.

"소명," 그는 벙어리 죄수에게 말했었다. "영광스럽고 거룩한 소명—내가 자네에게 준—어떻게 생각하나, 에, 헤슬로프?" 말 못하는 죄수는 당연히 아무런 대답도 할 수 없었다.

내가 헤슬로프에게 마지막으로 목록에 추가할 뼈 한 벌을 건네주자 그는 짜증을 냈다. 자기는 이제 죽은 흑인들의 뼈는 다 끝났으며 식물과 꽃 목록을 정리하는 좀더 쾌적한 일로 되돌아갈 수 있을 줄 알았다고, 몸짓으로 확실히 의사를 밝혔다. 헤슬로프는 내가 힘들게 짊어지

고 온—이상하게 돼지 냄새가 나는—낡은 통을 들여다보고는 그 속에
서 진흙 범벅에 유난히 역겨워 보이는 토탄이 죽죽 묻은 또하나의 새
로운 사람 두개골을 발견했다. 그는 고개를 절레절레 흔들며 성난 소
리로 툴툴거렸다.

헤슬로프는 자기한테 또 뼈다귀를 떠안긴 렘프리어 선생에게 약이
오른 것이 틀림없었다. 나는 그에게 동정심을 느꼈다. 바로 그날밤 연
락선 한 척이 호바트타운으로 돌아갈 예정이었고, 렘프리어 선생은 완
비된 애버리지니의 뼈를 그 배에 실어서 런던으로 보내야 한다고 고집
을 부렸기 때문이다.

그래서, 어차피 해야 할 일인데다 렘프리어 선생의 분노를 사지 말
아야 했기에, 헤슬로프는 그 자리에서 두개골의 세척과 보존과 목록
작성 작업에 착수했다. 두개골은 발굴 과정에서 너무 심하게 훼손되어
마치 야생동물에게 갉아먹힌 것처럼 보였다. 그는 갈색 줄이 죽죽 그
어진 연분홍색 두개골을 집어들더니 다소 성질이 누그러진 듯, 이것은
다른 머리들과 달리 무언의 비난을 웅얼대지 않아서 안심이라는 이야
기를 몸짓으로 표현하며 표면의 찌꺼기를 긁어내고 삶고 세척하기 시
작했다. 나는 최선을 다해 그를 돕는 한편, 두개골에 첨부할 카탈로그
에 그 측정 수치를 주의깊게 기재했다.

이 모든—'위대한 과학자'가 죽어서 그 자신의 '불멸의 체계'의 일부
가 되는—과정에 어떤 대칭과 아름다움이 존재함을 나는 놓치지 않았
다. 카탈로그의 눅눅한 페이지에 두개골의 식별 번호, 즉 렘프리어 선
생의 묘비명을 적을 땐 눈에 눈물이 차올랐다. 불속에 던져져 쪼그라든
가시복을 연상시키는, 간결하고도 적절한 묘비명이었다. 매쿼리하버

컬렉션의 서른여섯번째 두개골로서, 여기에는 렘프리어 선생 자신이 도입한 방식에 따라 MH-36이라는 명칭이 붙었다. 나는 깃펜을 떼고서 종이 위에 모래를 뿌렸다. 그리고 점점이 흩뿌린 알갱이 밑에서 유동성을 띤 이 네 글자가 말라가며 현실이 되는 광경을 지켜보았다.

그날 저녁 특별히 제작된 나무상자들이 연락선에 실렸다. 이 상자들은 내부가 칸칸으로 구획되어 애버리지니의 두개골이 한 칸에 하나씩 들어갔고, 그 틈새는 향기로운 휴온소나무 톱밥으로 조심스럽게 채워졌다. 수신인 이름은—

코즈모 휠러 경
왕립학회
런던

—이라고 렘프리어 선생의 지시대로 상자마다 적혀 있었는데, 여기 동봉된 일람표에 MH-36이라고 지정된 두개골 옆에는 묘하게도 이 저명한 식민지의 외과의사이자 수집가의 코멘트가 붙어 있지 않았다. 죄수는 이상한 일이라고 생각했지만 그 이유를 따져 물은 죄로 두들겨 맞고 싶지 않았다.

나는 헤슬로프의 등을 철썩 때리며 그의 수고에 감사를 표했으나, 렘프리어 선생의 실종이 그렇게 쉽게 넘어갈 일이 아니라는 걸 알았어야 했다.

며칠이 지났다. 그동안 비가 줄기차게 내렸고, 나는 사령관의 궁전에 있는 방에서, 애정 어린 군중에 둘러싸인 채 항구에서 수영을 즐기는 사령관의 새로운 초상화를 그리고 있었다. 빗소리에 가려서 아무 소리도 듣지 못하던 중, 나는 다만 뒤에서 풍겨오는 냄새만으로 그의 존재를 감지했다. 뒤를 돌아보자 거기에는 다리 셋 달린 개와 더불어 쫄딱 젖어 후줄근해진 한 인물이 서 있었다. 늦은 오후의 빛을 받아 반짝이는 청금석 목걸이를 즉시 알아볼 수 있었다.

"누가 더 오래 사랑할까?" 요르겐 요르겐센이 나지막하게 숏숏거리며 말했다. "남자일까, 아니면 여자일까?"

나는 침을 꿀꺽 삼켰다.

꾀죄죄한 개가 뒷발로 일어서더니 휘파람 소리를 냈다. 요르겐 요르겐센이 개를 정통으로 걸어찼다. 그가 청중에게 요구한 것은 박수가 아니라 이야기를 꾸며내는 데 공모해달라는 것이었다. 엘시노어에게는 나름의 재능이 있었지만, 이 방면에서 개가 지닌 능력의 한계는 그의 신경을 대단히 거슬렀다.

그의 쭉 뻗은 손에는 볼테르의 머리 형태를 한, 반쯤 빈 향수병이 들려 있었다. 그것이 청록색을 띠고 있음을 나는 처음으로 깨달았다.

4

터키색이라는 이름은 그 자체로 이국적인 타자, 즉 서방을 연상시킨다. 언젠가 의사선생은 이것이 터키에서 나는 돌을 뜻하는 프랑스어 '피에르 튀르키즈'에서 유래했다고 내게―물론 부정확하게―말한 적이 있다. 지금 내가 이 문장을 쓰고 있는 녹색 잉크만큼이나 신비한 분위기를 풍기던 인물, 내가 이 색깔과 영구히 결부시키게 된 인물, 그때 내 앞에서 볼테르의 머리라는 위험한 유혹을 치켜들고 있던 인물, 그는 바로 요르겐 요르겐센이었다.

그날의 습한 오후 그가 내 앞에 서서 내가 저지르지 않은 살인죄의 기소장을 낭독하고 있을 때, 나는 세라섬의 끔찍한—이 섬이 인간의 유형지가 아니라 인간으로 가장한 물고기들의 유형지라는—진실을 깨달았다. 그가 그토록 잔인하게 내 미래를 선고했을 때, 내가 본 것은 요르겐 요르겐센이 아니라 기다란 주둥이로 나를 찌르고 토막내는 톱상어였다.

요르겐 요르겐센의 배후에 있는 어떠한 동기—내가 사령관에게 끼치고 있다고 여겨지는 영향력에 대한 질투, 혹은 명확한 인과관계를 추구하는 서기로서의 욕망—를 찾아낸다 해도 그것은 실제 삶이 아니라 문학에 불과할 것이다. 삶에는 사람의 행동에 대한 설명이나 동기가 존재하지 않기 때문이다. 내 생각에 그것은, 톱상어의 본성과 마찬가지로 단지 그의 본성이었다.

나중에—너무 늦게야—알게 된 사실이지만, 사령관처럼 요르겐 요르겐센도 상상과 실제가 어긋나 있다는 감각에 시달렸다. 그는 책을 너무 많이 읽었고 열여섯의 나이에 로맨스와 모험담에 고취되어 1798년의 어느 날 고향 코펜하겐을 과감히 떠나 거친 세상으로 나갔지만, 세상은 자기가 읽은 그 무엇과도 일치하지 않음을 깨닫게 되었다.

사물들은 파열했고 아무것도 믿을 수 없었다. 책은 견고했지만 시간은 녹아 흘렀다. 책은 원인과 결과를 다루었지만 삶은 불가해한 무질서였다. 아무것도 책과 같지 않았다. 이후로 그는 줄곧 어렴풋이 억울한 감정을 품어왔고, 이는 결국 복수로서 표출되었다.

그는 영국의 석탄 운반선에 기한제로 채용되었는데, 폭풍에 들썩이는 배 위에선 아무것도 믿을 수 없었다. 혼잡하고 나지막한 선실의 일렁이는 어둠을 틈타 욕정에 들뜬 떨리는 손을 밑으로 뻗어 더듬었을 때, 그는 이가 들끓는 해먹을 같이 쓰는 동료 선원이 여자였음을 알게 되었다. 드물게 육지로 나갈 때 그의 손에 들어오는 카드 패 역시 전혀 믿을 수 없어서 매번 그를 돈이 절박한 빈털터리로 만들어놓았고, 이를 해결할 수단은 날조, 즉 이야기—필요하다면 거짓말—를 지어내는 일뿐이었다. 그는 이것을 담보로 다음날 저녁에 도박판으로 되돌아갈 밑천을 빌렸다. 그는 가십을 이용해서 남들에게 빌붙기 시작하여, 결국 각국의 정부 요원들에게 그들이 알아야 할 위험을 귀띔해주는 스파이가 되었다.

그는 세상을 재창조하는 자신의 능력이 스스로를 파괴하는 세상의 능력에 버금간다는 사실을 깨달았다. 그는 로테르담의 에라스뮈스와 의견을 같이한다면서, 이 네덜란드 방랑객의 말을 인용하여 "사물의 현실은 오로지 그것을 보는 견해에 달려 있다"고 말하곤 했다. 이것이야말로 자기 인생의 사례를 통해 충분히 실증된 금언이라고 그는 믿었다. 세상이 그를 신용하지 않게 되자 그의 운은 틀어졌다. 빚을 갚을 의지가 없다는 오해를 받아 얻어맞고 투옥되고 결국에는 유배되었다. 그는 자신의 내력으로, 여의치 않다면 자신의 철학으로라도 법관들을 설득하겠다는 희망을 품고 피고석에서 이렇게 말했다. "말과 사물은 서로 별개로서 이 둘은 절대로 만나지 않습니다." 그러나 이것이 사실이 아님은 그도 잘 알았다. 그는 말을 사물로 만들었다—그것이 그의 재능이자 그의 몰락이었다.

그는 사실주의의 향수에 심하게 시달렸고 위대한 '시대 문학'에 고취되었으며 최선을 다해서 자신만의 혁명을 일으켰다. 스물여섯 살 때 영국 사략선의 도움을 받아 무방비한 덴마크인 아이슬란드 총독을 몰아낸 것이다. 그는 레이캬비크에 있는 총독 사택의 뒤쪽과 앞쪽에 무장 괴한을 각각 여섯 명씩 배치한 뒤 집 안으로 당당히 걸어들어가 소파에서 낮잠에 취해 있던 이 불쌍한 남자를 두들겨 깨워서 체포했다. 그런 뒤 고릿적의 자유 아이슬란드 깃발을 내걸고, 덴마크의 멍에에 굴종하는 데 지친 아이슬란드 인민이 만장일치로 자신을 새 정부 수장으로 내세웠음을 선언하는 성명서를 발표했다. 그로부터 채 일주일도 안 되어 영국이 그의 주권을 찬탈했지만, 그는 이후로 죽을 때까지 고집스럽게 아이슬란드 왕을 자칭했다.

그가 워털루에 도착한 것은 미래를 위한 위대한 전투가 과거의 지배로 종결된 바로 다음날로서, 그가 잘못된 장소에 너무 늦게 도착하는 데 특별한 천재성이 있음을 환기하는 사건이었다. 이로써 그는 자신에게 저널리스트로서의 자질이 있다는 올바른 직감에 사로잡혔지만, 그가 전장에서 송고한 (대부분 신문에서 베낀) 기사들은 1816년의 굶주린 겨울 런던의 길거리 유인물 가판대에서 별로 인기가 없었다. 어쨌든 그는 위장한 프랑스인 탈주병으로 오인되어 곧 체포되었고, 죽은 영국 병사의 시체에서 슬쩍한 야전용 소형 망원경을 근무중인 경비병에게 뇌물로 쥐여주고서야 겨우 탈출할 수 있었다.

요르겐 요르겐센은 이야기를 하는 습벽이 있는 사람이었다. 그것이 진실인지 거짓인지는 그도 괘념치 않았고 남들도 신경쓰지 않았다. 이

것은 그의 업이었고, 그는 이야기의 장인, 허구의 공화국을 여행하는 나그네였기 때문이다. 이야기 속에서 그는 지난 세기에 부엌방 하녀와 농땡이꾼 하인들 사이에서 유행했던 한 피카레스크소설의 화자가 된 듯 자신과 자신의 모험담을 들려주곤 했다. 사실 그 자신이 그런 소설의 대단한 애독자이기도 했기에 렘프리어 선생은 뒤에서 그를 '조지프 조지프슨'*이라고 부르곤 했다.

누렇게 뜬 안색, 구질구질한 백발, 길고 뾰족한 코를 지닌 그의 입술 위로는 삐죽삐죽한 콧수염 가닥이 축 늘어져 있고, 그 끝에는 작게 응고된 수프 기름이 진주처럼 송골송골 맺혀 있었다.

호러스 대위가 도착하기 훨씬 전에 요르겐 요르겐센은 이른바 정부 창고를 책임지는 유형지의 병참부 관리로 임명되었지만, 사실 그는 아서 총독의 첩자로서 밴디먼스랜드 군주의 작은 제국 내 외딴 영토에서 발생할 수 있는 일체의 음모를 보고해 올리라는 지시를 받은 터였다. 그렇지만 그는 호러스 대위를 상대로 배신을 하기에는 한계가 있음을 깨달았다.

나중에 그 둘이 함께 일하면서 살인의 유대만큼이나 성스러운 유대로 결속하게 되었을 때, 사람들은 요르겐 요르겐센이 음모에 협조함으로써, 즉 사령관이 듣고 싶어할 것 같은 이야기를 날조해내는 능력 덕분에 그의 눈에 들었다고들 했다. 요르겐 요르겐센이 자기 이야기를 이용하여 신임 사령관에게 빌붙을 필요성을 느꼈을 가능성은 다분하지만, 어쩌면 그는 과거의 자신이 책과 딴판인 세상에게 배신당한 만

---

* 1742년 헨리 필딩이 발표한 피카레스크소설 『조지프 앤드루스』의 주인공 조지프 앤드루스를 요르겐 요르겐센에 빗댄 표현인 듯하다.

큼 세상을 한층 근본적으로 배신하고자 하는, 오랫동안 억압돼온 욕망의 반영을—섬에서 일어나는 일들의 기록을 위임받았던 오래전의 그날에—사령관에게서 발견했던 것일 수도 있다. 사령관에게서 그는 한 진정한 청자의 창조적 열광을, 그 어떤 대가를 치르고라도 믿고 싶어하는 절대적 욕망을 느꼈다.

볼테르의 머리를 마치 광대 요릭의 두개골이라도 되는 듯 눈앞에 치켜든 요르겐 요르겐센은 특이한—내가 나중에 발견한 바에 따르면 과도하게 장식적인 그의 이탈리아풍 필체처럼 가장된—목소리로, 렘프리어 선생의 죽음을 사고사로 처리하기란 불가능하다고 내게 말했다. 인간은 상황에 따라서 때때로 수성獸性을 드러내며, 그것이 드러날 경우에는 엄단해야 한다. 외과의사의 유가족은 그 이하의 조치를 받아들이지 않을 것이고, 사령관의 사업적 모험과 정치적 야심을 고려할 때 그가 호바트타운에서 착수할 수사를 받아들여야 할 이유도 없다. 사령관이 내 절도 행위를 알게 된다면 그는 자기가 가장 아끼는 향수를 훔친 죄로 나를 특별히 서서히, 야만적인 방식으로 죽일 것이다. 한편으로 요르겐 요르겐센은 내가 나 자신뿐만 아니라 '국가'를 위해서 마지막 선행을 할 기회를 허락할 용의가 있었다. 이 지점에서 그는 말을 멈추고, 들쭉날쭉 안쓰럽게 늘어진 구레나룻을 다소 음란하게 혀로 훑고는 다시 말을 이었다. 내가 렘프리어 선생을 살해했다고 자백하는 진술서에 서명만 한다면, 교수대에서의 비교적 빠른 죽음으로 내 저승길을 보다 수월하게 만들어주겠다고 그는 말했다.

나는 그 자리에서 끌어모을 수 있는 최대한의 확신이 담긴 목소리로, 경비관 무샤 퍼그가 병참부 창고지기의 조수로 있을 때 내게 향수병을 팔아넘겼다고―그는 사령관의 가정부인 물라토의 환심을 사기 위해 그것을 훔쳤다며 자랑했다고―그러므로 나는 서명할 수 없다고 말했다.

5

나는 서명했다. 다음날 아침이었고 여전히 비가 내렸다. 요르겐 요르겐센이 미사여구를 동원하여 상세히 기록된 진술서를 내게 내밀었다. 내가 렘프리어 선생을 물에 빠뜨려 죽여서 시체를 상어 밥으로 주었다고 호들갑스럽게 자랑했다는 내용이었다. 이 모든 내용은 사령관의 흑인 가정부가 작성하고 서명한 장문의 자백서로 뒷받침되었다.

매쿼리하버에는 상어가 없었다. 하지만 이 사실이나 투페니 살이 글을 쓸 줄 모른다는 사실을 지적할 이유는 없을 것 같았다. 솔직히 말해서, 경비관 무샤 퍼그가 그 전날 밤중에 자다가 끌려나와 사타구니를 망치로 얻어맞아서 음낭이 설탕 포대만해졌고 그의 남성성의 푸석푸석한 잔해는 참혹하게 덜렁거리며 잡탕 스튜 속에서 허우적거리고 있다는 이야기가 지나가는 말로 언급된 마당에 서명하지 않는다는 건 비합리적인 행동인 것 같았다.

내가 렘프리어 선생 살인죄로―하녀의 페티코트를 걸친 죄로 기소된 포효하는 톰 위버와 더불어―응당한 재판을 받았을 때 우리가 앉은 피고석 옆에는, 오랜 관습의 재현으로서 곧 우리에게 닥칠 운명을 날카롭게 상기시키는 두 개의 관이, 마치 우리가 키우는 개와 고양이라도 되는 것처럼 얌전히 놓여 있었다.

다음날 포효하는 톰 위버는 웃으면서 교수대로 올라갔다. 그는 활짝 미소지으며 머리에서 리본을 풀어 땋은 금발을 늘어뜨리고는, 몸을 굽히고 끈 없는 부츠를 벗어서 '올드 밥 머프'에게 던졌다. 그는 톰이 탈옥하여 자유를 얻을 계획에 부풀어 세라섬에 도착했을 때 처음 그를 돌봐주었던 인물이었다. 나와 함께 걸어요, 밥! 그는 이렇게 외치고는 그 유명한 포효를 내지르며 울부짖기 시작했다. 뚱뚱한 아낙의 블라우스처럼 터져나가도록 취한 것이 분명한 그의 모습에 우리 모두는 환호하며 웃어댔고, 그의 포효와 울부짖음은 우리와 함께, 우리 사이로, 우리 너머로 솟아올랐다.

최고형의 엄중한 권력을 조롱하는 이러한 구경거리에 격노한 사형집행인은 서둘러 작업에 착수했다. 뚜껑문이 둔탁한 덜컥 소리를 내며 열리자 포효하는 톰이 뚝 떨어져 몸을 부들부들 떨었고 그의 외마디 포효가 마지막으로 터져나왔다. 형리가 올가미를 어설프게 매어 포효하는 톰의 목을 부러뜨리지 못한 것이 분명했다. 포효하는 톰은 빨리 죽지 못하고 서서히 조여오는 숨통에 몸부림쳤고, 그의 포효는 이제 꾸르륵꾸르륵하는 새된 소리로 변했다. 형리가 교수대 앞으로 걸어와서 고개를 절레절레 흔들더니, 훌쩍 뛰어 포효하는 톰의 버둥거리는 다리를 붙잡고 매달려 그와 함께 이리저리 흔들렸다. 체중을 실어서 그를 더 신속히 죽이려는 것이었다. 끔찍한 광경이었다. 놀랍게도 카푸아 데스마저 숨이 막힌 듯한 비명을 질렀다.

다음날 아침 형무소 건물의 죄수들은 아침점호를 받기 위해 기상했다. 해먹을 걷어 벽에 붙은 고리에 가지런히 걸고 나서 보니 벽 한쪽에 올드 밥 머프가 매달려 있었다. 고리는 팔꿈치 높이에 불과했지만 약간의 노끈과 강한 의지만 있으면 목을 매기엔 문제가 안 되었다. 나도 똑같은 짓을 저질러서 교수형을 피할까봐 우려한 그들은 나를 이 바닷물 감방으로 데려와서 팝조이의 지배하에 처넣었다.

재판정에서 그들은 내게 해명을 요구했다—하지만 무슨 말을 한단 말인가? 처음에는 물고기 속에서 사람이 보였다고? 그러더니 아직 죽어가고 있는, 소리 없는 고통이 아직 끝나지 않았다는 신호로서 이따금 꼬리를 퍼덕이거나 필사적으로 아가미를 들썩이는 그 슬픈 피조물을 보면 볼수록, 끝없이 안으로 안으로 후퇴하는 그들의 눈깔을 들여다볼수록, 그들의 무엇이 내 일부가 되기 시작했다고?

게다가 그보다 더 이상하고 충격적인 일은 어떻게 고백한단 말인가? 요즘 들어 내 작은 일부분이, 내 의지와 상관없이, 그들 속으로 들어가는 길고도 운명적인 여정을 시작했다고! 내 작은 일부가, 다음으로 나의 점점 더 많은 부분이 밑으로 곤두박질쳐서, 그들의 비난하는 눈을 통과하여 나선형의 터널 속으로 떨어지고 있었고, 그러다가 문득, 마침내 안전해졌는지 마침내 죽었는지도 알지 못한 채 내가 더이상 떨어지는 것이 아니라 바닷속에서 서서히 굴러가고 있음을 의식할 때까지 그 터널은 계속되었고, 이 추락의 어느 시점에서 내가 요르겐 요르겐센으로 가장한 톱상어를 올려다보고 있음을, 내가 사람들 속에서 물고기를 보고 있음을 몸서리치며 깨달았다고!

그러한 무시무시한 일을 사람들 앞에서 말하는 것은 고사하고, 그저 생각하는 것만으로도 온몸이 따끔따끔해지면서 땀이 솟아오르곤 했다. 내가 살아남아 번창하려면 누구에게도 무엇에게도 아무것도 느끼지 않는 것이 중요하다는 사실을 잘 알았으며, 나는 살아남아 번창하고 싶었기 때문이다. 하지만 그때까지 점액과 비늘에 덮인 악취에 불과했던 것에 가까이 다가갔음을 새롭게 깨달으면서, 나는 눈앞에 열리고 있는 이 이상한 우주 속에서는 그 무엇과도, 그 어떤 남자나 여자와도, 그 어떤 나무나 풀과도, 그 어떤 새나 물고기와도 무관하게 존재할 수 없으리라는 꿈을 꾸기 시작했다.

기소되고, 그후 재판에 회부되어, 아니나 다를까 유죄를 선고받은 나의 표면적인 죄는 살인이었다. 하지만 나의 진짜 죄는……?

나의 진짜 죄는 세계를 있는 그대로의 모습으로 보고 그것을 물고기로 그린 것이었다. 자백 진술서에 기록된 내용이 아무리 부정확해도 개의치 않고, '요람'도 '튜브 재갈'도 거칠 필요 없이 흔쾌히 진술서에 서명한 것은 바로 그 한 가지 때문이었다.

나는 거의 일 년 째 이 바닷물 감방에 갇혀 처형을 기다리는 중이고, 팝조이는 다양한 꾀를 써서 처형을 차일피일 미루는 데 성공하고 있다. 처음에 이는 내게 감지덕지한 일이었다. 내 최초의 물고기 그림들은 팝조이가 취합하고 제본해서 호바트타운의 올포트 박사에게 팔아넘겼다. 렘프리어 선생의 물고기 책을 위해 그린 어떤 작품도 만족스럽지 않았던 나로서는 아무래도 상관없었다. 기이한 일이지만, 이 바닷물 감방의 침침한 빛을 받으며 조잡한 기억에만 의존해서 그림을 그리는 지금에서야 마침내 내 물고기가 제 이름값을 한다는 느낌이 든다.

팝조이는 내가 바닷물 감방에 갇힌 이후로 신념을 되찾았으며, 이곳에서 내 재능이 마치 그늘로 뻗어나가는 고사리잎처럼 만개하고 있음을 감지했다. 이전에는 나를 그저 때리고 걷어찰 대상으로만 보았지만 이제 그림에—오로지 그림에만—전념하는 나의 모습에 깊은 인상을 받았고, 호바트타운의 의사가 렘프리어 선생의 물고기 책을 사겠다고 선뜻 제시한 금액에 더더욱 깊은 인상을 받았다.

적절한 방면으로 활용하면 그림이 담배나 럼주보다 더 이용 가치가 큰 통화임을 팝조이는 깨닫게 되었다. 하지만 내가 그림을 그리고 팝조이가 돈을 벌려면 내게 재료가 필요했기 때문에, 그는 나름의 조심스러운 방식으로 그것을 조달해주었다.

바닷물 감방에서 나는 죄수 컨스터블 그림을 빙자하여, 물고기 전부를 기억에 의지해서, 이번에는 지금의 이 글을 덧붙여 다시 그리기로 마음먹었다. 팝조이는 컨스터블을 위해 유화물감과 캔버스를 제공했고, 내가 예비 스케치를 위해 꼭 필요하다고 고집해서 종이도 따로 갖다주었다. 하지만 두번째 물고기 책을 완성하려면 수채물감이 필요했다.

마지막으로 투페니 살을 본 것은 그녀가 먹을 것을 갖다준다는 구실로 찾아왔을 때였다. 감방에서의 생활은 굉장히 단조로웠고, 팝조이만 제외하면 나는 사람들에게 시달릴 일이 없는 축복을 누렸다. 천국은 타인들이라고, 내 발을 문지르면서 다른 부분도 문질러보기를 원했던 늙은 사제는 말하곤 했지만, 그때 나는 지옥 또한 그렇지 않을까 생각했다. 나는 투페니 살을 보고 싶지 않았다—솔직히 말하면 다시는 그녀를 보고 싶지 않았다. 하지만 그녀는 가끔 그러하듯이 가정부처럼 차려입고는 그 자리에 와 있었다.

나는 그녀의 묵직한 배를 보고 아기가 들어선 지 한참 되었음을 알 수 있었다. 하지만 우리는 그것에 대해서도, 또 이와 관련하여 그녀 아버지의 죽음에 대해서도 이야기하지 않았다. 그녀는 말하지 않았지만 나는 그녀가 곧 달아나 황야로 돌아갈 것임을 알았다. 사령관의 가슴을 찢어놓고, 내게는 그날 밀반입해준 렘프리어 선생의 수채물감과 렘프리어 선생의 녹색 아편팅크가 담긴 구리 단지만을 남기고 말이다. 그녀가 떠난 뒤에 내가 그 녹색 아편팅크에서 위안을 구했음을 고백해야겠다.

녹색—비옥함, 탄생, 불멸, 정의의 부활. 예술에서는 희망과 기쁨을, 그리스인과 무어인에게는 승리를, 교회에서는 하느님의 은혜와 환희와 부활을, 행성에서는 금성을 나타낸다. 그러나 돼지똥 냄새, 질투의 사악한 힘, 환각에 사로잡힌 낯빛 역시 내게는 영원히 청록색이다.

나는 그녀의 배를 주시하며 대체 어떤 악마의 짓일까 생각했지만, 그녀가 가려고 돌아섰을 때 내가 꺼낸 말은 단 한 마디였다.

"모이니?" 내가 물었다.

"친구." 그녀가 대답했다.

6

내가 그저 수인일 뿐이었겠는가? 그녀가 가려고 돌아서서는 팝조이더러 와서 열어달라고 문을 세 번 두드렸을 때 나는 고함을 치고 싶었다—왜냐하면 나는 간수이기도 했으니까. 내가 등가죽에 채찍을 맞지 않으려고 거짓말을 한 적이 한 번도 없겠는가? 동료를 상대로 도둑질한 적이 없겠는가? 나는 블루 진, 나이든 여자, 화이트 럼, 젊은 여자, 흑맥주, 피스코, 말벗, 사령관의 아편팅크에 사족을 못 쓴다. 나는 고통이 너무 두렵다. 나는 수치를 모른다. 내가 동료를 고자질한 적이 없겠는가? 나는 친구이자 밀고자였다. 나는 그들을 좋아했기에 그들이 내 거짓 밀고로 끌려가서 채찍을 맞았을 때 대신 울어주었다. 나는 살아남았다. 이는 나쁘고 부도덕한 짓이었다. 고작 음식이나 물감 부스러기를 얻으려고 영혼을 팔았을 때, 나는 그들의 등껍질을 벗기는 채찍이나 다름없었다. 나는 필요한 것을 손에 넣기 위해서라면 배신을 서슴지 않았다. 나는 감방 안의 고약한 똥덩어리였다. 내게서는 동료 죄수들의 입냄새가 났다. 내게서는 그들의 썩어빠진 삶에서 풍기는 시큼한 악취가 났다. 나는 역겨운 바퀴벌레였다. 나는 끝없이 근질거리는 불결한 이였다. 나는 오스트레일리아였다. 나는 태어나기도 전에 죽어가고 있었다. 나는 자기 새끼를 잡아먹는 쥐였다. 나는 막달라 마리아였다. 나는 예수였다. 나는 죄인이었다. 나는 성인이었다. 나는 육신이었고, 육신의 욕망과 육신의 결합과 죽음과 사랑은 내 눈에 전부 똑같이 부패했고 똑같이 아름다웠다. 나는 그들의 부서지고 죽어가는 몸을 얼싸안았다. 나는 그들의 곪은 종기에 입을 맞췄다. 나는 궤양과 썩어가는 농포로 뒤덮인 그들의 야윈 정강이를 씻겨주었다. 나는 그 고름이었고, 영이었고, 하느님이었고, 심지어 나 자신에게도 해석 불가능한 알 수 없는 존재였다. 그 때문에 얼마나 나 자신을 증오했던가. 내가 사랑했고 나 자신이기도 한 우주를 얼마나 시험해보고 싶었던가. 꿈속에서 왜 내가 바다를 가르며 날았는지, 깨어나보니 왜 나는 방금 갈아엎은 토탄 냄새를 풍기는 땅이었는지 얼마나 알고 싶었던가. 아무도 내 성난 탄식에 답하지 못했고, 왜 내가 이 삶을 겪어야 하느냐는 농담을 듣지 못했다. 나는 하느님이었고, 고름이었고, 나였던 것은 모조리 '너'였고, '너'는 '거룩'했고, '너'의 발, '너'의 내장, '너'의 불두덩, '너'의 겨드랑이, '너'의 냄새와 '너'의 소리와 맛, '너'의 타락한 '아름다움', 나는 '너'의 이미지 속에서 '신성'했고, 나는 '너'였고, 나는 더 이상 이 드넓은 땅을 갈망하지 않았으니, 왜 어떠한 말도 내가 이토록 아프고 쓰린지, 왜 이별을 고하고 있었는지를 전하지 않는가?

줄무늬거북복

1

이 이야기를 하면서 나는 수레를 말의 머리쪽에 걸듯이 사건의 순서를 뒤바꾸었다. 그동안 고틀립슨 부인은 모든 부위에 마구를 달고 만반의 준비를 갖춘 채로, 나를 태우고서 운명의 최종 목적지를 향해 쏜살같이 달려가기만을 기다리고 있었다.

빌리 굴드가 투페니 살과 사귀는 동안―그가 '계몽의 살인자'로서 발각되기 이전, 아직 외과의사 밑에서 물고기 그림을 그리고 있을 무렵―그녀에게 충실했다고 독자 여러분이 상상한다면, 이는 전적으로 옳은 동시에 전적으로 틀렸다. 그녀는 무샤 퍼그와 관계하는 중이었고, 그사이에 빌리 굴드는 고틀립슨 목사의 아내인 고틀립슨 부인을 소개받았다. 두 사람은 슬루프 범선을 타고 시드니로 가던 도중 세라섬에 잠시 들른 방문객이었다.

그들은 렘프리어 선생의 접대를 받고 있었다. 렘프리어 선생이 고든 강 상류의 유형지 전초기지를 시찰하러 떠나 있는 동안 자기 사택을 그들에게 빌려준 것이다. 나는 그들이 머무는 동안 그림 작업을 전면 중단하고 그들의 시중을 들라는 지시를 받은 터였다.

고틀립슨 목사는 깡마른 체구에 찌푸린 얼굴을 한 사람이었다. 그에게서는 생각의 필요성으로부터 홀가분하게 벗어난 사람 특유의 확신이 다소 엿보였고, 그 한 가지만으로도 내게는 비호감이었다. 식초 병목만큼이나 좁아터진 정신을 지닌데다 자기가 무슨 탐미주의자이며 진정한 호반시인이라도 되는 줄 아는 그자는 예술가 겸 범죄자라는 개념에 흥미를 보였다. 그날 저녁 내가 식사 시중을 들 때 그는 자신이 그러한 개념에 흥미가 있다고, 이 두 가지 양극성이 하나의 영혼이라는 우산 밑에 존재할 수 있다고—어쩌면 존재해야만 한다고—내게 말했다.

만일 누가 내게 묻는다면, 그건 다 해져서 비가 새는 우산이고 아주 멍청한 자들만이 그 밑에서 비를 피할 것이라고 말하겠다. 하지만 고틀립슨 목사는 묻지 않았고 나도 말하지 않았다. 다만 그가 확실히 인생의 절정기에 있는 만큼 '예술'도 그리 나쁜 투자처는 아니라고 장담했을 뿐이다.

"자네는 왜 그림을 그리나?" 그가 묻고는, 그편이 아카시아나무 뒤에서 윤간당하는 것보다 낫다는 사실을 내가 막 지적하려던 차에 자기 멋대로 대답을 내놓았다. "지극히 불행한 세상에서 아름다움을 발견했기 때문이겠지. 심지어 가장 타락한 자들의 가슴에도," 그는 내가 자기의 진부한 말에 수긍할 시간을 주기 위해 자못 생각에 잠긴 척했다.

"'자연'을 통한 '하느님의 구속'이라는 희망이 있고, 그것이 바로 '예술'이니까."

"혹시 검둥이담배 한 줌 있으신가요?"

고틀립슨 목사는 말을 멈추더니 자신의 계시적 통찰에 경탄하며 고개를 옆으로 돌렸다. 그러고는 인간의 영광에, 천상계로 올라가고픈 자신의 무한한 소망에 고양되어 고개를 흔들었다.

"파이프에 좀 채우려고요." 나는 말을 이었다. "렘프리어 선생님께서도 책망하지 않으실 겁니다."

하지만 그는 내 말을 못 들은 것 같았고, 잠시 후 휴식을 취하면서 내게 코담배를 내밀더니—내게는 아쉬우나마 쓸 만한 대용품이었으므로 그냥 받았다—범죄 기질이란 바로 체액의 불균형에서 초래되며 나 같은 경우에는 아동기에 수년간 하루 몇 시간씩 거꾸로 매달아두는 치료를 받으면 바로잡을 수 있다는 견해를 제시했다.

만약 내가 아동기에 거꾸로 매달렸다면 다른 인간이 되었을지도, 어쩌면 개선되었을지도 모르겠다. 하지만 그때의 나는 합당한 대가보다 훨씬 더한 굴욕을 당했는데도 개선된 것이라곤 하나도 없었다. 게다가 내가 당한 굴욕 대부분은 단순히 꽁꽁 묶여 발목으로 매달리는 것보다 훨씬 더 심했다. 정말이다.

그들이 머문 지 이틀째 되던 날 저녁, 내가—외과의사의 지시에 따라 물에 희석한—최상급 마르티니크 럼주를 유리병에 담아 가져가자 고틀립슨 부인이 내 손에 제 손을 얹었다. 그녀는 자기 남편이 내 몇몇 작품을 보고는 내가—틀림없이 불균형한 체액 때문에—호색가라고 평했다는 말을 했다. 그러고는 내 손을 자기 입술로 가져가 키스하고 팔을 쓰다듬더니, 고틀립슨 목사가 적당히 떨어진 거리에서 지켜보는 가운데 자기와 관계를 가질 수 있느냐고 물었다. 그녀는 최고급 검둥이담배 6온스를 주겠다고 했다. 나는 6온스라면 고틀립슨 목사가 얼마든지 가까이 다가와도 상관없다고 말했지만, 고틀립슨 부인은 그것만은 그리 내키지 않는 기색이었다.

그녀는 자기 눈을 가리고 양 손목을 침대 기둥에 끈으로 묶어달라고 했다. 나는 6온스를 위해 그녀에게 내 최상의 스텝을 남김없이 선보여야 할 것 같은 의무감이 들었다. 그래서 우리는 옛 네덜란드 정물화를 추고 '계몽'에 맞추어 지그를 추었다. 그녀는 눈먼 쾌락에 겨워 연신 소리를 질러댔고, 이 모두가 그녀에게는 더할 나위 없이 좋았지만 내게는 절망적이었다. 이 플랑드르 화가의 붓에 물감이 장전될 기미가 보이지 않기 때문이다.

가련한 고틀립슨 부인! 그녀는 대담한 여자였고 그녀의 육체는 더더욱 대담했다. 설화석고 같은 두툼한 허벅지, 출렁이는 배, 특별히 큰 유륜이 자리잡은 묵직한 젖가슴. 이제 그녀는 붉게 상기된 얼굴로 기를 쓰며 소리지르고 있었다. "날 범해줘! 날 범해줘!" 하지만 내가 할 수 있는 일이라곤 그녀의 허벅지에 코를 파묻고, 손가락으로 젖꼭지를 훑고, 그 근사하리만큼 널찍한 유륜을 혀로 핥는 일뿐이었고, 이 모든 노력도 아무 소용이 없었기에 절박해졌다.

빌리 굴드, 이 가련한 자식! 한때는 쥐덫 위에서 속바지하고도 흘레붙었건만, 가장 간절한 이 시점에 그의 불균형한 체액은 어디로 다 빠져나갔는가? 나는 당혹스러웠다. 그녀는 나에게 타락한 괴물이라며 욕설을 퍼부었다. 나는 어찌할 바를 몰랐다. 그녀는 방금 잡아올린 취청

이보다 더 심하게 몸부림쳤다. "이 짐승!" 그녀가 소리쳤다. 이에 화답하여 내가 황소처럼 우렁차게 고함쳤다. "이 끔찍한 짐승!" 그녀가 기쁨에 겨워 소리질렀다. 내가 당나귀 울음소리를 냈다. 고틀립슨 부인이 신음하기 시작했다. 끔찍스러웠다. 나는 말처럼 히힝 울고 콧김을 내뿜고 음매 울고 매매 울었다. 나는 시끄럽게 발정난 동물 농장이 되었다. 하지만 가공의 욕정을 조금이라도 더 오래 끌기 위해 아무리 우스꽝스러운 소리를 내질러도 나는 잃어버린 주인을 찾아헤매는 메아리에 지나지 않았다. 고틀립슨 부인의 야하고 저속한 교성도, 나의 내적 권유와 외적 과시도, 내 흐물흐물한 음부에는 아무런 감명도 주지 못했다. 고틀립슨 부부는 리바이어던을 욕망했지만 나는 정어리로 변신해버렸다.

지금 돌이켜보건대, 빌리 굴드가 그토록 풍성한 맨살을 아는 특권을 누리면서도 무감동할 수 있었다는 건 믿기 힘든 일이다. 고틀립슨 부인을 모욕하려는 것은 아니다. 그녀는 여러 가지 면에서 좋은 여자였고 지극히 매력적이었다. 얼굴만은 예외였지만, 불을 피우면서 벽난로 모양에 신경쓰는 사람이 어디 있단 말인가? 하지만 나는 불을 붙여 활활 태우기는커녕 양초 한 개도 켤 수 없었다. 어쩌면 눈가리개 때문인지도 모른다고 생각하고 고틀립슨 부인의 눈을 상상해보려 했지만 기억이 나지 않았다. 설상가상으로 고틀립슨 목사가 내 뒤의 소파에서 입에 담을 수 없는 짓을 하는 바람에 기가 꺾였고, 그가 거기 없다고 상상하기 위해 애를 써야 했다.

그들이 한때 사제가 저 분필 같은 손가락을 가지고 했던 노릇을 나한테 시키고 있다는 데 화가 치솟았다. 나는 온갖 음탕한 짓을 상상하려고 노력하느라 머릿속이 상상 이상의 상상으로 가득찼지만 여전히 그녀 앞에서는 어린애였다. 덜컥 겁이 난 나는 발기부전 환자의 수호성인인 성 기뇰에게 간구하며 브레스트에 있는 그의 유명한 조각상을 닮게 해달라고 애원했다. 그 조각상의 발기된 성기는─절박한 연인들이 끊임없이 쪼아서 가져가는데도─기적적이게도 놀라운 길이와 방향을 변함없이 유지하고 있는 것으로 유명했다.

하지만 사실을 말하자면 어느새 투페니 살이 머릿속으로 들어와 있었고, 내가 아무리 기도하고 아무리 애를 쓰고 아무리 갈망해도 그녀는 도무지 이 난국에 대처하도록 내버려두지를 않았다. 고틀립슨 부인은 내 앞에 유럽 대륙보다도 더 광활하고 새하얗게 펼쳐져 있었으니 나는 알렉산더처럼 그녀를 정복하고 나중에 눈물을 흘리기만 하면 끝이었다. 하지만 내 눈에 보이는 것이라곤 연약한 사이잘삼 풀로 꼰 밧줄 같은 투페니 살의 위팔과 아래팔, 살짝 처진 작은 유방과 그 밑의 작은 절구통 같은 흉부를 감싼 늑골, 주름진 배에 아름답게 수놓인 튼살, 그리고 나를 안으로 재촉하는, 촉촉한 홍합 같은 음순……

내가 투페니 살에게 충실해야 한다고 여겼던 건 아니다─어쨌든 그녀도 성처녀는 전혀 아니었고─그저 우리 사이의 무언가가 나와 몸부림치는 고틀립슨 부인 사이에 끼어들었던 것이다. 이제 고틀립슨 부인은 내가 동물이라는 요지의 온갖 상스러운 소리를 지껄이고 있었다. 정말로 그랬다면 모두에게 아주 다행이었을 텐데. 나는 더더욱 머리끝까지 화가 났다. 이 상황이 합리적이지 않은데다, 고틀립슨 부인도 부인이지만 그 못지않게 나도 즐기고 싶었는데 그러지 못할 게 확실했고, 이 모든 일이 도무지 '이성'에 부합하지 않았기 때문이다─여기까지 생각이 미쳤을 때, 문득 고맙게도 그 '위대한 철학자'가 머리에 떠올랐다.

내가 볼테르를 집어들고 다소 무리하게 그를 동원하자, 고틀립슨 부인은 캐슬레이보다 더 심하게 비명을 지르고 고틀립슨 목사는 눈이 뒤집혀서 신음하기 시작했다. 그렇게 정신없이 신음하는 와중에 실제로 벌어진 일을 그가 제대로 목격하기나 한 것인지 의문이다. 다음날 그들을 전송하려 부두에 나갔을 때 두 사람이 내 사타구니를 계속 훔쳐보는 걸 눈치챘기 때문이다. 실상은 욕망의 사막인 그곳을 그들은 거인들이 숨은 계곡이라고 믿는 게 틀림없었다.

검둥이담배 6온스를 신중히 배분하면 넉 달은 버틸 수 있다는 계산이 나왔다. 나는 그중 절반을 이틀 만에 피워 없앤 뒤, 투페니 살에게 내게 담배가 좀 생겼는데 혹시 관심 있느냐고 전언을 보냈다. 다음날 그녀의 답신이 도착했다.

물론 그녀는 관심이 있었다.

2

투페니 살은 자신의 검은 종아리에 새겨진 동그라미 두 개를 보여주었다. 살갗을 베어서 도드라지게 흉터를 낸 것인데, 빛깔은 강청색이고 감촉은 묘하게 부드러웠다. 그녀는 동그라미 하나를 만지며 영어로 "해"라고 말하고, 선으로 이등분되었지만 완전히 쪼개지지는 않은 또다른 원을 만지며 "달"이라고 말했다.

그러더니 그녀는 의사선생의 장작더미에서 Y자 모양의 막대기를 집어들어 부엌칼로 그 두 끝을 뾰족하게 다듬고는, 내 셔츠를 걷어올리고 엎드리게 했다. 그런 다음 내 등 한가운데 그 막대기 끝을 찔러넣고 컴퍼스처럼 돌려서 척추 양쪽으로 원을 새겼다. 그녀가 막대기로 천천히 선을 긋는 동안 나는 통증으로 몸을 떨었고, 두번째 원의 중간에 선을 그어 이등분하기 시작할 때는 순간적으로 움찔했다.

렘프리어 선생의 난로에서 재를 퍼와 상처에 문질러 마무리하며, 그녀는 다시 첫번째 원을 만지고는 "팔라와"라고 말했다. 이는 그녀의 언어로 자기 부족을 뜻하는 말이었다. 그리고 이등분한 두번째 원에 재를 문지르면서는 "누미나"라고, 거듭거듭, 마치 바보 같은 어린아이를 상대하듯이 나를 보고 웃으면서 "누미나, 누미나"라고 말했다.

"나는 누미나 아닌데." 잠시 뒤 내가 돌아누우면서 말했다. 나는 누미나가 그들의 언어로 귀신과 백인이라는 두 가지 뜻을 가진 말이라는 것을 알고 있었다. 또 그들이 자신들의 영혼이 죽은 뒤에 영국으로 가서 영국 남자와 영국 여자로 환생하며, 따라서 백인들이 귀환한 자기 조상이라고 믿는다는 것도 알고 있었다.

이를 입증하기 위해 나는 그녀를 눕혔다. 그러고는 내 앞의 둥근 물고기와 둥근 캔버스를 관찰했다. 투페니 살의 몸에 둥근 형태로 다양하게 도드라진 흉터들을 관찰했다. 해와 달. 흑인 여자와 백인 남자. 그러나 그녀의 동그라미 중에서 가장 경이로웠던 것은 바로 내가 채색하기 시작한 원이었다.

유방의 다양함은 무한하며 모든 유방은 우스꽝스러운 동시에 아름다운 이미지를 불러일으킨다. 거의 눈에 띄지도 않는 나지막한 둔덕에, 모든 아름다움이 그 원뿔 모양의 정수에 응축되어 있다는 듯 유륜과 유두만이 두드러져 보이는 유방, 굴리고 감싸주기를 바라는 듯한 커다란 유방, 각각 나름의 부인할 수 없는 에로틱한 흥분을 일으키는, 개를 닮은 젖가슴과 소를 닮은 젖가슴, 혀로 핥기 좋은 유방과 남근을 사이에 끼우기 좋은 유방, 헤어지지는 못하지만 말은 절대로 주고받지 않는 냉랭한 커플처럼 각자 딴 곳을 바라보는 유방, 푸른 혈관이 비치고 숨막힐 듯 시큼한 모유 냄새가 나는 산모의 유방, 팽팽한 유방과 축 처진 유방, 리볼버의 총신 같은 젖꼭지가 달린 유방, 주목받기를 기다렸다는 듯 입안에서 튀어나올 때까지 빨아야 하는 함몰된 유두가 달린 유방. 하지만 그날 투페니 살이 램프리어 선생 집의 먼지투성이 바닥에 누워 있을 때 그녀의 유방이 불러일으킨 이미지는, 매끄러운 줄무늬로 지극히 화려하게 장식한 채 암초 주위를 마치 회전하는 기묘한 접시처럼 재빠르게 헤엄치는 작고 둥근 물고기였다.

나는 그녀의 혀에 붓끝을 찍은 뒤 그녀가 황토 안료로 연지를 칠했던 뺨 한 곳을 붓으로 쓸었다. 그러고서 그녀의 갈색 유방을 혀로 축여 촉촉하게 준비한 다음, 먼저 붓으로 황토를 발라 바탕색을 입히기 시작했다. 그녀의 살갗이 붓에 밀리면서 잔주름이 잡혔다. 그런 뒤 손가락으로 붓자국을 따라, 유방 아랫부분만 초승달 모양으로 남긴 채 천천히 둥글게 둥글게 덧칠했다.

그녀의 젖꼭지 오른쪽으로는 군청색 안료를 써서 푸르스름한 빛을 냈다. 작고 흰 뿔들은 램프리어 선생의 백랍 가루로, 노랗게 두드러진 물고기의 홍채는 옛날 '마작의 전당'에서 빼돌린 소량의 금박으로 채색했다. 목탄을 칠한 그녀의 속눈썹 끄트머리를 두 손가락으로 아주 살짝 쓸어서 얻은 까만 찌꺼기를 그녀의 배 위에 놓고 침에 개어 검은 물감으로 만들었다. 그러고는 이것으로 유방의 곡선을 따라 줄무늬를 넣었다. 끝으로, 정중앙에서 살짝 벗어난 위치에 달린 놀랄 만큼 길고 짙은 젖꼭지를 가늘게 여러 차례 붓질해서 물고기의 앙증맞은 가슴지느러미처럼 보이게 만들었다. 그 결과물은 완전히 만족스럽지는 않았지만 굉장히 생생했다. 투페니 살이 팔꿈치를 딛고 상체를 일으켰지만 내 시선은 오로지 천천히 움직이는 줄무늬 거북복에만 꽂혀 있었다.

나는 붓을 내려놓았다.

내가 몸을 기울여 거북복의 가슴지느러미에 혀끝을 갖다댔을 때, 그것은 생명을 얻기만을 고대했다는 듯 바르르 떨렸다.

나는 그녀가 나를 싫어하지 않았으면 했지만, 그녀가 나를 어떤 식으로든 호의적으로 기억하리라는—애초에 기억이라도 한다면 말이지만—환상은 품지 않았다. 나는 행렬 속에 스쳐지나가는 한 사람에 불과했다. 여분의 음식과 음료수를 제공했고 그날은 담배를 갖다주었을 뿐, 그걸 빼고 나면 그녀에게는 없는 존재나 다름없었다. 어떤 식으로든 여자를 살 때 돈과 오물과 인간 욕망의 광란과 삶의 씁쓸한 뒷맛이 한꺼번에 엉겨붙는 것을 생각하면, 나는 마치 바닥없는 검은 구멍을 들여다보며 균형을 잃는 듯한 현기증이 들었다. 이는 부정직한 것이 아니라고, 우리 모두가 지닌 무한한 슬픔의 가장 정직한 표현이라고 생각했다. 나는 너무나 많은 여자의 손을 수은처럼 매끄럽게 지나쳐왔지만, 거기에는 응보가 따랐다. 거기에는 사랑의 면죄가 없었다. 세상이 단 두 사람으로 수축되었다는 생각에서 오는 구원이 없었다. 왜냐하면 그날, 그녀에게 내가 없는 것이나 다름없는 존재임을 알았기 때

300

문이다.

나는 눈을 들어 거대한 거북이등거미가 그물을 뽑아 정교한 아라베스크를 짜서 지저분한 렘프리어 선생 사택의 다 부서져가는 벽과 천장을 그 비단 축대로 잇는 광경을 바라보았다. 다시 내려다보았을 때 그녀의 얼굴에는 방심한 표정이 어린 듯했다. 이 표정이 그야말로—적어도 내가 보기에는—그녀에게 어떤 평온한 깊이를 부여하는 것 같았다. 그녀의 눈은 지혜로 가득차 있는 듯 보였지만, 입을 연 그녀는 피스코를 더 따라달라는 한마디 말뿐이었다. 그러고는 춤을 추었다.

바깥의 싸늘한 바람이 돌풍으로 바뀌고 있던 그 가을날 렘프리어 선생 사택에서, 아마도 담배와 피스코를 주겠다는 약속에 낚여서 그녀가 단 하루 내 품으로 돌아왔던 그날, 그녀는 알몸으로 일어서서, 젖은 도금양 통나무가 탁탁거리며 맹렬히 타오르는 난롯불을 등지고, 마치 머스킷 총알을 피하듯 한쪽으로 움직이는 척하다가 갑자기 몸을 돌려 다른 방향으로 뛰면서 춤을 추었다. 그녀의 춤에는 여성적인 면모가 전혀 없었다. 여자나 여자답다는 말에서 연상되는 무엇이 전무했다. 그것은 우아함을 결여한 채 폭력성과 외설성을 번갈아 보여주었고, 아름다움을 추구하기보다는 무슨 이야기를 들려주려는 듯했다. 나는 그 이야기가 나를 향한 것이 아닐까 하는 허황된 생각을 해보았다. 그녀는 무게와 중력을 거슬러 존재하려는 것처럼 보였다. 그녀의 춤이라는 대양 속에서 줄무늬 거북복이 뛰어오르고 까불며 스쳐지나갔다.

춤이 끝난 뒤 그녀의 몸은 땀투성이가 되어 식기 시작했다. 나는 렘프리어 선생의 곰팡이 핀 침대에 그녀와 같이 누울 엄두가 안 났고 그녀도 그럴 생각이 없었으므로 우리는 지저분한 바닥을 이용하기로 했다. 내가 그녀의 등에 키스를 개시하자 그녀가 돌아누웠고 나는 빨고 핥기 시작했다. 우리가 옛 '계몽'을 춤추기 시작하고 볼테르의 이성의 미소가 그녀의 몸속에서 부서지기만을 기다리며 느긋한 파도를 일으키는 와중에 나는 보았다. 한쪽 손목에 찬 커다란 은팔찌, 반대쪽 손목에 돋아난 절개되지 않은 커다란 종기를. 거북복이 빤히 쳐다본다. 이가 그녀의 팔을 따라 엉금엉금 기어올라 거북복이 된 유방 위로 올라탄다. 한 몸이 다른 몸으로 옮아가는 광경. 죽음이 불가피하게 다가오는 동시에 새로운 삶으로 변모하는 이 광경은 내게 끔찍하고 경이로운 인상을 주었다. 아무것도 융화되지 않았다. 모든 것이 아름다웠다.

그녀에게서는 알싸한 맛이 독하게 났다. 소금 같기도 하고 과일 같기도 하고 시큼하기도 하고 계피 같기도 한 것이 전부 어우러져 매우 광대하고 강렬하고 달콤했다. 렘프리어 선생 집의 지저분한 방바닥에 그녀와 함께 누워서 그 검은 팔과 허벅지와 몸통이 먼지와 때와 죽은 파리로 범벅이 된 모습을 보았을 때, 그녀의 피부에 새겨진 상흔의 짙푸른 색조가 그 오물 속에서 한층 더 선명하고 아름답게 느껴졌다.

그날, 그녀를 사랑하면 사랑할수록 그녀는 점점 더 내게 수수께끼가 되었다. 시작할 때 나는 그녀가 흑인이고 그저 쾌락의 대상이며 뒤탈 없이 사랑을 나눌 수 있는 상대라고 확신했다. 하지만 끝날 때 나는 그녀가 누구인지 의심스러워졌다. 더 충격적인 일은 내가 누구인지조차 의심스러워졌다는 사실이다.

나는 두 손으로 그녀의 뒤통수를 감싸안아 어루만지다가 짧고 곱슬곱슬한 머리카락 뭉치를, 아플까봐 걱정될 정도로 세게, 정말 세게 움켜쥐었지만, 내가 세게 움켜쥐면 움켜쥘수록 그녀의 고집센 엉덩이는

더 쾌락으로 들썩이며 반응했고 내 팽팽해진 사타구니를 밀어붙이며
쾌락을 요구했다. 또 그녀의 얼굴을 들여다볼수록, 나는 그녀의 얼굴
이 얼굴 자체와도, 아름다움이 무엇이며 어디에 깃들어 있어야 한다는
나 자신의 공허하고 빈약한 견해와도 무관함을 깨달았다. 또 그녀의
눈을 가까이에서 살펴볼수록, 나는 그녀가 멀리, 저 멀리 있으며, 그저
자기 머리통을 어루만지고 머리카락을 잡아당겨주기만을, 내 위에서
나를 영원히 침몰시키려는 지극히 격렬한 폭풍처럼 소용돌이치는 그
매끄러운 사타구니에 있는 힘을 다해 응답해주기만을 요구하며 내게
서 점점 더 멀어져가고 있음을 깨달았다. 한편 우리 밑에서는 줄무늬
거북복이 색채들의 땀에 젖어 먼지투성이로 스러지며 서서히 용해되
고 있었다.

3

　수채물감은 거의 바닥났다. 투페니 살은 떠났다. 의사선생은 역한
독기로 화했다. 내 아편팅크 단지는 비었다. 팝조이는 날로 키가 커지
기만 했다. 카푸아 데스는 사라졌다―누구는 탈출했다고 하고, 누구
는 안 그래도 얼어붙은 황무지였던 '북서도로'가 사령관의 야간 기차
여행중 증기기관의 재에서 불이 붙어 전소되는 불운으로 파괴되고 난
뒤에 사령관의 특별 지령으로 살해되었다고 했다. 그때는 점점 더 비
참해지는 나의 곤경을 터놓고 의논할 킹도 없었다. 지금 이야기하려는
사건은 그가 감방에 합류하기 전에 일어났기 때문이다.

요컨대 내 연대기로 해석할 것이 하나도 남지 않았다. 나는 내 일과 인생이 바야흐로 합일에 도달하려 함을 희미하게나마 눈치채고 있었다. 하나는 끝나는 중이었고 다른 하나도 머잖아 끝나려 했기 때문이다.

　그날이 크리스마스이브였음을 기억하는 건, 죽음이 빠르게 다가오고 있던 터라 시간의 흐름을 예민하게 의식했기 때문이다. 그날은 굉장히 더워서, 저녁에 밀물이 올라오자 잔잔한 바닷물에 감싸이게 되어 차라리 반가웠다. 물과 함께 상승한 나는 천장에 코를 부딪치며 칠흑같이 캄캄한 감방 안을 떠다녔다. 그러다가 별다른 이유 없이, 내 코 위에 묵직한 대들보로 떠받쳐져 감방의 천장을 이루고 있는 큼지막한 판석 중 하나를 쿡쿡 찔러보았다.

　이렇게 한동안 아무 생각 없이 천장을 가지고 놀았다. 바닷물이 감방 외벽에 와서 부딪치는 느릿한 진동에 귀기울이며, 그 소리로부터 설명할 길 없는 위안을 얻으며, 아무런 목적도 바람도 없이 파도에 절어 주름진 손등으로 무르고 꺼끌꺼끌한 천장을 쓸고 누르고 찔러대고 있는데, 바로 그때 너무도 무시무시한 일이 일어났다.

　별안간 무언가 내 몸을 싸늘하고 칠흑 같은 물속 깊은 곳으로 사정없이 짓눌렀다. 나는 싸우고 몸부림쳤지만 계속 가라앉았다. 내 생각은 멀리멀리 질주하여, 수면 위로 달음질치는 물거품으로, 대답할 길 없는 무수한 당혹스러운 의문으로 변신해나갔다. 브레이디의 '빛의 군대'가 포위공격을 감행하여 내가 갇힌 건물을 대포로 무너뜨리고 있는 걸까? 이제 티치아노의 숭배자가 된 팝조이의 고객 중 한 명이 이 죄수 컨스터블 작품을 열정을 쏟을 가치가 없는 맥빠진 그림으로 단죄하고는 야음을 틈타 나를 익사시키러 온 걸까?

가슴이 답답하고 머리가 지끈거리고 목구멍이 옥죄는 느낌이 죽음으로 바뀌려면 얼마나 더 걸릴지 궁금해하던 순간, 나를 찍어누르던 육중한 무게가 피부를 스치며 가슴에서 미끄러져내려갔다. 내 몸은 가라앉기를 멈추고 떠오르기 시작했다.

다시 수면 위로 고개를 내밀고 한동안 캑캑대며 며칠 굶주려서 빵을 입에 쑤셔넣으면서도 갈급이 끊이지 않는 사람처럼 정신없이 공기를 들이마신 뒤에야, 사건의 전모가 서서히 눈에 들어오기 시작했다. 위쪽으로 팔을 뻗어보니, 감방 천장 위쪽으로 전보다 훨씬 더 넓은 빈 공간이 뻥 뚫려 있었다. 다시금 조심스럽게 팔을 올려 더듬자 머리 위 천장 판석의 깨어진 가장자리가 손에 만져졌다. 그 부분을 붙들고 올라갈 수 있을 것 같았다.

소금기를 머금은 축축한 모래가 손닿는 곳마다 묵직한 조각으로 부스러져 내 얼굴과 반쯤 벌어진 입안으로 떨어져내렸다. 그때 나는 깨달았다―이 지역의 사암은 상태가 좋을 때에도 무른데, 그것이 날마다 소금물에 노출되어 급기야 항복에 이르렀던 것이다. 내가 당기고 찔러대자 허물어지기 시작했고, 마침내 커다란 판석 덩어리가 천장에서 떨어져 나를 침수된 감방 바닥으로 찍어눌렀던 것이다.

너무나 오랫동안 억눌러왔던 가능성이 다시 수면으로 떠올랐다. 불과 일 분 전까지만 해도 느낄 수 있으리라 생각지 못했던 흥분으로 기운이 솟아 눈먼 사람처럼 온 사방을 헤집으니 얼굴 위로 작은 사암 조각들이 우수수 쏟아졌다. 나는 손을 집어넣어 붙잡고 올라갈 만한 작은 틈을 찾아헤맸다. 열에 들떠 되는대로 밀고 쑤시다보니 물에 불어 연약해진 손의 피부가 까지기 시작했고, 나는 사암의 꺼끌꺼끌한 단면

이 무수한 바늘처럼 날카롭다는 부인할 수 없는 사실을 깨달았다.

계획도, 무엇을 할지에 대한 뚜렷한 생각도 없었다. 머리 위의 침침한 빈 공간이 바깥으로 통해 있는지 그저 또다른 감방인지조차도 알 수 없었다. 나는 그 미지의 어둠 속으로 두 팔을 뻗어 마침내 지탱할 곳을 찾아냈고, 그곳을 단단히 움켜쥐고는 몸을 끌어올리기 시작했다.

4

나는 부러진 채 매달린 대들보와 깨진 판석 사이로 반은 몸을 끌어올리고 반은 기어오르다시피 해서 머리 위에 열린 멋진 신세계로 힘겹게 들어갔다. 항상 근력이 부족함을 자랑해온 남자, 더욱이 몇 개월 동안 겨우 한 발 너비의 감방에 갇힌 채 팝조이가 던져주는 음식물 찌꺼기만으로 연명해온 남자에게 이는 결코 쉬운 일이 아니었다.

정신을 차리고 보니 축축한 판석 바닥에 널브러진 채 헐떡이며, 먼지, 말린 홉, 젖은 가죽, 담배꽁초가 뒤섞인 듯한 짙은 냄새를 들이마시고 있었다. 그 모든 것을 압도하는 퀴퀴한 곰팡내가 바로 양피지 냄새임을 알게 된 건 나중에, 죽음이 임박했을 때의 일이었다.

자리에서 일어나려다 탁자 같은 것에 머리를 부딪치고 도로 넘어졌다. 기어나와서 이번에는 과감히 일어나 둘러보니, 그곳은 넓은 방이었다. 차갑고 교교한 달빛이 방 안을 군청색으로 물들여 신비한 분위기를 자아냈다. 방은 텅 비어 있는 듯했다—책만 제외하면.

온 사방이 책이었고 눈길 닿는 데마다 또 책이었다. 그 모든 책이 바닥에서 천장까지 닿는 거대한 책장의 거칠고 무거운 흑목제 선반에 가지런히 배열되어 꽂혀 있었다. 모든 책장이 중심으로부터 뻗어나온 바큇살처럼 방사상으로 배치되어 있는 가운데, 바로 그 중심을 이루는 커다란 원형 탁자 밑에서 내가 고치를 빠져나오는 나방처럼, 뻣뻣한 몸을 이끌고 엉거주춤 기어나온 것이었다.

얼마나 많은 책이 주위를 에워쌌는지 그저 바라보는 것만으로도, 세상에 이렇게 책이 많다는 사실뿐만 아니라 방 한곳에 이렇게까지 책이 많이 있을 수 있음을 깨닫는 것만으로도 현기증이 날 정도였다. 내 위쪽에는 피지로 제본한 키 큰 책들이, 아래쪽에는 먼지가 앉은 거대하고 묵직한 책들이, 뒤쪽에는 끈으로 묶은 다양한 규격의 수고들이, 앞쪽에는 좀더 판형이 작고 최근에 작성된 기록부들이 짙은색 모로코가죽으로 화려하게 장정된 채 꽂혀 있었다.

나는 그 방이 높은 창문에서 쏟아져들어오는 보름달 빛을 받아 짙은 꿀색과 오래된 도서관 특유의 매혹적인 호박빛을 띠었다고 말하고 싶다. 그러나 이는 거짓말이다. 팝조이가 내게 그러라고 시킨 것이나 앤 양이 쓴 것과 같은 종류의 헛소리다. 사실 그 방은 추하고 사악한 회색과 파란색 그림자들이 눈속임하며 일렁대는 미궁이었다.

원형 탁자 위에는 사산된 송아지가죽으로 섬세하게 만든 피지를 입힌 무지 2절판 책이 펼쳐져 있었다. 나는 파란 잉크를 써서 이탈리아풍의 흘림체로 적어내려간 줄글을 들여다보았다. 그 장식적이고 고풍스러운 올가미들과 소용돌이들이 모든 단어를 족쇄에 묶어 예속시키는 듯한 가공할 고리의 그림자를 길게 드리우고 있었다.

거기 적힌 내용은 나를 혼란에 빠뜨렸다. 지난 여섯 달에 걸친 죄수들의 활동을 열거한 듯이 보였지만 거의 모든 사실관계가 잘못되어 있었다. 그래도 이것이 한 가지 수수께끼를 풀어주었으니, 바로 이 방의 용도였다. 나는 여기가 이 유형지의 신비에 싸인 등기소, 즉 섬의 모든 기록이 보관된 서가임을 깨달았다. 또 그 중앙에 놓인 원형 탁자는, 아마도 늙은 덴마크인 서기 요르겐 요르겐센이 기억할 수도 없을 만큼 오래전부터 이 이상한 세계의 유일하고도 영구적인 기억을 편집하기 위해 매일같이 몸을 숨겨온 바로 그 장소일 터였다.

새벽이 가까워오면서 점차 밝아졌다. 이제 열심히 읽느라고 눈을 찌푸리지 않아도 되었지만, 아직 다 읽지 못한 책을 내키지 않는 손으로 다시 덮은 뒤 하계로 돌아갈 준비를 해야 했다.

나는 외부인이 침입했던 흔적을 가능한 한 눈에 띄지 않게 하는 데 주력했다. 내가 부수고 들어온 등기소의 원형 탁자 아래 밑바닥은 다행히도 누가 들여다볼 성싶지는 않은 눅눅하고 어두컴컴한 장소였다. 나는 가까운 책장 맨 윗단에서 거의 쓰지 않을 것 같은 커다란 책을 한 권 뽑아 구멍 위에 펼쳐놓았다. 될 대로 되라는 식의 임시방편이었지만 더 좋은 방법이 떠오르지 않았다.

그런 다음 그 조잡한 뚜껑문을 열어 감방으로 내려갔다. 달라진 점을 팝조이가 눈치채지 못하도록, 부러진 대들보를 최대한 눈에 띄지 않게 도로 받쳐놓은 뒤 감방 바닥에 널린 조약돌과 자갈돌을 그러모아 떨어진 판석을 덮었다. 팝조이가 위쪽을 올려다보고 천장이 뭔가 잘못되었음을 알아차릴지도 모른다는 걱정은 별로 들지 않았다. 그가 감방에 들어올 때는 몸을 굽혀야 하기 때문에 그럴 가능성은 적었고, 어쨌든 천장에는 그늘이 짙게 드리워 있었으니 말이다.

여러분은 왜 빌리 굴드가 당장 감방을 뛰쳐나가 방금 우연히 발견한 등기소의 잠기지 않은 문을 통해 탈출을 꾀하지 않았는지 물을지도 모르겠다. 그는 준비를 제대로 갖출 때까지 탈출을 미루기로—전적으로 그다운 독특한 대담성을 보이며—결심한 터였다. 사실 그는 새장에서 풀려난 새에 더 가까웠다. 그가 보인 반응은 첫째가 두려움이요, 그다음은 익숙함에 대한 갈망이었다. 그의 머리에 처음 떠오른 생각은 그냥 자신이 아는 세계, 바닷물 감방의 세계로 퇴각하는 것이었다.

게다가 첫째 날 밤에 그 펼쳐진 책에서 읽은 내용 또한 발목을 잡았다. 그 뻔뻔스러움이 너무나 불가해하고 충격적이면서도 그 명징한 광기가 너무도 강렬하고 흥미진진하여, 이 수수께끼를 파헤치고 바라건대 밝혀내기 위해서는 더 많은 조사가 필요했다.

5

그후로 이레 동안 매일 밤 초조하게 기다렸지만 밀물은 바라는 만큼 빨리 들지 않았고, 홍합에 뒤덮인 발목을, 이가 기어다니는 사타구니를, 딱지투성이 배를 하염없이 찰싹이며 지겨울 정도로 느릿느릿 올라왔다. 마침내 물 위로 떠올라 울퉁불퉁하게 깨져나간 사암에 손을 짚고 몸을 끌어올려 등기소로 올라갈 수 있게 되기까지가 마치 앤 양의 끝나지 않는 편지만큼 길게 느껴졌다.

이레 밤 동안 나는 원형 탁자 옆에 주저앉아, 불빛이 새어나가 위치가 발각되지 않도록 등기소의 양초 한 자루에서 나오는 손바닥만한 빛과 좀더 크고 희미한 달빛에 의지하여, 책장에서 들어내리는 데만도 안간힘을 쏟아야 하는 묵직하고 두꺼운 책들을 계속 읽어내려갔다.

그 빳빳한 표지들 사이에서 발견한 것은 내가 아는 유형 식민지, 사령관이 꿈꾼 '노바 베네치아' 국가의 연대기가 아니었다. 비망록과 서신 대장과 죄수 징발 서류를 차례로 훑으며 나는 '마작의 전당'의 경이와 관련된 기록이며 설계도며 석조 도면을 찾아헤맸다.

그런 것은 없었다.

이레 밤 동안 나는 사령관이 남미에서 기관차를 구매한 사실을 입증하는 장부, 송장, 영수증을 찾아 병참부 기록을 샅샅이 뒤졌다. 또 그가 트란실바니아의 원시림을 매각한 것, 혹은 그보다 훨씬 대담하게도 오스트레일리아 본토를 처분한 것, 말루쿠산 보석과 중국산 약제와 해삼과 자바산 가구를 구입하고 시암 여자들을 배 한가득 사들인 것을 결정적으로 확인해줄 서류 증거를 찾아내려고 애썼다.

그런 것은 없었다.

이레 밤 동안 나는 사신과 일기를 있는 대로 그러모아, 결코 떠나지 않는 과거에 대한, 아랍 무역상과 불멸하는 일본 해적과 벌거벗은 프랑스 합리주의자들에 대한 사령관의 악몽을 암시하는 듯한 단서를 실낱같은 것이라도 찾아내려고 노력했다.

그런 것은 없었다.

늙은 덴마크인의 기록을 누비고 다니면 다닐수록, 내 당혹감은 현실적 근거가 이토록 전무한 기록을 그가 이토록 많이 적어댄 이유에 대한 궁금증으로 변해갔다.

호바트타운의 아서 총독과 런던의 식민성에 거짓말을 해야 할 필요성은 명백했다. 수년 전 식민성에서는 부채 완납 증명서, 보고서, 재고 조사표, 회계 기록을 제출하라는 서신들을 보내왔고, 이러한 요구에 대해 우리가 아는 모습이 아니라 그들이 상상하는 모습의 유형 식민지를 보여주는 허위 답장을 꾸며서 보낼 필요가 있었다.

어느 시점에―그리고 어째서―이 불가피한 서류 날조가 유형 식민지를 상상 속에서 완전히 재구성하는 훨씬 더 거대한 프로젝트로 확장되었는지 나로서는 알 길이 없다. 분명한 사실은 늙은 덴마크인이 사령관으로부터 유형지에 대한 모든 기록을 현실이 아니라 기대에 부합하게끔 조작하라는 명령을 받았다는 것이다.

그러나 어느 순간부터 요르겐 요르겐센의 작업은 그 미친 성취 면에서 자기 주인의 야심마저 능가하기 시작했다. 처음에 그는 제삼자의 변덕과 허구를 암호화한 듯한 사령관의 욕망에 순순히 맞춰가며 작업했지만, 서서히 대안적 세계에 대한 자신만의 독특한 착상으로 옮겨갔다.

밤이 밤으로 이어지며 읽고 또 읽을수록 실로 엄청난 그 대담성의 규모가 점점 뚜렷해졌고, 내 궁금증은 순수한 경외감으로 바뀌었다.

요르겐 요르겐센이 파란 잉크로 책장에 묘사한 세계는 우리가 사는 현실과 전투를 벌이고 있었다. 불길한 일은 바로 그 현실이 패배하고 있다는 사실이었다. 인정할 수 없는 일이었다. 참을 수 없는 일이었다. 그리고 결국에는 비인간적인 일이었다. 그러나 읽지 않고는 배길 수 없었다.

나는 상상해보려 애썼다. 처음에 그 늙은 덴마크인은 우리 유형지의 모든 야만과 공포를 물질적, 도덕적, 영적 질서와 진보로 재창조해야 하는 상황에 처하여, 아른아른한 고래기름 불빛 아래서 자신의 우아한 이탈리아풍 필체로 유형지의 공식문서를 기록했으리라. 처음에 그는 이를 불가피하게 짊어져야 할 부담으로, 과거에 유럽에서 거짓말을 노름빚과 맞바꾸었듯이 전혀 사실과 다르고 믿을 수 없는 이야기를 자기 생계와 맞바꾸는 일로 치부했으리라.

그리고 시간이 흘러—일 년? 수년?—너무나 짜릿한 나머지 이 미친 해방 안에 영영 갇혀버린 순간이, 악마의 잉크에 깃펜을 적신 순간이, 최초로 자신의 의식을 초월한 순간이, 무섭고 놀랍게도 자기 내면에 모든 남녀가, 모든 선악과 모든 애증과 모든 시간이 담겨 있음을 발견한 순간이 찾아왔으리라. 이 한순간에 그의 영혼이 백만 방울의 안개로 폭발하고 이 안개 속으로 그의 상상의 빛이 쏟아지기 시작하여 보고서, 복무규정, 죄수 징발 서류, 서신 대장, 비망록처럼 견고히 구체화된 이야기들의 무지개로 굴절되었으리라.

그만큼 늙은 덴마크인의 이야기 속에서는 모든 것이 전연 달랐다. 모든 삶이, 모든 행동이, 모든 동기가, 모든 결과가. 사령관은 시간을 우리 모두를 구성하는 불변의 요소로, 우리의 본질적 실체이자 생명력으로 이해했던 반면, 이 이야기 속에서의 시간은 우리와 전혀 별개의 존재였다. 그것은 똑같은 무게를 지닌 수많은 벽돌이 쌓여서 이루어진 현재라는 벽이었으며, 우리와 과거와의 연결을 철저히 가로막고 따라서 우리 자신에 대한 앎을 가로막는 벽이었다.

사령관에게는 각성과 꿈과 악몽이 하나였던 반면, 늙은 덴마크인의 기록에서 이것들은 절망적으로 쪼개지고 대립했다. 악몽은 금지되었고 삶과 꿈의 공모는 불허되었다. 이는 역사상 가장 위대한 사기 노름이었으므로, 나는 친애하는 블뤼허 노원수가 이 과거의 스카트 게임 상대를 얼마나 자랑스러워했을지 생각했다.

6

첨언하자면 나 또한 요르겐센에게 열띤 감정을 느꼈고, 이 감정은 이레째 되던 밤, 사용하지 않는 병참부 서식 무더기 뒤에 숨겨진 덴마크산 슈납스*를 발견하면서 더더욱 고조되었다. 원형 탁자 밑에서 차오르는 여름 달의 빛을 받으며, 모기를 눌러 죽이거나 슈납스를 조금 더 따르거나 내 감방으로 뚫린 구멍에 재빨리 소변을 보거나 할 때 빼고는 쉬지도 않고 기록을 읽어내려가는 동안, 나는 늙은 덴마크인의 날조가 무한한 만큼 섬세하다는 사실에 감명을 받았다. 그가 오랜 세월을 들여 자기 주인을 위해 창조해낸 우주에서는 모든 세부사항이―가장 사소한 것까지도―증대되고 적격성이 부여되고 표로 정리되어 있었다.

나는 요르겐센이 창조해낸 모든 것에 경탄할 수밖에 없었다. 예를 들어 몇 년에 걸쳐 채찍 사용이 감소했다는 통계를 길고 정연하게 정리한 표, 육필 설교집, 최신 감방의 도면 들은, 죄수들의 타고난 야수성과 싸우는 불가피한 체형體刑 체제에서 독방이나 감리교회의 선교 같은 좀더 계몽된 실천으로 이행되는 과정을 종합적으로 보여주고 있었다.

요르겐센에게 이는 당연히 느리고 흔히 따분한 일이었지만, 그는 패

---

* 옛부터 독일, 오스트리아, 네덜란드 등지에서 마시던 독한 증류주.

턴과 연속, 원인과 결과의—실제 삶에는 들어맞지 않지만 서류상의 말에는 필요한—법칙을 따름으로써, 후세인들에게 죄수들의 야만성과 행정관의 현명함 모두를 납득시킬 수 있는 유형지의 이미지, 즉 부단하고도 적정한 규율을 통해 소매치기가 구두장이로, 남색꾼이 기독교인으로 갱생할 수 있음을 보여주는 모범적인 사례를 창조해냈다.

이 책들 속에 묻힌—개밀 실뿌리처럼 다닥다닥 얽혀 있는—개개인의 내력도 어렵게나마 끄집어낼 수 있었다. 주로 죄수들의 것이었지만 간수들의 것도 있었는데, 훗날 사령관이 된 호러스 대위의 무미건조하지만 성공적인, 그리고 어느 성인의 삶 못잖게 신빙성이 떨어지는 경력도 그중의 하나였다. 이 내력을 종합하면 그는 지극히 미천한 배경 출신으로 자기 손으로 직접 지은 오두막집에서 태어났고, 입대한 뒤 제91연대의 기수로부터 시작하여 다양한 행정직에서 용맹을 떨쳐 승진을 거듭했으며, 영국령 온두라스에서 참모장교로서 성공적으로 임무를 수행, 토착민들을 집단 처형하고 세라섬으로 전출되어 오기 전에 그들을 인도적이고도 계몽적인 방식으로 다룬 바 있으니, 이러한 인도주의적인 행적은 그가 노예제의 사악함에 대해 절친한 벗 윌리엄 윌버포스*에게 써보낸 몇 통의 편지를 통해 한층 더 강조되었다.

나는 너무나 훌륭한 나머지 누구라도 이곳에 살기 위해 기꺼이 돈을 지불하고 영국을 떠나올 만큼 자비로운 감옥에 건배했고, 그가 우리 죄수들에게 심지어 임의로 행동할 권리를 허락한 것에 또다시 건배했다. 또 밀반출된 죄수들의 편지라며 날조한 온갖 교묘한 수완을 찬탄

---

* 18세기 후반에서 19세기 초까지 활동하며 노예제도 폐지 운동을 이끈 영국 정치인.

하며 거듭 술잔을 들어올렸다. 그 가짜 편지에 적힌 내용은 중죄수들이 일정한 조건이 충족되거나 고충이 처리될 때까지 도구를 던지고 노역을 거부했다는, 공문서와 복무규정에 기록된 사실을 뒷받침하고 있었다. 심지어 한 높은 선반에는 사형수들의 독특한 문신이 새겨진 피부가 담긴 병들까지 있었는데, 이는 여러 권의 서신 대장에 적힌 죄와 벌의 기록과 일치했기에 늙은 덴마크인의 이야기는 이 죽은 자들의 진짜 피부에 적실성을, 아니 생명 그 자체를 부여했고, 이에 나는 병 속에서 끄덕거리는 닻과 천사와 파란 잉크로 쓰인 문구 하나하나에 남김없이 건배했다.

더 많은 이야기들이 계속 이어지며 돌고 돌수록 더 많은 슈납스가 꿀꺽꿀꺽 넘어갔다. 나는 요르겐센을 위해 거듭거듭 건배했고, 요르겐센의 술잔을 비우고 다시 채워 그가 창조한 멋진 세계에 건배하는 것이야말로 올바르고 적절한 일인 듯 여겨졌다. 자비로운 원로들이 고안한 계몽적 집단 이주 계획으로서의 이 행형 체제에서 혹형은 아주 가끔씩만 언제나 온당하게 적용되었고, 죄수들은 나빠지는 대신 개선되었다. 이 세계는 사람들이 끊임없이 다른 모습으로 탈바꿈하여 좋은 쪽으로든 나쁜 쪽으로든 창조 행위가 일어나는 장소가 아니라, 마치 과거 스코틀랜드인 방직공이 헛되이 때려 부쉈던 증기기관의 피스톤 헤드나 벨트처럼 비천하지만 반드시 필요한 역할을 죄수들에게 부여하는 체계였다.

나는 기계와 체계의 위대한 영광에 건배하며 정신없이 마셔댔고, 내가 익히 아는—더불어 그 일부가 된—기괴함이나 광기라곤 눈 씻고도 찾아볼 수 없는 이 모든 날조 보고서와 서신과 복무규정의 파렴치한 대담성에 머리가 어질어질해졌다.

나는 이들의 누락에 건배했고, 온갖 새롭고 휘황한 거짓말이 포함된 데 건배했다. 그리고 건배할 대상이 다 떨어지자 그냥 병나발을 불어서 남은 술을 깨끗이 비웠고, 다 비우고 나자 욕지기와 죄책감이 들었고, 혹시 요르겐센의 세계가, 카푸아 데스가 기계 파괴범을 깔고 앉기 직전에 기계 파괴범의 눈과 입을 가득 채웠던 그 '지옥'이 아닌가 걱정되기 시작했다.

빌리 굴드는—너무 부끄러워서 여기서는 나 자신을 삼인칭으로밖에 부를 수 없다—욕지기를 느꼈다. 빌리 굴드는 구토를 나쁜 일로 여기지 않았다. 의사선생이 말하길 이것이 몸에서 불필요한 액체와 체액을 제거하고 과음 다음날의 끔찍한 숙취와 속이 더부룩한 증상을 예방해준다고 했기 때문이다.

실제로 고틀립슨 목사라면 승인했을 것이 분명한 이 치료 목적의 육체적 정화를 앞당기기 위해 빌리 굴드는 두 손가락을 목구멍 뒤쪽에 넣고 휘저었다. 이윽고 가슴으로 밀고 올라와 목구멍을 채우고 그가 먹지도 않은 토마토와 당근에 섞여 입에서 쿨럭쿨럭 쏟아져나온 것은, 내가 읽은 모든 것이 사령관이 꿈꾼, 그야말로—유럽의 앤 양조차 감히 꿈꾸지 못했던—하나의 감옥으로서의 이성적 사회상이라는 무시무시한 인식이었다. 이 최후의 창조물, 아마도 여러 면에서 그의 가장 가공할—설령 의도치 않았을지언정—이 업적이야말로, '구세계'에 대한 무의식적이고도 기괴한 숭배라는 점에서 '마작의 전당'과 국영철도를 능가하는 것이었다.

인식할 것이 어찌나 많았는지 발을 적시고 바지에까지—아주 솔직히 말하면 너무 많이—튈 지경이었다. 만약 첫번째 것보다 더 심각한 두번째 깨달음이 엄습하지 않았다면, 빌리 굴드는 반쯤 소화된 유럽이라는 토사물을 그 자리에서 당장 치우려고 했을 것이다.

이 깨달음은 그가 손등으로 입을 훔치고 있을 때, 엄청나게 무겁고 감당할 수 없는 짐이 이마 언저리를 두들겨대듯이 찾아왔다. 그것은 이 역사 전체에서 그가 보고 알았던 모든 것, 그가 목격하고 겪었던 모든 것이 마치 잠에서 깨어남과 동시에 흩어지는 꿈처럼 이제 사라지고 무의미해졌다는 사실이었다. 자기 과거의 정신을 펄에일 병에 담아 가지고 다니는 카푸아 데스의 주장처럼, 만일 자유가 기억의 공간에서만 존재한다면, 빌리 굴드와 그가 아는 모든 사람은 영원한 징역을 선고받은 셈이었다.

7

나는 말로 표현할 수 없이 소름끼치는 공포를 느꼈다. 저 높은 창문에 이무깃돌 같은 얼굴들이 다닥다닥 붙어, 기억으로 전해지지 못한 자신들의 끝없는 고통을 달래달라고 탄원하는 듯 보였다. 가죽이 벗겨진—꼭 개에게 물어뜯긴 것처럼 붉은 뼈가 솟아나온—그 끔찍한 머리통들이 마치 내게 과거를 바로잡아달라는 듯이, 내 힘으로는 어림도 없는 일을 간청하며 가까이 다가왔다가 멀어지는 것만 같았다.

나는 읽고 또 읽어내려갔지만 여전히 과거는 보복되지도 인지되지도 못한 채 남아 있었다. 어떻게 내가 그것을 달리 개조할 수 있었겠는가? 스코틀랜드인 방직공과 포효하는 톰 위버 머리통의 비난하며 응시하는 눈구멍으로부터, 타우타레의 도난당한 두개골과 그 손자의 산산조각난 두개골로부터 바퀴벌레들이 기어나왔다. 그들의 들쭉날쭉한 코뼈에서 벼룩들이 튀어나왔다. 머리통들은 부패된 고름과 피의 눈물을 줄줄 흘리기 시작했고, 액체는 유리를 통과하여 내 온몸으로 번졌다. 나는 기겁해서 어깨와 팔과 머리를 맹렬히 털어댔다. 그러면 그들을 씻어낼 수 있다는 듯이. 안 돼! 내가 울부짖었다. 안 돼! 제발 나를 내버려둬! 하지만 그 무시무시한 그림자들은 떠나지 않고 내게 불가능한 것을 애원하고 있었다. 나는 떨어져나온 썩은 살점으로 뒤덮인 채, 오래전 기둥에 묶여 죽은 흑인 여자의 몸을 기어다니던 모든 구더기가 이제 내 몸을 기어다니는 것을 느끼며, 온갖 부패와 질병과 순환의 악취를 풍기며, 세계 그 자체가 육신으로 화하여 나를 스쳐지나가는 것을 보았는데, 그 세계의 모든 참혹함과 모든 아름다움이 둘 다 불가피한 것이라고 내가 어떻게 말할 수 있었겠는가?

나는 독자일 뿐이라고 그들에게 호소하려 했다. 하지만 그들은 듣지 않았고 듣지 못했고 절대 들으려 하지 않았으니, 나를 자신들의 복수 도구로 만드는 데만 혈안이 되어 있는 것 같았다.

그리고 빌리 굴드는 이제 속이 조금 거북한 정도가 아니라 자기가 끙끙 앓고 있음을 깨달았다.

왜냐면 책이 될 세계가 이제 존재하지 않았기 때문이다. 존재하는 건 세계가 되려는 가당찮은 야심을 품은 책뿐이었다.

8

나는 바닥에 털썩 쓰러졌다. 초를 빼내고 납작하게 구긴 초롱처럼 한동안 그 자리에 누워 있었다. 머릿속은 불신과 당혹에 빠져들었다. 언젠가 사람들이 이것을 자신들의 과거로 기억하게 된단 말인가?

바로 그때 괴상하고 날카로운 휘파람 소리가 들려왔다. 나는 소스라쳐서 등을 돌리며 두 팔로 머리를 감쌌다.

눈앞에서 작고 꾀죄죄한 개가 달빛 속에 뒷다리로 일어선 채 휘파람소리를 내고 있었다. 그놈은 문득 휘파람을 멈추더니 성한 한쪽 앞다리를 딛고 내려서서 내 어깨 너머를 쳐다보았다. 나는 뒤돌아보거나 목소리를 듣기 전부터 등뒤에 누가 있는지 알 수 있었다.

"위조범 굴드, 네놈이군." 그가 말했다. 그의 말소리는 그의 필체처럼 흘러 미끄러졌다.

천천히 뒤를 돌아보니, 그 누구도 아닌 요르겐 요르겐센이 나를 내려다보며 씩 웃고 있었다. 너무 우뚝 솟은 듯이 보여서 한순간 나는 그가 의자나 책장 위에 올라서 있다고 생각했다. 그는 막 넘어지려는 책장처럼 몸을 기울이며 내 위에 그림자를 드리웠다. 나는 감히 그에게서 눈길을 떼지 못한 채 아주 천천히 일어섰다.

등기소의 다른 모든 것처럼 요르겐 요르겐센도 단색조에 냉기가 돌았다. 그의 잿빛 피부 위에서 흰 선들이 교차하며 갖가지 형태를 만들어냈다. 흰 거품 한 가닥이 길게 늘어져 비뚤어진 입에 주름을 만들었고, 머리에는 길게 축 늘어진 백발 가닥들이 끊어진 거미줄처럼 제각기 묘한 각도로 매달려 있었다.

"너는 영겁에 이르도록 고통받을 운명에 처했다." 그가 단어 하나하나를 음미하며 말을 이었다.

요르겐 요르겐센이 하느님과 썩 닮은 모습은 아니었다. 우선 턱수염도 없었고, 어제저녁에 먹은 묽은 죽 절반이 응고되어 이슬처럼 매달린 초라한 콧수염뿐이었다. 게다가 그에게서는 썩은 내장 냄새가 났다. 하느님은 만물이시라는 말도 있지만 실은 그렇지 않은 것이, 만약 그렇다면 그분은 수선화와 사랑과 일출과 기타 등등은 물론 세상의 모든 악취 또한 풍기실 터이기 때문이다. 그럼에도 요르겐센이 맡고 싶어하는 역할은 하느님인 것 같았다. 세상을 새롭게 창조한 그는 무슨 천국의 문에서 선언이라도 할 결심인 듯했고, 그 첫번째는 내가 죽어야 한다는 것이었다.

자기가 내 발을 문지르고자 하는 것은 오로지 하느님의 사랑 때문이라고 구빈원 사제가 말한 이후로, 나는 무엇무엇이 '하느님의 뜻'임을 받아들인다고 해서 반드시 거기에 순응해야 되는 것은 아니라는 견해를 견지해왔다. 예를 들어 비가 오는 것이 '하느님의 뜻'임을 받아들일 수 있지만 그렇다고 빗속에 계속 서 있지는 않는다. 이런 예는 얼마든지 있다. 그러니 나같이 비참한 놈에게는 가장 비참한 죽음만이 합당하다는 요르겐센의 주장을 받아들이기는 했어도, 내가 지금 이 자리에서 죽어야 한다는 데는 동의할 수 없었다. 그래서 그가 빈약한 신체와 나이에 전혀 어울리지 않는 힘과 민첩성을 발휘해 칼집에서 녹슨 검을 뽑아 내 심장을 정조준하며 갑자기 덤벼들었을 때, 나는 펄쩍 뛰어 그를 피했으며 그 와중에 바닥의 양초를 넘어뜨렸다.

양초가 꺼졌고 나는 책장 뒤로 뛰어가 숨었지만, 늙은 덴마크인은 이 책의 미로를 시궁 속의 쥐보다도 더 잘 알고 있었다. 부패한 간 냄새가 채 풍겨오기도 전에 검의 차디찬 옆면이 내 목에 닿았다.

"피렌체의 플로린 금화를 위조한 단테의 아다모 데 브레시아처럼," 그가 쉿쉿거렸다. "네 몸은 지옥의 제8원 말레볼제의 어둡고 퀴퀴한 구덩이 속에서, 수종의 고통으로 만돌린처럼 부풀어오를 것이다!"

말이 현란해지면서 그의 입에는 거품 섞인 침이 가득 고였다. 그가 구사하는 형용사들이 입술 언저리에 거품을 주입하는 것만 같았다. 그가 검 옆면을 내 목에 대고 더 세게 밀어붙이자 숨이 막히기 시작했다. 주체할 수 없을 정도로 몸이 떨려서 기대고 있던 책장까지 덩달아 덜덜 떨렸다. 만듦새가 조잡한 캐비닛이 울퉁불퉁한 바닥 위에서 어줍게 흔들리자, 그 위태로운 균형이 몸으로 느껴졌다.

늙은 덴마크인은 나를 더욱 몰아붙이며, 내 미래 '지옥'의 상상도를 말로는 물론이요, 더불어 질질 흐르며 내 얼굴로 날아오는 게 거품을 통해서도 전달하고 있었다.

"너는 갈증과 메스꺼운 질병으로 고통받을 것이다." 그가 침을 튀겼다. "너는 부서진 시체들의 끝없는 행렬, 또하나의 만신창이 유령이 되어, 부패된 살점의 역겨운 악취 속에서 살아갈 운명을 짊어질 것이다. 너희 모든 위조범은 메스꺼운 딱지와 서로의 떨어져나간 살점으로 뒤덮이게 될 것이다."

그러면서 그는 검 옆면을 힘껏 밀어붙였다. 녹슨 날이 내 목에 가늘고 띄엄띄엄한 핏줄기를 그었다. 그가 검을 더 세게 찍어누르자 토사물이 묻어서 미끈거리는 내 한쪽 발이 그만 뒤쪽으로 미끄러졌다. 나는 균형을 잃고 그대로 미끄러지다가 흔들흔들하는 책장에 등허리를 쿵 부딪쳤고, 그 육중한 책장이 순간 한 점을 축으로 빙글 회전했다. 나는 투페니 살의 동그라미와 치오른 엉덩이를 생각했지만, 뒤이어 내가 취한 행동에는 생각이라는 그럴듯한 말을 갖다붙일 수 없을 것이다.

나는 남은 힘을 다 끌어모아, 휘청거리는 그 거대한 책장을 엉덩이로 뒤치기하듯이 있는 힘껏 밀쳤다.

그 책벌레도 무슨 소리를 들은 것이 틀림없었다—아마 목재가 날카롭게 삐걱거리는 소리나 책들이 쏠리며 도미노처럼 쓰러지는 둔탁한 소리였을 것이다—그가 갑자기 위쪽을 올려다보았기 때문이다. 책장이 휘청하는 것을 봤는지는 모르겠지만, 그가 위를 흘깃 보고 뒤로 주춤 물러서다가 자기 발에 걸려 넘어지기까지 일련의 일이 너무나 순식간에 일어났고, 이는 셋이라기보다 하나의 동작에 가까웠다. 최초의 책들이 바닥으로 떨어지기 시작함과 동시에 그는 균형을 잃고 넘어졌다.

내가 마지막으로 본 장면은, 바위처럼 무겁게 비처럼 사방천지에서 산사태처럼 무시무시하게 머리 위로 쏟아져내리는 육중한 책들을, 그가 검으로 막아내려 부질없이 노력하는 광경이었다. 그 책들에 깔린 요르겐 요르겐센이, 아무것도 믿을 수 없다, 책조차 믿을 수 없다며 악쓰는 소리가 들렸다.

하지만 소리는 더 들리지 않았다. 나는 무너진 책의 동굴 속에서 엉덩이를 치켜들고 머리를 숙인 채, 책장을 등에서 조금이라도 더 멀리 들어올리느라 온 힘을 다해 집중하고 있었기 때문이다. 책장 밑동 근처에 있다는 건, 책과 선반의 낙하 거리가 짧아 맞아서 아프긴 해도 심하게 다치지는 않는다는 뜻이어야 했다. 하지만 그때 저 위쪽에 있던 선반 하나가 미친 듯한 호를 그리며 나를 향해 거칠게 날아들었다.

그것이 와서 부딪친 것은 느끼지 못했다.

더이상 못 버티고 쓰러져, 무수한 말의 육중한 무게에 눌려 살아날 수 있을지조차 모른 채 뻗어버린 것이다.

9

아침의 소음이 들려왔다. 집합을 알리는 나팔 소리, 닭들이 부스럭거리는 소리, 살인범 캐슬레이의 만족스러운 울음소리. 그러나 주위는 아직 온통 어둠이었다. 얼마나 오랫동안 그 어둠 속에 있었는지 알 길이 없었다. 머리에 자욱한 안개가 낀 것 같았다. 너무나 자욱한 나머지, 나는 절단되었지만 여전히 의식이 있는 내 머리가 배럴통 속을 떠다니며 영국으로 향하고 있다는 생각에 일순간 공황에 빠졌다.

책 한 권이 얼굴 위에 펼쳐져 있고 다른 책들의 묵직한 모서리가 갈비뼈와 배를 찌르고 펼쳐지지 않은 육중한 책들이 가슴을 완전히 뒤덮고 있음을 느꼈을 때야, 나는 머리와 몸이 아직 분리되지 않았다는 사실을 확인했다. 양피지와 독피지와 시큼한 땀과 요르겐센의 부패한 콩팥 냄새가 풍겨왔다. 허리 뒤쪽의 둔하고 묵직한 통증은 내 몸통 위에 얹힌 책장 모서리에 찍힌 탓인 듯했다. 바깥에서는 큰소리로 이름을 부르고 대답하는 소리가 들려왔다. 쇠사슬 작업조가 노역을 나가면서 족쇄를 철컥철컥 채우는 둔탁한 소리, 나무꾼들의 욕설과 경비관들의 호통 소리가 들렸다.

하지만 나를 겹겹이 짓누른 종이에 쌓인 어마어마한 먼지 때문에 몇 번이나 재채기를 했을 때도 듣거나 눈치챈 사람은 없는 듯했다.

나는 주변 상황을 살폈다.

귀를 기울였다. 코를 킁킁거렸다. 하지만 아무것도 보이지 않았다.

요르겐센에게 그토록 중요했던 죽은 물건들의 어마어마한 무게가 내게는 빨리 제거해야 할, 숨을 틀어막는 눈가리개였다. 무서웠다. 여기서 빠져나갈 길을 찾지 못하면 이것들이 나를 죽일 것 같았다. 그 공포가 끔찍하리만큼 피부로 느껴져 당장이라도 걷잡을 수없는 비명이 터져나올 것 같았다. 들쭉날쭉한 홈이 파인 족쇄보다 더 집요하게, 책들은 움직일 때마다 딸려오며 조롱하고 이쪽저쪽으로 몸부림칠수록 더 효과적으로 질식시키려 들었다. 나는 방해물을 힘겹게 밀어내고 몸을 조심조심 빼내어 마침내 그 어둠 속에서 뒷걸음질로 기어나왔다.

속이 울렁거리고 머리가 어지러웠다. 쓰러진 책장 위로, 부러지고 산산조각난 선반에서 흑목 기름 특유의 달콤한 향이 피어올라왔다. 나는 간신히 일어섰다.

책장 저쪽 끝에 검은 웅덩이가 보였다. 나는 떨어진 책과 박살난 목재의 잔해를 밟고 비틀거리며 다가갔다. 그 웅덩이는 먼지와 머리카락이 줄줄이 엉긴 채 응고되고 있는 피였다. 그 자취는 커다란 책 한 권 밑으로 이어져 있었다.

나는 책을 들어냈다.

늙은 덴마크인의 피투성이 눈구멍에서 한쪽 눈알이 빠져나와 덜렁대고 있었다. 무슨 책 귀퉁이나 선반 모서리에 맞은 충격으로 튀어나온 모양이었다. 그의 검에는 너덜너덜한 낡은 책의 일부가 꿰여 있었는데, 자세히 보니 플리니우스의 『박물지』였다. 정말로 죽은 걸까, 아니면 발작을 일으켜 죽은 줄로만 알았는데 위령 미사 도중에 관에서 벌떡 일어나 서까래까지 날아오른 기적의 성 크리스티나처럼 단지 은총을 입은 상태인 걸까? 하지만 내 눈에 은총 같은 것은 보이지 않았다. 늙은 덴마크인의 몸통과 머리를 발로 밀치고 툭툭 차보았지만 그는 이미 뻣뻣해지는 중이었다.

나는 그를 오랫동안 들여다보았다.

얼마나 오랫동안이었는지는 모르겠다.

길거나 짧은 시간, 영겁 혹은 몇 초가 흐른 뒤에 나는 그의 주머니를 뒤졌다. 처음에는 시덥잖은 잡동사니뿐이었지만 개중 몇몇 유용한 물건─부러진 깃펜 두 자루, 펜나이프 한 개, 장교용으로 구워서 톱밥과 진흙이 섞이지 않은 질 좋은 흑빵 조각, (알 하나가 깨진) 안경, 금반지─이 나왔다. 외투 옷깃에 꿰매 넣은 벵골 은화 열두 닢은 나중에 매우 귀중하게 쓰일 터였다.

그의 목주름 속에서 강렬한 파란빛이 요동치고 있었다. 올드 굴드에게 배운 바에 따르면 파랑은 여성적인 색으로, 르네상스의 거장들이 성모마리아의 외투를 장식하는 데 썼던 가장 값비싼 안료였다. 유럽에서 군청색을 '울트라마린'이라고 하는 건 이 안료를 중동, 즉 바다 건너에서 수입해와야 했기 때문이다.

하지만 내가 이동해야 하는 거리는 그보다 훨씬 짧았다. 손을 아래로 뻗어 닭 아랫볏처럼 늘어진 그의 목에서 청금석 목걸이를 낚아채기만 하면 되었다. 나는 이 반짝이는 파란 보석을 그날 당장 돌로 갈아서 가루를 내어 군청색 잉크를 만들었고, 이것으로 지금 색에 걸맞은 싸늘한 죽음의 이야기를 쓰고 있다. 파랑은 아침과 하늘과 바다를 이야기한다. 하지만 그물처럼 교차하며 엮이는 물고기의 빛깔이 가르쳐주듯이 모든 색에는 그 반대의 뜻이 담겨 있으며, 파랑은 또한 슬픔과 불안과 음탕함의 색이기도 하다. 그리고 그 더운 여름날 내 눈앞에서는 바로 그 저주받은 색으로 서서히 바뀌고 있는 시체 한 구가, 점점 더 꼬이는 파리로 덮인 채, 무슨 행동을 취하지 않는다면 곧 두번째 살인에 연루될 나를 바라보고 있었다.

죽음은 이토록 간단한 일이지만 캐슬레이의 똥이 가르쳐주었듯이 유감스러운 결과를 초래하며, 나는 이를 간절히 피하고 싶었다. 나는 한때 아이슬란드의 왕이었던 자의 시체를 질질 끌고 원형 탁자까지 가서 빈 슈냅스 병을 차내고 임시 뚜껑문을 젖혔다. 그런 다음 아까 토해낸 유럽이 고인 자리로 시체를 밀어서 그 밑에 자리한 나의 세계로 떨어뜨렸다.

그것은 어리석은 짓이었지만 이미 저지른 일을 돌이킬 방법은 없었다. 이제 나는, 썰물이 빠질 때면 시체를 천장의 일부가 무너져내리면서 생긴 대들보 조각 및 잔해로 덮어 감방 문 뒤에 숨겨놓는다. 밀물이 들면 그냥 같이 떠다닌다.

아주 많은 면에서 시체는 산 사람과 대비되는 이미지다. 아주 많은 면에서, 나는 이 허물어져가는 살덩이가 그 안에 한때 거주했던 사람보다 오히려 낫다는 사실을 깨달았다. 요르겐 요르겐센이 이 세계를 자기 욕망에 맞추어 만들고자 했던 반면, 그의 시체인—사령관의 가면 인장이 그나마 남은 살점과 더불어 떨어져나가면서 그에 대한 예속으로부터도 해방된—킹은 서구적 순응의 모범 그 자체다. 요르겐 요르겐센이 후손들에게 자기 생각을 말하고 싶어했던 반면, 킹은 묽은 수프 같은 내 횡설수설을 조용히 곱씹는 선에서 만족한다.

앞서 말했듯이 킹과 함께 있는 것은 여기서의 공허감을 채우는 데 도움이 되었고, 나는 이를 소중히 여기게 되었다. 일례로 그와 그의 격려가 없었다면 『물고기 책』을 이만큼 진전시키지 못했을 것이다. 그는 내 노력을 비판하지도, 야심을 폄하하지도, 양식의 빈곤을 공격하지도 않았다. 이는 자애로운 방관자의 태도로, 내 글이 술술 쓰이는 것은 바로 그 덕분이라고 나는 굳게 믿는다.

하지만 처음에는 희부연 눈과 움푹 팬 빰과 여전히 자라나는 수염이며 손톱을 지닌 요르겐 요르겐센의 시체가 꺼림칙했음을 인정해야겠다. 나중에는 가스가 차서 부풀어오르고, 검어졌다가 다시 녹색으로 변하며 미끈미끈해지고, 이제 코끼리처럼 되어버린 몸통으로부터 썩고 기름진 넝마 조각 같은 살점이 떨어져나오기 시작하면서, 물속을 떠다닐 때마다 악취가 진동하는 그의 풍선 같은 시체는 내게로 와서 부딪치곤 했다.

나는 혐오스러워서 덜덜 떨리는 손으로 그를 밀쳐내려 했지만 내 손은 마치 마법처럼 그의 썩고 부푼 살을 통과하여, 킹에게 마지막으로 남은 견고한 것―팔뼈나 다리뼈, 늑골이나 두개골―에 닿곤 했다. 나는 그날밤 등기소에서 위조범인 내가 단테의 지옥에 빠져 수종의 고통에 시달릴 것이라고 한 킹의 마지막 말을 상기했다. 그러나 여기 내 주변을 헤엄치고 있는 것이야말로 진짜 위조범의 통통 불어터진 시체였고, 그의 마지막 왕국인 내 감방이야말로 지금 그가 떨어진 지옥의 원이었다.

10

다음날 밤 나는 등기소로 되돌아갔다. 굉장히 무더운 날이었으므로 밤이 늦었는데도 방 안이 축축했고 공기는 텁텁하고 눅진했다. 모든 것이 내가 두고 온 그대로였다. 쓰러진 책장, 부서진 선반, 아무렇게나 펼쳐지고 찢어진 채 무더기로 사방에 흩어진 책들. 아무도 등기소— 늙은 덴마크인의 영토—를 찾지 않았고, 아무도 낮 동안 감히 들어오지 않았다. 또 앞으로도, 그의 실종을 알아차리기 전까지 며칠 동안은 아무도 들어오지 않을 것이 분명했다. 나는 늙은 덴마크인의 얼굴에 걸쳐져 있던—그의 눈알을 찍어내 귀퉁이 부분이 피로 짙게 물들어 있던—책에 이 우발적인 살인에 대해 뭔가 말해주는 것이 있을지 살펴보려고 그것을 집어들었다.

그것은 아주 최근에 발행된 크고 우아한 2절판 책이었다. 표지에는 금박 고딕체로 다음과 같은 제목이 양각되어 있었다.

태즈메이니아의 두개골

코즈모 휠러 경

나는 책을 펼치고 그 안에 적힌 헌사를 읽었다.

토비 렘프리어에게

과학의 전선에 선 그대의 동료 보병으로부터—

코즈모 휠러 K. C. B.*

표지 안쪽에는 학술지에서 오려낸 호들갑스러운 서평 몇 장이 끼워져 있었다. 그중 하나는 『태즈메이니아의 두개골』을 휠러의 "최고 걸작"으로 칭송했고, 또하나는 휠러를 "영국의 블루멘바흐"†라고 일컬으며 이렇게 적고 있었다.

……프로이센의 위대한 두개 측정학자 요한 프리드리히 블루멘바흐가 유럽 인종을 다른 네 인종과 구별하여 '코카서스'라고 명명하며 그 존재를 의심의 여지 없이 확립하기는 했지만, 코카서스인종이 타 인종보다 우월하다는 그의 이론은—『태즈메이니아의 두개골』의 출간이라는 중대 전기를 맞기까지는—과학적으로 입증된 사실이라기보다는 게르만족 특유의 대담한 주장에 더 가까웠다.

블루멘바흐가 코카서스 지방에서 수집했고 그의 견해에 따르면 형태와 모양 면에서 인간 종의 가장 탁월한 특징을 보여주는 두개골, 그가 유럽 인종에 '코카서스'라는 명칭을 부여한 이 기념비적인 두개골의 필연적인 귀결은, 바로 코즈모 휠러 경이 밴디먼스랜드에서 수집한, 그저 MH-36으로만 알려진 니그로인종의 두개골로서, 여기에는 그 퇴화와……

나는 소스라치게 놀란 나머지 땀으로 축축해진 손가락 사이로 종잇조각을 놓쳐 바닥에 떨어뜨리고 말았다. 그 밑에 놓인 또다른 서평에서는 이렇게 선언하고 있었다.

---

* 영국 기사단 훈장인 바스 훈장 중 제2급 수훈자.
† 머리뼈의 계측적 연구로 인류를 다섯 종으로 분류한 독일 해부학자, 형질인류학자.

그것은 과도하고 지나친, 성적인 차원에서 동물적 격정에 휩쓸리는 기질을 보이며, 일생에 걸친 이 퇴폐적 에너지로 인해 후두골 기저부와 귀가 만나는 부위에 위치한 양 유양돌기 사이의 두개골 안쪽으로 (다른 모든 두뇌 부위의 성장이 지체된 채) 정상보다 훨씬 넓은 공간이 비어 있는 모습을 볼 때, 그 호색성은 지극히 명백하다. 코즈모 휠러 경은 MH-36이 '호색강好色腔이라는 거대한 남방의 영토, 기념비적인 규모를 띤 채 과학의 후속 탐구를 기다리는 어둠의 공간'을 지니고 있다고 정확하게 기술하였다.

외과의사의 음경에 닥친 딱한 운명을 생각했을 때 이는 잔인한 아이러니가 아닐 수 없었다. 나는 마지막으로 다음과 같은 견해를 표명한 서평을 읽고 나머지는 던져버렸다.

……두개골 MH-36의 끔찍한 타락성, 양을 닮은 골격, 전체적으로 퇴화된 형태만 보더라도, 왜 『태즈메이니아의 두개골』이 우리 시대의 가장 위대한 과학적 업적 중 하나인지를 이해할 수 있다.

휠러는 태즈메이니아 니그로인종이 완전히 별개의 종, 아마도 뉴홀랜드*인보다 더 야만적인, 그야말로 동물에 근접한 종임을 의심의 여지 없이 입증하고 있다.

이 책에서 대단히 훌륭하게 예시된 두개골의 퇴폐적 특징에 비추어볼 때, 해당 인종의 정신적 열등함과 인종적 퇴화의 신호는 어디

---

* 오스트레일리아 본토의 옛 이름.

로 보아도 명백하며, 이처럼 흥미롭긴 하지만 열등한 종은 유럽인과 별개로 창조되었음이 분명하다는 주장이 날로 보강되고 있는 과학 지식 전반에서 힘을 얻고 있다. 따라서 이 종의 기원은 에덴동산이 아닌 그 바깥이며, 이 사실은 현대의 인간사에 광범위한 영적, 윤리적, 실용적 영향을 끼칠 것이다.

나는 재단되지 않은 책장을 집게손가락으로 찢어가면서 책장을 넘겼다. 밴디먼스랜드 토착민의 두개골을 훌륭한 솜씨로 그려낸 정교한 동판화가 잔뜩 실려 있었다. 하지만 MH-36이라는 중요한 두개골의 다양하고 상세한 도해에 특별히 할애된 분량만큼 정밀하게 묘사된 부분은 없었고, 여기서 두개골은 위에서, 밑에서, 그리고 측면에서 바라본 실측도들을 통해 끝없이 증식했다. 이토록 경건한 헌신은, 이탈리아반도를 통틀어 적어도 다섯 개의 두개골이 완벽히 보존되어 공경받고 있는 성 아가피투스를 연상케 했다.

책에는 렘프리어 선생 앞으로 온 두 통의 편지가 끼워져 있었다. 왕립학회의 봉인이 뜯기지 않은 상태로 보존된 한 통은, 학회가 자연사 표본 수집에서 근면성과 끈기를 보여준 렘프리어 선생에게 표창장을 수여하기로 했다고 통보하는 서신이었다.

두번째는 코즈모 휠러 경이 개인적으로 보낸 편지였다. 이 편지에서 우리 시대의 위대한 골상학자는 그의 친애하는 벗에게, 자신이 렘프리어에게 회원 자격을 주기 위해 학회 내에서 고군분투했음을 강조했다. 그는 동료들에게 자기 수제자의 두개골 수집품이 대단한 중요성을 띠며 특히 MH-36이라고 찍힌 두개골은 자신의 오랜 신념을 결정적으로 입증했다고 역설하였다. 이 특정한 두개골은 태즈메이니아 니그로 인종의 도덕적 결함, 줄어든 두개용량, 퇴행적 본성을 여태까지 조사한 다른 어떤 두개골보다도 더 생생히 보여주었으며, 따라서 이들이 문명화하고 진보한 유럽인들의 도래와 무관하게 궁극적으로 말살될 운명이었음을 재확인해주었다.

그러나 슬프게도 그는, 좋은 말이 그러하듯이 좋은 작업만으로는 부족하다며, 렘프리어를 가입시키자는 제안이 학회의 총의로 기각되었다고 알릴 수밖에 없었다. 계속해서 코즈모 휠러는, 그럼에도 불구하고 이러한 저명한 단체의 표창장은 무시할 수 없는 것이며, 회원 가입이라는 궁극적 목표에 의심의 여지 없이 중요한 디딤돌 구실을 할 것이라고 적었다.

그건 그렇고, 혹시 알 수집에 대해 생각해보았는지? 바우들러샤프의 연구는 형편없이 미진하며, 코즈모 경은 구세계와 신세계의 알에 대한 비교 연구를 염두에 두고 있는데, 혹시 토비는 이 원대한 공동작업 참여에 관심이 있는지?

11

나는 서서히 숨이 막혀왔다. 집채만한 책장들이 나를 덮쳐서 찍어누르는 것 같았다. 나 자신이 눌러서 건조해 보존할 한 송이 꽃으로 전락하여, 하늘만큼 넓은 책이 내 초라한 몸을 완전히 뒤덮고 이내 영구히 닫혀버릴 것 같았다.

인생이란 역사화에서 관습적으로 묘사되는 식의 진보도 아니고, 적절한 순서에 따라서 열거되고 이해되는 사실의 연속도 아니다. 그것은 변형의 연속이다. 어떤 변형은 즉각적이고 충격적이며, 어떤 변형은 감지되지 않을 정도로 느리지만 너무나 철저하고 무시무시해서, 우리는 삶이 끝날 때쯤 노망든 자아와 어린 시절의 자아가 일치하는 순간을 찾아 기억을 헛되이 더듬게 된다.

세라섬에서 보낸 오랜 시간이 실은 무한히 느린 변형의 과정이었음을 내가 언제 처음 깨달았는지는 말할 수 없다. 내가 『태즈메이니아의 두개골』과 동봉된 서신들의 어둠을 주저하며 막 뚫고 나오려는 그 순간, 곧 새롭고 다른 존재로 재탄생하리라는 것을 어떻게 짐작할 수 있었겠는가? 물고기를 그리는 과정이 그렇게 고통스럽고 힘겨웠던 것은 물고기가 죽어가고 내 모습이 그들과 달라서가 아니라, 내 모습이 바뀌기 시작하려면 나 또한 죽어야 하기 때문이었음을 어떻게 짐작할 수 있었겠는가? 그 모든 오랜 시간이 나를 변신시키고 있었음을, 내가 붓으로 무수한 그림을 창조하고 있었던 게 아니라 내 그림의 무수한 실을 뽑아 하나의 고치를 짓고 있었음을 어떻게 알 수 있었겠는가?

또 그 편지를 바닥에 내던지고 마침내 번데기 껍질 밖으로 나가려 했을 때, 탈옥이라는 필사의 여정이 곧 시작될 것임을 내가 어떻게 알 수 있었겠는가?

The Crested Weedfish

볏해초고기*

지극히 과감하고 무모한 탈옥 이야기
—왜곡된 기억의 썰매—복수의 천사 브레이디
—카푸아 데스의 귀환—흑인들의 공격
—살인—화장용 장작더미

* 배도라치목의 일종. 여기에서는 영어명 'crested weedfish'의 뜻을 새겨서 옮겼다.

1

태초에 말씀이 있었고, 말씀은 하느님과 함께 있었고, 말씀이 하느님이었다. 말씀이 하느님과 함께 있었듯이 처음에 말은 늙은 덴마크인과 함께 있었으니, 모든 것이 그를 통하여 생겨났고 그 없이 생겨난 것은 하나도 없었다.

말은 이윽고 육신이 되어 우리 어둠의 일부로서 우리 가운데 있었으되 우리의 어둠을 깨닫지 못하였던바, 그 육신은 부패하고 미끈거리며 불어터진 녹색 넝마가 되어 내 감방을 표류물처럼 떠다니고 있었기 때문이다. 이 태곳적 말의 세계로 영영 가라앉는 느낌에서 벗어나고자 밤마다 내 주위로 떠오르는 이 오물 위로 고개를 쳐들고 있느라 안간힘을 쓰는 동안, '말'과 '세계'가 더는 눈에 보이는 그대로가 아니며 더는 '하나'가 아님을 폭로하는 것이야말로 내 삶의 가장 거룩한 욕망이 되었다.

1831년 새해 첫날, 나는 이곳을 떠나겠다는 새로운 결심을 관철하기로 했다―그러나 내게는 '유형 체제' 전체를 철저히 파괴하겠다는, 탈옥보다 훨씬 큰 야심이 있었다. 이 목표를 이루기 위해 동원할 무기는 바로 등기소에서 선별하여 훔쳐낸 방대한 기록이었다.

롤로 팔마의 어망 작업조는 밤을 틈타 이 기록물을―더불어 나를―항구 건너편으로 날라주는 데 동의했다. 그 대가로 나는 그들 자신은 물론 어떤 정부 기관도 다시는 그들의 수형 기록을 볼 수 없게 해주겠다고 약속하고, 벵골 은화 여섯 닢과 더불어 필레몬 홀랜드가 최초로 영역해 1628년 로테르담에서 발행한 대플리니우스의 『박물지』를 넘겼다. 다소 해지고 훼손되긴 했지만 높이 평가받는 이 판본에는, 한쪽 눈에는 눈동자가 두 개 있고 다른 쪽 눈에는 말의 형상이 맺힌 시비안스인, 외다리만 가지고도 놀라운 속도로 껑충껑충 뛰어다니며 더운 날에는 누워서 다리를 파라솔처럼 쳐들어 그늘을 만드는 모노콜리인, 입도 코도 없이 뱀처럼 콧구멍만 뚫려 있으며 냄새를 먹고사는 아스토미인 같은 기이한 종족들의 이야기가 실려 있었다.

유형지는 발칵 뒤집혀 있었다. 늙은 덴마크인의 불가해한 실종, 맷브레이디와 그가 이끄는 '빛의 군대'가 곧 도착한다는 소문, 사령관의 은둔―이 모든 것으로 인해 사람들은 뚜렷한 이유도 없이 허둥대며 이리저리로 몰려다녔다. 이런 혼란한 무질서 속에서 탈주하는 일은 별로 어렵지 않았으니 내가 탈출한 과정에 대한 지루한 이야기는 여기서 굳이 하지 않겠다. 그러자면 세세한 부분―롤로 팔마와의 야음 속 첫번째 회합, 너무 환하지 않게 적당히 빛나던 반달, 우리가 노 젓는 방향으로 흐른 조류와 밀가루와 염장 돼지고기, 도끼와 단지와 부츠와 썰매 모두와 나의 자유를 어떻게 사들였는지—까지 설명해야 하는데 세세한 부분은 나로서는 별 재미가 없기 때문이다. 어쨌든 이건 용기와 배짱이 아니라—이런 일이 흔히 그러하듯—뇌물과 타이밍에 의지한 일이었다.

나중에 어망 작업조는 내 마지막 모습이 흡사 종이로 화한 광인과 같았다고, 잿빛 여명 속에서 죄수 등록부며 서신 대장이며 대리석 무늬 먼지가 붙은 잡다한 기록부와 서류와 수고 들이 사사프라스 썰매 위에 쌓여 오두막만한 동산을 이루고 있었다고 회상했다.

롤로 팔마의 부하들이 조잡하게 깎아 만든 노를 젓자 발밑에서 포경보트가 리듬에 맞추어 서서히 살아 움직였다. 처음에는 떨림에 불과했지만 이윽고 다시금 세라섬을 향해, 검고 고요한 물 위로 분명하게 미끄러져나갔다.

쌀쌀한 여름 새벽에 노동으로 몸을 덥히려는 일꾼들의 목소리가 잔잔한 물 위에 감도는 안개의 타래에 실려, 내가—누더기 옷을 입고 캥거루가죽 벨트로 짐과 자기 몸을 묶어서 연결한 한 남자가—아직 어둡고 이슬 맺힌 원시림 속으로 썰매를 끌고 들어가려 안간힘을 쓰고 있는 이곳까지 똑똑히 들려왔다.

"딱 벽돌을 끌고 가겠다고 낑낑대는 사마귀 꼴이군." 롤로 팔마가 말하는 소리였다.

곧 해가 뜨자 그들은 그 오두막이 자기들 포경보트처럼 살아나 움직이고 있음을 깨달은 듯했다. 썰매가 사라졌다고 놀라서 외치는 소리가 들려왔다. 동쪽으로 수백 킬로미터에 걸쳐 우거진, 흑인과 사나운 동물과 더 사나운 강과 그 밖에 하느님만이 아실 괴물 같은 종족이며 피조물 들이 우글거리는 거대한 녹음이 썰매를—또 망각 속으로 함께 사라져버릴 미치광이 탈옥수를—삼켜버린 것이다.

2

우리가 이해해야 하는 사실은 빌리 굴드가 기록에 힘이 있다고 믿었다는 것이다. 그 힘의 진가는 정말 오랫동안 종이에 몰두해온 사람들만이—완전히 이해하진 못하더라도—인정할 수 있으리라. 나는 걱정스러웠다. 내가 뭔가를 하지 않으면, 지금 질질 끌고 다니는 이 거짓말이 언젠가는 이 유형지에 남은 전부가 되지 않을까, 오래전에 사라진 이들을 후세가 멋대로 재단하려 들지 않을까. 그들은 카푸아 데스를, 렘프리어 선생을, 사령관을, 심지어 가련한 캐슬레이를—그들을, 나를, 우리 모두를, 사령관의 가공할 허구라는 기계장치를 통해서 재단할 것이다! 그것이 진실이라는 듯이! 역사와 기록된 말이 적이 아니라 친구라는 듯이!

내가 생각하기에 무엇을 해야 할지 아는 사람은 딱 한 명뿐이었다.

맷 브레이디는 우리 모두에게 수수께끼였지만, 늙은 덴마크인 필경사가 주위를 돌며 서서히 분해되고 있는 내 퀴퀴한 감방의 어둠 속에서 그는 하나의 횃불이 되었다. 내가 아는 누구도 그를 본 적이 없었고, 따라서 그의 신체적 특성에 대한 이야기는 저마다 크게 엇갈렸다. 하지만 나는 만나는 순간 브레이디를 알아보리라고 확신했다. 누구는 그가 키 크고 가무잡잡하며 한쪽 뺨에 마오리족 같은 문신이 있다고 했다. 누구는 그가 사모아인의 피를 절반 이어받았으며 그래서 호전적 성향을 보이는 것이라고 했다. 누구는 그가 키 작고 주근깨가 있고 빨간 머리를 둘로 갈라서 길게 묶고 다닌다고 단언했다. 그는 스코틀랜드인에게는 윌리엄 월리스였고 아일랜드인에게는 쿠 홀린이었다. 누구에게나 영웅이었다는 말이다.

그러나 내게만은 브레이디야말로 '역사'에 복수해줄 장본인이었다.

지금쯤이면 짐작할 수 있겠지만, 내 욕망은 한두 가지가 아니었다. 그것이 실현 불가능함을 깨달았어야 했는데 말이다. 우선 나는 유형지의 행정적 근거, 즉 그 날조된 역사이자 섬 유형지의 현실을 지탱하는 데 필요했던 허구의 기록 문서를 제거함으로써 유형지를 마비시킬 생각이었다. 그래서 브레이디를 찾아내어 이 기록을 그에게 전달하기로 했다. 나는 조잡하게 깎아 만든 희망의 사사프라스 썰매보다 더 괴물 같은 환상—브레이디가 이 거짓된 공식 기록과 그것을 바로잡을 결론인 내 진실된 증언을 다 확보한다면, 이 산적이 세라섬을 해방시키러 왔을 때 복수를 체계적으로 집행하리라는 믿음—에 빠져 있던 것이다.

브레이디는 동료를 밀고한 쥐새끼들과 동료를 팔아넘기고 안락한 보직을 얻은 죄수 경비관들에게 신성한 정의의 철퇴를 내릴 터였다. 늙은 덴마크인의 기록에는 이들 모두가 영웅으로, 모범적이고 훌륭한 죄수로 묘사되어 있었기 때문이다. 브레이디는 나머지 죄수들을 해방시킬 것이며, 기록이 사라진 죄수들은 자유인이 될 터였다. 내 눈에는 이 거짓된 말들이 우리를 노예로 만들었음이 이제 분명해 보였기 때문이다. 그것이 없으면 누가 자유인이고 누가 아닌지 알 턱이 있겠는가? 해방된 죄수들은 어디든지 자유롭게 다니며 자유인을 자처할 수 있을 것이며, 기록이 없는 이상 더는 서류의 감옥에서 살지 않게 되므로 누구도 그들이 자유인이 아님을 증명할 수 없으리라. 그런 다음 브레이디는 유형지의 참상을 폭로한 실화를 널리 알릴 터였다. 이렇게 공식 기록, 그 일체의 거짓을 드러냄으로써 밴디먼스랜드 방방곡곡에 반란의 정신을 심을 터였다.

그리하여 마침내 나는 영광스러운 목적의 도구가 되어, 변함없는 구세주 브레이디의 환상을 앞세운 채 이 기이한 짐을 끌고 미지의 땅 깊은 곳으로 천천히 발길을 옮겼다.

하지만 그런 터무니없는 야심이 실린 썰매가 아니었어도 내 여정은 무모하기 짝이 없었다. 이 험난한 땅은 지도에도 없었고, 잉글랜드 면적만한 원시림 속에서 브레이디의 행방은 묘연하기만 했다. 태고의 나무숲과 고사리숲이 때로는 전혀 뚫고 들어갈 수 없을 정도로 빽빽한 그곳의 지형은, 장대하고 거친 산맥의 파도를 이루며 우뚝 솟아올랐다가 화강암처럼 하얗게 빛나는 폭포를 이루며 까마득한 나락으로 떨어지곤 했다.

여정은 상상을 초월할 만큼 고통스러웠다. 하지만 왜곡된 기억의 썰매를 끌고 휘몰아치는 진눈깨비와 눈길을 헤치며, 또하나의 협곡을 오르거나 또하나의 사초 들판을 가로지르며, 산맥을 몇 번이나 넘고 물이 불어난 강을 몇 차례나 건너며, 가장 절박한 순간, 가장 심한 육체적 고통에 처했을 때도 브레이디를 찾지 못할 것 같다는 생각만은 들지 않았다. 찾기만 한다면 브레이디는 이 모두를 이해할 터였다. 브레이디는 내가 모르는 것을 알고 있으리라. 브레이디는 어떻게 이 세상을 거꾸로 뒤집어 한때 그러했고 앞으로 그러해야 할 모습으로 바로잡을지를 알려주리라.

3

내가 피운 모닥불의 너울거리는 원 안으로 그가 들어온 것은 이른 저녁 무렵이었다. 딱지와 상처로 뒤덮인 그의 몸은 시들고 초라했다. 또 풀로 엮은 모자를 쓰고, 오른손에는 투박하고 여기저기가 긁힌 오지 술병을 들고, 엉덩이에 커다랗게 찍힌 'S'자 낙인이 마치 일그러진 편자 두 개가 얽힌 것처럼 도드라져 보이는 것을 제외하면 알몸이나 다름없었다.

나는 켜켜이 쌓인 셰일 암석층 밑에 바싹 엎드려 몸을 숨겼고, 처음에는 그의 정체를 짐작하지 못한 채 그 될 대로 되라는 식의 무모함에 소스라치게 놀라 한 손으로 도끼를 움켜쥐었다. 하지만 그가 대담한 제안을 내놓았을 때, 쥐뿔도 없는 주제에 그 약점을 강점으로 전환하려 들 사람이 그 말고 과연 누가 있느냐를 생각하니 답은 자명했다.

"네가 음식을 나눠주면," 카푸아 데스가 말했다. "내가 짐을 나눠서 들어주지."

나는 그에게 염장 돼지고기를 조금 떼어주고 개처럼 한쪽 어금니로만 고기를 씹는 그의 모습을 지켜보았다. 나머지 치아는 빠져버린 모양이었다. 나는 그에게 왜 탈출했느냐고 물었다―어쨌든 그는 섬에서 거의 가장 좋은 특권 보직을 꿰차고 있었으니 말이다.

카푸아 데스는 고기를 계속 씹으면서 풀로 엮은 모자를 벗더니 머리 위에서 더럽고 꼬질꼬질한 종이쪽지를 꺼냈다. 얼마나 많이 접었다 폈다 했는지 이제는 접힌 부분의 태반이 찢어져 거의 네 조각으로 갈라져 있었다.

거기에는 이렇게 적혀 있었다.

사랑하는 캡,

당신은 항상 내 소중한 사람 당신만이 전부엇어요 너무 다정하고 너무 좋은 당신 절대 잊지 않을 거에요 당신의 삐뚤어진 미소 곱슬 곱슬한 머리카락 너무 사랑햇어요 항상 당신을 사랑햇어요

당신의 영원한 애인
토미

나는 편지를 카푸아 데스에게 돌려주었다.

지난겨울 포효하는 톰 위버가 교수형을 당한 뒤 그는 가슴이 찢어졌다고 했다. 처음에는 스스로 목숨을 끊으려다가 이내 마음을 바꾸어 곧 다가올 여름에 탈출하기로 결심했다. 그는 몇 주 전에 일당 여섯 명과 함께 도망쳤다. 마지막 식량이 떨어진 뒤 그들은 각자 다른 길로 찢어졌다. 한 명은 걸어서 강을 건너려다 익사했고, 다른 한 명은 석회 굽는 야영지에 제 발로 들어가서 자수했다. 카푸아 데스는 일주일 전에 썩은 웜뱃고기를 놓고 주머니곰과 싸워서 이겼지만, 그 이후로는 전혀 먹을 것을 구하지 못했다.

"그래." 그는 무엇에 대한 대답인지 모르게 한마디하고는 가지고 다니던 술병의 마개를 땄다. 그 안에는 한때 불한당 수프였고 그의 말에 따르면―이제 나는 그의 정신이 혼란스러워져 있음을 깨달았다―한 때 그의 역사이기도 했던 오줌 색깔 액체가 남아 있었다. 그는 모자에서 끈적끈적한 풀을 한 가닥 뽑고는, 자신이 세라섬에 온 지 얼마 안 되었을 무렵 목격했던, 한 탈옥수가 붙잡혀 심문받은 이야기를 들려주었다.

왕년에 버밍엄의 파이 장수였던 그 죄수는 여전히 실종 상태인 다른 탈옥수들과 몇 주일간 도피 생활을 했었다. 그는 원시림이 덮인 서쪽 산악지대를 뚫고 정착촌이 있는 동쪽으로 가려고 찾아헤매다가 그 가혹한 세계에서 식량이 없어 자기 동료들을 먹었다고 했다. 결국 그는 굶주린 거지꼴을 하고 유형지로 돌아와 자수했다.

파이 장수는 이런 생활에 지쳤다고 선언하면서 자신의 식인 행위를 자백했지만 아무도 믿지 않자 사람 살가죽으로 만든 모카신을 벗어서 휘둘러댔다. 패륜 행위의 자백보다 파이 장수가 미지의 트란실바니아 원시림에 대해 얻은 지식에 더 관심이 있었던 무샤 퍼그는, 그가 헤매다닌 땅이 정확히 어떤 모습이었는지 설명하라고 다그쳤다.

격분한 파이 장수는 몸을 숙이고 사령관에게 허락을 구한 뒤, 심문 내용을 기록중이던 요르겐 요르겐센에게서 종이 한 장을 빌렸다. 그러고는 종이를 마구 거칠게 구겨서 꼴사나운 공 모양으로 뭉쳤다.

"나리, 트란실바니아는 이렇게 생겼소이다." 그는 조용히 말하고는 구겨진 종이를 발치에 툭 떨어뜨렸다.

내게 남은 얼마 안 되는 식량에 의지하여, 이제 카푸아 데스는 우리 눈앞에 말로 형용할 수 없이 펼쳐진 폭포와 열대우림과 협곡과 석회석 층의 구겨진 미로를 나와 함께 헤매다니기로 했다.

우리는 트란실바니아의 '프랑스인의 모자'라는 거대한 산괴로 향했다. 사방 사백 리 밖에서도 눈에 띄는 이 깨어진 초승달 모양의 특이한 산은, 아득히 멀리서 세라섬 수감자들에게 자유를 상징하는 프랑스인의 모자*를 생생하게—또한 우리 죄수들에게는 아이러니하게—상기시켰다. 나로서는 (끈질기게 떠도는 끝없는 소문과 내가 찾아낸 편지, 즉 총독이 사령관에게 보낸 몇몇 비밀 서한에 근거하여) 브레이디의 야영지가 그곳이라고 믿을 만한 이유가 있었다.

프랑스인의 모자로 향하다보니 그런 사람이 우리가 처음은 아니었다. 이따금 넙다리뼈나 아래팔뼈가 흩어진 모닥불의 흔적과 마주쳤다. 한 이름 모를 탈옥수의 해골이 족쇄를 찬 채 도금양 뿌리에 얽혀 있는 광경도 보았다.

우리는 멈추어서서 뭔지 모를 무언가에 귀를 기울였다.

"뭐 하려고?" 카푸아 데스가 웃음띤 가면 낙인 위에 이제 크고 벌겋게 딱지가 곪은 팔뚝을 긁적이며 물었다.

우리는 비틀거리며 걸었다. 염장 돼지고기는 바닥났다. 책들은 축축해지고 녹태가 끼고 이끼가 돋고 벌레와 작은 식물들이 달라붙었다. 카푸아 데스는 딱지진 상처가 패혈증으로 번지면서 움직임이 느려지고 열이 올라 정신이 오락가락했다. 홍차도 바닥났다. 도끼는 어디선가 잃어버렸다. 나는 우리 둘 중 하나가 도끼를 파이 장수가 했던 식으

---

* 끝이 처진 원추형의 붉은 모자로 프랑스혁명기에 자유를 상징했다.

로 쓰려는 유혹을 느끼지 못하도록 카푸아 데스가 던져버린 게 아닐까 생각했다. 밀가루도 떨어졌다. 강물이 흐르는 어느 깊은 계곡에서, 우리는 사슴뿔처럼 하얀 골격만 남은 채 말라 죽은 유칼립투스와 마주쳤다. 그 둘레는 장정 스무 명이 둘러쌀 정도로 굵었다. 그 밑동에는 멀리서 보면 나무껍질 조각처럼 생긴 것이 일직선으로 박혀 있었다. 열에 들뜬 카푸아 데스는 복수를 다짐한 기계 파괴범이 눈을 여러 개로 증식하여 자기를 꿰뚫어보는 것이라 믿고 가까이 가려 들지 않았다. 하지만 그런 것이 아니었다. 자세히 살펴보니 그 나무껍질 조각들은 실은 쪼그라든 흑인의 귀 열두 쌍이었다.

그후 바위가 노출된 높은 언덕을 절뚝거리며 내려간 우리는 사초로 뒤덮인 넓은 평원에 이르렀다. 사초는 가슴 높이까지 자라서 늘어지고 작은 꽃들과 새로 자라난 풀들은 구릿빛을 띠고 있었다. 불규칙한 너울거림이 평원을 가로지르며 우리를 향해 다가왔다. 우리는 곧 그 형상이 흑인 두 명임을 깨달았다.

우리는 막대기를 집어서 머스킷총처럼 어깨에 올리는 낡은 속임수를 썼지만 아무도 겁먹고 달아나지 않았다. 도망쳐보았자 소용이 없었으므로, 우리는 혹시 그들이 우리를 우호적으로 대하지 않을까, 그중 한 남자가 어깨에 매달고 있는 캥거루고기를 나누어주지 않을까 하는 희망까지 품어보았다.

하지만 그들이 가까이 걸어올수록 아무것도 나눠주지 않으리란 것이 분명해졌다. 한 명은 키가 크고 피부는 딱지투성이였다. 다른 한 명은 그보다 작고 다부진 몸집이었다. 그들은 화가 나 있음이 분명했다. 우리는 그들이 내내 발가락 사이에 창을 끼운 채 땅바닥으로 끌고 온 것도 알아채지 못했다.

"누미냐? 누미냐?" 그들이 물었다. 멍청한 백인인 나는 여기서의 누
미냐가 백인을 뜻하며 백인이 흑인에게 가하는 온갖 끔찍한 짓과 연관
된다고 생각하고 이렇게 말했다. "아니, 나 누미냐 아냐." 현명한 흑인
인 카푸아 데스는 여기서의 누미냐가 유령을 뜻하며 어쩌면 이 무지한
인간들을 상대로 귀신 흉내를 낼 수 있을지도 모른다고 생각하여, 실
은 자기가 얼마나 병들고 허약한지를 눈치채지 못하도록 몸을 곧추세
우고 부들부들 떨지 않으려 안간힘을 썼다.

그러고는 남아 있는 가장 힘찬 목소리를 끌어모아 이렇게 말했다.

"그래, 나 누미냐. 나 크고 무시무시한 누미냐."

4

가련한 죽음을 앞둔 카푸아 데스의 눈앞에 마지막으로 펼쳐진 것은
바로 그의 비통한 역사 전체가 역순으로 재생되는 광경이었다. 그는
세라섬에서의 우여곡절, 기계 파괴범, 왕풍뎅이, 호바트타운 술집 주
인으로 거둔 성공, 리버풀 시절이 거꾸로 흘러가는 것을 술병에서 쏟
아진 펄에일을 통해 바라보고 있었다.

치켜뜬 눈으로, 그는 바다를 헤엄쳐서 도로 노예선에 올라 백인을
상대로 굴욕적인 행위를 한 뒤에 예속 상태로 되돌아가는 자신의 모습
을 지켜보았다. 슬픔이 점점 깊어지는 눈으로, 그는 자신이 자유를 향
한 열렬한 소망을 전부 서서히 포기하는 과정을, 프랑스인들이 낄낄

웃으며 흑인 장군 모레파의 어깨에 참으로 기묘하게 붙어 있던 나무 견장에서 못을 뽑는 장면을 응시했다.

모레파가 덜덜 떨며 신이 난 프랑스인들을 불안한 눈빛으로 쳐다보았다. 그의 처와 자식들이 바다에서 되돌아왔고, 개들이 토해낸 인간의 살점들이 다시금 온전한 사람이 되었으며, 노예 반란에 대한 가혹한 진압이 짧은 자유로, 그리고 마지막으로 다시금, 영구한 노예 상태로 바뀌었다.

카푸아 데스는 자신의 억누를 수 없는 분노와 노예로 남지 않겠다는 결의가 흔들리는 촛불처럼 약해지는 것을 느꼈다. 성인 남자의 힘을 잃고 점점 연약해지며 어린아이의 몸으로 줄어들었을 때, 그는 하염없는 노역, 끝나지 않는 만행, 주인과 동료 모두의 무용한 폭력으로 점철된 세상을 어디에나 만연한 삶의 방식으로 그저 수용하게 되었다. 그 길고 긴 시간이 마침내 끝났을 때의 보상이라곤 그의 입안에서 맛을 보여주다 튀어나가 도로 나무에 올라가 붙은 구아버 열매뿐이었고, 그와 동시에 흑인 감독관이 흐느끼는 흑인 여자를 앞으로 질질 끌고 갔다.

백인 여자가 비명을 지르는 흑인 여자에게 이제 아기가 된 카푸아 데스를 우악스럽게 밀어붙이자 그녀의 비명은 빠르게 잦아들었다. 그녀는 아직 축축한 핏덩이인 아기에게 잠시 젖을 물리고는 의자에서 내려와 먼지투성이 마당의 구아버나무 밑에 쪼그리고 앉았고, 마침내 카푸아 데스를 그가 한 번도 알지 못했던 평화로운 시간으로, 그녀의 야생적인, 찢긴, 피투성이 동굴 입구로 발부터 집어넣어 자신의 광대한 우주 속으로 돌려보냈다.

어둠이 그를 영구히 감싸기 직전의 마지막 순간, 카푸아 데스는 눈을 돌려 텅 빈 펄에일 술병에 비친 자신을 보았다. 그 속에서는 시간이 거꾸로 돌기를 멈추고 급속히 앞으로 감기기 시작했지만, 그는 자신의 미래에 무감동했고 운명의 계시에 무관심했다. 이 계시는 그와 내가 썰매 끄는 벨트를 벗어던지고 흑인들로부터 도망치려 했을 때, 창 두 개가 열에 들뜬 그의 몸통을 꿰뚫었을 때 우리 앞에 모습을 드러냈다.

카푸아 데스가 뒤돌아서 한 차례 깊이 숨을 쉬고는 천천히 몸을 일으켜 시간을 앞으로 뒤로 돌렸던 술병으로부터 천천히 딱 세 걸음을 갔을 때, 그는 첫번째 창의 쇠망치 같은 충격을 느끼고는 몸을 비틀거렸고, 이어서 첫번째 것보다도 더 강한 두번째 충격을 느꼈다. 그는 꼬치에 꿰인 검은 새처럼 빙글 돌더니 어색한 몸짓으로 털썩 무릎을 꿇었다. 그가 기어서 달아나려 하자, 곤봉이 몸을 구타하기 시작하고 언어가 떠내려

가고,

말들이 서로엉키며 쓰러 져뜻 이통하지 않는 데 문득구아 버열 매의 향이 되돌아오고 토미가말을하고걷고 나와함께 멀리멀리멀리 토미! 토미!추워추워추우

┤————————————————

도망치면서 어깨 너머로 돌아보니 흑인들은 카푸아 데스를 곤봉으로 난타하고 있었다. 그의 팔다리를 모조리 부러뜨리려는 것 같았다. 그가 기묘하고 어설픈 몸짓으로 한 팔을 천천히 들어올렸다. 아마도 누군가 또는 무언가에 작별을 고하고 있는 것 같았다. 그들은 그의 머리를 겨냥하여 있는 힘을 다해서 때려댔다. 나는 빽빽한 차나무 덤불 뒤에 몸을 숨긴 채 그 모습을 지켜보다가 그를 죽게 내버려두고 떠났다.

이튿날 아침에 썰매를 가지러 아주 조심스럽게 되돌아가보니, 그것은 카푸아 데스의 시신과 달리 훼손되지 않은 채 고스란히 남아 있었다. 이미 시신의 함몰된 배에서는 기름진 소시지와 순대 같은 모양을 하고 응고된 핏빛을 띤 내장이 딸려나와 있었다. 간밤에 주머니곰과 주머니늑대가 물어뜯은 흔적이었다.

희부연 눈이 아직 견고히 붙어 있는 그의 머리 옆에는 깨어진 빈 술병이, 술병 파편 주위에는 이야기들이 흩어져 있었다. 석류석 반지 반쪽, 조약돌 몇 개, 시든 잡초, 작은 조개껍데기 세 개—총알고둥, 새끼 홍합, 부서진 가리비 껍데기. 그는 향쑥을 빼앗긴 불한당 수프였다. 그는 문질러 날려보낼 육체가 없는 새의 피였다. 그는 역사였다.

나는 화가의 연약한 손과 자꾸만 뚝뚝 부러지는 썩은 막대기로, 사초 밑의 습한 황무지를 이루는 척박한 자갈밭에 무덤을 파나갔다. 잠시 후 아주 야트막한 구덩이만 겨우 만들어놓고는 그만 지쳐서 포기한 채 카푸아 데스의 시신을 그 안에 끌어다놓은 뒤, 돌아보지도 않고 도망치듯이, 삶이 이러하지 않기를 원하고 또 바라면서 떠났다.

시간이 흘렀다.

의식이 혼미해졌다.

시간이 흐르지 않았다. 시야와 환각이 하나가 되었다. 시간이 순환했다. 나는 역사라 불리는 거짓의 썰매를 원시림 사이로 끌어올리고 있었다. 시간이 웃었다. 나는 세라섬 유형지의 감방에서는 결코 닥치지 않았을 죽음을 기다리고 있었다. 시간이 조롱했다! 고통을 가했다! 상처입혔다! 부수었다! 다른 시간 속에서, 나는 왜 벌어진 일들을 증언하는 말이 없는지 이해하려 노력하며 책을 쓰고 있었다.

없다.

아무것도 없었다.

반라의 수척한 몸으로, 나는 행군의 마지막 단계인 '프랑스인의 모자'를 오르기 시작했다. 캥거루 가죽조끼를 매일 한 줄씩 찢어 씹으면서 버텼다. 조끼가 총 스무 줄이 나온다고 계산했기 때문에 서서히 사라지는 옷은 달력 구실을 했지만, 그새 치아가 흔들리고 잇몸에 염증이 생겨 욱신거리더니 빠지기 시작했다.

시간이 꽤 흘렀다. 서쪽 능선을 따라 반쯤 올라가자, 거대한 화강암괴의 그나마 바람이 잦은 그늘 아래 작은 모닥불이 빗속에서 분투하고 있고 그 주위로 정말 예상치 못했던 익숙한 얼굴들이 모여 있었다. 조끼 마지막 줄을 먹어 없앤 지 이틀이 지났을 때였다.

5

거기에는 허약한 몸에 걸친 것이 거의 없는 작은 여자아이 셋과 어린 남자아이 하나, 꾀죄죄하고 굶주린 개 몇 마리가 있었고, 내가 알기로 사령관은 물라토라고 불렸고 로빈슨은 클레오파트라라고 이름 지었으며 나와 죄수들은 투페니 살로 알았던 맨발의 여자 한 명이 모닥불에 얹을 나뭇가지를 부러뜨리고 있었다. 어떤―아니, 거의 모든―이들에게는 그리 매력적인 모습이 아니었겠지만, 영원처럼 느껴질 정도로 오랫동안 동료 인간을 보지 못했던 내게는 비할 바 없이 아름다운 광경이었다.

투페니 살은 낡은 검정 면치마와 거친 모직으로 만든 노란 죄수용 재킷 차림에 빨간 털모자를 쓰고 있었다. 또 왈라비 가죽띠로 아기를 들쳐업었다. 나는 그 아기가 투페니 살이 자기 부족 특유의 애도 방식으로 옷에 비끄러맨 조그만 두개골의 주인과 쌍둥이지간임을 알아챘다. 아기는 그녀의 다른 아이들보다 피부색이 밝고 눈이 파랬다. 저 아이가 어쩌면 내 딸일 수도 있다는 생각이 떠올랐다. 혹은 내 자식이 있었지만 투페니 살이 죽였을지도 모르는 일이었다. 내 쪽으로 등을 돌리고 있는 한 흑인은 감자 세 개를 불에 넣어 익히는 중이었다. 이름을 불러봤지만 그는 쳐다보는 시늉도 하지 않았다.

하지만 추적꾼 마크스가 마침내 고개를 들었을 때 나는 충격을 받았다. 이제 그는 몇 개월 전 세라섬에서 만났던 우아하고 강인한 남자가 아니라, 너무 수척한 나머지 쭈그러든 듯한 형상이었다. 한때 우아했던 그의 고동색 조끼는 기름에 찌든 검은색으로 변하여 마치 나를 구속했던 쇠족쇄처럼 몸 주위에 무겁게 걸쳐져 있었고, 훌륭한 청색 줄무늬 셔츠는 찢어지고 변색되었으며, 두더지가죽으로 지은 바지는 갈가리 찢긴 채 말라빠진 종아리에 늘어져 있었다.

그의 용모는 기괴했다. 얼굴이 손상되었는데, 그가 가까이 다가오자 귀와 코가 언젠가 절단되었음을 분명히 알 수 있었다. 그것들이 있던 자리에는 아직까지 군데군데 헐고 벌겋게 곪은 살덩이만이 남아 있었다. 그의 훼손된 얼굴 전체에는 숨길 수 없는 매독의 농포가 마치 잔인한 육식 딱정벌레 무리처럼 잔뜩 돋아 있었다. 내가 늘 멋쟁이 볏해초고기로 화폭에 형상화하기를 염원했던 추적꾼 마크스는, 이제 렘프리어 선생의 사택에 며칠간 방치되어 흐물흐물하게 말린 채 썩은 내를 풍기는 생선 살덩어리와 닮은꼴로 변했다.

나는 그에게서 눈을 뗄 수가 없었다. 그때 추적꾼 마크스가, 누군가 이곳을 찾아 백 군데의 원시림을 뚫고 천 리를 여행해왔다 해도 나로서는 전혀 예상치 못했을 어떤 행동을 했다.

그는 한 팔을 들어올렸다.

나를 향해 손을 뻗었다.

그러고는 손가락 등쪽을 내 뺨과 입술에 갖다대었다.

6

그가 내 얼굴에서 손을 뗀 뒤, 나는 그들과 함께 모닥불 주위 바닥에 둘러앉았다. 쥐캥거루의 털이 쉿쉿 소리를 내며 그슬리기 시작하자, 추적꾼 마크스는 흑인 말과 백인 말이 조금씩 교배된 '디멘팅'이라는 밴디먼스랜드 방언과 손짓을 섞어서, 자기들이 얼마 전부터 나를 기다리고 있었노라고 말했다. 지난 며칠간 내가 산허리를 느릿느릿 감아돌아 올라오며 피운 모닥불의 연기를 주시해왔다는 것이었다.

투페니 살이 파이프에 불을 붙이고 몇 모금 빤 다음 내게 건넸다. 그것은 원주민 담배의 일종으로 독하고 기름지고 청량했다. 나는 그것을 추적꾼 마크스에게 건넸다. 그는 한 모금 빨고는 한바탕 재채기와 기침을 해대더니―기침 소리가 영 심상치 않았다―세라섬을 떠나 캥거루 사냥에 나서기로 한 이야기를 들려주었다. 며칠간 이동하다가 백인들이 '파이 장수의 머리들'이라고 부르는 하구에 다다랐을 때, 그는 자신을 찾기 위해 파견된 붉은 군복들과 마주쳤다. 그들은 그에게 악명 높은 산적 매슈 브레이디를 찾는 것을 도와달라고 했다.

여기서 추적꾼 마크스는 이야기를 멈추고 그슬린 쥐캥거루를 불에서 꺼내어 날카로운 돌로 내장을 능숙하게 도려냈다. 그는 쥐캥거루를 다시 불에 넣은 뒤 또 한번 쿨럭쿨럭 기침을 하고 이야기를 이어나갔다.

군인들은 황금을 주겠다고 했다. 또 제리코 인근에 농장을 건설할 토지도 주겠다고 했다. 그후 몇 주 동안 그들은 트란실바니아를 종횡으로 누비고 다녔다. 추적자는 군인들에게 저 바위가 브레이디, 저 호수가 브레이디, 저 물고기가 브레이디라고 일러주었다. 깊은 산골의 급류가 브레이디라고 해서 그들로 하여금 뛰어들게 했으며, 찬바람이 브레이디라고 해서 그 속에 세워두었다. 결국 그들은 추적자를 군홧발로 걷어차고 귀와 코를 잘라버렸다. 귀 한쪽은 너무 바싹 잘라서 뺨의 일부까지 도려냈다. 그런 다음 그를 흠씬 두들겨패고, 또다시 마주치는 날엔 이토록 오랫동안 자기들을 농락한 주제넘은 깜둥이를 그 자리에서 쏘아 죽이겠다고 맹세했다.

이 이야기에 나는 흥분이 끓어오르는 느낌이 들었다. 내 영혼은 예상치 못한 동지를 만나 따스해졌고 머리는 담배 덕분에 묘하게 명료해졌다. 계시의 힘으로, 나는 이 여정이 멋진 결말에 이르렀음을 깨달았다. 추적자는 브레이디의 야영지가 어디인지 알면서도 군인들을 교묘히 따돌린 것이 분명했다. 이제 그가 나를 그곳으로 데려다줄 것이다.

7

거대한 먹구름이 몰려와 빛을 죄 가리고 황혼의 시작을 앞당기면서 세상은 잿빛이 되었다. 거의 동시에 밴디먼스랜드의 괴팍한 여름답게 진눈깨비가 내리기 시작했다.

질척한 눈이 모닥불 속으로 피시식 경멸하듯 떨어질 때, 추적꾼 마크스는 구워진 고기를 꺼내어 잘라 일행에게 돌렸다. 그 자신은 아무 것도 먹지 않았다. 투페니 살이 구운 쥐캥거루의 허벅지뼈를 분질러 입가에 대주며 골수라도 빨아먹고 기운을 차리라고 간청해도 고집을 꺾지 않았다. 그녀는 골수를 그의 뺨과 이마에 문질렀다. 그러면 기운이 비슷하게 전해질 수도 있다는 듯이.

식사를 끝낸 뒤 내가 추적꾼 마크스에게 브레이디의 소재를 묻자, 그는 바위들이 브레이디, 호수들이 브레이디, 물고기들이 브레이디……라고 대답했다.

추적꾼 마크스의 몸뿐 아니라 정신까지 쇠했다는 사실에 내가 슬픔을 느낄 수도 있었을 것이다. 하지만 사실 내게 느껴지는 것이라곤 기대치 않았던 유대류고기로 갑자기 배를 채우고 난 뒤 찾아온 어마어마한 피로감뿐이었다. 약간 속이 안 좋긴 했지만 이상하게 포만감도 들었다. 불에 바짝 다가앉아 있는데, 투페니 살이 바위 밑에 움푹 파인, 모두가 대피해 있는 작은 동굴 안으로 들어오라고 불렀다.

동굴 처마 밑으로 들어가자 추적꾼 마크스가 잠자리를 마련해주었다. 앞쪽으로는 모닥불을 두고 머리맡과 발치에는 개들이 웅크린 가운데, 아이들은 내 한쪽 옆에, 투페니 살은 내 다른 쪽 옆에 바짝 붙어서

눕고, 추적꾼 마크스는 그녀의 반대편에 자리잡았다.

이렇게 가까이서 자게 될 줄은 예상치 못했고—솔직히 말하자면—약간 부적절하게 느껴지기도 했지만, 누구도 이를 이상하게 여기지 않는 듯했으므로 나는 옆으로 돌아누워, 사령관은 물라토라 불렀고 로빈슨은 클레오파트라라 이름 지었고 죄수들은 투페니 살로 알았으며 나는 그 본명을 굳이 알려고 한 적도 없음을 불현듯 깨닫고 부끄러워진 이의 등에 코를 파묻었다.

나는 아이가 된 기분으로, 내가 그녀에 대해 너무나 무지한 것이 막연하지만 진정한, 끔찍하고 형언할 수 없는 죄이며 이 죄를 아직 용서받지 못했다는 어렴풋한 느낌 속에서 잠이 들었다. 잠이 들수록 뼈와 근육이 서서히 녹으면서 긴장이 풀리는 듯했다. 그리고 아주, 아주 여러 날 만에 처음으로 안전하다는 느낌이 들었다.

8

깨어나보니 밤이었고 주위는 어두웠지만—아까까지만 해도 추위와 습기 속에서 곧 꺼질 것만 같던—모닥불이 이제 3미터 높이에 반경 또한 최소한 그쯤 되는 거대하고 사납고 붉은 화염으로 자라나, 노란 불빛으로 동굴을 가득 채운 채 거세게 펄떡이며 타오르고 있었다.

추적꾼 마크스와 투페니 살과 아이들과 개들은 모두 온데간데없었다. 등기소에 처음 들어갔을 때 맡았던 냄새가 연상되는 왠지 익숙한 연기 냄새가 코를 찔렀다.

화염 저편에서 투페니 살이 아이들과 함께 춤추고 있는 모습이 보였다. 그녀는 유럽식 옷을 이미 벗어던졌고, 짐승의 힘줄로 만들어 붉은 황토를 칠한 목걸이와 허리에 둘둘 감은 캥거루 가죽끈과 그 끈에 동여맨 조그만 두개골을 빼면 아무것도 걸치지 않은 채였다. 얼굴과 음모에는 황토를 발랐는데, 후자는 마치 외음부의 자석에 달라붙은 녹슨 철가루 같았다. 머리카락은 포마드 대신 황토와 기름을 발라 겹이 진 생선 비늘처럼 다듬었다. 아이들도 비슷하게 벌거벗고 비슷하게 꾸민 모습이었다.

불 옆으로 돌아서 그들을 향해 다가가는데 뭔가 내 어깨에 맞고 땅에 툭 떨어졌다. 걸음을 멈추고 뒤를 내려다보았다. 땅에 떨어진 것은 팔뚝에서 뭉툭하게 잘려나와 연기를 내며 타들어가는 검은 손이었다.

The Freshwater Crayfish

민물가재

1

나는 엄습하는 공포를 느끼며 뒤돌아 멈춘 채 올려다보았다. 처음에는 눈앞에 보이는 것을 믿고 싶지 않았다. 눈과 두뇌가 혼란을 일으킨 것이리라. 끝없이 유동하는 불꽃의 형체를 다른 것으로 착각했으리라. 그러나 오래 들여다보면 볼수록, 그것이 착각이 아님은 더욱 분명해졌다.

불 한가운데 2미터가 훌쩍 넘는 높이로 우뚝 솟은 것은 불붙어 오그라든 검은 통나무였다. 불타는 나뭇가지들이 사방에서 그것을 떠받치고 있었다. 그 검은 통나무는, 주위로 파랗고 노란 불꽃의 밀물이 점점 더 높이 올라오는 가운데 태연히 옥좌에 걸터앉은 흑인 크누트 대왕이었다. 나는 눈을─한 번, 두 번─감았다 떠보았지만 착각이 아니었다. 크누트 대왕은 죽은 추적꾼 마크스였고, 지금은 그를 화장하는 중이었다.

이제 춤추는 불 한가운데서 마른기침을 영영 그친 이 멋쟁이 흑인 남자는 새까맣게 타 알아볼 수 없는 형상으로 바뀌는 중이었다. 붉은 화염이 탐욕스러운 손처럼 그의 허리를 감싸고 가슴을 쓰다듬으며 턱을 갈망하고 있었다. 팔꿈치에서 끊긴 한쪽 팔의 뭉툭한 끝에서는 불꽃이 탁탁 튀었고, 한쪽 귓가는 기름등 같은 옅은 노란빛을 띤 채 불타고 있었다.

깩 하는 소리에 내려다보니 추레한 개 한 마리가 추적꾼 마크스의 시신에서 끊어져나와 내게 맞고 땅에 떨어졌던 손을 물고 도망치려 하고 있었다. 그 손 위로 발 하나가 떨어졌는데, 고맙게도 불이 붙지 않고 살아 있는, 투페니 살의 발이었다. 그녀는 허리를 굽혀 아직 연기가 나는 손을 개의 주둥이에서 낚아채더니, 개를 발로 차서 내쫓고는 손을 다시 불속으로 휙 던져넣었다.

이 시점에서 빌리 굴드가 외마디 비명을 질렀다고 추측한다면 큰 오산이다. 빌리 굴드가 과감히 뛰어들어 추적자의 시신을 화염에서 끄집어낸 뒤 기독교식으로 잘 묻어주었다고 추측한다면 더더욱 큰 오산이다.

우선 계속 서 있는 것 말고 달리 할 수 있는 일이 없었다. 또한 나는 남에게 어떻게 살아야 한다고 강요하는 사람이 못 되었고, 경험에 비추어보건대 이 원칙을 죽음에까지 적용하는 것도 비합리적인 일은 아닌 것 같았다. 나는 이미 두 구의 시체에 손을 댄 터였다. 한 구는 똥이 되었다가 다시금 과학적 체계로 변모했고, 다른 한 구는 미끈미끈한 점액으로 뒤덮인 현자가 되었다. 죽은 사람과 상종해서 과학적으로든 정신적으로든 이로울 게 없다는 사실은 내게 분명해진 터였다. 게다가 모닥불 저 꼭대기에 있는 추적꾼 마크스는 마치 크리스마스트리 위에서 빛나는 베들레헴의 별처럼 꽤 행복해 보였다. 아름답지는 않았지만 추하지도 않았다. 옳지는 않지만 그릇된 일도 아니었다. 그것에서는 언젠가 캐슬레이에게서 풍겨나오기 바랐던 것과 비슷한 냄새가 났다.

문득 정신을 차리고 보니 투페니 살이 나를 바라보고 있었다. 열기가 얼굴에 닿아 후끈거렸고, 불꽃이 그녀의 몸과 얼굴을 붉고 검은 그림자의 희롱하는 잎사귀로 채색했다. 까만 눈은 눈물로 젖어 있었다. 그녀는 허리끈에 매단 작은 캥거루가죽 주머니에서 황토 덩어리를 꺼내어 내 손바닥에 놓고 가루를 낸 뒤 침을 뱉어서 개었고 그러는 내내 "발러위니―발러위니―발러위니"라고 읊조리며 흐느꼈다. 일렁이는 불빛 아래서 그녀의 얼굴이 일그러지고 떨렸다. 그녀는 내게서 눈을 떼지 않았지만 나는 황토 개는 것을 이따금 물끄러미 내려다보았을 뿐, 그녀가 황토를 찍은 손가락을 내 뺨에 대고 얼굴에 문양을 바르기 시작하는데도 부끄러워서 어쩌지 못한 채 그냥 가만히 있었다.

황토를 문지르면서 그녀는 나를 아련히 바라보았다. 마치 내가 오래전에 소식이 끊긴 친구라도 되는 듯이, 그녀의 남자라는 듯이, 그녀의 형제, 아버지, 아들, 추적꾼 마크스 이전에 거쳐간 모든 사람들이라는 듯이. 감기로, 천연두로, 매독으로, 머스킷총으로 죽어간 그들을 한 명 한 명 애도하기 위해, 그녀는 자기 얼굴에 황토를 바르고 몸에 숯을 발랐다. 마치 우리가 우리의 육체와 역사와 미래를 초월한 무언가를 공유한다는 듯이, 이렇게 황토로 표식을 남기면 나도 그걸 조금이나마 알지도 모른다는 듯이.

그러나 불길의 뒤틀린 빛과 그림자 속에서, 삶과 죽음을 얼굴에 바르고 그들이 말하는 은밀한 신비를 입은 채 내가 느낀 것은, 내가 아무 것도 모른다는 사실뿐이었다.

흑인 여자는 뒤돌아서 커다란 나뭇가지를 집어들더니, 추적꾼 마크 스의 불붙은 머리를 세게 내리쳐서 두개골을 부수고 뇌가 잘 타도록 노출시켰다. 그런 다음 그를 완전히 태워 재만 남기겠다고 작심한 듯 몸통 여기저기를 나뭇가지로 찌르고 쑤시고 뒤적였다.

이윽고 그녀는 노래를 부르기 시작했고, 아이들도 이에 합세했다. 아이들이 함께 노래하자 그녀는 아이들보다 한 옥타브 높여, 아주 정 확한 화음을 이루어 노래했고, 나는 노랫말을 전혀 알아듣지 못했음에 도 큰 감동을 느꼈다.

바로 그 순간, 노랫말을 알아듣지 못하는 좌절감을 떨치려 애쓰면서 도 실은 그 전부를 너무나 잘 이해할 것만 같은 으스스한 느낌에 홀려 있던 그때, 많은 이름을 가졌고 이젠 더이상 어떻게 불러야 할지 모르 게 된 그 여자가 뒤로 돌아서더니 어떤 책의 책장을 찢어 불속으로 던 지기 시작했다.

나는 올려다보았다. 죄수 등록부, 서신 대장, 보고서, 복무규정집에 서 찢겨나와 모조리 화장 장작의 불쏘시개로 전락해버린 종잇조각들 이 북쪽을 향해 놓인 추적자의 머리를 뒤덮고 있었다. 그것들은 확 타 올라 솟구치더니 숯덩이가 된 추적자의 얼굴을 스치고 떠올랐다. 펄럭 이는 책장들은 추적자의 귓가에서 불타는 빛을 받아 한순간 환해졌다 가 이윽고 탄소로 분해되어 밤의 어둠 속으로 너울너울 사라졌다.

그녀가 불가를 돌아 바로 옆에까지 왔을 때, 나는 투페니 살이 춤을 추는 내내 기록부에서 낱장을 미친 듯이 찢어내 불에 넣고 있었음을 알아챘다.

···기록부!

내가 그토록 여러 날에 걸쳐 그토록 큰 희생을 치르며 질질 끌고 온 그 기록부! 브레이디가 우리를 해방시킬 근거가 될 그 기록부! 요르겐 요르겐센을 살해했고, 내가 생명을 걸었으며 카푸아 데스가 본의 아니게 자기 목숨을 바쳤던 그 기록부……

나는 황급히 달려가, 그녀가 북북 찢어 화염 속에 던져넣고 있는 책을 와락 낚아챘다. 그녀가 집행중인 광기에 찬 대척지의 아우토다페로부터 한 권이라도 구해내기 위해 싸움도 불사할 결심이었지만, 놀랍게도 그녀는 내 갑작스러운 공격에 저항하지 않고 선선히 책을 내주었다.

책 가장자리에 붙은 불을 두드려 끄고 있을 때 불꽃에 비친 몇 개의 단어가 눈에 들어왔다. 나는 불꽃을 조명 삼아, 불특정하나 분명히 실재하는 죄에 대한 무용한 속죄로서 의자를 구입하는 행위에 관한, 도무지 의미를 알 수 없는 몇 문장을 읽었다. 그때 책장에 붙은 불꽃이 화르륵 넘실거리며 내 손을 핥았고, 이미 낱장으로 뜯겨 있던 그 페이지는 불속으로 떨어졌다. 돌아서서 그녀를 쳐다보았지만 그녀가 여전히 책을 빤히 내려다보고 있었기에 나도 다시 그것을 읽기 시작했다. 다음은 책의 시작 부분에 해당하는 반쯤 찢긴 페이지로, 거기서 판독할 수 있는 최초의 말은 다음과 같았다.

"……나는 윌리엄 빌로 굴드, 검푸른 영혼과 녹색 눈과 벌어진 치아와 텁수룩한 머리와 보채는 위장을 지녔으며, 물고기 그림을 그려서 그 속에 나와 비슷한 영혼 하나를 더 포획할 셈으로……"

어디서 본 듯한데 어딘가 왜곡된 것 같다는 막연한 느낌에 시달리며 나는 책장을 좀더 넘겨보았다. 물고기 그림들과 글들을 후루룩 넘겨가면서 보니 일부는 내가 쓴 것임을 알아볼 수 있었지만, 일부는 터무니없는 헛소리였다. 비록 흥미로운 구석이 없지 않고, 이따금 세라섬의 현실과 불편할 정도로 일치하긴 했지만 말이다.

하지만 내가 공황에 가까운 기분을 느낀 것은 책 앞부분의 어느 한 페이지 맨 아랫단 몇 줄에 눈길이 내려앉은 때였다. 거기에는 이렇게 쓰여 있었다.

"윌리엄 빌로 굴드는 기억은 지녔으되 그 기억을 뒷받침하는 경험과 이력은 전혀 지니지 못한 채로 태어났으며, 언젠가 자신의 상상이 경험으로 바뀌어 달랠 길 없는 기억의 문제를 해명하고 치유해줄지도 모른다는 기이한 믿음으로 존재하지 않는 것을 만드는 데 온 세월을 다 보냈다."

나는 더이상 이런 잠꼬대를 읽지 않겠다고 결심하고 그 불쾌한 페이지를 북 찢어서 불속에 던졌지만, 갑자기 숨이 가빠지며 헐떡헐떡하고 등에는 공포로 식은땀이 따끔따끔 솟고 뱃속에서는 내장이 부글거리며 제멋대로 춤을 추기 시작했다.

투페니 살은 뺨에서 눈물을 닦아내고는 장작불 저쪽에 불쏘시개가 더 필요하다는 손짓을 했다. 그녀가 내 감정에 전혀 무관심하다는 데 머리끝까지 화가 났고, 더이상 한마디도 읽지 않겠다고, 이 순간을 내 인생에서 당장 지워버리겠다고 결심했다.

나는 브레이디에 대한 수색을 재개할 터였다. 그는 지금 내가 목격하는 모든 것이 트란실바니아의 거친 원시림에서 길을 잃고 굶주린 한 남자의 망상일 뿐이라고 말해주리라. 하지만 그래도 소용없었다―빌리 굴드는 자기가 어떤 책 속에, 인물 속에 갇힌 것이 아닌지, 그 인물의 과거뿐 아니라 미래까지, 견딜 수 없는 만큼이나 변경할 수도 없게끔 이미 쓰이고 정해지고 예언되어 있는 것이 아닌지 하는 눈덩이 같은 의혹에서 벗어날 수가 없었다. 그 책을 파괴하는 것 말고 어떤 선택지가 있단 말인가?

나는 엄청난 기세로 여남은 페이지를 더 찢어서 불속에 던졌지만, 책장은 불꽃이 일으키는 바람에 떠밀려 내 얼굴로 다시 날아왔다. 나는 타다 만 페이지 한 장을 내 코에서 떼어내어 읽지 않을 수 없었다.

"땅에 떨어진 것은 팔뚝에서 뭉툭하게 잘려나와 연기를 내며 타들어가는 검은 손이었다······"

나는 난폭하게 책장을 마구 구겨서 다시 불에 던졌지만, 그다음 페이지에 민물가재의 그림이 있는 것을 보고 말았다. 내 스타일을 완벽히 모방하여 그린 것 같았다. 이 물고기 책이 바로 유형지의 역사인 동시에 그에 대한 예언일지도 모른다는 결론을 외면하고자 필사적으로 노력하던 나는, 이 책이 여기서 끝이 아니라 그뒤로 몇 장*이 더 있음을 깨닫고 두려움에 떨며 이어지는 페이지를 읽어내려갔다. 거기에는─"나는 이 책이 여기서 끝이 아니라 그뒤로 몇 장이 더 있음을 깨닫고 두려움에 떨며 이어지는 페이지를 읽어내려갔다. 거기에는─"

2

스스로에게도 더는 설명할 수 없는 이상한 일이지만, 이제 나는 『물고기 책』 전체를 화염 속에 던져버리고 흑인 여자한테 가서 그녀와 함께 다른 책들을 찢어 그 책장들을 불속에 넣기 시작했다.

개인의 수많은 과거를 기술한 저 기록들, 그 속에 암시된 하나의 단일한 미래라는 관념이 장작더미 위에 얹힌 순간 굶주린 불꽃은 얼마나 기쁨에 차 환성을 질렀던가! 오래전에 팝조이가 말했던 대로 정의란 정의되는 자가 아니라 정의하는 자의 몫이며, 내 삶과 죽음이 남의 손에 예언되는 건 더이상 달갑지 않았다. 하나의 관념으로 축소되기에는 내가 너무나 많은 것을 견디어온 터였다. 나는 수없이 많은 말들—톱니가 박힌 쇠목걸이, 차꼬, 이가 들쭉날쭉한 족쇄, 땅방울, 쇠사슬, 삭발 못지 않게 나를 확실히 구속하고 통제해온, 과거에 대한 일체의 거짓 문헌—을 장작더미 위로 내던졌다. 참으로 오랫동안 그들은 내 자유로운 목소리를 틀어막고 내가 해야 하는 이야기를 차단해왔다.

내가 누구이고 왜 그러한지에 대한 거짓말은 더 읽고 싶지 않았다. 내가 누구인지는 내가 잘 알았다. 나는 삼각대에 묶인 채 매 맞는 과거였으나, 채찍에 톱니를 입히기 위해 채찍 가닥을 모래 양동이에 담그는 형리다. 나는 교수대의 녹색 나무 뚜껑문 사이로 캑 하고 비명을 지르며 떨어진 과거였으나, 죽어가는 사형수의 다리를 잡고 매달리는 교수형 집행인이다. 나는 물개잡이에게 팔려 쇠사슬에 묶이고 강간당한 과거였으나, 흑인 여자에게 자기 허벅지와 귀를 강제로 먹이는 물개잡이다.

나는 배신과 기상천외한 소문과 십중팔구 거짓인 이야기로 점철된 책들을 불속에 던졌다. 이 모든 내용의 핵심에는 우리가 죄수이자 간수가 되었다는 수치를 우리로부터 은폐하는 크고 작은 기만이 담겨 있었다. 우리도 우리 자식도 누대에 걸친 그들의 자손도 이 수치를 영영—그 이유를 기억하지 못하게 된 뒤에도 오랫동안—잊지 못할 것이다. 『태즈메이니아의 두개골』을 불속에 던지자, 도난당한 두개골의 아름다운 석판화들 또한 검게 탄 시신 주위에서 춤추었다. 우리는 수수께끼와 단서와 메아리와 질문과 대답을 은폐한 온갖 거짓말을, 그들 전부를, 그 감옥에서 마침내 완전히 영원히 탈출하기 위해, 화염과 그 굶주린 심장 속에 산더미처럼 쌓아올렸다. 우리는 최후의 기록부 마지막 한 장까지 남김없이 불속에 팽개쳤고 그들은 끝없이 끝없이 불탔다.

처음에는 축축한 종이더미가 불길을 덮어 끄는가 싶었지만, 곧 화염이 다시 타올라 불은 다시 거대한 공 같은 형상으로 되돌아왔다. 마치 '체제'가 방금 처치한 용이라도 되는 듯, 그놈의 죽어가는 숨결이 종말을 예고하는 듯했다. 천 명의 격노한 영혼이 풀려나온 듯했다. 불이 비명을 지르며 갈라져 불꽃의 간헐천을 밤하늘 높이 뿜어올리자 춤추는 붉은빛이 온 사방의 덤불을 환히 비추었다.

거대한 불길이 이 모든 것과 더불어 거세게 타오르더니, 이윽고 주위의 덤불들이 밴시*의 숨결을 받아 저절로 불붙었고 점점 울려퍼지는 밴시의 통곡에 맞추어 밤하늘이 웅웅대기 시작했다. 불이 번지기 시작하면서 주위의 펜슬소나무와 그 너머의 숲까지 화염에 휩싸이더니, 눈

---

* 아일랜드와 스코틀랜드 민화에 나오는 요정. 가족의 죽음을 울음으로 예고한다고 한다.

길이 미치는 곳마다 온통 불타올랐다. 나는 그럴 의지도 생각도 없었지만 문득 정신을 차리고 보니, 나 또한 화염이 던지는 강렬한 황토빛에 흠뻑 잠긴 채 흑인 여자의 춤에 동참하고 있었다.

나는 말라비틀어지고 진물이 흐르는 다리를 질질 끌며 그녀의 점프와 도약을 서툴지만 확실히 흉내내었고, 그녀와 아이들과 함께 내 영혼 너무나 깊숙이 잠재된 너무나 많은 것들을 춤추었기에 그 춤 자체가 정화의 불인 듯 느껴졌다. 그 춤은 기쁨이자 슬픔이자 형언할 수 없는 것이었다. 그 춤은 방직공과 내 가련한 어머니, 오듀본과 그가 쏘아 맞힌 새들, 올드 굴드와 올드 굴드의 딸, 볼테르와 고틀립슨 부인, 외과의사와 물고기, 사령관과 타우타레, 카푸아 데스와 그가 사랑한 토미, 쥐캥거루와 추적자였다. 우리는 말을 초월한 무엇을 춤추고 있었다. 내 몸이 내게서 독립된 야생의 생명을 띠고 있었기에, 나는 이렇게 쉴새없이 발로 땅을 갈아엎다가 늙고 시원찮은 뼈가 부러져 산산조각 나지 않을까 두려웠다.

오랜 시간이 흘러 불길이 저 너머 산맥으로 건너간 뒤, 우리 주변으로는 후끈한 재들만이 널리고 밝아오는 여명 속에서 저 아래 먼 산등성이를 따라 연기가 피어오르고 있을 때, 흑인 여자는 죽은 추적꾼 마크스의 재를 긁어모아서 물에 이겨 꺼끌꺼끌한 회색 진흙으로 빚은 다음 자신과 아이들의 몸에 고루 발랐다. 그들은 이런 식으로 애통해하며 지샌 밤을 걸쳐입고는, 아침을 넘기지 않겠다고 결심한 듯 곧 출발할 준비를 했다.

"걱정하지 마, 추적자 영국으로 간다." 그녀가 내게 말했다. "이제 추적자는 누미나 피카니니."

"그는 죽었어." 내가 말했다. "죽어서 영국인으로 다시 태어나는 게 아니야."

"누미나!" 그녀가 외쳤다. "추적자 누미나! 굴드 누미나, 하지만 오래전엔 너도 팔라와." 그녀는 팔을 죽 뻗어 손가락을 하나 내밀더니, 나에서 시작해 그녀 세계의 저쪽 끝까지 이르는 커다란 호를 새벽하늘에 그리고는 까맣게 탄 땅을 가리켰다.

"오래전엔 너도 우리."

나는 그녀를 보았지만 더는 볼 수가 없어서, 재가 흩어지고 춤춘 발자국이 팬 땅바닥을 쳐다보았다.

"굴드, 너도 와." 그녀가 말했다.

나는 발끝으로 땅을 툭툭 찼다. 몸이 떨리고 침이 꿀꺽 넘어갔다.

그녀가 말했다. "돌아와, 친구."

3

그러나 과거와 과거의 연대기에 얽매여 있는 내게는 투페니 살을 따라서 미래로 나아가고자 하는 소망도, 그럴 기운도 없었다.

나는 그들―나로서는 그 이름을 전혀 알 길 없는 여자와, 그중 하나는 내 자식일지도 모르는, 그녀의 구지레한 아이들―이 까맣게 타고 아직 연기가 피어오르는 숲속으로 걸어들어가는 모습을 지켜보았다. 오래지 않아 그들의 벌거벗은 형체는, 이 아름답고 그을린 땅에 삐죽삐죽 솟은 불탄 나무나 묘목과 구분할 수 없게 되었다.

나는 동풍을 맞으며, 서쪽으로 번지는 불길과 그녀의 여정 반대 방향으로 걸었다. 점점 더 뻗어나가는 연기의 장막이 등뒤로 멀어져갔다. 이제 계속해서 '프랑스인의 모자' 정상을 목적지로 잡고 히스들과 작은 관목들이 늘어선 고산지대를 거쳐 위로 향했다. 거추장스러운 썰매와 책이 없었기에, 탈진한 상태였음에도 훨씬 더 빠르게 전진할 수 있었다.

오후 서너 시 무렵 비탈진 시냇물에 이르렀다. 물은 그로부터 수백 미터 더 올라간 작은 산골짜기의 움푹한 곳에 고인 조그만 산정 호수에서 흘러내려온 것이었다. 여름철 시냇물의 수위는 커다란 바윗돌 주위를 졸졸 노니는 아주 얌전한 폭포에 불과했다. 그 바윗돌 위에, 녹색과 살구색으로 반짝이는 어떤 생물이 거의 1미터 길이는 돼 보이는 거대한 껍데기에서 빠져나오고 있었다.

나는 저것이 뭔지 잠시 어리둥절했지만 이내 죄수들이 가끔 강에서 잡는 민물가재임을 알아보았다. 허물을 벗은 그것은 더 새롭고 커다래진 몸집이었지만 모양은 그대로였다. 나는 가재가 벗어던진 반투명한 껍데기를 보고 그것의 변신에, 어떤 모습이었다가 또다른 모습이 되는 마법의 힘에, 더는 자기 자신이 아닌 자신의 형상을 남기는 능력에 경탄했다.

그 속살은 아주 맛이 좋았기 때문에, 나는 저것을 잡아야겠다고 생각했다. 하지만 내가 주먹만한 돌멩이를 던진 순간 가재는 뒤로 펄쩍 뛰어 물속으로 들어가버렸다. 돌멩이는 던진 보람도 없이 가재가 방금까지 웅크리고 있던 자리에 가서 툭 떨어졌다. 남은 것이라곤 거기 있었던 존재의 흔적뿐이었다. 가재가 들어가 살았던 껍데기, 앉았던 바위 위의 물기, 방금 모습을 감춘 수면의 회오리와 물거품.

나는 포기하고 다시 발길을 옮겼다. 호수 너머 펜슬소나무숲을 지나 빈터에 들어서자 돔처럼 생긴 집 여남은 채가 빙 둘러서 있었다. 커다란 벌집 비슷한 형태나 차나무 가지와 풀로 세심하고 정교하게 엮은 이엉으로 미루어 이것은 흑인들의 오두막이고 이 호수 주변은 그들의 마을임을 알 수 있었다.

하지만 흑인은 한 명도 없었다.

마을 중앙에 오래된 화덕 자리가 있었다. 지의류가 들러붙은 더러운 잿더미 위에는 내 의문을 해소해주기라도 하듯, 동물과 새와 곤충이 깨끗이 발라먹은 지 오래인 사람뼈와 두개골이 무더기로 흩어져 있었다. 어느 뼈 위에서는 흑인 여자 장신구, 또다른 뼈 위에서는 흑인 남자 장신구의 잔여물이 부식되고 있었다. 구멍이 한두 개씩 난 두개골은 머스킷 총알에 뚫린 것 같았다. 주머니곰이 뇌를 파먹으려고 뒤통수를 부스러뜨린 두개골도 있었다. 허옇게 탈색된 두개골, 초록색 이끼가 낀 두개골. 큰 두개골. 치아가 없고 양피지처럼 반투명한 작은 두개골.

4

나는 땅바닥에 누워 가쁜 숨을 몰아쉬며 공포로 주체할 수 없이 몸을 떨었다. 산의 흙이 죽음의 달콤한 무게를 싣고 곁으로 다가왔다. 몸이 점점 더 무거워지고, 머리는 돌덩이 같고, 그 속으로 집요한 목소리

민물가재 373

가 드릴처럼 뚫고 들어와 나를 아래로 끌어내리며 잠을 재촉했다―자라, 자거라 빌리 보이. 진주처럼 탁해진 눈알에 몇 미터 떨어진 개중 큰 돔형 오두막의 입구가 어렴풋이 비쳤다. 폭 30센티미터, 높이 60센티미터를 넘지 않는 나지막한 구멍이었다.

나는 두개골이 널린 화덕 자리에서 그 좁은 구멍을 향해 기어갔다. 에뮤 깃털, 그리고 이 위풍당당한 새와 캥거루와 주머니쥐의 부러진 뼈가 흩어진 땅을 훑고 지나가는 잔인하고 참혹한 여정이었다. 나는 풀로 정교하게 엮은 자루들을 타넘으며 그 썩은 짚북데기에서 자라난 작은 식물들을 몸통으로 짓이겼다.

이 무한히 느린 포복을 잠시 멈추고 숨을 돌렸을 때, 눈앞의 땅바닥에는 어린 시절의 온갖 기도문 자구들이 다시 튀어나온 듯, 성경에서 찢겨나와 황토가 묻은 채 흩어진 종잇장들로 재구성되어 있었다. 종잇장 몇 개를 자세히 들여다보니, 거기에는 "예루살렘의 딸들이여, 내가 비록 검으나 어여쁘니"라든지 "그대의 배꼽은 향긋한 술이 찰랑이는 동그란 술잔, 그대의 허리는 나리꽃을 두른 밀단"* 같은 구절들이 적혀 있었다. 술집 주인의 마누라 같은 바람둥이를 꼬시기 위해 썼을 법한 헛소리였다. 하지만 그것이 지금의 나와는 너무 안 어울렸기에 나는 불경스러운 말을 내뱉지 않을 수 없었고, 이 상황에 전혀 맞지 않았으므로 그 종잇장에 대고 코를 풀어주었다. 내가―비록 까마득한 옛날이긴 하지만―하느님께 스물여섯 자를 수도 없이 올려보냈음을 고려하면 하느님도 이보다는 좀더 좋은 걸 내려주셨어야 마땅하지 않은가.

---

* 두 구절은 각각 성서의 「아가」 1장 5절과 7장 3절에서 가져왔다.

내가 마지막으로 발견한 종잇장은 웜뱃의 굴과도 같은 오두막 입구에 떨어져 있었는데 그건 더 생뚱맞았다. "내가 웃음에 대하여 말하기를 그것은 미친 짓이라 하였고 희락에 대하여 말하기를 그것이 무슨 소용이 있는가 하였노라."*

염병할. 나는 종잇장을 던져버렸다. 마침내 오두막 안으로 기어들어가보니, 그 비옥한 냄새―사람과 짐승의 역한 체취, 연기와 익힌 고기, 부패와 생장, 그러나 대부분은 부패―에 압도되어 뱃속이 뒤집힐 것 같았다. 구역질이 나왔지만 추적꾼 마크스의 쥐캥거루는 위장에서 꿈쩍도 하지 않았고 신물만 올라와서 목구멍이 화끈거렸다. 나는 수척한 몸뚱이를 굴려 등을 대고 누웠다. 그렇게 기진맥진하고 아픈 몸으로, 머리를 비우려고 애쓰며 나지막한 입구 근처에 한참을 누워 있는 동안, 눈이 차츰 어둠에 적응했다.

놀라울 정도로 안락하고 대단히 따뜻하고 쾌적하며 널찍한 실내가 서서히 모습을 드러냈다. 비록 지금은 내가 들어올 때 후다닥 뛰쳐나간 쥐캥거루 두 마리와 살쾡이 한 마리밖에 살고 있지 않지만, 방은 스무 명도 충분히 수용할 수 있을 만큼 컸다.

나는 엎어진 거대한 바다수리 둥지 속에 들어와 있는 듯한 기분이었다. 주위로 곡선을 이룬 돔의 벽면이 앵무새의 유황색 깃털과 피리까마귀의 새까만 깃털로 뒤덮여 있었기 때문이다. 깃털투성이 벽면 이곳저곳에는 짐승가죽이 나무막대기로 고정된 채 걸려 있었다. 주변 바닥에는 흑인들이 사용하는 날카로운 돌, 거울 뒷면, 부싯돌 소총을 두드

---

* 「전도서」 2장 2절.

려 펴서 만든 듯한 작고 예리한 칼 따위의 연장이 널려 있었다. 코도 눈처럼 적응했는지 처음에 너무나 괴로웠던 강렬한 냄새는 이제 고기 식는 냄새와 아늑한 집 냄새의 중간 정도로 편안하게 느껴졌다.

나는 몸을 일으켜 앉았다. 그러고는 절망의 나락에 빠진 채 오두막 중앙의 불 꺼진 화덕을 한참 동안 바라보았다. 이제 무엇을 할 것인가? 이렇게 멀리까지 와서, 기록은 다 태워버렸고, 더 멀리 갈 수도 없었다. 브레이디를 찾는 건 고사하고 이젠 내가 죽든 살든 아무래도 좋았다. 내 물자와 힘과 심지어 생명 자체가 지극한 환멸로 끝난 무모한 사명에 소모되어버린 것 같았다.

등에 경련이 일었다. 근육이 고통스럽게 뭉쳐서 점점 더 세게 조여들었다. 다리 관절은 으드득 갈리는 바윗돌 같았다. 머리는 미열로 어질어질했다. 단 한 명의 백인도 알지 못하고 지도에도 없는 땅에서 흑인의 깃털 오두막 속에 들어앉은 나는 전혀 구제될 길 없이 늙고 춥고 혼자였다. 따뜻한 곳이었음에도 지독하고 극심한 냉기가 몸으로 기어들었다. 나는 꼼짝도 않고 가만히 있는 듯했지만 동시에 몸 안팎으로 빙글빙글 돌며 맹렬히 날아다니고 있었다. 불현듯 나는 내가 죽어가고 있음을, 그리고 아무것도 하지 않으면 곧 자신이 죽어가는 것조차 아랑곳하지 않을 것임을 분명히 알았다. 나는 죽음과 싸우고 있었지만, 살려는 욕망과도 싸우고 있었다.

너무 무서웠다.

나는 하느님께 기도하기로 했다.

그분께 모든 것을 고백하기로 했다.

나는 어색하게 헛기침을 했다. 나름대로 최대한 경건하게 자세를 추

스르고 무릎을 꿇었다. 캐슬레이의 음주벽부터 시작해서 아커만의 추한 이빨과 나머지 백한 가지 온갖 것을 모조리 쏟아내리라. 이 모든 걸 더이상 꾹꾹 누르지 않고 마침내 전부 말한다면 정말 굉장하리라.

"하느님." 이렇게 시작한 내 고백의 기도는 다음과 같았다―

5

"A-B-C-D-E-F-G-H-I-J-K-L-M-N-O-P-Q-R-S-T-U-V-W-X-Y-Z."

6

이 고백은 경이로운 방주였다. 나는 정말로 내가 아는 모든 것을, 사령관의 입냄새와 고틀립슨 부인의 찬란한 유륜과 투페니 살의 춤은 말할 것도 없고, 내가 사랑한 모든 식물과 새와 물고기와 짐승을 그 방주에 실어서, 모르긴 몰라도 살려주었다. 그리고 이 모두가 불과 스물여섯 자 길이였다.

하지만 그건 아무런 소용도 없었다―어떤 기도가 소용이 있었겠는가? 더욱이 예배당의 반석 위에서 더 무릎 꿇고 있기도 버거웠던 나는, 결국 휘청거리며 쓰러지며 꿈꾸며 땅을 얼싸안았다.

7

쓰러지다 말고 황토물이 든 돌멩이로 쌓은 작은 돌무덤에 걸려서 지극히 괴롭게 나동그라지지만 않았더라면, 나는 곧 죽었을 것이다. 추가로 생긴 온갖 멍과 통증으로 신음하며 구르고 있을 때, 반쯤 무너진 돌무덤 속에서 책 한 권이 삐져나와 있는 것이 눈에 띄었다.

이 시점에 책을 읽는다는 침울한 전망보다 더 나를 나락에 빠뜨리는 일은 없었다. 내게 독서는 오로지 실망과 환멸의 원천이자, 내 삶 전체를 뒤집어엎고 극심한 불안과 괴로움을 안겼을 뿐 아니라 지금껏 이 세상에 대해 당연히 여겼던 모든 것이 엉터리이며 틀렸다고 생각하게 된 사건의 원흉이었기 때문이다.

만약 내가 아슬아슬한 순간 볼테르를 찾아내지 못했다면 고틀립슨 부인이 어떤 감정을 느꼈을지 이제야 알 것 같았다. 아마 내가 책에 대해 느끼는 감정과 같았으리라. 바로 속았다는 느낌이었다.

결국 요르겐센이 파멸한 것은, 그가 책의 형상대로 세상을 개조할 수 있다고 생각한 것은, 소년 시절에 온갖 로맨스와 모험소설을 읽은 탓이었다. 사령관이 어처구니없는 사업에 뛰어든 것은 앤 양의 어리석은 편지를 읽은 탓이었다. 가시복이 세계를 재정렬한다는 거룩한 역할을 자임하다가 역으로 세계가 그를 타락한 흑인 두개골의 궁극적 전형으로 재정렬하기에 이른 것은 그가 린네와 라마르크의 온갖 저작을 읽은 탓이었다.

내가 이름 없는 숲에서 홀로 죽음을 앞둔 딱한 상황에 처한 것은 그들이 읽고 지껄인 온갖 헛소리 탓이었고, 등기소에서 손대지 말아야 할 책에 멍청하게 코를 파묻은 탓이었다.

나는 생각했다. 바보가 아니고선 이것에 손대지 않으리라.

내 손가락이 먼지를 뒤집어쓴 채 유혹하는 표지를 쓰다듬었다.

나는 손을 움츠리고, 돌더미 밖으로 튀어나와 있는 그 끔찍한 책으로부터 눈을 돌려 천장을 바라보았다. 이 책은 그 옛날 술집 주인의 아내가 바 뒤에 서서 선정적인 무언의 도발로 그랬던 것처럼 나를 조롱하고 있었다. 옆으로 돌아누운 나는 한 손을 뻗어 나머지 돌무더기를 밀어낸 뒤 그 마른 잔해에서 책을 들어냈다.

그것은 요르겐 요르겐센이 세라섬을 재창조하기 위해 썼던 크고 장대하고 묵직한 책과 달리 작고 조잡하게 만들어진 책이었다. 책장은 흑인들의 방식대로 동물 힘줄을 씹어서 늘리고 부드럽게 만든 장선腸線으로 얼기설기 묶었다. 책의 나머지 부분처럼 왈라비가죽으로 씌운 표지는 황토로 물들였다. 뺨에 손을 대보니 흑인 여자가 문질렀던 자리에 그와 똑같은 황토가 아직 남아 있었다.

나는 생각했다. 광인이 아니고선 이 책을 펼치지 않으리라.

뻗은 손끝에서 책이 스르르 펼쳐졌고, 그 속표지에 깜짝 놀랄 만큼 어린애 같은 필체로 적힌 이름은—

맷 브레이디.

나는 생각했다. 다음에 이어질 내용은 차마 못 읽겠다고.

다 읽고 나는 한참 심호흡을 했다. 살갗이 따끔거리고 숨이 가빴다. 주먹을 입에 넣어 억누르려 애썼지만 마치 타는 냄비에서 불규칙하게 터져나오는 매캐한 거품처럼 흐느낌이 폭발했다. 나는 떨리는 머리를 진정하려 안간힘을 썼다.

내가 느낀 건 그저 한없는 허탈감이었다. 엄청난 환멸. 시간······ 아니, 지금 시간이 무슨 상관이란 말인가? 그게 멈췄든 흐르기 시작했든 춤을 추든 잠들었든 불한당 수프를 몇 잔 마시러 술집에 갔든. 구역질이 조금 잦아들었다. 멈추지도 않고 피할 수도 없는 허기가 다시금 엄습했다. 나는 왈라비가죽 표지를 입에 욱여넣고 먹으려고 해보았다. 뱃속을 달래기 위해서였지만 책을 없애버리고 싶은 생각도 있었다.

하지만 소용없었다. 그 책은 이해할 수도 없었지만 먹을 수도 없었다. 내가 읽은 내용의 철저한 허무함을 어떻게 전달할 수 있을까? 글쓴이의 주장에 따르면 그것은 캥거루 피로 쓴, 일종의 사적인 일기에 가장 가까울 터였다. 그리고 보니 아까 일기를 걷어낸 돌무더기 자리에 작은 잉크 단지가 놓여 있었다.

사실상 그 책은 온갖 잡동사니를 쑤셔넣은 딸랑이 주머니였다. 흑인의 생활 방식과 관습에 대한 무의미한 관찰기. 그들이 구사하는 미미한 유머를 모조리 쏟아부어 진절머리가 날 정도로 장황하게 적어내린 저속한 농담들. 또 개인적인 철학으로 보이는 단상들, 이를테면 "끊임없이 죄를 용서하지 않으면 사랑은 살 수 없다" 따위의, 인간관계를 주제로 한 갖가지 시시한 상투어구들. 약초를 이용한 찜질제와 물약 제조법들. 동물과 새 관찰기. 피리까마귀. 주머니고양이. 바다수리. 주머니늑대. 그에게는 총이 없었는가? 오듀본처럼 적어도 새 한두 마리를 쏘아 잡아서 서툰 그림을 그릴 정도의 양식조차 없었는가? 없었다. 그의 표현법에서 예술성이라고는 찾아볼 수가 없었다. "때까치지빠귀가 오랜 친구를 잃은 듯이 사랑스럽게 울며 '조 위티? 조 위티?' 하고 부른다." 그에게는 야심이 없었다. 어떤 사고나 관찰이 너무 버거워질 때마다 그는 자기 생각의 결론을 내고자 노력하는 대신 그냥 "끝없이 돌고 돈다"라고 적어놓았다. 마치 결론을 맺는 데는 백치 같은 소리가 필수라는 듯이.

나는 때로는 뻣뻣하고 두꺼운, 때로는 말린 꽃처럼 얇고 가벼운 책장을 이리저리 뒤적이며 봉기 명령이며, 반란을 언급한 대목, 혁명 계획, 심지어 조직적인 폭동 계획이나 공화국 독립선언문의 초안에 해당하는 것을—'체제'를 근본적으로 위협할 수 있는 것이라면 무엇이든지—부질없이 찾아헤맸다.

그런 것은 없었다.

책장을 아무리 넘겨도 한 백인 남자와 한 흑인 여자의 사랑을 감상적으로 확인하는 내용만이 계속 이어져 속이 느글거렸다. 그중 한 대목에 예의 수수께끼 같은 혼잣말이 끼어들어 있었다. "사랑하는 것은 안전하지 않다."

이건 무슨 뜻일까?

알 수 없었다.

잉크는 다 말라붙었고, 꿈이라고는 한 흑인 여자를 향한 브레이디의 사랑에 대한 것뿐이었다. 백인 남자와 흑인 여자의 가정을, 둘의 결합으로 각자와는 다른 온전한 무엇을 건설하는 꿈이었다. 섬새와 검은 백조의 깃털로 꾸미고 큰 채마밭이 딸린, 그와 그녀가 기나긴 인생 내내 이곳과 서로와 서로의 가족을 이해하고 살아가며 함께 늙어갈 보금자리를 짓는 꿈이었다.

사랑하는 것은 안전하지 않다. 온전한 원은 흑인. 이등분한 원은 백인. 실로 데카르트와 같았다. 혹은 데카르트가 실로 그들과 똑같았다.

데카르트는 회오리로 사고하고 그들은 원으로 사고하는데, 둘 다 비슷한 헛소리이기 때문이다. 사랑. 용서. 사랑, 사랑, 사랑, 나는 생각했다―이게 전부인가? 이게 끝인가?

캥거루고기 패티 요리법만 빼면, 그러했다.

나는 책을 덮었다.

이 브레이디란 사람은 누구였나?

어쩌면 그가 추적꾼 마크스인지도 모른다는 생각이 떠올랐다. 아니면 르네 데카르트든가. 아니면 내가 끝내 이름을 알지 못했던 그 흑인 여자인지도 모른다. 나는 그가 결국 관념에 불과했던 게 아닌가 하는 생각까지 들었지만, 그렇다면 그의 이야기는 온전히 문학의 영역에 속하게 될 터였다. 진짜 물고기만을 취급한 이 진실된 이야기가 아니라.

그런데 무슨 일이 있었던 걸까?

그는 이 벌집 오두막에 살던 흑인들에게 살해된 것일까? 아니면 그들과 함께 살해된 것일까? 지금 그는 늙은 덴마크인의 검에 찔렸던 그 책에서 대플리니우스가 묘사한 종류의 어떤 명계로 유배되어, 모노콜리인과 아스토미인과 그 밖의 온갖 전설적인 종족들과 더불어 살고 있는 것일까?

나는 몸을 돌려 벌렁 드러누웠다. 너무나 지쳤다. 희망이 마침내 모두 꺼졌다.

8

나는 죽을 준비를 끝냈다.

몇 시간 동안 나는 그저 눈길이 가는 대로 오두막 내부를 둘러보았다. 차나무 이엉과 이엉을 뒤덮은 깃털의 참으로 거칠고 참으로 부드러운 질감을 응시했다. 이 오두막 전체가, 마치 옹이 진 늙은 두 손이 거대한 날개로 자라나 나를 감싸고 있는 것 같다고 상상했다. 이 전부는, 짐작건대 이젠 죽어버린 오두막 중앙의 검은 숯더미에서 피어올랐을 모닥불 연기에 그을려 칙칙한 회갈색 담배 빛깔을 띠고 있었다.

벽에는 왈라비와 주머니쥐와 주머니고양이의 가죽들이 금방이라도 원래 모습으로 되돌아와 뛰어내려올 것처럼 희한한 각도로 걸려 있었다. 가죽에는 동물 기름에 목탄과 황토를 착색한 안료로 주머니늑대, 주머니곰, 캥거루, 사냥꾼들, 춤추는 남녀, 다양한 모습의 달 그림이 그려져 있었는데, 분명 거기에는 최면을 거는 듯한 어떤 힘이 있었다.

나는 벽에서 가죽들을 걷어내어 깔고 덮었다. 동그랗게 움츠린 몸 위로 캥거루와 웜뱃과 주머니곰과 춤꾼과 사냥꾼과 달이 이해할 길 없는 이야기 속을 배회했다. 나는 벌집 깃털 오두막의 평화로운 어둠 속에서, 이해할 수 없는 이야기를 덮은 채, 소화되지 않는 사랑을 노래한 브레이디의 책을 옆에 두고, 마침내 잠이 들었다.

껍데기를 벗어놓고 뒤로 펄쩍 뛰어 물속으로 들어간 가재처럼, 나는 내가 누구이며 무엇인지를 지시하는 껍데기를 벗고 다른 무엇으로 변신할 준비를 했다. 마음의 눈으로 파랗게 일렁이는 불꽃 아치를 보고 그을린 능직 무명의 냄새를 맡았다. 저 춤추는 동물들이 내 영혼을 콧구멍 밖으로 끌어내 오두막 바깥으로 내던져 마침내 날려보내는 것을 느꼈다.

글로 쓰인 이야기는 앞으로 전진하고 문장은 벽돌 위에 벽돌을 쌓듯이 축조되어야 하지만, 끝없는 신비에 싸인 이 삶의 아름다움은 원형을 띤다. 해와 달, 끝없이 선회하는 구체. 흑인, 온전한 원. 백인, 이등분한 원. 삶, 제3의 원, 끝없이 돌고 도는.

나는 브레이디의 잉크 단지 밑바닥에 흑갈색으로 말라붙어 쩍쩍 갈라진 캥거루 피에 침을 뱉어서 뒤숭숭한 새벽 빛깔인 진홍색 잉크로 만드는 꿈을 꾸었다. 그 축축하고 어두운 악령에 낡은 깃펜을 담그고, 브레이디의 왈라비가죽 일기장에, 브레이디의 꿈이 끝나고 아무것도 적히지 않은 공백이 시작되는 자리에 이렇게 썼다.

오르비스 테르티우스,

이 첫마디는 제3의 원을 뜻하는 라틴어였다.

그런 뒤 마침내 나를 뒤덮었던 무한한 기억의 거미줄을 찢고, 한때 나였던 남자―해마 한 마리에 우주가 내재되어 있음을, 누구나 다른 누구가, 무엇이 될 잠재력이 있음을, 누미나가 팔라와이고 팔라와가 누미나임을 발견하고는 기묘한 물고기 그림을 몇 점 남긴 채 죽은, 자칭 윌리엄 뷜로 굴드라는 위조범 죄수―의 꿈을 꾸었다.

9

나는 신에게서 노래를 훔쳤다.

10

계속 잠을 자는 동안 궁금해지기 시작했다. 이 모두가 그저 꿈이고 내가 꿈꾸는 자라면, 내 꿈의 여러 이상한 형상들 또한 나에 불과한 것일까? 사령관이 나를 지배했는데도 내가 사령관일 수 있을까? 렘프리어 선생이 내게 물고기를 그리라고 시켰는데도 내가 렘프리어 선생인 것이 가능할까? 또 내가 물고기를 그렸는데도 내가……?

하지만 더는 생각을 이어나갈 수 없었다.

고함소리, 욕설, 쿵쿵거리는 발소리, 찾았다는 외침, 자극된 공포로 인한 톡 쏘는 암모니아 냄새, 소총의 격발장치가 철컥하는 소리. 눈을 떠보니 내 머리로부터 총신이 사방으로 뻗어나와 있었다. 마치 내가 성게이고 나를 조준한 머스킷총들이 가시인 것 같았다. 무기를 휘두르는 자들은 시원찮은 졸병들, 그들의 붉은 군복보다 더 붉게 상기된 뺨에 눈이 톡 튀어나온 성대 물고기 꼴을 한 신병들이었다. 나는 단숨에 가죽 담요 속에서 거칠게 끌려나와 바깥으로 내던져졌다. 나는 무참히 땅에 처박힐 때 입속으로 밀려들어온 진흙을 신음하며 뱉어내고는 고개를 들었다.

내 옆에는 꾀죄죄한 주머니늑대가죽 모자와 죽은 눈깔이 어딘지 익숙해 보이는 피칠갑한 머리통에 붙어 있었다. 마침내 나는 그 머리통에서 절단된 우스꽝스러운 알몸이 바로 도적, 배신자, 영아 살해범, 강간범이자 물개잡이인 클루커스의 것임을 식별할 수 있었다. 클루커스가 화약 수십 배럴을 조달하기로 합의하고 약속을 충실히 이행한 뒤 자신의 죽음으로써 대금을 결제받았다는 사실을 그때의 나로서는 알

길이 없었다. 하지만 좀더 위를 올려다보았을 때, 그를 살해한 장본인
이 누구인지는 얼굴을 보지 않고도 알 수 있었다. 저 너머에서 떠오르
는 태양을 가린 그림자, 암소 젖통과도 같은 거대한 음낭의 윤곽은 틀
림없이 무샤 퍼그의 것이었다.

The Silver Dory

은달고기

난국―불타는 노바 베네치아―아편쟁이의 배신―불멸의 조짐
―내장 꺼내기―반란―은달고기 폭발하다―하늘에서 꿈과 희망과 객차가 내리다
―죽음으로 값을 치른 사랑의 이야기―렘브란트 판 레인과 그 밖의 잡다한 것들에 대한 성찰
―물고기, 복수를 꾀하다

1

빌리 굴드는 소스라치며 잠에서 깼다. 그는 고개를 흔들며 수염이 제멋대로 자란 턱을 손으로 쓸고 지긋지긋한 이에 물린 지긋지긋한 몸 뚱이 곳곳을 벅벅 긁어댔다. 이의 가려움과 꿈의 불손함을 잠시라도 잊기 위해 갑자기 몸을 움직이고 싶어진 빌리 굴드는, 펄쩍 뛰어서 감방 높은 곳에 달린 철창을 움켜쥐고 몸을 끌어올려 좁고 기다란 창문 밖을 내다보았다. 나는 사령관이 건설한 '노바 베네치아'의 추레한 장엄함이 주위 곳곳에 온존한 것을 보고 안도했다. 또 나를 데리고 돌아와준 무샤 퍼그에 대한 고마움으로 가슴이 벅차올랐다.

내가 왜 여기 있는지 알아야 마땅했지만 알지 못했던 것이 사실이다. 솔직히 말해서 알고 있는 걸 전부 다 그리긴 했지만 내가 아는 거라곤 쥐뿔도 없다. 한편 내가 모르는 것을 모두 합치면 그 규모는 실로 엄청나며, 내 무지의 전모를 세세히 담으려면 아마 알렉산드리아 문고도 모자랄 것이다. 일례로 지금 나는 저지르지도 않은 두 건의 살인 혐의로 목매달리게 생겼는데, 화덕 자리에 널린 두개골들과 관련해서 단죄되는 자는 아무도 없는 이유를 모르겠다. 푸딩이나 요르겐센을 살해하는 것은 범죄로 취급되는데, 한 종족 전체를 살해하는 것은 사소한 문제이고 최악의 경우 과학에 꼭 필요한 일로 여겨지는 이유 또한 모르겠다. 내가 모르는 것은 그 외에도 많다. 예를 들어 왜 사람들이 바우들러샤프의 책은 진지하게 읽으면서 옛이야기는 헛소리로 치부하는지, 알파벳은 세계에 담겨 있는데 왜 세계는 알파벳에 담길 수 없는지. 이런 것들과 기타 많은 것이 내게는 수수께끼다. 배는 어떻게 물에 뜨는지, 우리 주위의 땅은 원을 이루고 있는데 왜 우리는 삶을 사다리로 줄 세우는지. 박격포는 어떻게 작동하는지. 여자가 지나갈 때 남자는 왜 물고기처럼 떠는지. 건물들은 왜 안 무너지는지. 우리는 걸을 수 있는데 왜 날 수는 없는지. 왜 나는 숲으로 변신하는 꿈을 꾸다 말고 깨어나서 아가리로 흙을 갈아엎은 끝에 무샤 퍼그의 부츠 밑바닥에 가서 부딪쳤는지.

그들의 더 은밀한 목적이 뭔지는 몰라도 퍼그의 경비관 무리는 공식적으로는 브레이디의 동향 정보를 수집할 목적으로 정찰중이었고, 비쩍 말라 잠든 내 모습을 보고 잠깐이나마 그 위대한 인간을 마침내 잡았다고 생각한 터였다. 나는 그들이 찾는 인물을 진짜로 만났다고 주장하면서 투페니 살이 떠난 방향의 반대쪽을 가리켰다.

"브레이디가 네놈을 구해줄 수 있을 거라고 생각했냐?" 무샤 퍼그는 내 머리를 걷어차면서 낄낄 웃었다.

"물론입니다." 이게 그가 바라는 대답이었기 때문에 이렇게 말하긴 했지만, 이제 나는 그게 진실이 아님을 알고 있었다.

맷 브레이디가 온 세상의 역사를 알고 그의 눈앞에 온 세상의 고통이 펼쳐져 있었다 해도 그가―그가 누구든, 어디에 있든―우리를 구해줄 수는 없었으리라. 그 무엇도 그럴 수 없었다. 의사선생의 '과학'도. 사령관의 '문화'도. 무한한 시간인 하느님도. 우리도 우리 자신을 구할 수 없었다. 과거에는 위안이 없었다. 미래에도 위안은 없었다. 심지어 구원이라는 관념에도 위안은 없었다. 있는 것이라곤 오로지 무샤퍼그의 부츠뿐이었으므로. 그 구둣발이 내 뺨을 한 방 더 걷어찬 뒤 내 입술을 문지를 때 나는 거기에 키스했다. 내가 거기에 키스한 건 사랑할 대상이 그것밖에 남지 않았기 때문이었다.

2

내가 매달린 좁고 기다란 창문 밖에는 멋지고도 교훈적인 경치가 펼쳐져 있었다. 저 아래 판자를 얼기설기 엮어 만든 그물질 작업조의 잔교 위에 교수대를 세우고 있었던 것이다. 우리 사형수들이 마침내 볼 장 다 보기 전에 위에서 내려다보며 회개에 정신을 집중하게끔 동기를 제공해주는 광경이었다. 썰물이 빠진 잔교 밑으로는 레스보그 대위 휘하 소대원들의 씻긴 두개골과 뼈가 하얗게 표백된 채 떠밀려와 모래로 부서지는 중이었다. 나는 붙잡힌 뒤에 새 감방―사형수 감방―으로 옮겨져 이제 여드레 앞으로 다가온 처형을 기다리고 있었다.

이 새로운 보금자리에도 미덕이 있기는 했다. 이곳은 매일 물에 잠기지도 않았고 천장도 무너질 것 같아 보이지 않았다. 이곳은 섬 유형지 본부 반대편에 있는 약간 더 큰 세 감방 중 하나였으므로, 그때 내 찬란한 고독을 방해하는 일을 자진해서 떠맡은 팝조이만 아니었다면 나는 스스로의 종말이 임박했다는 게 기쁘기까지 했다.

나는 그리스도처럼 계속 매달려 있으려 했지만 늙은 사제의 가르침과 같이 온 세상은커녕 나 한 몸을 위해 고통받는 일에도 그다지 흥미가 없었다. 이제 내 가련한 팔은 이 시원찮은 몸무게조차 지탱하지 못했고 나는 다시 감방의 어둠 속으로 떨어졌다. 한편 팝조이는 여느 때처럼 낮은 천장 밑으로 몸을 굽힌 채 유화물감 세트를 회수해가겠다고 통보했다. 그때까지 나는 팝조이의 사적 이익과 죄수 컨스터블의 지속적인 공급에 대한 그의 수요가 나의 살고자 하는 욕망과 제휴될 수 있다고 생각했다. 하지만 그 반대였다. 그는 이제 내 처형이 임박했든 말든 전혀 상관하지 않는다고 차분하게 말했다.

"내 생각에—" 그는 결연히 감방 안으로 들어와 물감 세트와 내가 가장 최근에 완성한 죄수 컨스터블 작품을 집어들면서 입을 열었다가 곧 정정했다. "내가 알기로, 네놈이 하는 것 정도는 나도 충분히 그릴 수 있다고."

그때만큼은 나도 눈을 들어 그의 얼굴을 쳐다보았다. 그는 키는 컸지만 둥글고 불그스름한 상판에 외사시였는데, 그가 이처럼 비뚤어진 환상을 품고 있는 것은 어쩌면 그 때문인지도 몰랐다. 또 돌출된 아랫입술과 면도를 잘못해서 벌겋게 달아오른 턱은 은달고기의 거대하고 추한 낯짝과도 흡사했는데, 정확히 왜인지는 말할 수 없지만 나는 달고기를 그리 좋아하지 않았다. 그놈들은 골칫덩이였다.

　나는 최근 붉은 군복의 단추 일부를 방탕하게 풀어헤치는 식으로 입기 시작한 그의 모습을 통해 그가 '위험한 충동'에 사로잡혔음을 눈치챘어야 했다. 그의 욕망은 거창했다. "나는," 그는 거만하면서도 초조한 몸짓으로 고개를 홱 치켜들며, 자신의 타락을 입증할 어떤 부정한 열정을 폭로하기라도 하듯이 이렇게 말했다. "'예술가'가 되고 싶어." 나는 그보다 더 나쁜 야심도 있다고 그에게 말했지만, 그게 예를 들어 어떤 건지는 순간적으로 떠오르지 않았다.

　그는 이야기할수록 얼굴이 점점 더 빨개졌고 고개를 더 심하게 앞뒤로 젖혀댔다. 또 고개가 흔들리고 얼굴이 상기될수록, 어떤 유년기의 발화 장애를 극복하려는 듯 입술이 점점 더 튀어나왔다. 또 그의 입술이 끝없이 늘어나는 은달고기의 주둥이처럼 앞으로 삐져나올수록, 나는 혹시 그가 내게 중요한 걸 말하고 있는 게 아닌지, 우매하기 짝이 없는 소위 미적 열망을 함양하는 데 필요한 근본적인 무엇을 그 거대한 주둥이로 내게서 빨아들이고 있는 게 아닌지 의아해졌다.

　그러고 나서 그는 더 행복했던 시절에 향수를 느꼈는지 내게 냅다 발길질을 했다. 잠시 뒤에 나는 그가 예술가로서 성공적인 경력을 쌓는 데 필요한 모든 자질을 갖추었다고 장담해주었지만, 유감스럽게도 입이 너무 통통 부어올라 그걸 다 열거해줄 수는 없었다. 범용함, 일체의 잠재적 경쟁자들에게 폭력을 휘두를 수 있는 능력, 자신의 성공뿐 아니라 동료 예술가들의 실패를 바라는 욕망, 심각한 불성실성, 배신 능력. 행운은 어리석은 자의 편이라고 나는 말하려 했지만, 피와 이를 질질 쏟아내기만 했을 뿐이다.

이어서 팝조이는 자기가 언제나 운이 나빴다고 말하며 흐느끼기 시작했다. 군대에 끌려온 것도 불운이었고, 이런 황량한 벽지로 발령받은 건 더 큰 불운이었지만, 나 같은 천치 새끼의 감시를 맡게 된 것이야말로 가장 큰 불운이었다. 나는 다시 간신히 입술을 움직여서 그의 불운을 위로하기 위한 이야기를 들려주기 시작했지만, 그는 오히려 또 성을 벌컥 내며 닥치라고 소리질렀다.

"이 육시랄 자식!" 그가 고함쳤다. "이 손으로 네 등이 남아나지 않도록 채찍질해주마. 채찍이 네 몸통 반대편으로 삐져나와서 젖꼭지를 간질일 거다."

그는 흘러나온 콧물을 목구멍으로 후루룩 들이켜더니, 우뚝 솟은 높은 곳에 서서 나를 겨냥하여 찍 뱉었다.

"굿드 너, 반편이냐?"

나는 권위에 이의를 제기할 만큼 어리석지 않았으므로, 손으로 얼굴을 닦으며 물론 그렇다고 비굴하게 대답했다.

"닥쳐! 닥치라고, 이 멍청한 새끼야. 아니, 넌 너무 멍청해서 네 멍청한 소리에 내가 얼마나 질렸는지도 모르지? 한마디만 더 지껄여봐라, 또 걷어차줄 테니."

그래서 나는 예전에 알았던 워터퍼드 인근 출신의 네드 헤네시란 놈에 대해 이야기해주었다. 친구들은 좀 모자란 그를 곯려주기로 했다. 일당 중 한 명이 죽은 척하고 관 속에 들어가 누운 다음, 귀신들이 저세상에서 시체를 훔치러 올 경우를 대비하여 밤새 권총을 들고 관을 지켜달라고 부탁한 것이다. 그런데 한밤중에 시체가 벌떡 일어나서 "안녕, 네드" 하고 말을 걸자, 어둠 속에서 혼비백산한 네드는 바지 속에 넣었던 권총을 꺼내어 장난꾸러기 동료의 이마에 대고—빵!—쏘아서 그대로 관통시켜버렸다.

"닥쳐, 새끼야." 팝조이가 심드렁하게 말했다.

"네드 헤네시," 나는 이렇게 이야기를 맺었다. "진짜 또라이였죠."

팝조이는 이번엔 온몸을 흠씬 두들겨 팼다. 주먹, 머리통, 심지어 몇 번은 물감통까지 동원하면서도 발길질만은 하지 않았으므로, 나는 그의 마음이 이제 그 정도까지 폭력적이지 않음을 알 수 있었다. 가련한 팝조이!

"간수님처럼," 나는 입을 열었지만 발음이 제대로 되지 않는데다 말할 때마다 피가 질질 흘러내렸고, 또 바닥에 누운 상태로는 앞도 제대로 보이지 않았다. "확실히 인생의 절정기에 있으신 분은……" 하지만 그때 감방 문이 쾅 닫히고 빗장이 덜컹 떨어지는 소리가 들려왔다. 나는 마지막으로 남은 이빨들을 뱉어내면서, 이것이 썩 기분 좋은 만남은 아니었음을, 물감을 빼앗겨버렸고 이번엔 정말로 모든 게 끝장이라는 사실을 인정해야 했다.

3

다음날 아침 다시금 감방 높은 철창에 매달려 바깥을 내다보았을 때, 나는 교수대 대신 저 멀리서 피어오르는 연기 기둥에 시선을 고정했다. 그 연기는 '프랑스인의 모자'를 벗어난 뒤부터 매일 꾸준히 우리 쪽으로 다가오고 있었다. 처음에 유형지 사람들은 사령관이 팔아넘기지도 일본인들이 베어가지도 않았고 지도에도 없는 광대한 도금양과 소나무숲을 집어삼키며 번지는 산불에 거의 신경쓰지 않았다.

내가 그 불이 시작된 경위를 말해보았자 아무도 믿지 않을 것이다. 게다가 애당초 그걸 누구에게 말할 것인가? 이 대화재를 처음 일으킨 주범이 바로 '체제' 자체의 시적 영감이라고, 대체 누구에게 말한단 말인가?

처음에 우리 모두는 그 불을 각자가 특유하게 지닌 특정한 허영의 연장으로만 바라보았다. 일부 죄수들에게 공중에 날리는 먼지는 오직 간수로만 존재하는 자연세계의 더더욱 억압적인 요소였던 반면, 사령관의 금테 두른 눈구멍을 통해서 바라본 이 재난은 또다른 장사 기회일 뿐이었다. 신세계의 외딴 정글에서 금을 제련할 때는 수은과 더불어 숯이 사용되었으므로, 그는 몇몇 포르투갈 식민지에 숯 거래를 제안하는 사절을 즉시 파견했다. 이런 식으로 우리는 각자가 사는 다양한 세계의 연장으로만 불을 언급했을 뿐, 그것이 이 세계의 종말이 되리라고는 생각지 못했다.

내 교수형 집행일 닷새 전부터 하늘에서 재 부스러기가 떨어지기 시작했다. 바람이 일 때면 제 형태를 고스란히 유지한 채 새까맣게 타서 바삭바삭해진 도금양과 고사리 잎사귀가, 우리 운명의 조짐이, 마치 우리의 몰이해 때문에 돌이킬 수 없이 틀어진 다른 시공간에서 날아온 응답처럼 우리 머리와 코와 어깨에 날갯짓하며 내려앉았다.

교수형이 사흘 앞으로 다가왔을 때는 재가 너무 많이 날려서 어른 남자의 허벅지 깊이까지 잿더미가 쌓인 곳도 생겼다. 그다음날 아침이 되자 섬에는 재가 산더미처럼 쌓여, 이곳에 식민지가 있었다는 증거는 영내의 말뚝, 높은 건물의 꼭대기층 그리고 쇠사슬 작업조가 끝없는 노동으로 뚫어놓은 좁은 오솔길만이 남았다.

북동쪽에서 바람이 점점 세게 불어닥치고 불길이 점점 거세지며 가까이 다가오자, 죄수들은—사형수 감방에 있든, 쇠사슬에 묶여 강제노동을 하든, 안락한 보직에 있든 간에—그 규모와 위력을 감지하고 이것이 브레이디의 소행이며 우리 모두를 해방시키려는 그의 장대한 구상의 일부가 틀림없다고 믿기에 이르렀다. 오, 천재적인 자여! 그는 우리를 가두고 있던 바로 그 '자연'을 이용하여 우리를 해방시키는 동시에 그 '자연'을 파괴할 것이다! 죄수들은 브레이디와 매케이브가 이끄는 대부대가 찬란한 묵시록의 기수들처럼 화염 속에서 뛰쳐나와 천둥의 머스킷총과 정의의 수발총으로 불의 심판을 내릴 그날만을 기다렸다.

심판이 가까웠음을 안 죄수들은 이제 붉은 군복들이나 죄수 십장들을 신경쓰지 않았다. 교수형 집행 전날 나는 바깥의 경비병들이 수군거리는 이야기를 엿들었다. 벤 조슈아가 톱질 구덩이에 들어가길 거부하고 무샤 퍼그에게 이렇게 말했다는 것이었다. "브레이디가 너도 손봐줄 거다, 무샤, 브레이디가 네놈을 꽁꽁 묶어서 매달 거다, 무샤 퍼그. 네 뒤룩뒤룩한 불알을 묶고 네 더러운 아가리에 재갈을 물리고 다섯 길 물속에 처넣어서, 네 눈을 진주로 바꾸고 납작머리물고기를 네 동무로 삼아줄 거다."

무샤 퍼그는 그를 세게 때렸지만 남자가 아니라 여자를 때릴 때처럼, 주먹이 아닌 손등을 써서 구타했다. 그런 다음 무샤 퍼그는 뒤돌아세 다리로 어기적어기적 걸어서 자리를 떴다. 그가 퍽 때리지 않고 찰싹 때린 것을 모두가 목격했다. 무샤 퍼그가 그냥 물러가는 꼴을 모두가 보았고, 그가 퍽 때리지 않고 찰싹 때린 이유 또한 모두가 알았다. 이제 죄수들은 죄수 경비관이 일하라고 명령해도 대놓고 비웃었고, 죄수 경비관은 장교가 질서를 유지하라고 명령해도 죄수들에게 폭력 쓰길 거부했다. 이제 죄수 경비관들은 죄수를 그 자리에서 기절할 만큼 두들겨패는 대신 그들을 피해 자기 소굴로 들어가 두문불출하거나, 죄수들에게 담배나 농담을 건네고 브레이디가 정확히 언제 어떻게 어떤 굉장한 모습과 규모로 도착할지를 넘겨짚으며 그들의 비위를 맞추려고 애썼다.

소나무 벌목조는 섬을 떠나 강 상류로 가기를 거부했다. 배 목수들은 건조중인 범선의 선체 안에 드러누웠고, 통장이들은 배럴통을 반쯤 만들다 말고 일손을 놓았다. 테를 둘러 묶지 않은 배럴통의 널판들이 마치 반쯤 피다가 시들어버린 꽃 같았다. 아무리 위협하고 사정해도 죄수들이 어느 누구도 꿈쩍 않자 섬은 곧 멈춰버렸다. 모두가—간수나 죄수나 마찬가지로—그저 기다리고만 있었다.

그러자 무샤 퍼그는 럼주 배럴통을 하나둘 따서, 친구는 배반하지 않는다는 말을 거듭 강조하며 조선소의 죄수 나무꾼과 죄수 조선공과 죄수 통장이 들에게 돌렸다. 나중에 붉은 군복들이 찾아왔지만 그들은 작은 술통 하나를 징발하여 자기들 막사로 가져갔을 뿐이다. 그들은 막사에 묵묵히 앉아서 용기를 북돋으려, 혹은 다 잊으려 애쓰며 침울하게 술을 마셨다. 해질녘이 되자 섬 전체가 곤드레만드레 취했고, 오가는 모든 말들이 새로운 국가에 대한 허황된 꿈으로 가득찼으며, 기대에 부푼 모두의 눈이 동쪽 산맥을 골똘히 주시하며 연기 속에서 브레이디의 도착이 임박했음을 의미하는 신호를 찾아헤맸다. 심지어 사형수 감방의 거의 칠흑 같은 어둠 속에 앉아서 내일의 처형을 기다리고 있던 나조차도, 지극히 희미한 희망이 솟아오르는 것을 억누를 수 없었다.

4

나중에 살아남은 한 줌의 생존자들 중 누구도 그때의 기이함을 제대로 묘사할 수 없었다. 지옥의 불이 솟구쳐올라 사령관의 섬새 견장처럼 펄럭이는 가운데 숱하게 펼쳐진 참혹한 장면들을.

상상해보라, 내가 처음 불길을 목격한 지 여드레째 되는 날 아침에—처형을 불과 몇 시간 남겨놓고—연기가 피어오르는 아궁이로 변신한 감방 안에 알몸으로 선 채 이따금 컴컴한 문틈에 입을 대고 숨을 들이마시며 상상했듯이 말이다. 그 틈으로 악취를 싣고 미세하게 새어들어오는 외풍도, 내게는 반가운 산들바람이었고 느릿느릿 전진하며 바깥 곳곳의 참혹한 이미지를 실어날아오는 미스트랄이었다.

연기에 질식된 새들을 상상해보라. 포획되지 않아 그릴 수 없었던 칼새와 도라지앵무, 포획되지 않아 먹을 수 없었던 어치, 사납게 파도치는 바다로 죽어 떨어진 바다수리, 검은유황앵무, 공작비둘기, 파란 굴뚝새. 그들의 시체로 이루어진 만조선이 섬을 에워쌌다. 새들이 웅웅대는 소리 속에서 우리의 희망찬 고동은 점점 더 공허해져갔다. 벌써 섬이 타들어가기 시작하고 도망갈 곳은 아무 데도 없는데, 섬 곳곳에 출현하기 시작한 것은 오로지 불속으로 던져지는 시커먼 죽은 새들 뿐이었기 때문이다.

섬 전체가 하나의 용광로로, 지옥처럼 무한한 화염으로, 불을 더 지 필 연료 외에는 아무것도 존재하지 않는 영원무궁한 고통으로 변하고, 그 불길이 유형지의 심장으로 흘러들어가는 광경을 상상해보라.

만물을 뒤덮고 도처로 퍼져나가는 것은 오직 불과 바람과 연기, 죄악 처럼 매캐하고 먼지처럼 자욱한 연기, 살갗에 물집을 내고 머리카락을 그슬리고 온통 붉게 물든 천지에서 사악하게 날름대는 열기뿐이었다.

화염에서 화염으로 달음박질하며 연기 속에서 나타났다 사라지는 사람들을 상상해보라. 대혼란이 도래한 지금은 모두가 닮은꼴이다. 폭 풍처럼 번지는 불과 싸우기를 중단하고, 승산 없는 전투를 포기하고, 젖 먹던 기운까지 끌어모아 부두로 질주하는 병사들과 죄수들, 붉은 군복을 입은 병사들과 노란 작업복을 입은 죄수들의 얼룩덜룩한 무리, 공포에 질려 우우 몰려가는 이 오합지졸을 동정하라. 그들은 선창 밑 과 물속으로 피신하고 지옥의 열기를 피해 바다로 뛰어들며, 아직 죽 지 않은 자들은 모두 죽기를 갈망한다.

그들은 지글지글 타는 땅 위를 달려간다. 수레를 지나쳐, 배럴통을 지나쳐, 반쯤 건조된 배를 지나쳐, 잔교를 지나쳐, 급기야 자연발화로 폭발해서 불덩이가 된 채 단말마의 비명을 지를 새도 없이 날숨 대신 화염을 토해내는 사람들까지 지나쳐 달린다. 불의 회오리가 되어 몸부 림치며 100미터 상공까지 치솟은 화염으로부터 도주한다. 그리고 하 늘에서 다시 황색, 청색, 적색의 폭풍이 되어 떨어져내리는 화염으로 부터 도주하며, 저주하고 증오한다. 그들에게는 피치 못할 단 한 가지

일념뿐. 도망쳐!

5

그러나 잠시 멈추어 숨을 고를 수만 있다면, 부디 비참한 감방에 갇힌 빌리 굴드의 사정도 좀 헤아려주길 바란다. 그는 달아날 수 없었다. 여러분은 독방에 감금된 죄수들도 대화재를 피할 수 있게끔 모두 풀어주었으리라 생각할 것이다. 이 점에서 여러분은 완전히 틀렸다. 우리 경비병들은 팝조이의 지시가 떨어지지 않았다는 이유로 감방 문을 열어주기를 거부한 채 잔교 밑으로 피신해버렸고, 팝조이는 화재가 완전한 불지옥으로 바뀌기 직전에—곧 내가 설명하려는 이유로—유형지 본부로 호출되어, 그땐 아직 아무도 몰랐지만, 끝끝내 돌아오지 않았기 때문이다.

나는 감방 안에서 산 채로 구워지는 신세가 되었다. 자욱한 연기는 역한 기름기가 되어 목구멍으로 넘어왔고, 만약 그림을 그리는 중이었다면 붓을 적실 수도 있었으리만치 눈물이 콸콸 쏟아져나왔다. 나는 나보다 더 비참한 상황에 처한 인물, 나처럼 어쩔 수 없어서가 아니라 자기 의지로 이 섬에서 도망치지 않은 다른 한 사람의 운명을 곱씹음으로써 조금이나마 기분을 전환할 수 있었다.

사령관은 아까까지 누워 있던 소파에서 몸을 일으켜 앉았다. 그는 불타서 폐허가 된 자기 골방을 버리고, 섬에 남은 최후의 건물 중 하나인 궁으로 피신해 들어온 터였다. 그는 휴온소나무 기름향이 나는 젖은 수건을 가면에서 떼고, 다시금 지칠 줄 모르는 환희에 취하여 역시 불타기 시작한 자기 궁전의 장관을 지켜보았다. 콜록콜록 기침이 나왔다. 몇 줄기 피가 붉은 실개천을 이루며 그의 검은 입술과 얼룩진 가면 위로 흘러내렸다.

곁에 남은 극소수의 사람들이 갖가지 도움과 위로를 건네고 불길을 진압하는 데 성공했다는 거짓 소식을 전하며 그의 입술을 씻고 결핵 기침에 시달린 목을 진정시킬 차가운 사사프라스 차를 가져다주었지만, 이 모두는 이 사람들이 그와 그의 본모습에 지극히 무심하고 무지하다는 인상만을 더욱 강화시켰을 뿐이었다.

실은 처음 물라토를 만난 이후로 이보다 더 큰 행복을 그에게 가져다준 것은 없었기 때문이다. 불타는 지붕이 함몰하기 시작하며 화염이 폭포수처럼 쏟아질 때 그는 큰 기쁨을 느꼈다. 이어서 자신이 투쟁하고 싸우고 죽여가며 얻은 모든 것이 눈앞에서 불길에 휩싸이자, 기쁨은 크나큰 평온으로 바뀌었다. 죽은 물체들의 견딜 수 없는 무게가 화염에 스르르 녹는 듯했다. 이 모든 것이 더는 되고 싶지 않은 인물—사령관—에 그를 옭아매고, 애당초 이 세상에서 안전하고 자유롭게 머물 곳이 달리 없었기에 감수했던 장소—세라섬—에 그를 옭아매고, 이제 명백히 부조리함을 깨달은—그 자신의—삶에 그를 옭아매는 육중한 닻이 되어버린 지 오래였기 때문이다.

그가 해외 사절들을 맞이하던 응접실, 성대한 파티와 주연이 열리던 무도회장, 그가 물라토를 낚아채어 그 자리에서 취하기 위해 뒤에 숨어서 기다리던 그 무도회장의 치렁치렁한 일본산 녹색 비단 커튼, 내가 그를 고귀한 현자로, 국가적 영웅으로, 고대 철학자로, 로마 황제로, 곧추선 백마에 올라탄 나폴레옹풍의 해방자로 묘사한 전신 초상화 여러 점이 걸린 '국가 역사의 전당'—이제 이 모든 초상화가 갈라지고 물집이 잡히더니 확 불붙어 타올랐다. 강한 열기에 캔버스가 바깥쪽으로 휘자 인물들은 갑자기 살아난 듯 부풀어올랐다가, 마침내 외딴 벽면의 유배에서 풀려나 그 정신나간 허영과 미친 욕망과 더불어 연기 속으로 탈출했다.

이 화염 속으로, 그는 방금 토머스 드퀸시에게서 받은 여덟 달 묵은 편지를 떨구었다. 발신자는 앤 양의 실종으로 슬픔에 찌들어 있었고 그녀의 안전을 대단히 염려했다.

그는 아편에 취해 꿈을 꾸고서 이렇게 적었다.

마치 지평선 위에 묻은 얼룩처럼, 한 거대한 도시의 크고 작은 돔들이 시야에 들어왔습니다—아마도 유년 시절에 예루살렘을 묘사한 그림에서 언뜻 보았던 어떤 영상이나 흐릿한 추상적 관념인 듯했습니다. 그리고 화살 사정거리 내의 어느 바위 위, 유대의 종려나무 그늘 밑에 한 여인이 앉아 있었습니다. 내가 보니 그녀는—앤 양이었습니다! 그녀의 얼굴은 평온했지만, 남달리 엄숙한 표정이 서려 있었습니다. 이제 나는 모종의 경외감을 품고 그녀를 바라보았지만, 문득 그녀의 안색이 어두워졌고, 산 쪽을 돌아보니 우리 사이에 뿌연 안개가 넘실거리고 있었습니다. 일순간 모든 것이 사라지고 짙은 어둠이 내리더니, 눈 깜짝할 사이에 나는 머나먼 곳에 와 있었습니다……*

---

* 토머스 드퀸시, 『어느 영국인 아편쟁이의 고백』.

청중에게 잘 보이고 싶은 욕망의 저주를 이해하는 사령관은 생각했다. 아무리 안 그런 척해도 드퀸시는, 살롱에 모인 사람들이 자기 기교에 공손히 손뼉쳐주길 염원하지 않는 듯한 글을 쓸 수 없으리라. 이 런던의 문인이 음울하게 쓰고 또 쓴 바에 따르면 그는 그녀를 찾지 못했고, 남은 건―그녀가 죽었다거나, 설상가상으로 그녀는 애초에 존재하지도 않았고 어느 현대소설의 등장인물에 불과한데 그마저도 소설가가 싫증이 나서 식민지로 이주시켰다는―소문뿐이었다. 그는, 그녀의 사랑하는 동생은 혹시 그녀를 거기서 본 적이 있었는지?

하지만 사령관의 눈물도 그의 흐려진 시야를 지극히 명백한 사실로부터 가리지 못했으니, 드퀸시의 필적과 앤 양의 필적이 동일했던 것이다.

그의 누나는 그녀의 남동생과 잿더미로 화한 그의 국가만큼이나 가짜였음이 드러났다. 사령관은 향기나는 수건을 내팽개치고, 휘몰아치는 매캐한 연기를 너무 깊이 들이마신 나머지 헛구역질을 했다. 다가올 황금시대, 한 겹 아래 도사린 몰락, 모독당한 유토피아, 오로지 결연한 망각으로만 말살 가능한 지옥, 그는 불타는 궁전의 연기 속에서 마침내 이 모든 관념의 냄새를 맡으며, 삶을 받아들이지 못한 자의 어리석음이 거기 배어 있음을 느꼈다.

돌연 그는 자신이 꿈이 아니라 그 공포스럽고 무시무시한 역逆인 현실로부터 깨어나, 제대로 깨친 거라면 모든 삶이 흉포한 꿈이라는 감각에 눈뜨고 있다는 느낌이 들었다. 이 꿈에서 사람은 파도와 바람에 붙들려, 또한 자신이 경외에 떨며 매일매일의 경이를 목격하는 증인에 불과하다는―언제라도 망각될 위험에 처한―인식에 붙들려 질질 끌려다니고 있었다.

그가 생각한—짜증나게 빌리 굴드가 그의 생각을 어떻게 알았느냐
고 따져 묻지 말기를. 굴드가 여태껏 털어놓은 것보다 훨씬 아는 게 많
다는 사실을 지금까지도 의심한다면 뭐 앞으로도 마찬가지일 테니
까—몇 가지 시시한 것들을 여기에 특별한 순서 없이 재생한다.

—복제할 가치가 있는 유럽은 없다. 내 궁전을 집어삼키는 화염을
뛰어넘는 지혜도 없다. 오로지 우리가 아는 이 삶, 이 모든 경이로운
먼지와 오물과 장려함으로 가득찬 삶만이 있을 뿐.

—과거의 관념이나 미래의 관념이나 매한가지로 무용하다. 둘 다
누구든 무엇으로든 불러일으킬 수 있다. 지금 있는 것 이상의 아름다
움은 없다. 지금 있는 것 이상의 기쁨이나 슬픔이나 경이도 없다. 또한
지금 있는 것 이상의 완벽함도 선이나 악도 없다.

—내가 이제껏 무의미한 삶을 살아온 것은 이 의미 있는 한순간과
지금 깨달은 이러한 것들을 위해서였다. 이 깨달음은 내 머리와 마음
으로 불현듯 들어왔듯이 불현듯 떠나갈 것이다.

그는 생각했다. 조향사 샤르댕이라 해도, 과연 이처럼 코를 찌르는
계몽의 향으로 볼테르의 머리를 채울 수 있었을까?

그리고 그는 이 모두를 온전히 완벽하게 이해했다고 생각했다. 그에
게 이는 은총이자, 그러지 않았다면 완전히 무의미했을 삶의 완성으로
느껴졌다. 또한 그는 자신의 생각이 최후의 무용한 허영임을, 자신의
궁전처럼 자신의 생각도 연기 속으로 사라지고 있음을, 자신이 사사프
라스 차가 담긴 컵을 든 채로 혼자 남겨졌으며, 그 컵이 소름 끼치게도
점점 뜨거워지고 있음을 깨달았다.

궁전의 불타는 지붕이 무너져내리며 숯이 된 목재 대들보가 우지끈 부러지고 화염이 날카로운 비명을 지를 때, 겁에 질린 사령관의 눈 위로 연기가 뿌옇게 낀 하늘이, 사구의 은신처로 귀환하는 수천수만 마리의 섬새에 뒤덮여 어두워지기 시작했다. 예감의 힘을 발휘해 사령관은 자신이 곧 밤에 휩싸이리라는 것을 알았다.

그는 생각했다.

'나는 만물이었지만, 만물이 무無임을 깨달았다.'

그는 짐작했다.

'나머지는 침묵이다.'

사사프라스 차가 든 컵이 손 안에서 끓어오르기 시작했다. 통증으로 컵을 미처 놓치기도 전에 그는 황금 가면도 뜨거워져 당밀처럼 녹아내리는 것을 느끼고 몸서리쳤지만, 살이 타는 냄새를 맡고 피부를 지지는 느낌이 들었을 때는 너무 늦었다. 그는 비명을 질렀다. 가면이 얼굴로 녹아들어, 그의 이미지를 자신이 아니라 방금 변신한 누군가의 이미지로 영구히 고정시키고 있음을 깨달았기 때문이다.

이제 '자신의 운명'과 '자기 국가의 운명'이 하나임을 깨닫고 궁전에 홀로 남았을 때 완전히 재로 덮여 윤곽만이 남은 외로운 회랑에는 오직 불길의 날카로운 울음만이 위아래로 울려퍼지는데, 지금 이 순간에도 철썩-철썩-철썩 하고 그를 불러대는 것이 그의 폐인지, 불길인지, 그의 운명인지, 브레이디-브레이디-브레이디 하고 헐떡이는 자기의 거친 숨소리인지, 혹은 점점 더 가까이서 요동치고 뛰어오르고 날아오르는 불길의 비명인지, 혹은 바다가 점점 치솟고 브레이디-브레이디-브레이디가 점점 다가오고 지옥의 불길이 점점 뜨거워지는 항상 똑같은 악몽인지……

6

결국 제정신이 돌아왔다. 사령관은 그 검은 배의 유혈 낭자한 뒷갑판에서 피를 흘리며 누워 있었다. 이는 그가 오래전부터 두려워했던 상황이었다. 그는 불사신이었던 것이다. 그를 살해했다고 하는 사람들 중 일부가 나중에 주장한 것처럼 고래로 변신하지는 않겠지만, 그는 자기가 왔던 바다로 되돌아가게 될 터였다.

조금 전에 특별히 선발된 대규모 파견대가 더러운 옥양목 구속복에 결박된 그를 꺼져가는 불길과 그의 궁전이었던 건물 잔해의 여태 타들어가는 대들보 사이로 질질 끌고 나왔을 때, 휘감은 연기 사이로 그를 목격한 이들은 전부 깨달았다. 저 엉엉 울며 몸부림치는 난쟁이를 그토록 오랫동안 우리의 지도자였던 폭군 선지자와 혼동해서는 안 된다고.

똥오줌을 싼 그의 바지에는 구린내 나는 얼룩이 묻었고, 제멋대로 돌아가는 머리에서는 검은 수은 거품이 일었으며, 비프스테이크용 날고기 같은 얼굴은 눌어붙은 황금 가면을 군인들이 펜치로 뜯어낸 자리가 끔찍하게 훼손되어 있었다. 이 꽥꽥대는 얼간이를, 한때 우리 눈앞에서 배를 구름으로 변신시키고 우리와 함께 하늘을 날았으며 그의 자신만만한 말마따나 유형 식민지를 '새로운 베네치아'로 바꾸었던 우리의 두렵고 영예로운 족장으로 오인한다는 건 있을 수 없는 일이었다.

이즈음과 무샤 퍼그가 쿠데타를 일으키기 오래전부터, 쇠락의 조짐은 이미 뚜렷이 드러나 있었다. 곰팡이가 포장도로를 뚫고 그 틈으로 고개를 내밀었고, 벽에는 양치류가 돋아났으며, 홈통 입구에는 아카시아 묘목이 매달렸다. 하지만 저 온갖 허황된 사업과 장대한 교역의 카니발이 환상이며, 이 섬의 절망을 그 가련한 주민들로부터 은폐하기 위해 무역의 승리로 가장한 연극이었음을 인정할 준비가 된 사람은 처음엔 소수에 불과했다.

그렇다 해도 권력을 탈취하기까지의 몇 개월간 무샤 퍼그―축 늘어져서 앞뒤로 덜렁거리는 음낭―는 이런 것에 전혀 신경쓰지 않았다. 그는 마치 다리 셋 달린 위험한 괴물처럼 어기적대며 섬 곳곳에 출몰하여 음모와 보복의 말을 속삭이고 미래 권력의 전리품을 나누어주겠다는 거짓 약속을 하고 돌아다니는 한편, 이미 이백마흔 개의 마작 세트가 쟁여져 있는 풍차 이층에다가는 미국산 최신 무기와 중국산 화약 수십 배럴을 비축하여 비밀 병기고를 만들었다.

그러나 무샤 퍼그가 탐냈던 모든 것은 이미 허물어지고 있었다. 이제 피할 수 없게 된 듯한 운명은 화재가 일어나기 직전 여름부터 다시 고개를 쳐들었다. 주머니곰들과 야생 돼지들이 텅 빈 창고를 헤집고 다니는가 하면, 주머니쥐들은 사무관과 서기관의 방 고미다락에 둥지를 틀고 금실을 엮어 짠 자주색 커튼을 갉아먹었다. 거대하고 텅 빈 부두에 줄줄이 늘어선 말뚝은 감겼다 풀렸다 하며 윤을 내줄 밧줄이 없는 탓에 녹이 슬었고, 썩어서 미끈거리는 제라늄 꽃잎이 곳곳에 나뒹굴고 짓밟혔으며, 패랭이 꽃의 핑크빛 향기는 부패하여 갈색이 되었고, 관능은 분변으로 변질되었다.

제기랄, 자신이 불충한 반역자라 일컬으며 비웃던 자들이 자신을 에

워싸고 항복 아니면 사형이라고 언도했을 때 사령관은 생각했다. 다
끝장났군. 하지만 그는 아무 말도 없이, 영원히 되돌아오는 침묵, 부인
할 수 없는 고독의 침묵을 인정하여 양손을 치켜들었다.

그들은 사령관을 앉힌 다음 총검을 들이대고 진술서 여러 장에 서명
하게 했다. 진술서는 몽땅 거짓이었고 거기에 장황하게 열거된 범죄
의도들은 사령관의 진짜 업적과 거리가 있었지만, 그는 질서를 유지해
야 할 당국의 필요성을 이해해 순순히 서명했다. 서류란 기억에 대한
신의 농담이자, 현재에 대한 해석 가운데 미래에 전해질 유일한 것이
니까.

"역사, 여신 중에 가장 잔혹한 이 여신은," 사령관은 진부함 말고는
그를 놀래킬 구석이 없는 몇 가지 소설을 자백한 뒤 깃펜을 돌려주며
말했다. "살해된 자들의 시체를 짓밟고 전차를 몰아 전진하지."

"서서히." 자기가 어떻게 죽게 될지를 사령관이 공손히 질문했을 때
경비병이 대답했다. 검은 배는 그를 깊은 물속에 내던지기 위해 헬스
게이츠를 벗어나 먼바다로 나아가고 있었다. 그래야만 했고 별다른 수
가 없었기 때문이다. 전말도 너무 얼토당토않은데다 죄상이 너무 엄청
나며 그를 믿고 동조한 너무 많은 사람의 과실이 걸려 있고 그들 전부
가 유죄였으므로, 예언자가 죽는 편이 그의 추종자들이 처벌되는 것보
다는 나았다. "그래야 되기도 하지만," 선원은 더없이 상냥하고 예쁘
장한 입으로 미소지으며 말했다. "또 그래야 더 재미있으니까."

결국 사령관이 오래전부터 우려해왔던 대로 되었다. 그가 인과관계
의 패턴을 착각하지 않고 삶이 멍청한 직선이 아닌 신비스러운 원형임
을 이해할 수 있도록, 그들은 무샤 원수(이는 전직 경비관이 스스로에

게 새롭게 붙인 칭호였다)의 특명 아래 그의 고환을 제거하고 그로 하여금 직접 자기 음낭을 망치로 짓이기게 한 다음, 칼로 가슴을 헤집으려고 했지만 실패하는 바람에 통장이의 톱을 가져다가 일을 끝내야 했다. 그들은 뜯어낸 심장을 흔들어대며 환호성을 질렀고—

"이 심장 없는 자식!—누가 네놈한테 이런 걸 줬느냐?"

—거기에 모두가 볼 수 있도록 아주 굵은 글씨로 뚜렷이 새겨진 물라토의 이름을 아무도 읽지 못한 채, 또 그 살찐 심장이 바로 그녀이며 또한 영원히 그녀의 것임을 아무도 알아보지 못한 채 웃어대기만 했다. 하지만 그날의 카니발에서 침묵을 지킨 사람들도 있었으니, 이는 동정심이나 공포심이 아닌 놀라움 때문이었다. 그가 괴물 같았을지언정 인간이었기 때문이다. 무엇이 그를 이렇게 만들었으며, 무엇이 그와 자기들을 갈라놓았을까?

그는 그토록 오랫동안 자신을 괴롭혔던 질문의 해답을 마침내 구했다고 말하고 싶었다. 의식이 명료한 마지막 순간 이런 결론을 내렸다. 권력을 추구한다는 것은 사랑의 부재, 아니 더 나쁘게는 사랑하는 능력의 가장 슬픈 표출이다. 그는 외치고 싶었다. 나는 내 사랑의 고독에 갇혔노라! 소리치고 싶었다. 보라, 보라, 이것이 전부인데, 나는 보지 못했노라! 또 실제로 그렇게 외치지 않았다고 완전히 확신할 수 없었다. 그의 입에서 낮은 신음소리가 흘러나온 순간 그를 고문하던 자들이 뒤로 펄쩍 물러났기 때문이다. 하지만 곧 그들은 이것이 내장의 일부를 밖으로 꺼낼 때 폐에서 새어나온 마지막 숨결일 뿐이라고 판단하고 환호성을 질렀다. 내장을 꺼내는 고문은 식초로 세척한 갑판 위에서 몇 분간 더 지속되었다.

사령관이 고래의 전설로 변신하고 있던 바로 그 시간에, 심해지는 열기 때문만이 아닌 다른 이유로 얼굴이 붉게 상기된 팝조이는 풍차—쿠데타 본부이자 아직 진화 작업이 제대로 진행되고 있던 몇 안되는 건물 중 하나—바깥에 서서 두려움에 떨고 있었다. 며칠 전 그는 무샤 원수에게 상당한 액수의 벵골 은화를 받고 컨스터블 진품—나의 마지막 작품—을 팔아넘긴 터였다. 그런데 그림을 벽에 거는 과정에서 캔버스 뒤편에 그려진 은달고기 그림이 발각된 것이다. 무샤 원수는 이 사기 행위의 성격과 출처를 재빨리 짐작했다.

약 한 시간 전부터 풍차 안에서는, 바로 위층에 지독하리만치 쟁여둔 엄청난 화력을 쓰지 않고도 손쉽게 권력을 탈취했다는 사실에 대담해진 무샤 원수가 자기는 국정에 몰두하느라 면담할 틈이 없다고 새 부하들에게 호통치는 한편, 스스로에게 붙일 새로운 칭호의 목록을 작성하고 있었다.

'무샤 원수'라는 칭호는 친숙한 군대 냄새가 나서 처음에는 마음에 들었지만 이내 좀 불안했다. 사령관이 어리석게도 이 유형 식민지를 국가로 만들 수 있다고 생각한 반면, 무샤 퍼그가 보기에 이곳은 기업으로 한층 크게 성공할 것이 분명했다. 그가 최고 지휘관, 제1집정관, 예하(그는 이 단어의 철자 때문에 한참을 끙끙댔다)에 줄을 좍좍 그어 지우고 회장에 동그라미를 쳤을 때, 팝조이가 그를 알현하러 들어왔다.

그 자리에 있는 이들 모두에게 시간은 돈임을 각인시켜주고 싶었던 무샤 원수는 벌떡 일어나 죄수 컨스터블 작품이 걸린 벽으로 성큼성큼 걸어가서는, 간수들 앞에서 캔버스를 액자로부터 뜯어내어 사정없이 구겨버렸다. 그는 공처럼 구겨진 캔버스를 팝조이의 발치에 내던지고는, 자기가 지불한 액수의 두 배를 다음날 아침까지 갚지 않으면 팝조이는 이 굴드라는 형편없는 화가놈한테 곧 닥칠 운명보다 더욱 가혹한 운명을 맞을 것이라고 엄포를 놓았다. 면담은 이것으로 끝이었다.

팝조이가 나간 뒤 무샤 원수는 경비대원들에게 급히 섬 반대편으로 가서 윌리엄 뷜로 굴드 처형을 중지시키라고 명령했다. 컨스터블 위작은 세라섬보다 런던에 가서 팔 때 훨씬 큰 값어치가 생길 터였다. 사령관의 죄는 꿈을 너무 크게 꾼 것이고, 팝조이의 죄는 꿈을 너무 작게 꾼 것이라고 무샤 원수는 생각했다. 그들과 달리, 그는 적당한 수준의 갈취라는 엄격히 상업적인 노선을 추구할 작정이었다. 이 방식은 클루커스 같은 부류를 상대하며 매우 성공적으로 검증된 터였다.

바깥에 나온 팝조이는 구겨진 캔버스를 이제 온 사방을 뒤덮고 있는 잿더미 속으로 던져버렸다. 잿더미 속에서 타다 남은 잉걸불이 캔버스 뭉치에 붉은 구멍을 뚫었다. 팝조이는 양 손바닥에 퉤퉤 침을 뱉었다. 그러고는 그림 한 장은 잃었지만 적어도 돼지 한 마리는 얻었다고 생각하며 캐슬레이를 묶어둔 짐수레의 손잡이를 잡았다. 그는 수레를 끙 들어올리며 불과 삼십 분 전 화재와 반란이 휩쓰는 난리통을 틈타 캐슬레이를 우리에서 감쪽같이 훔쳐온 일을 떠올리느라, 사나운 회오리바람이 캔버스 뭉치를 그의 발치에서 휙 채가 공중으로 내던져 제멋대로 춤추게 만드는 것에는 전혀 눈길을 주지 않았다.

내 마음의 눈에는 물고기와 돼지와 팝조이가, 요컨대 재앙의 전모가 보인다. 이제 그가 간다. 오 주여, 풍차를 떠나 '운명의 대로'로 돌아가는 그를 보소서. 익숙지 않은 노동에 허리를 잔뜩 굽힌 채 땀을 뻘뻘 흘리고 숨을 헉헉대며 낯이 핼쑥해진, 시든 아스파라거스 줄기 같은 이 남자가, 단단히 묶는다고 묶었지만 어딘지 어설프게 붙들어맨 괴물 돼지를 그 짐에 걸맞지 않은 조그만 손수레에 밀어넣는 광경을. 돼지도 팝조이도, 그들 등뒤에서 캔버스 뭉치 주위로 몰아치는 바람이 그 붉게 빛나는 구멍을 화염으로 바꾸어놓는 것을 전혀 알지 못했다.

부탁인데, 내가 어떻게 이런 걸 아느냐고는 제발 묻지 말아달라. 물고기와 관계된 것이라면 나는 무엇이든 안다―아는 것이나 다름없거나. 게다가 이 딱하게 구겨진 달고기가 어떻게 확 타오르기 시작하여 더 큰 불덩이로 변신했는지, 어떻게 해서 그 무럭무럭 자라난 불덩이가 맹렬한 광채를 띤 채 바람을 타고 도약하여, 풍차 이층 높이까지 춤추며 올라가 창문을 통해 '회장'의 비밀 무기고로 들어가서 하필이면 화약 수십 통이 쌓인 한가운데로 떨어졌는지를 말하고 있는데, 도중에 끼어드는 것은 무례한 짓이다.

8

쿵 하는 굉음이 들렸다.

대기와 지면이 살아서 휘청거리는 몽상처럼 진동했다.

일평생을 보낸 것 같지만 실은 일 이 초에 불과한 시간이 흐른 뒤, 나와는 달리 정지했던 세계가 돌연 완벽히 장대한 움직임에 돌입하는 극적인 광경을 목격할 수 있었던 사람들이 헉하고 숨을 들이켜는 소리가 들렸다. 사령관의 기관차가 포효하는 파편이 되어 하늘로 날아올랐고, 객차들은 개한테 물어오라고 던진 막대기처럼 별들을 향해 솟구쳤다. 거대한 철제 바퀴들이 납작한 포탄처럼 사방팔방으로 날아다녔다. 키케로의 석고 흉상과 등기소 선반의 파편들, 죽어가는 새처럼 펼쳐져 날갯짓하는 책들, 그림과 거울이 아직 붙어 있는 벽들이 마치 바람에 흩날리는 종잇장처럼 하늘로 소용돌이쳤다. 부지깽이, 난간, 의자 다리, 삐죽삐죽한 마루 판자 등 다양한 물건에 관통되어 이미 축 늘어진 몸뚱이들이 기이한 모양으로 꼬챙이에 꿰인 가랑잎 꼴이 되어 사나운 붉은 태양을 향해 솟아올랐다. 노래로 유럽을 실현시킨 앤 양의 편지는 수천 조각으로 찢겨 천 개의 무조 음표로 폭발했고, 무샤 원수의 마지막 비명은 그의 폭발한 음낭만큼이나 무수한 입자로 낱낱이 분해되었다.

태양은 점점 더 커지고 붉어져 급기야 괴물 같은 핏빛 구체가 되었다. 하지만 그 뚜렷한 윤곽은 기억의 어두운 재앙 속으로 사라졌고, 브레이디와 그의 위대한 해방군, 돼지 족발, 플리니우스의 경이, 우리의 희망, '국가'에 대한 사령관의 환상, 연애편지, 마작 패, 꿈의 공화국, 돼지 무릎, 팝조이의 파편 또한 그 속으로 영영 사라졌다.

하지만 다른 사람들이 섬을 재건하고 역사를 다시 쓰고 다시금 우리 모두를 단죄할 것임을 감방 안에 갇힌 내가 어떻게 알았겠는가? 철창 사이로 손을 내밀었을 때 내가 느낄 수 있었던 거라곤 땅에 아주 조용히 내려앉는 무거운 검은 빗줄기뿐이었고, 볼 수 있었던 거라곤 숱한 재가 되어 되돌아온 우리의 집단적 허영뿐이었는데 말이다. 그리고 연기가 피어오르는 바다에 점점이 찍힌 저것이 이 마지막 묵시록을 일으킨 장본인의 폭발한 잔영이라는 사실 또한 나는 영영 모를 것이었다. 그건 바로 검게 탄 은달고기의 잔해였다.

9

무쇠 목줄, 쇠사슬과 쐐기 박힌 족쇄, 죽어가는 사람들의 영혼과 살아 있는 몸에서 나는 냄새, 고통의 진정한 해학, 모욕의 놀라운 진실, 방치의 찬란한 자유, 명확히 표현할 길 없는 수많은 물고기의 공포와 그들을 향한 나의 짝사랑. 이것들을 나는 알며, 다시는 알지 못할 것이다. 나는 이 세계에 상처받았고 내 영혼은 투명해져 모두가 그 속을 말과 그림처럼 훤히 들여다볼 수 있게 되었지만, 바로 그 벌거벗고 덜덜 떠는 영혼 말고는 다른 무엇에도 의무감을 느끼거나 현혹되지 않을 수 있었다.

다른 무엇을 그린 그림이 나를 유명하게 만들어주었더라면 나는 다른 것을 알았으리라. 구애와 아첨과 거짓말의 대상이 되고, 내 시시한 견해가 중요하게 취급되고, 내 하찮은 존재가 축복으로, 건포도 같은 내 얼굴이 매력적으로 평가되었으리라. 거짓된 명예, 근엄한 성공, 감옥 같은 명성. 남자들은 쏟아지는 황금으로 내 눈을 가리고 싶어하고, 여자들은 나와 동침하고 싶어했으리라. 모두가 나와 친해지려고 애쓰며 그게 여의치 않으면 내 손톱만한 호의, 스케치 한 장, 메모 하나, 인정의 표시라도 갈구했으리라. 모두가 내 것이 되었으리라. 모두가 내 것이고, 그 이상이 내 것이고, 내 이름이 내 작품을 넘어섰으리라. 내 작품은, 특히 나 자신에게는, 점점 더 무의미해졌으리라. 나는 죽기를 갈망했으리라.

나는 여러 해 동안 물고기를 그렸으며, 최근 들어 충실치 못했던 것이 사실이다. 나는 그들을 내버리기도 하고 태우기도 했지만 사랑하기를 멈춘 적은 없었다. 나는 뒤샤틀레 부인을 너무나 사랑했기에 다른 수많은 여자들과 도피 행각을 벌일 수 있었던 볼테르와도 같았다. 결국 그녀는 다른 남자와의 짧은 연애 끝에 임신하게 되었는데, 그때서야 자기가 무엇을 잃을 위험에 처했는지 깨닫고 되돌아온 볼테르는 가장 사랑하는 연인이 출산중에 죽는 것을 지켜보아야 했으니—이러한 불행을 자초한 그가 결국 머리통이 텅 빈 향수병이 되어 이후로 영원히 여자들에게 쾌락을 선사하는 용도로 쓰이게 된 것은 당연하고도 적절한 귀결이다.

바깥세상이 붉게 빛난다. 안에서 나는, 최후의 가장 절박한 방편—평소 팝조이에게 즐거움을 선사하려고 아껴두었던 투척 무기와 침으로 빚은 걸쭉한 물질—으로 만든 갈색 잉크를 사용하여 지금 이 유형지와 나 자신의 마지막 시간을 기록한다. 진정한 죄수의 잉크, 가난한 자의 이 갈색 안료를 써서, 똥구덩이 같은 세상에 대한 저항과 분노와 증오와 두려움을, 똥물에 담근 똥 묻은 손으로 감방 벽면에 문지른다. 자신의 썩은 폐허를 충분히 깊이 파들어가기만 하면 이 마지막 시도 끝에 사랑이 나를 발견하리라는, 헛된 희망이 아니길 바라는 희망을 품고서 말이다.

빌리 굴드, 그에게 말과 팝조이의 남은 종이가 있었으면 더 좋았겠지만, 이러나저러나 같은 이야기다. 그가 처바른 것을 좋을 대로 해석하길─팝조이가 볼 때 이런 행동은 구타의 또다른 구실일 것이다. 엉터리 비평가들에게는 밤에 대항한 분노일 것이다. 아니면 각자의 취향에 따라 신념의 증거일 수도, 실패의 자백일 수도 있다.

나는 여러 해 동안 물고기를 그려왔고, 한때는 부담이었던 것이─명령으로 시작해서 편한 일자리가 되고 다시 범죄행위가 되었다가─이제 나의 사랑이 되었다고 말하고 싶다. 예술적으로 부족하긴 했어도 처음에는 이곳을 기록하고 그 사람들의 역사와 이야기를 쓰기 위해 노력했고, 이 모든 것이 물고기인 셈이었다. 처음에는 초상화를 갖지 못한 이 모든 얼굴 없는 사람들을 마지막 한 명까지 남김없이 그릴 셈이었다. 자신의 육체에서 분리되어 유배 선고, 죄수 징발 기록, 태형 집행 목록, 동료 중죄수의 가슴이나 팔에 문신한 머리글자, 문신의 파란 화약색 안료와 짙은 체모, 굵고 주름진 목에 걸린 채 어느 젊은 여자의 탄탄하고 아름다운 피부를 상기시키는 값싼 사랑의 정표, 바라던 것보다 더 빨리 희미해지는 기억으로만 존재하는 사람들을.

나는 역사상 그 누구보다도 훌륭한 물고기를 그리고 싶었다. 렘브란트 판 레인이나 루벤스나 그 어떤 르네상스의 거장도 빌리 굴드에 필적하지 못하기를, 내 물고기가 가장 훌륭한 저택에 걸리기를, 가발을 쓴 교수들이 그 비늘과 아가미의 세부를 대대로 칭송하기를 바랐다.

나는 이러한 변형된 형상들로 런던의 큰 미술관을 채웠으리라. 내 그림을 보러 오는 사람들은 곧 자신이 알지 못하는 기이한 대양을 헤엄치고 있음을 깨닫고, 자신에 대한 '위대한 슬픔'과 자신이 아닌 이에 대한 '위대한 사랑'을 느끼며, 이 모두가 뒤섞임과 동시에 명료해져서 이 경험을 누구에게도 단 한 마디도 설명할 수 없었으리라.

이윽고 나는 이런 것이 허영임을 깨달았다. 이제 내 그림이 벽에 걸린다는 생각은커녕, 그림이 의사선생이나 과학적으로 기술된 린네의 저작에서 지시하는 대로 물고기 묘사를 정확하고 올바르게 해냈는지조차 더이상 신경쓰이지 않았다. 나는 그저 사랑 이야기를 하고 싶었고 그게 물고기에 대한, 나에 대한, 만물에 대한 이야기였을 따름이다. 하지만 나는 만물을 그릴 수 없고 오로지 물고기와 나의 사랑만을 그릴 수 있었는데 또 그것조차 아주 잘 그리지 못했으므로, 여러분은 이것이 대단한 이야기가 못 된다고 여길지 모르겠다.

나는 늙었다. 내 후원자는 돼지가 되었다. 나는 사형선고를 받았다. 우리는 세상을 환히 불태웠다. 나는 내가 그물로 잡으려던 것이 물고기가 아니라 물이었고 바다 그 자체였음을 깨달았지만, 물이 그물에 걸리지 않듯이 나도 바다를 그릴 수 없었다.

그래도 계속해서 이 『물고기 책』을 만들었다. 왜냐면 나는 그것을 웃을 수도 없고, 투페니 살처럼 그것을 춤출 수도 없으며, 나의 피사체들처럼 그것을 헤엄치며 그것을 살아갈 수도 없으니, 이 지극히 부적합한 소통 형태―내 붓과 깃펜에서 사산되어 나온 이미지들과 말들―만이 내가 구현할 수 있는 전부였기 때문이다.

그래도 내 그림은―의사선생이 첫날 내게 지시했듯이―'죽음'이 아닌 '삶'의 그림이 되어야 했다. 최대한 정확한 사생을 위해, 나는 그들이 어떻게 지느러미와 살갗과 아가미를 움직이는지 이해해야 했고, 그들이 탁자 위에서 숨이 막 끊기려고 할 때마다 나처럼 짧은 목숨을 조금 더 부지할 수 있도록 바닷물이 든 통 속에 도로 던져넣어 살려주어야 했다.

그 물고기들을 서서히 죽이면서 나는 사랑 이야기를 하고 싶었는데, 그런 이야기를 하겠다고 물고기를 서서히 죽이는 것은 옳지 않은 일 같았다. 언젠가부터 나는 물고기의 움직임이 둔해지고 두뇌가 산소 부족으로 서서히 작동을 멈출 때 이 죽어가는 물고기들에게 말을 걸기 시작했다.

나는 그들에게 내 모든 것을 털어놓았다. 나는 나쁜 놈인데다 더 나쁜 화가로 자신을 새롭게 위조했지만 그럼에도 화가임에는 틀림없다고. 나는 물고기들을 서서히 죽이면서 사랑 이야기를 하고 싶었으므로 그들에게 이렇게 말했다. 내 그림은 '과학'이나 '예술'을 위한 게 아니라, 사람들을 생각하게 만들고, 사람들에게 벗을 주고 희망을 주고, 바다를 넘고 죽음을 넘어서 그들이 사랑했거나 아직 그들을 사랑하는 사람들을 상기시켜주기 위한 것이라고. 그런 식으로 그리는 것이 내가 그림을 그릴 때 중요한 것 같다고.

하지만 사람들은 그림에서 그런 것을 원치 않았다. 그들은 죽은 동물과 죽은 아내를 원했고, 죽은 동물과 죽은 아내와 곧 죽을 자식들을 자기 집 액자 감옥에 넣어 분류하고 평가하고 보존할 수 있게끔 도와주기를 바랐다. 희망을 밀반입하는 사업은 자칫하면 그들의 마음에 의문을 심을 수 있고, 그 속의 얼어붙은 바다를 깨부수는 망치가 될 수 있고, 죽은 자들로 하여금 되살아나서 헤엄쳐나오게 만들 수 있었다. 그런 건 값어치 있는 그림이 전혀 아니었고 오히려 절도보다 더 범죄적인 행위였다.

나는 내가 그린 물고기 한 마리 한 마리에게 죽음을 선고하는 일이 그들에게는 심오한 해방의 순간일지도 모른다는, 지금 내가 복된 해방으로서 교수대를 고대하듯이 그것이 그들이 고대해온 순간일지도 모른다는 희망으로 스스로를 속였다.

그러나 사실 물고기들은 나 또한 죽어가고 있으며, 이 쾨쾨한 유형지의 억압과 모욕과 예속이라는 짙은 연기 장막을 들이마시기를 갈수록 힘겨워하고 있음을 감지했다. 내 움직임도 둔해졌고, 살갗은 타들어갔고, 눈은 침침해져갔다. 오랫동안 내 환희의 대상이었던 물고기가 곧 복수를 시작할 것임을 우리 둘 다 알고 있었다.

The Weedy Seadragon

풀잎해룡

브레이디의 비극적 죽음에 대해―짧은 전투―교수대로부터의 극적인 탈출
―물고기들과의 교류에 대해―바다에서 길을 잃다―망각의 섬
―이단적인 생각―훙 선생의 귀환―임박한 포획

1

내 비극은 물고기가 되었다는 것이다. 브레이디의 비극은 물고기가 되지 못했다는 것이다. 그의 죽음을 내가 아는 이유는 나는 아직 살아 있고 브레이디는 죽었기 때문이지만, 그들이 컨스티튜션독 부둣가에서 그의 머리 없는 시체(그의 목숨과 달리 머리는 총독에게 가치가 있었음이 분명하다)를 더원트강으로 내던졌을 때 나도 그 잔치에 한몫 끼어 포식했기 때문이기도 하다. 온몸의 털이 빠지고 살결이 점점 거칠어지면서 무수한 비늘로 갈라졌을 때도, 사지가 마비되고 경련이 일다가 반투명해지고 끝이 지느러미처럼 뾰족해졌을 때도 마법의 변신 같은 것은 없었다. 엉덩이 뒤로 돋아난 긴 꼬리지느러미의 추진력과 미세한 조정 감각을 느끼기 시작했을 때도 경이감은 들지 않았다. 입 뒤로 아가미가 터져나오고, 물을 향한 욕구가 갈증이라는 단순하고 조롱 섞인 단어로 묘사하기에는 턱도 없을 정도로 고통스럽고 극심해졌을 때 공황에 사로잡히지도 않았다.

나는 그들과 더불어 아주 오랜 시간을 보냈다. 그들을 응시하며, 실은 우리 모두에게 돌이킬 수 없을 정도로 물고기 같은 면이 있는데도 물고기 한 마리 한 마리에게 인간적인 면이 있다고 생각하는 거의 범죄 수준의 바보짓을 저지르기도 했다. 한순간 나는 잔교 위의 교수대에 선 위조범 죄수, '예술가'로 위장한 '악당'이었지만, 그다음 순간에는 마지막 남은 한줄기 기운을 끌어모아야 함을 깨달았다. 나는 엄청난 묘기로 몸을 구부리고 비틀어 올가미에서 빠져나왔고, 선창의 말뚝에 흘긋 시선을 던진 뒤 바다로 몸을 던졌다.

좀더 정확하게 말해야 될 것 같다.

우리 사형수 감방의 주민들과 열두 명의 경비병은 섬을 순식간에 강타한 괴멸 사건으로부터 격리되어 있었다. 불길은 감방 바로 뒤편의 산마루까지 빠르게 올라왔다. 반란자들이 외딴 전초기지에 있는 병사들의 신뢰나 지원을 구하지 않았기 때문에, 우리는 불타지도 않았고 바로 언덕 너머 섬 반대편에서 전개되는 중대한 사건들에 대해서도 모르고 있었다. 하지만 영국 해군이 불과 한 시간 전에 침공을 개시했고, 쿠데타가 일어났고, 사령관이 살해되었다가 기적적으로 부활했고, 거대한 폭발이 일어났고, 부상당해서 누더기꼴로 방금 이곳에 도착하기 시작한 생존자들의 말에 따르면 이 대폭발은 사령관의 복수의 시작일 뿐이라는 등 갖가지 소문으로 인해, 이 소규모 경비대는 갈수록 안절부절못하며 어찌할 바를 모르고 있었다. 경비대장은 평소대로 근무하지 않으면 사령관이 가만두지 않을 테고 지금 우리 앞에 놓인 우선적

임무는 오늘의 처형을 집행하는 것이라고 역설하며 그들을 다잡았다.

나는 선창으로 끌려가서 교수대에 올라 훈제 연어 빛깔의 하늘을 아련히 바라보았다. 눈가리개가 덮인 눈을 통해, 하늘이 텅 빈 게 아니라 나를 향해 오라고 손짓하는 죽은 영혼들로 가득차 있음을 느꼈다. 나는 사제의 기도 소리를 한 귀로 흘리고, 의무적으로 처형을 관람하는 중죄수들이 작게 무리를 지어 웅성거리는 쪽을 향해 쾌활하게 손을 흔들었다. 내가 그들을 보며 웃자 그들은 내가 걸친 중백의에 찬사를 퍼부었다. 그 소매는 손을 다 덮을 정도로 길었고, 가슴에는 화려하게 수놓인 물고기가 나를 축복했으며, 경비병들이 조롱하며—여어, 넵튠* 전하!—내게 둘러준 기다란 불켈프는 멋진 띠장식으로 흘러내렸다. 그리고 남들이 그것들을 보기 한참 전부터, 나는 내가 훨씬 더 무시무시한 방식으로 유죄를 선고받았음을 알고 있었다.

어둠 속에서 그들이 다가오는 것이 느껴졌다. 저벅저벅 걸어오는 그들의 묵직한 발아래 지면이 울렸다. 나는 머릿속에서 책 한 권을, 나만의 싸구려 소책자를 써나갔다. 나의 어머니는 물고기다라는 한 사형수의 양심 고백으로 서두를 열고 덜컹-덜컹, 타다다닥, 미련한 빌리 굴드, 해마를 타고 밴버리크로스로 가네로 끝나는 책이었다. 이전의 육신을 벗고 지금의 육신으로 넘어오는 찰나, 나는 머릿속으로 한 자 한 자 한 겹 한 겹 붓질하여 이 물고기 책 전체를 써내려갔다. 전혀 예기치 않게도 그 책의 끝은—

바로 그때 고함이 터졌다. 나는 뒤돌아 도망치는 대신, 모든 감각을

---

* 그리스 신화에 등장하는 바다의 왕 포세이돈의 별칭.

내 운명에 더욱 집중하기 위해 그들을 정면으로 마주했다.

붉은 군복들이 총검을 부착한 머스킷총을 겨눈 채 다가오고 있었다. 아까까지 불안에 떨던 경비병 몇 명은 나를 목매달려다 말고 혼비백산하여 공황에 빠졌다. 그들이 접근하는 군인들에게 총을 발사하자, 군인들은 닻을 내린 포경보트 뒤에 몸을 숨기고 무릎을 꿇으며 전투태세를 취했다. 나를 노린 총알은 물론 없었다. 나는 문득 깨달았다—저 군인들이 혹시 나를 구출해서 풀어주려는 건 아닐까?

하지만 경비병들은 교수대를 엄폐물 삼아 전열을 갖춘데다 머스킷총은 조준을 잘했을 때조차 한심할 정도로 부정확했고, 이 순간 유일하게 노출되어 있는 몸은 느슨한 교수형 올가미를 여태 목에 걸치고 있는 나 하나뿐이었다.

적이 머스킷총을 겨누고 조준하고 발사하는 것을 다른 이들이 미처 보기도 전에 강렬한 화약 폭발 냄새를 맡은 사람도 나밖에 없었다. 포경보트 측면에서 거침없이 발사되어 공중을 뚫고 교수대를 향해 날아오는 머스킷 탄환이 일으킨 바람의 희미한 떨림을 느낀 것도 나뿐이었다. 몇 번의 일생처럼 느껴지는 긴 시간 동안, 나는 가슴에서 이 피할 수 없는 폭발이 일어나기를 침착하게 기다렸다.

그러니까 나는 이 운명을 받아들인 동시에 저항한 것이었다. 기꺼이 몸으로 총탄을 받아내려 하면서 그 추동력을 이용하여 몸을 뒤로 젖히고, 조잡하게 묶은 올가미로부터 머리를 홱 빼낸 뒤, 순간적으로 몸을 구부려 구속에서 벗어나 교수대에서 잔교로 뛰어내린 것은 나의 숙명이었다. 내 몸은 뒤로 젖혀져 있었다. 첫 바람을 받아 미지의 세계로 떠나는 순간 서서히 바깥으로 부풀어오르는 돛처럼, 나 또한 잔교에서 굴러떨어져 황토빛 붉은 바다로 풍덩 뛰어드는 순간 한껏 부풀어 있었다. 그리고 눈가리개가 쏠려나가 침침했던 눈앞이 다시 보이기 시작했을 때, 나는 이 고백이 거의 막바지에 이르렀고 이제 형벌이 막 시작되었음을 깨달았다.

내 몸은 측량할 길 없는 속죄의 고통으로 불타올랐다. 너무 오래 물 밖에 있었던 탓에 균형감각이 크게 손상되어 처음에는 옆으로 둥둥 떠 있었고, 그러다가 물을 몇 차례 크게 들이마시고 나니 더 움직일 힘도 없었다.

군인들을 지휘하는 대장이 포경보트 뒤에서 외치는 소리가 들렸다.

"저놈만 잡으면 된다. 화가 굴드, 저놈을 끌고 가야 해!"

붉은 군복들과 그 떨거지들이 몰려와 잔교 위를 달리는 발소리가 우르릉 쾅쾅 울렸고 그들이 방금 일어난 기적을 목격하고는 서로 옥신각신하는 소리도 들려왔다.

혼란에 빠진 고함이 들렸지만 이는 믿기지 않는다는 쩌렁쩌렁한 외침이 아니라 머리 위에서 기묘하게 울리는 낮은 진동에 가까웠다. 목격한 이들과 목격하지 못한 이들이 서로 다투는 소리는 뜨뜻미지근하고 무의미하고 어수선하게 웅웅대는 소음으로만 느껴졌다. 되찾은 시력으로 보니 머스킷 총알들이 천천히 가라앉고 있었다. 물과 충돌하면서 폭발력을 잃고 중력의 무게에 속절없이 끌려내려가는 총알들은 마치 느릿느릿 나부끼는 검은 우박 같았다. 아마도 내 머리통을 맞히려는 듯 부질없이 수면을 철썩철썩 때려대는 노들이 뒤를 이었다가 곧이어 더 교활하게도 그물이 내 주위를 이리저리 휩쓸었다.

이윽고 생선 갈고리가 나를 향해 내려오는 것이 보였다. 그들은 나를 갈고리로 찍어올려 다시 노예 상태로 돌려놓으려는 것이었다. 나는 어떤 인간도 이해하지 못하고 어떤 물고기도 설명하지 못할 고통으로 몸부림치며, 아래쪽으로 몸을 힘껏 눌러 빛으로부터 멀리, 멀리, 멀리 도망쳤다.

2

나는 물을 들이쉬고 내쉬며 오르락내리락 떠다녔다. 전에 비하면 내 몸무게는 없는 것이나 다름없었다. 나는 춤추는 불켈프 군락 사이로 침강하고 솟구치며, 파래와 산호와 내가 알았던 모든 사람, 빅벨리해마, 켈피, 가시복, 별바라기, 쥐치, 장어, 톱상어, 볏해초고기, 은달고기를 어루만지며 물속을 날았다. 무한한 사랑인 바다는 내가 사랑했던 이들만이 아니라 사랑하지 않았던 이들도, 카푸아 데스만이 아니라 사령관도, 추적꾼 마크스만이 아니라 카푸아 데스를 죽인 흑인들도, 기계 파괴범만이 아니라 의사선생도 품어주었다. 그들 모두가 나를 어루만지고 나도 그들을 어루만졌다. 먼 옛날 추적꾼 마크스가 내게 손을 뻗어 어루만졌듯이.

누가 그 감미로움을 두려워할 수 있겠는가?

내가 암초 부근에서 우연히 만난 줄무늬 거북복은 자기 진짜 이름을 가르쳐주었고, 나는 그녀의 향기라는 약속의 실현을 찾아 그녀 엉덩이와 허벅지 사이의 주름을 펼쳐 핥았고, 허벅지를 혀로 훑아내려갔고, 종아리의 근육을, 발등의 눈부시게 아름다운 만곡을, 오동통한 발가락을 핥았고, 그 모든 부위에서 아직 그녀의 향기가 되지는 않았으되 그녀의 향기를 구성하는 천 가지 성분의 맛이 났고, 그녀의 이름을 발음하자 입안은 온통 물이었고, 그녀의 등에서는 말라붙은 염전의 맛이 났고, 그녀는 아주 천천히 몸을 뒹굴며 딴청을 피웠지만 내 시선은 그녀의 경탄스러운 젖가슴이 흙탕물을 일으키는 광경에 꽂혀 있었고, 문득 입술로 그 젖가슴의 무게를 느꼈고, 그녀의 어깨를 맛보았고, 눈부시게 아름다운 겨드랑이 오목한 부위에 입술을 비볐고, 처음에는 굳이 마다하지 않았지만 뻣뻣했던 그녀의 움직임이 이제 느려지고 나른해지더니, 그녀는 나를 가까이서 들여다보다가 눈을 감고는 팔다리를 꽃 피우듯이 펼쳤고, 나는 약간 짜기도 하고 시기도 하지만 다시금 완전히 다른 맛이 나는 부위를 핥았고, 그녀의 숨결이 뜨겁고 거칠어졌고, 나는 그녀의 엉덩이를 돌리고 또 돌렸고, 내 콧구멍이 벌름거렸고, 나는 그녀의 향기가 실현된다는 약속을 알게 되었고, 냄새만을 먹고 사는 아스토미인의 이야기를 떠올렸는데, 나 또한 이백 년 가까이 그렇게―플리니우스가 아주 오래전에 묘사했듯이, '무법자 아마도'가 남반구의 바다를 헛되이 뒤지고 다녔듯이―여자의 냄새만으로 연명하며 살아왔음을 알 턱이 있었겠는가? 이제 나는 핥거나 보거나 냄새 맡는 대신 그녀의 향기에 올라탔고, 그녀는 내 향기에 올라탔고, 나는 그녀의 향기였고, 우리는 그녀의 향기 너머로 떠났고, 우리는 우리의 방식으로 우리의 반란을 일으키고 있었으니, 나는 생각하기를,

오! 감미로워라, 내가 이걸 위해서 살았구나!

그리고 생각하기를,

이걸 알고서 어떻게 죽는단 말인가?

—우리 너머의 이 모든 것, 영원히 밖으로 밖으로 퍼져나가는 이 모든 것, 끝없는 세계, 이것, 제3의 원을.

3

그건 아주 아주 오래전의 일이었다.

지금 나는 완벽한 고독 속에서 살고 있다. 우리 물고기들이 서로 교류하는 건 사실이나, 우리의 생각은 우리만의 고유한 것이라 이를 전달하기란 절대로 불가능하다. 말과 그 복잡성의 부담에서 자유로운 존재만이 이해할 수 있는 완전한 심오함으로 우리의 생각은 깊어지며, 우리는 서로 이해한다. 그러니까 우리가 생각하지도 느끼지도 않는다는 건 사실이 아니다. 사실, 먹고 헤엄치는 일을 제외하면 생각하고 느끼는 것이야말로 우리 머릿속을 차지하는 전부다.

나는 동료 물고기들이 좋다. 그들은 하찮은 일로 징징대지 않고, 자기 행동에 대해 죄의식을 내비치지도 않고, 남에게 무릎을 꿇거나 남을 앞질러 가거나 물건을 소유하는 질병을 옮기려 들지도 않는다. 그들은 사회니 과학이니 무슨 신에 대한 의무를 논해서 나를 신물나게 하지도 않는다. 그들이 서로에게 행하는 폭력—동족을 살해하고 잡아먹는 일—은 정직하고 악의가 없다.

그럼에도 깊이 생각하면 할수록 내게는 더더욱 불분명해지는 것들이 있다.

물고기가 되기 전 오래도록 내게 유일하게 중요했던 것은, 내가 저승에 간 뒤에도 내 그림은 다른 이들에게 말을 걸거나 느낌을 전할 수 있으리라는 생각이었다. 위로가 필요한 이들에게. 겁에 질린 이들에게.

인정하건대, 인간의 언어라는 힘을 잠시만이라도 한번 더 가져봤으면 좋겠다고 생각할 때가 있다. 한때는 나도 폭발하는 무지개색으로, 부드러운 빗속에서 부서지는 단단한 태양으로 살고 싶었는데 그 대신 싸구려 도화지에 남긴 더러운 자국으로 만족해야 했다는 걸 설명할 수 있게끔 말이다. 한때는 나도 하늘로 올라가 천국을 뒤흔들고 바닷속으로 가라앉아 땅을 움직이고 싶었다고, 이 세상의 아름다움과 경이를, 지금은 그 반대의 것과 마찬가지로 무한함을 깨달은 아름다움과 경이를 알고 싶었다고, 그것을 나 혼자만이 아니라 남들도 함께 알았으면 했다고. 그리고 모든 것이 헛되다고 말할 수 있게끔 말이다.

나는 내 그림들이 말을 하길 바랐지만, 누가 귀기울였던가? 나는 그것 때문에 생명을 잃었고 내 이성은 그것 때문에 침몰했다. 뭐 괜찮다. 불평하려는 건 아니니까—어쨌든 그게 무슨 소용이었을까? 내 감정들은 이른바 교류와 상호작용의 여정을 멈추지 않았다. 내 그림들은 무수한 벙어리였다.

나는 모든 것을 향해 자신을 열었다. 많이 느낄수록 감정을 더더욱 물고기에 퍼부었고, 그럴수록 주변 곳곳에서 더 많은 감정을 목격했다. 균열된 삶들과 숨겨진 마음들 하나하나에 담긴 그 모든 고통과 슬픔과 절망적 사랑을. 그러던 어느 날 나는 그 모든 감정과 고통과 사랑을 차마 더 볼 수 없었고, 물고기 책을 불태우며 작별 인사를 했다. 야호! 속이 다 후련했다. 나는 주변과 닮아 보이도록 위장했다. 몸통과 목 주위에 해초 이파리를 길러서, 헤엄칠 때 잠수부들이 가끔씩 나를 찾으러 뒤지고 다니는 켈프나 바닷말 군락과 분간할 수 없게끔.

어떤 이들은 그물로 나를 잡아 중국인 약재상에게 팔아넘기고 싶어 한다. 영약을 다루는 이 중국인들은 옛날 옛적 사령관과 아주 짭짤한 거래를 했던 자기 선조들의 방식 그대로, 내 겉껍질을 말려서 절구에 넣고 나머지 진액을 함께 빻아 가루를 낸 다음 거기에 전설의 정력과 높은 가격을 부여한다. 남이 탐내는 존재가 되는 것은 좋은 일이라지만, 글쎄 잘 모르겠다. 카푸아 데스가 했던 말처럼 실현만 된다면야 모든 야망이 다 좋은 것이겠지만, 포부가 커지는 기분이 들 때면 나는 잠깐 스쳐지나가는 발기 이상의 무언가가 되고 싶었다.

어떤 이들은 수중카메라를 들고 들어온다. 풀잎해룡인 나는 멸종 위기에 처한 원시적인 퇴행종으로 여겨지는 까닭에 그들은 내 영상과 사진을 찍는다. 예술가였던 나는 이제 피사체가 되었다. 분류를 돕는 역할을 했던 나는 이제 분류당하는 처지가 되었다. 내 작고 얇은 지느러미는 요정의 지느러미처럼 하늘거리고, 내가 그들을 쳐다보면 그들은 내 경이로운 빛깔과 고요한 움직임에 홀려서 나를 쳐다본다.

그들이 나를 쫓아다닐 때마다, 내가 브라인슈림프를 쫓아다니거나 보금자리 삼은 브루니섬 앞바다의 고기가 풍부한 암초 주변에 매복해 있을 때마다 나를 괴롭히는 질문은 이것이다. 사람이 물고기로 사는 것이, 사람이 되는 경이를 받아들이는 것보다 더 쉬울까?

지극히 홀로, 지극히 겁에 질려, 우리가 소리내어 발음길 두려워하는 어떤 것을 지극히 갈구하며. 산 자와 죽은 자 사이에 있는—무엇을?

내 물속 세상에 사선을 그으며 일렁이는 빛과 어둠의 기둥들 사이에서, 나는 잠수부들에게 이것과 더불어 또다른 질문들을 하고 싶었다. 나는 어째서 정반대의 두 가지 감정에 사로잡혀 있는지? 좀 설명해달라. 설명이 안 되더라도 어째서인지 알고 싶다—내 삶의 모든 증거는 이 세상이 늙은 덴마크인의 둥둥 뜬 시체보다 더 지독한 악취가 진동한다고 말하고 있는데, 어째서 나는 아직도 이 세상이 좋은 곳이고 사랑이 없으면 나는 아무것도 아니라고밖에 믿을 수가 없는지?

내 기다란 코로 저 잠수부들의 물안경을 톡톡 두드리고 이렇게 말하고 싶을 때도 있다. 이 나라가 무엇이 되었는지 알고 싶은가? 나한테 물어보라—어쨌든, 만약 거짓말쟁이와 위조범, 매춘부와 밀고자, 살인범 죄수와 도둑을 신뢰할 수 없다면 당신은 이 나라를 절대 이해할 수 없을 것이다. 왜냐면 우리 모두가 권력과 나름의 타협을 하며, 우리 대부분은 약간의 평화와 고요를 얻기 위해 우리 형제자매를 팔아넘길 터이기 때문이다. 윤리적으로 비겁한 삶을 살도록 훈련받았으면서도 항상 우리는 '자연'의 반항아라며 자위한다. 그러나 사실 우리는 무엇에 대해서도 화를 내거나 흥분해본 적이 없다. 우리는 애버리지니를 쏘아 죽이고 얻은 땅에서 유순히 풀을 뜯다가 결국 도살되는 양떼와 똑같다.

이 나라의 그릇된 모든 것이 내 이야기에서 시작된다. 사령관이 세라섬을 '새로운 베네치아'로, 망각의 섬으로 재창조하려 했던 이후 그들 모두가 이곳을 날조해왔다. 그 어떤 일도 기억하는 일에 비하면 쉽기 때문이다. 그들은 여기서 백여 년간 벌어진 일들을 망각하고, 늙은 덴마크인이 했듯이 이곳을 상상할 것이다. 왜냐면 그 어떤 이야기도, 우리에게 이런 짓을 저지른 주범이 영국인이 아닌 우리 자신이며, 죄수가 죄수를 매질하고 흑인을 향해 오줌을 싸고 서로를 몰래 감시했으며, 흑인 남자들이 개를 얻기 위해 흑인 여자를 팔아넘기고 탈주한 죄수를 창으로 찔러 죽였으며, 백인 물개잡이들이 흑인 여자를 죽이고 강간했으며, 흑인 여자들은 그렇게 나온 아이를 죽였다는 딱한 진실보다는 나을 터이기 때문이다.

그래서 이 두 가지. 이 둘을 나는 도저히 화합시키지 못하고, 그것이 내 몸을 둘로 찢어놓는다. 세상이 너무나 끔찍하다는 인식, 삶이 너무나 특별하다는 감각—이 두 가지 감정을 어떻게 해결할 것인가? 사람이 물고기가 될 수 있을까? 나의 신비를, 이 질문을, 이 고통을, 이 선과 악을, 이 사랑과 증오를, 이 삶을 풀기 위해 이렇게 멀리까지 찾아온 그대 잠수부들이여, 나를 위해서 이것을 해결하고, 내 이야기를 헤아리고, 나를 이 삶과 결합시켜서, 이것이 내 본성의 불가분한 일부가 아니라고 말해달라—제발……

왜냐면 나는 이 세계와 조화되지 않기 때문이다.

조화되길 원했지만 그러지 못했기에, 이 세계를 물고기 책으로 다시 써서 내가 아는 유일한 방법으로 바로잡고자 했다.

그러나 내 방법은 무의미했고, 내 외침은 들리지 않았으며, 내 그림은 내뱉은 침으로 얼룩졌다가 결국 영겁 속으로 사라져버렸다. 이제는 그저 주위를 바라보며 우습고 가당찮은 것을 생각한다. 세상은 좋은 곳이라고, 나는 생각한다. 세상은 좋은 곳이야, 세상은 좋은 곳이라고.

그래봤자 바뀌는 게 없다는 건 나도 안다.

이는 기껏해야 형벌을 피할 수 없는 이단적인 생각으로, 그 형벌이 오랫동안 유예되었을 뿐이다. 맷 브레이디가 쓴 꿈의 책이 옳았다. 사랑하는 것은 안전하지 않다.

지금 그물을 들고 내게 다가오는 잠수부의 물안경 너머, 자기 수족 관에 넣을 또다른 표본을 찾아 여기까지 잠수해 들어온 홍 선생의 얼굴을 똑똑히 알아볼 수 있다. 내가 예전에 그토록 열심히 들여다보았던 네온 조명 속 수조에 갇혀서 바깥을 내다보게 되는 건 그저 시간문제일 것이다. 콩가와 홍 선생이 이백 년 전 죄수의 일기를 위조하고 이를 진짜 역사로 팔아넘기려는 또다른 사기 건수를 모의하다가 물고기가 된다는 건 어떤 걸까 궁금해서인지 한 번씩 나를 들여다볼 때면, 기본적으로 사기란 꿈과 다를 게 없으며 꿈은 너무 굳게 믿으면 위험한 물건이라는 사실을 아는 나는 그들처럼 된다는 건 어떤 걸까 궁금해하면서 그들을 내다볼 것이다.

왜냐면 저기, 우리 시야 바로 너머에서, 그물이 우리 모두를 기다리고 있으니까. 언제라도 우리를 낚아채어, 그 안에 걸려 지느러미를 파닥거리고 헛되이 몸부림치는 우리를 아무도 모르는 혼돈의 운명으로 끌고 올라갈 태세로 말이다. 사랑과 물. 시드 해밋이 나를 너무 오래 들여다본다. 나는 두렵지 않다. 두려운 적은 한 번도 없었다. 나는 네가 될 것이다. 나는 밑으로부터 솟구쳐올라 굴러, 유리와 대기를 통과하여 그의 슬픈 눈 속으로 들어간다. 나는 누구냐? 그는 더이상 질문할 수 없으니, 내가―나의 형벌은 한 생명을 빼앗았지만 그 대가로 다른 생명을 얻진 못한 자에게 더할 나위 없이 어울린다―확실한 답을 해줄 수 있으면 좋으련만. 나는 윌리엄 뷜로 굴드이고 내 이름은 노래로 불릴 것이다. 덜컹덜컹―타다다닥, 그림 한 장에 1페니, 미련한 빌리 굴드, 해마를 타고 밴버리크로스로 가네……

후기

식민 장관의 1831년 4월 5일 서신철에서

(태즈메이니아 기록물 보관소)

윌리엄 빌로 굴드, 수감 번호 873645. 일명 시드 해밋, 의사 선생, 요르겐 요르겐센, 카푸아 데스, 팝조이, 사령관. 신체 특징 왼쪽 가슴 위에 파란 날개가 달린 붉은 닻 그림과 'Love & Liberty' 명문 문신. 1831년 2월 29일 세라섬에서 도주. 탈출 기도중 익사.

굴드의 물고기 책
열두 마리 물고기에 얽힌 소설

1판 1쇄 2018년 1월 15일
1판 3쇄 2024년 10월 7일

지은이 리처드 플래너건 | 옮긴이 유나영
책임편집 허정은 | 편집 홍상희 송지선 김영옥 고원효
디자인 신선아 최미영 | 저작권 박지영 형소진 최은진 오서영
마케팅 정민호 서지화 한민아 이민경 왕지경 정경주 김수인 김혜원 김하연 김예진
브랜딩 함유지 함근아 박민재 김희숙 이송이 박다솔 조다현 정승민 배진성
제작 강신은 김동욱 이순호 | 제작처 한영문화사

펴낸곳 (주)문학동네 | 펴낸이 김소영
출판등록 1993년 10월 22일 제2003-000045호
주소 10881 경기도 파주시 회동길 210
전자우편 editor@munhak.com | 대표전화 031) 955-8888 | 팩스 031) 955-8855
문의전화 031) 955-3579(마케팅) 031) 955-2697(편집)
문학동네카페 http://cafe.naver.com/mhdn
인스타그램 @munhakdongne | 트위터 @munhakdongne
북클럽문학동네 http://bookclubmunhak.com

ISBN 978-89-546-4992-6 03840

www.munhak.com